Fantasy

Herausgegeben von Friedel Wahren

Von **Tom Holt** erschienen in der Reihe
HEYNE SCIENCE FICTION & FANTASY:

Wer hat Angst vor Beowulf? · 06/5059
Der Fliegende Holländer · 06/5079
Wir haben Sie irgendwie größer erwartet · 06/5107
Der Ziegenchor · 06/5191
Der Garten hinter der Mauer · 06/5192
Liebling der Götter · 06/5193
Wenn die Zeit nun aber ein Loch hat ... · 06/5326
Im Himmel ist die Hölle los · 06/5359
Faust und Konsorten · 06/5426
Snottys Gral · 06/5499
Auch Götter sind nur Menschen · 06/5630
Flaschengeister · 06/5896 (in Vorb.)

Weitere Romane in Vorbereitung

TOM HOLT

Auch Götter sind nur Menschen

Roman

Aus dem Englischen übersetzt
von
KALLA WEFEL

Deutsche Erstausgabe

WILHELM HEYNE VERLAG
MÜNCHEN

HEYNE SCIENCE FICTION & FANTASY
Band 06/5630

Titel der Originalausgabe
ODDS AND GODS
Übersetzung aus dem Englischen von
KALLA WEFEL
Das Umschlagbild malte
ANDREAS REINER

Umwelthinweis:
Dieses Buch wurde auf chlor- und
säurefreiem Papier gedruckt.

Redaktion: Friedel Wahren

Die Erstausgabe erschien bei Orbit Books,
a Division of Little, Brown and Company (UK) Limited

Printed in Germany 1997
Umschlaggestaltung: Atelier Ingrid Schütz, München
Technische Betreuung: M. Spinola
Satz: Schaber Satz- und Datentechnik, Wels
Druck und Bindung: Elsnerdruck, Berlin

ISBN 3-453-11935-5

I

Hoch über den Wolken hausen die Götter. Sie sind die lichte Tracht, gesegnet mit Unsterblichkeit und ewiger Jugend. In Palästen, deren Pracht menschliches Vorstellungsvermögen bei weitem übersteigt, halten sie opulente Festgelage ab und schwelgen in einer himmelhoch jauchzenden Glückseligkeit, wie sie Normalsterbliche niemals erlangen können.

Sieh mal einer an, so soll das also sein, wie? Man hat das Gefühl, da hört mal wieder jemand die himmlischen Glocken läuten und weiß nicht, wo sie hängen. Der wahre Sachverhalt ist nämlich wie folgt.

Im Seniorenwohnsitz *Sonnenblick* haust das ganze erbärmliche Götterpack; streitsüchtige Griesgrame und zänkische Weiber, die in der Tat alles andere als jung sind. Ständig liegen sie sich in den Haaren und lungern in den verhaßten Aufenthaltsräumen herum, die allesamt in diesem einzigartigen matten Grünton gestrichen sind, wie man ihn in Gebäuden zu verwenden pflegt, in denen normalerweise nur Kranke und Alte endgelagert werden.

Lediglich Ohinohawoniponama, ein Vegetationsgeist, der einst von einem kleinen Eingeborenenstamm auf den Trobriand Islands verehrt wurde, fällt etwas aus der Rolle. Da der gesamte Stamm im vergangenen Jahrhundert durch einen Grippevirus dahingerafft und somit auch dessen Sprache ausgelöscht wurde, versteht kein anderer *Sonnenblick*-Bewohner ein Wort, wenn Ohinohawoniponama etwas sagt; wenngleich das sowieso niemanden zu interessieren scheint. Er lächelt viel, geht niemandem auf die Nerven und verbringt die meiste Zeit im Fernsehzimmer, wo er sich am liebsten australische Seifenopern ansieht.

»Natürlich ist er glücklich«, gab Marduk beim Mittagsmahl im Speisesaal zum besten. »So gut wie hier ist es diesem bekloppten Wilden doch noch nie zuvor im Leben ergangen. Wahrscheinlich ist der sogar so blöd und glaubt, er sei gestorben und im Himmel gelandet.«

Marduk, einst allmächtiger Kriegsgott der alten Sumerer, war eine der dienstältesten Gottheiten im *Sonnenblick*. Nach eigener Schätzung hatte er rund sechstausend Jahre auf dem Buckel. Er litt an Arthritis und war (nach den Worten der Oberin Mrs. Henderson) ein alter Brummbär; was ungefähr dasselbe ist, als würde man den Tod als leichte Unpäßlichkeit oder den Zweiten Weltkrieg als einen offenen und freien Meinungsaustausch bezeichnen.

»An dieser Stelle möchte ich dich unterbrechen, Mardie«, mischte sich Lug ein, geheimnisumwitterter und sagenumwobener Gott der vorchristlichen Kelten, während er mit der offenen Hand mehrmals gegen den Boden einer Ketchupflasche schlug. »Du sagst: ›Er glaubt, er sei gestorben und im Himmel gelandet.‹ Ich meine, wir sprechen hier über einen unsterblichen Gott, und ich frage mich nun, ob es dir vielleicht etwas ausmachen würde, etwas genauer auszuführen, was du uns damit eigentlich sagen willst ...«

»Du weißt ganz genau, was ich damit meine.«

»Ach, beachte ihn doch einfach nicht, Mardie«, meinte Freyja, die germanische Himmelskönigin, während sie ihre Gabel heimlich am Tischtuch blank polierte. »Er ist mal wieder unerträglich.«

»Ich dachte immer, ich sei geheimnisumwittert und sagenumwoben, Freyja«, wandte Lug spitzfindig ein.

»Deine Krawatte hängt in die Bratensoße.«

Seit die Welt aus dem Körper des Urriesen Ymir erschaffen worden war (oder – wie in Lugs Fall – aus dem Butterfaß der Sterne zeitgerecht portioniert worden war; die Schöpfungsgeschichte ist für sämtliche Götter eine höchst persönliche Angelegenheit, und wenn man sie einmal darum bittet, sich genauer darüber zu äußern, ist ihnen das meistens furchtbar peinlich), herrschte zwischen Freyja und Lug eine Art – nennen wir es mal – *friedliche Koexistenz*. Da Freyjas Anhängerschaft allerdings die meiste Zeit damit beschäftigt gewesen war, Lugs Gefolgschaft zu massakrieren und ins Meer zu werfen, war bis zum heutigen Zeitpunkt, da längst nichts mehr zu retten war, nie richtig etwas daraus geworden.

»Ich weiß wirklich nicht, warum man Leute wie Ohinohawoniponama im *Sonnenblick* aufnimmt.« Marduk ließ nicht locker. »Meiner Meinung nach tragen Typen wie er doch nur dazu bei, daß das Niveau hier immer weiter sinkt.«

»Welche Typen meinst du denn genau?« wollte Lug wissen, wobei er den Tritt gegen sein rechtes Schienbein von der anderen Seite des Tisches geflissentlich ignorierte. »Ein paar Fußnoten, wenn ich bitten darf.«

»Na, durch diese Kanaken natürlich«, zischte Marduk. »Zu meiner Zeit hätte man dieses Pack binnen drei Minuten auf die oberste Terrasse der Zikkurat geschafft und an den Altar gefesselt, doch heutzutage müssen wir uns mit denen hier abfinden. Ich halte das, gelinde gesagt, für falsch. Darüber hinaus erhalten diese Sonderlinge spezielles Essen.«

»Leben und leben lassen, sage ich immer«, nuschelte Adonis, griechischer Gott des Frühlings und der Schönheit, durch die wenigen ihm noch verbliebenen Zähne. Wie üblich schenkte ihm niemand auch nur die geringste Aufmerksamkeit, und er setzte seinen lautstarken Kampf mit der Frühlingssuppe fort.

»Spezielles Essen?« Lug lächelte Marduk über eine Gabel voll Seezunge hinweg süffisant an.

»Ach, das betrifft doch alle Hindus«, merkte Freyja an. »Und die sind nun mal der Reihe nach Vegetarier.«

»Vegetarier!« stöhnte Marduk, der sich in seinen besten Jahren in erster Linie von den Herzen und Eingeweiden der Kriegsgefangenen ernährt hatte, so daß er heutzutage mit Ausnahme von einfachem Butterbrot praktisch von allem starke Verdauungsstörungen bekam. »Dummes Zeug. Wozu sind diese merkwürdigen Paradiesvögel überhaupt Vegetarier? Die wollen doch nur Aufmerksamkeit auf sich ziehen, das ist alles.«

»Soweit ich weiß, hat das etwas mit ihrer Religion zu tun«, wandte Lug ein.

Marduk machte ein mürrisches Gesicht. »Was, zum Teufel, soll das denn schon wieder heißen, hä? Religion? Um Himmels willen, selbst diese Hindus sind *Götter,* und wir Götter können uns nun mal keine Religion leisten. Wir brauchen einen klaren Verstand!«

»Würdest du mir bitte das Salz reichen?« fuhr Freyja energisch dazwischen.

Götter besitzen keine ewige Jugend; wie jedes andere Wesen unterliegen sie einem Alterungsprozeß, wenngleich er bei ihnen sehr viel langsamer vonstatten geht als bei Normalsterblichen.

Ebenso ist es ein Trugschluß zu glauben, Götter seien besser als irgendwelche andere Wesen; vielmehr ist genau das Gegenteil der Fall. Da sich aus Angst, vom Donner getroffen zu werden, niemand traut, sie zu kritisieren, können sie ihren Launen freien Lauf lassen, was zu entsprechend verheerenden Folgen führt.

Dementsprechend ist der Seniorenwohnsitz *Sonnenblick* sehr viel schwieriger zu leiten als ein ganz normales Altenheim. Der Umstand, daß Mrs. Henderson dies dennoch gelingt, grenzt fast an ein Wunder. Daß sie in ihrem Reich sogar mit eiserner Faust regiert, zeugt nur um so mehr davon, über welch starke Persönlichkeit sie verfügt.

Nachdem zum Beispiel Quetzalcoatl, die grüne Federschlange der Azteken, nach langem Hin und Her endlich zugestimmt hatte, sich von seinen Patenkindern im *Sonnenblick* eintragen zu lassen, hatte er bei seiner Einquartierung auf einem eigenen Badezimmer mit fließendem heißen und kalten Blut bestanden. Darüber hinaus wollte er seine Mahlzeiten in diamantenbesetzten Schädeln serviert bekommen und verlangte ein eigenes Gefolge von siebentausend hundsköpfigen Dämonen, um die Seelen all derer verschlingen zu können, die, wie er sich damals ausdrückte, dämlich genug seien, ihm gegenüber ein dicke Lippe zu riskieren. Nach einer etwa fünfminütigen Verhandlung mit Mrs. Henderson wurden seine Forderungen jedoch rasch dahingehend abgeändert, eine halbe Stunde länger im Bett bleiben zu dürfen. Außerdem wurde ihm gestattet, das über dem Bett hängende Poster mit possierlichen Kätzchen durch eine Freske gepeinigter Seelen zu ersetzen. Mittlerweile sind die possierlichen Kätzchen übrigens längst auf ihren angestammten Platz zurückgekehrt, und Quetzalcoatl sitzt, wie alle anderen auch, normalerweise pünktlich um Viertel nach sieben im Speisesaal beim Frühstück.

Letztendlich wird nur einem Bewohner des *Sonnenblicks* gestattet, die Mahlzeiten auf dem Zimmer einzunehmen. Fragt man Mrs. Henderson, warum dies so sei, erklärt sie einem, er sei nun mal nicht mehr der Jüngste, und man könne von ihm nicht erwarten, die Mühe auf sich zu nehmen, dreimal täglich nach unten in den Speisesaal zu kommen. Zu Mrs. Hendersons Entschuldigung sei gesagt, daß dies durchaus der Wahrheit entspricht.

»Stellen Sie's einfach auf dem Tisch ab, meine Liebe«, sagte Osiris. »Ach, und da Sie gerade hier sind, Sandra, reichen Sie mir doch bitte auch die Fernbedienung, ja?«

»Sonst noch was?« Die Pflegeschwester täuschte Unmut vor. »Und woran starb Ihr letztes Dienstmädchen?«

»An Atheismus.«

»Aha ...«

»Und die davor wurde von Krokodilen gefressen.«

»Ich verstehe.«

»Von heiligen Krokodilen natürlich.«

»Selbstredend ... Heute gibt's übrigens mal wieder Apfelstrudel zum Nachtisch.« Schwester Sandra kam auf das eigentliche Thema zu sprechen. »Ihr Lieblingskuchen, Ossi.«

Osiris seufzte. »Sandra, mein Schatz, ich bin ein allwissender Gott. Mich anzulügen, bringt also wirklich nichts. Ich kann Apfelstrudel nun mal nicht ausstehen.«

»Dann verwandeln Sie ihn doch einfach in etwas anderes, Herr von und zu Allwissend«, schlug Sandra vor, während sie die Serviette geschmackvoll zu einer Pyramide faltete. »Machen Sie schon, sagen Sie einfach *husch,* und verwandeln sie den Kuchen in einen Schokoladenpudding.«

»Schokoladenpudding darf ich aber nicht essen, und das wissen Sie ganz genau.«

»Dann wünsche ich guten Appetit«, antwortete Sandra trocken. »Und jetzt seien Sie schön brav, der Apfelstrudel wird Ihnen bestimmt schmecken.«

»Raus hier, bevor ich Sie in einen Igel verwandle!« drohte ihr Osiris.

Sandra lächelte ihn schelmisch an und schloß hinter sich die Tür; ein nettes Mädchen, wie er meinte, und durchaus hübsch, wenn man auf etwas Molligere stand. *Ach, wäre ich doch nur zweitausend Jahre jünger!* seufzte der ehemalige ägyptische Totengott in sich hinein.

Weshalb Osiris die Mahlzeiten auf dem Zimmer einnehmen durfte, anstatt wie alle anderen in den Speisesaal hinuntergehen zu müssen, lag nicht etwa daran, daß er mächtiger, erhabener oder um einiges älter als die meisten anderen Götter gewesen wäre, sondern vielmehr daran, daß ihm das Altenheim gehörte und er Mrs. Henderson jederzeit den Laufpaß hätte geben können.

Jahrtausendelang von seinem Bruder Seth bei jedem Sonnenuntergang rituell ermordet und in kleine Stücke gerissen zu werden, um dann in einer nächtlichen Eilaktion bei völliger Dunkelheit von seiner alles anderen als technisch versierten Gemahlin Isis für die tägliche Wiederauferstehung notdürftig zusammengebastelt zu werden, hatten aus dem alten Knaben ein körperliches Wrack gemacht. Mehrere seiner Bestandteile saßen offenkundig an der falschen Stelle; heute noch litt er unter Alpträumen, in denen er Isis, nachdem sie alles einigermaßen verstaut und ihn wieder zugenäht hatte, laut staunen hörte: »Ach, so was Dummes aber auch! Da ist ja noch ein Teil übrig. Wo das wohl wieder hingehört ...?«

Sein geistiges Auffassungsvermögen war jedoch einigermaßen verschont geblieben und funktionierte – jedenfalls nach seinem Dafürhalten – genauso gut wie früher. Diesen glücklichen Umstand führte er auf die Tatsache zurück, daß sich sein Verstand stets außerhalb seines geschundenen Körpers aufgehalten hatte, während Isis damit beschäftigt gewesen war, den anatomische Lageplan der Organe zu studieren und seine Gedärme in die Bauchhöhle hineinzuwinden. Darüber hinaus vertrat er die Auffassung, daß ein Verstand in einem Körper wie ein Rennpferd war, das einen Brauereiwagen zog, oder wie eine Hochschulabsolventin, die trotz ihrer drei Doktorgrade Hausfrau geworden war, um ihr Talent ans Hemdenbügeln und Einkaufen zu vergeuden. Wie er immer wieder betonte, forderten all die Zeit und geistige Energie, die man aufbringen müsse, um die Glieder zu bewegen und die Sinne einigermaßen beisammenzuhalten, sowieso irgendwann ihren Tribut, und am Schluß bleibe nichts als ein Schrotthaufen übrig, der kaum mehr in der Lage sei, das Herz in Gang oder die Blase wenigstens einigermaßen unter Kontrolle zu halten.

Er dachte an sein Essen.

Apfelstrudel zum Nachtisch. Da ruiniert man sich beim ständigen Urkampf von Licht und Dunkelheit jahrtausendelang die Gesundheit, um am Ende von irgendeiner dahergelaufenen Göre eingetrichtert zu bekommen, man möge, ja liebe Apfelstrudel geradezu, bis man es womöglich noch selbst glaubt. Und heiße Vanillesoße! Bekäme er für jedes Mal, das er gesagt hatte, er könne Apfelstrudel und erst recht heiße Vanillesoße nicht ausstehen, nur einen Shilling ... nun, spätestens dann wäre er das reichste Wesen im Universum. *Heiße Vanillesoße ... igittigitt!*

Er schloß die Augen und schlug die Tür zu diesem unerfreulichen Gedankengang mit einem lauten Knall zu.

Allmählich hab ich nicht mehr alle Tassen im Schrank, sagte er sich. *Hier sitze ich nun im Rollstuhl, die Verkörperung vollendeter Weisheit, und kriege bereits wegen ein paar Löffeln heißer Vanillesoße einen Koller. Das sollte mir wirklich zu denken geben. Offenbar lebe ich schon viel zu lange in diesem Saftladen.*

Instinktiv streckte er den Rücken gerade und trat mit den Beinen testweise auf den Boden. Da steckte kein Fünkchen Kraft mehr drin, nichts als Schmerzen. *Verdammt!*

Im Gegensatz zu vielen seiner Kollegen war Osiris nie ein Sonnengott gewesen. Wenn ihn irgend etwas noch mehr in Rage brachte als heiße Vanillesoße, dann war das, mit einem besseren Straßenbahnfahrer verwechselt zu werden, der den ganzen Tag nichts anderes zu tun hat, als sich auf den Sicherheitsfahrschalter zu stützen und darauf zu achten, nicht auf zu große Wolkenfelder zu stoßen. Einst hatte sein ältester Sohn Horus diesen Job erledigt (daher auch der etwas merkwürdig anmutende Firmenname des Familienbetriebs ›Osiris & Sohnne‹), der dafür wie geschaffen gewesen zu sein schien. Natürlich war auch Horus längst pensioniert und wohnte nun im gegenüberliegenden Flügel vom *Sonnenblick*, wo man (wie es sich Osiris gern einredete) die alten Leute unterbrachte. Heutzutage sahen sich die beiden nur noch selten, wenngleich Osiris bei keinem dieser Anlässe die Gelegenheit verpaßte, seinem Sprößling gehörig auf die Nerven zu gehen, indem er stets vor versammelter Mannschaft durch den ganzen Raum brüllte: »Na, wie geht's denn meinem kleinen Sonnyboy?« Seine Gemahlin Isis führte in einem kleinen Zimmer im Anbau, das sie mit einer umfangreichen Fotosammlung von Aufnahmen der britischen Königsfamilie geschmückt hatte, ebenfalls längst ein Leben in privater Abgeschiedenheit. Osiris war heilfroh, die beiden nicht mehr am Hals zu haben. Wäre er nicht sein Leben lang von solchen Vollidioten umgeben gewesen, hätte aus ihm bestimmt etwas werden können, dessen war er sich sicher.

Es klopfte an der Tür; was bedeutete, daß Sandra wieder zurück war, denn keine der anderen Pflegeschwestern scherte sich darum, vor dem Hereinkommen anzuklopfen.

»Besuch für Sie, Ossi«, frohlockte Sandra.

Osiris zuckte zusammen. »Im Ernst? Seit ich vor etlichen Jahren dagegen geimpft worden bin, bekomme ich nämlich nur noch selten Besuch.«

»Mag sein, aber dieses Mal scheinen Sie sich angesteckt zu haben. Es ist Ihr Patensohn.«

»Ach, du dickes Ei ...«

›Aber die Elenden werden das Land erben‹ (Psalm 37:11).

Irgendwann jedenfalls. Nämlich erst dann, wenn sich alle anderen bedient haben und die Elenden nicht mehr sagen: ›Nein danke, bitte nach Ihnen.‹ Denn ginge es nach dem Willen der Götter, dann soll ein anmaßender Haufen unehelicher Gotteskinder – im Götterjargon unverfänglich Patenkinder genannt – das Land und somit das göttliche Erbe verwalten; was letztendlich darauf hinauslaufen wird, daß die Elenden zu dem Zeitpunkt, da sie das Land einst erben werden, allenfalls noch hoffen können, daß man ihnen wenigstens etwas Kleingeld, eine Uhr oder einen Radiowecker hinterlassen hat.

Wenn es um die Verbreitung von Herzensangelegenheiten geht, werden Götter bekanntlich allenfalls von den Charakteren einer unendlichen Seifenoper übertroffen. Auf dem Höhepunkt des Heldenzeitalters traute sich ein Durchschnittsgott aus Furcht vor Zustellern von Vaterschaftsklagen kaum, den Fuß vor die eigene Tempeltür zu setzen.

Natürlich hatten auch die sterblichen Kinder der Götter Nachfahren, die wiederum ihrerseits für Nachwuchs sorgten und so weiter und so fort; doch vom einst göttlichen Feuer blieben mit der Zeit nur noch derart wenige Funken übrig, daß sich die letzten Nachkommen längst nicht mehr mit dem Erschlagen eines Minotaurus oder der Befreiung einer holden Maid abmühen müssen, sondern sich lieber als Wirtschaftsprüfer, Anwälte oder Buchhalter verdingen.

Dennoch schlägt in jeder Generation altes Blut wieder durch, insbesondere dort, wo sich die Stammbäume von zwei oder mehreren Göttergeschlechtern zufällig kreuzen; und die Menschheit hat immer schon dazu geneigt, aus dieser genetischen Giftbrühe ihre Staatsmänner, Generäle, sozialen Reformer, Idealisten, Wirtschaftskapitäne und alle anderen nervtötenden Plagegeister zu rekrutieren, die es letztendlich fertiggebracht haben, aus dem einst in unendlicher Leere treibenden Feuerball das zu machen, was er heute ist: eine feuchte, stinkende Felsmasse.

Bei diesen Leuten handelt es sich um die sogenannten Patenkinder oder – wie es die Schweizer sehr viel treffender ausdrücken – um die Göttikinder. Früher oder später finden diese göttlichen Sprößlinge selbst heraus, wer sie sind; und, viel wichtiger, was sie alles erben können, wenn sie …

»Das darf aber nicht so sein. Irgendwo ist da der Wurm drin.«

Wie nicht anders zu erwarten war, herrschte für einen Augenblick totale Stille.

»Ja, George, das wissen wir«, bereitete Sir Michael Arlington, seines Zeichens in Diensten der königlichen Atomaufsichtsbehörde stehend, dem peinlichen Schweigen ein Ende. »Deshalb haben wir Sie ja extra die lange Reise von Iowa bis hierher zurücklegen lassen. Sind Sie zufällig schon in der Verfassung, wenigstens vage Vermutungen darüber anzustellen, warum das so sein könnte?«

»Man könnte hervorragend Folienkartoffeln darin backen«, schlug ein weißhaariger Wissenschaftler aus den hinteren Reihen vor. »Ich meine, man braucht sie dort nur eine viertel Nanosekunde lang hineinzulegen, etwas Butter hinzufügen, und schon kann man sich bedienen.«

»Das würde bestimmt funktionieren«, pflichtete ihm Sir Michael bei. »Sobald die Kartoffeln gar wären, könnten die dort wahrscheinlich sogar ohne fremde Hilfe wieder rauskommen. Hat vielleicht jemand ernsthafte Vorschläge zu machen?«

»Irgendwas ist da schiefgelaufen.« Professor George Eisenkopf, an der Universität von Iowa beheimatetes Nukleargenie und weisungsbefugter Vertreter des

US-Außenministeriums für die friedliche Nutzung von Kernenergie, kratzte sich mit dem kleinen Plastikstab, den er im Flugzeug zum Umrühren des Kaffees erhalten hatte, nachdenklich an der Nase. »Es funktioniert nicht richtig«, fügte er für die eventuell unter den Anwesenden weilenden Laien sicherheitshalber hinzu.

Sir Michael zuckte zusammen. »Bitte, George«, murmelte er ungehalten. »Halten Sie sich doch bitte nicht damit auf, uns mit großen Worten zu beeindrucken. In welcher Hinsicht ist da was schiefgelaufen?«

»Das weiß ich selbst nicht.«

»Na prima. Geht der Reaktor demnächst in die Luft?«

»Um dazu Genaueres zu sagen, ist es noch zu früh.« Professor Eisenkopf beugte sich vor und gab über die vor ihm liegende Tastatur einige Befehle in den Computer ein. Der Bildschirm flackerte auf, und ein paar schrill leuchtende Buchstaben verkündeten, daß der Computer nun bereit sei, um ›Super Mario‹ zu spielen.

»Oh, tut mir leid«, grummelte der Folienkartoffelfan mit hochrotem Kopf und drängte sich verstohlen nach vorn, um in Windeseile einige andere Befehle einzugeben. »Es ist nur so, daß gestern der kleine Neffe meiner Frau zu Besuch war und sich das hier mal ansehen wollte. Na ja, und ich hatte noch keine Zeit, um das Spiel ...«

»Das macht doch nichts«, versicherte ihm Professor Eisenkopf mit verständnisvollem Blick. Kurz darauf studierte er die von ihm aufgerufenen Daten und schürzte nachdenklich die Lippen. »Tja, meine Herren, was ich Ihnen jetzt sage, wird Ihnen vielleicht nicht so leicht einsichtig sein, aber da drinnen ist etwas Lebendiges.«

»Wo drinnen, George?«

»Im Reaktorkern«, antwortete der Professor. »Soweit ich das anhand der Daten dieser Zauberkiste sagen kann, sitzt er direkt auf dem Reaktordruckgefäß.«

Sir Michael nickte. »Und grillt dort wahrscheinlich ein paar Bratwürste, nicht wahr?«

»Wie bitte?«

»Na ja, passend zu den Kartoffeln.«

Nicht alle Götter haben sich zur Ruhe gesetzt. Einige machen noch immer weiter, was in erster Linie darauf zurückzuführen ist, daß sie aufgrund völliger Überlastung nie die Zeit gefunden haben, einen Nachfolger einzuarbeiten.

Einer von diesen Göttern legte gerade in den infernalischen Eingeweiden des Atomkraftwerks von Bosworth Pike eine wohlverdiente Verschnaufpause ein und aß ein Sandwich mit kaltem Roastbeef. Er hieß Pan, und wenn man seinem Namen die Endbuchstaben -ik anfügt, weiß man, für welchen Geschäftsbereich er in dem erhabenen Götterkabinett zuständig ist.

»Drei rechts«, murmelte er gedankenversunken vor sich hin und warf einen Blick auf das Strickmuster, »zwei links.«

Er strickte für Wahrheit (die, wie einigermaßen bekannt sein sollte, die kleine Tochter von Zeit ist) ein Ausfahrjäckchen, und er hatte das unbehagliche Gefühl, irgendwo etwas falsch gemacht zu haben. Darüber hinaus hegte er den unangenehmen Verdacht, daß die dunkelbraune Verfärbung, die sich etwa zwölf Reihen zuvor in das Muster eingeschlichen hatte, von seinem Bart herrührte.

»Mist«, zischte er wütend und ließ die Nadeln los. Das Strickzeug fiel ein Stück herunter und blieb ihm am Kinn hängen. Also hatten sich seine Befürchtungen bewahrheitet, und ihm blieb nichts anderes übrig, als zur Schere zu greifen.

Nichtsdestotrotz blieb die Tatsache bestehen, daß ihm sein Psychiater Stricken als beste Therapie gegen Bluthochdruck und Streß empfohlen hatte, und während der letzten Jahrtausende waren von ihm bereits sämtliche anderen Behandlungsmethoden gleich mehrmals ohne Erfolg ausprobiert worden.

Unter ihm begann der Boden grün zu glühen. Er befeuchtete die Kuppe des rechten Zeigefingers, drückte sie vorsichtig gegen das Reaktordruckgefäß und wurde mit einem lauten Brutzeln belohnt. Alles schien bereit zu sein, und er stand auf.

Natürlich ist Pan ein guter Gott; oder zumindest wäre es ziemlich dumm, nicht davon überzeugt zu sein, da sich unser Glaube enorm auf das Selbstbild eines Gottes auswirkt. Für die Götter ist dieser Umstand alles andere als angenehm; so verspeist zum Beispiel der ägyptische Gott Serapis nicht eine einzige Scheibe Toast, ohne seine Anhängerschaft dafür zu verfluchen, daß sie sich partout nicht von ihrem Glauben an die Existenz einer krokodilköpfigen Gottheit abbringen lassen will – und es kommt durchaus vor, daß ein Gott nach dem Aufwachen feststellen muß, eine völlig andere Gestalt angenommen zu haben oder gar einer anderen Spezies anzugehören, nur weil von irgendwelchen gedankenlosen Glaubenseiferern am Abend zuvor eine allzu phantasievolle Erweckungsversammlung abgehalten wurde.

Sterbliche glauben, daß Pan – obwohl ein unverbesserlicher Witzbold und mit einem Sinn für schwarzen Humor ausgestattet, von dem selbst Joseph Goebbels entsetzt gewesen wäre –, grundsätzlich zu den guten Göttern gehört und schlichtweg nicht in der Lage ist, tatsächlich dauerhaften Schaden anzurichten.

Dennoch hatte er dieses Mal alle Hände voll zu tun.

Andererseits war er ein Gott; und bei Göttern ist kein Ding unmöglich, zumindest rein theoretisch. So kam es, daß die Leute vom Spezialtrupp für Reparaturarbeiten, die drei Tage später – mit ihren schweren Bleianzügen und dem schweren Schuhwerk wie Kletten am Boden haftend – in die Reaktorzelle einbrachen, feststellen mußten, daß die von den Geigerzählern gemessene Strahlung um etliche Punkte unter dem Normalwert lag.

Außerdem entdeckten sie eine Röstgabel, ein ungeöffnetes Paket Butter und fünf eiskalte gebackene Folienkartoffeln.

Offenbar gibt es einige Wesen, die mögen Rechtsanwälte.

Ashtoreth, die vorsintflutliche Mondgöttin aus Südpalästina, war beispielsweise völlig hingerissen, als ihr Urururururururururururururururpatenkind Hyman Teilhaber des führenden New Yorker Anwaltsbüros Kaplan & Hart wurde, und sie trieb die Mitbewohner des Seniorenheims *Sonnenblick* durch ihr lautes und unaufhörliches Reden über ihren Patensohn Hymie, den Staranwalt aus New York, an den Rand des Wahnsinns.

Andere Gottheiten, bei denen sich Rechtsanwälte großer Beliebtheit erfreuen, sind: Ahriman, der Vater der Finsternis; Hermes, Schutzpatron der Diebe; Loki, nordischer Gott des Lugs und Trugs; und Belenos, zu dessen Ehren die Druiden Menschen in Korbkäfigen bei lebendigem Leibe verbrannten – wenn es allerdings um die Erzeugung heißer Luft geht, dann sind laut Belenos Rechtsanwälte unschlagbar und den Druiden in jedem Falle vorzuziehen.

Osiris für seinen Teil hatte schon immer die Auffassung vertreten, daß man sich entweder einen Anwalt nehmen oder es auch sein lassen könne, wobei er letztere Möglichkeit eindeutig bevorzugte. Besuche von seinem Patensohn Julian waren ihm deshalb genauso willkommen wie eine Ratte in einem Leichenschauhaus.

Und in Anbetracht seines Aufenthaltsort war das nach seinem Dafürhalten nicht einmal ein schlechter Vergleich. *Ich halte das hier nicht mehr aus, verdammt und zugenäht! Wenn diese alte Transuse von Isis in der allerletzten Nacht, in der sie mich zusammengeflickt hat, die Mon-*

tageanleitung nicht falsch herum gehalten hätte, wäre ich längst nicht mehr hier. Dann wäre ich irgendwo da draußen und könnte solche Stinkstiefel wie diesen rotznäsigen Julian mit Meteoriten bewerfen.

»Wie geht's, Julian?« fragte er, als sein Patensohn das Zimmer betrat. »Aha, wie ich sehe, hast du mir mal wieder Weintrauben mitgebracht, richtig?«

»Ja.«

»Ich kann Weintrauben nicht ausstehen.«

»Macht nichts.« Es ertönte ein gongähnliches Geräusch, als die Tüte mit den Weintrauben auf den Boden des als Papierkorb dienenden Blecheimers schlug. »Hör mal, ich hab leider nicht viel Zeit, weil ich in vierzig Minuten bei einer Besprechung sein muß, aber trotzdem, wie geht's dir? Wie ist das Leben hier?«

Osiris kratzte sich nachdenklich am Kinn. »Das Leben hier ist ein wenig wie zermatschte Kohlrüben. Hin und wieder eine kleine Portion mag ja eine ganz nette Abwechslung sein, aber davon allein kann man nicht leben.«

»Ja.« Julian blickte ihn einen Augenblick lang ratlos an und blinzelte zweimal mit den Augen. »Also bereitet dir das Bein immer noch Probleme, wie?«

»Willst du dir das gar nicht aufschreiben?«

»Was denn?«

»Na, natürlich das, was ich dir gerade gesagt habe.« Osiris reagierte unwirsch. »Mann! Das war ein Glaubenssatz, ein Gleichnis. Und Glaubenssätze sollst du dir gefälligst aufschreiben.«

»Mhm …«

»Und guck mich nicht so dämlich an. Glaub mir, es gibt Leute, die haben aus brennenden Dornbüschen heraus weit beklopptere Dinge von sich gegeben als ich. Wie geht's eigentlich Phyllida?«

»Wem?«

»Na, deiner Frau natürlich.«

»Ach so.« Julian blickte kurz auf die Uhr. »Gut,

nehme ich an. Wenn nicht, hätte ich bestimmt etwas davon gehört. Hör mal, ich will wirklich nicht drängen, aber ich hab gleich noch eine sehr wichtige Besprechung ...«

»Und was macht Ben? Und die kleine Julia?«

»Denen geht's auch gut. Andauernd erkundigen sie sich nach dir. Jedenfalls war es schön, dich mal wieder gesehen zu haben.«

»Deine Kinder heißen übrigens in Wirklichkeit Emma und Clinton«, zischte Osiris. »Du scheinst ziemlich viel um die Ohren zu haben, stimmt's?«

»Ja, das kannst du laut sagen. Ich hatte sogar furchtbar viel Arbeit um die Ohren, vor allem als die Rezession auf dem Höhepunkt war, aber mittel- und langfristig wird sich das auf unseren festen Kundenstamm bestimmt eher positiv als negativ auswirken und ...«

»Sag mal, was machst du eigentlich noch mal?« unterbrach ihn Osiris.

Julian seufzte. »Ich bin Rechtsanwalt, Ossi.«

»Ach ja. Na, mach dir nichts draus. Man sollte die Hoffnung niemals aufgeben. Neulich hab ich übrigens einen guten Witz über Anwälte gehört.«

»Laß nur, ich kenne sämtliche Anwaltswitze, Ossi. Hör zu, ich schau demnächst mal wieder vorbei. Also, paß auf dich auf, und tu nichts, was ich nicht auch täte, okay?«

»Keine Sorge, Julian«, antwortete Osiris mit überzeugend klingender Stimme, »niemals täte ich das, was du tust. Und schließ die Tür hinter dir.«

Julian musterte Osiris mit kritischem Blick. »Geht's dir einigermaßen gut, Ossi?«

Osiris, verwundert über Julians Tonfall, blickte seinen Patensohn erstaunt an. »Ich glaube, schon. Soweit man das von jemandem erwarten kann, dessen Dünndarm jetzt direkt durch den Lebergallengang hindurchführt. Weshalb fragst du?«

»Ach, nur so«, antwortete Julian abwesend, während

er verlegen mit dem Griff seiner Aktentasche spielte. »Du kommst mir heute nur ziemlich merkwürdig vor, das ist alles.«

»Ziemlich merkwürdig? Mag sein.«

»Offen gesagt, nicht nur ziemlich, sondern hundertzehnprozentig sogar.«

»Julian, mein Junge, wenn es mich hundertzehnprozentig gäbe, dann müßte ich jetzt achtzehn Zentimeter größer sein oder eine entsprechend große Nachbildung von mir auf dem Kaminvorleger stehen haben. So, und jetzt zieh Leine.«

»Hörst du zum Beispiel fremde Stimmen oder irgendwas in der Richtung?«

»Ja, und zwar deine!« zischte Osiris. »Und jetzt verpiß dich!«

»Schon gut, schon gut. Dann nächste Woche, selbe Zeit, einverstanden?«

»Einverstanden.« Osiris seufzte. »Es sei denn, ich bin gerade in einer wichtigen Besprechung. Der Türknauf ist übrigens das runde Messingdings, etwa einen Meter oberhalb des Fußbodens. Normalerweise klappt es immer mit einer halben Drehung nach rechts.«

Während Julian den Flur entlangging, spielte er in Gedanken noch einmal das geistige Tonbandprotokoll des Gesprächs ab, wobei er das Hintergrundrauschen und andere störende Nebengeräusche geflissentlich überhörte. Ja, der alte Narr hatte wirklich merkwürdig geklungen; bei genauerem Hinhören allerdings nicht merkwürdiger als sonst.

Ich hab's!

Julian blieb plötzlich stehen und grinste verschmitzt. Ihm war gerade eine gute Idee gekommen.

II

Es war einmal ein Barde, der sang vor vielen, vielen Jahren in der riesigen Methalle des Königs Hrolf Krake.

Unter den Kriegern, Gefolgsleuten und Dienern des Königs herrschte Totenstille, als der Barde vor dem rotglühenden Kaminfeuer mit viel Geschick auf den verschlungenen Pfaden der Kenninge und Metaphern, der Tropen und Gleichnisse zu wandeln begann. Während die einzelnen Wörter der Ballade wie gefrorene Tautropfen auf dem Netz einer Spinne in der Luft funkelten, standen alle wie gebannt da, und der dunkelgelbe Met glänzte unangetastet in den bis zum Rand gefüllten Trinkhörnern. Wie eine Fliege in einem Bernstein, eingefaßt in einem Ring aus goldenen Flammen, blieb diese einmalige Momentaufnahme allen im Gedächtnis haften.

Es war ein altes Lied, so alt, daß niemand wußte, woher es stammte oder wann es zum ersten Mal gesungen worden war. Es begann mit der Schöpfung der Erde, als der Urriese Ymir erstmals die Augen geöffnet hatte und nichts als die Kälte, den Wind und die Einsamkeit gesehen hatte. Während der Sänger die schattenhaften Ecken und Winkel des Raums mit Geistern bevölkerte, gewann die Ballade immer mehr an Schwung und handelte von Siegfried, dem Drachentöter; von Arvarodd, der sich einst in das Land der Riesen verirrte; von Weyland, dem unübertroffenen Handwerker, dessen Fähigkeiten ihm nur Leid einbrachten;

von Brunhilde, die tausend Jahre lang auf dem feuerumsäumten Berg schlief. Und jetzt näherte es sich langsam dem schrecklichen Ende, dieses Lied ohne Gnade, das kein Sänger in der Gewalt hatte; die letzten Tage, der Aufstieg der Reifriesen, das Verschlingen der Sonne durch den Fenriswolf und des Mondes durch dessen Bruder Garm, der letzte Kampf auf den vereisten Ebenen, der Untergang der Götter selbst. Während der Barde sang, schien die Welt klein und zerbrechlich zu werden, und König Hrolf gab mit einer fahrigen Handbewegung zu verstehen, noch mehr Holzscheite auf das Feuer zu legen.

Und dann sang der Barde von der neuen Götterdämmerung; wie die Götter aus der Asche des niedergebrannten Walhalla auferstehen und ein neues Schloß errichten, eine sonnenglänzende, erhabene Festung aus goldenem Stein, die nie wieder zerstört werden wird und wo Odin und Thor und der einarmige Tyr und Freyr, der friedensliebende Freund der elenden Sterblichen, für immer herrschen, Festgelage abhalten, sich am Gesang erfreuen und alte Zugmaschinen restaurieren. In diesem Paradies wird es keine Winter mehr geben und …

»Was machen die da?«

Der Barde schloß die Augen. Einen gesegneten Augenblick lang hatte er tatsächlich geglaubt, damit durchgekommen zu sein.

»Ähm … alte Zugmaschinen restaurieren. Und nie mehr wird Reiffrost am Weißdorn haften …«

»Alte was!?«

Verdammte Scheiße! Langsam kotzt mich dieses dämliche Lied an! fluchte der Barde in sich hinein. *Andauernd unterbricht mich irgendein Arschloch und fragt mich, was eine Zugmaschine ist, und ich … na ja, dabei hab ich selbst nicht den leisesten Schimmer, was für ein Scheißding das sein soll. Und genauso erging es schon meinem Vater und meinem Großvater. Aber wen kümmert das schon?*

»Alte Zugmaschinen. Ich glaube, das sind so Dinger, die Götter … ähm, gern restaurieren oder reparieren oder so.«

König Hrolf beugte sich vor und griff mit seiner klosettdeckelgroßen Hand nach der Kapuze des Barden. »Willst du uns verarschen?« knurrte er wütend.

»Nein, natürlich nicht! So geht nun mal der Text von dem Lied und …«

»Hör mal«, fuhr der König fort, wobei er die Augenbrauen wie zu einem schmalen Dorndickicht zusammenzog, »der letzte von euch Spaßvögeln, der glaubte, uns auf diese Weise verarschen zu können, war …« Das Gesicht des Königs verzog sich zu einer wild grinsenden Grimasse. »Thorfinn, sag du doch bitte dieser Schwuchtel, was mit dieser anderen Schwuchtel passiert ist, ja?«

Thorfinn, dessen Augenbrauen nicht ganz so buschig wie die seines Herrn waren, aber dennoch Rebhühnern eine ideale Brutstätte geboten hätten, gehorchte. Normalerweise ein Mensch von wenigen Worten, schien er plötzlich eine dichterische Ader in sich zu entdecken, die den Barden allerdings wohl eher dazu gebracht hätte, die Minnesängerei auf der Stelle aufzugeben, um irgendwo einen hübschen kleinen Zeitungskiosk aufzumachen.

»… wir haben ihn direkt am Arschloch aufgespießt und dann angezündet. Das gab einen unglaublichen Gestank, so daß wir am Schluß sogar das Dach abtragen mußten. Trotzdem kann man noch heute den Mief riechen, wenn der Wind vom Fjord her weht. Den Kerl hast du doch gemeint, Chef, oder?«

»Genau den.«

Der Barde zuckte zusammen. »Aber es heißt dort wirklich *Zugmaschinen*, ehrlich!« beteuerte er. »Sehe ich denn wirklich so dämlich aus, daß ich mir solch einen Schwachsinn ausdenken könnte?«

Für eine ganze Weile trat eine bedrückende Stille ein;

doch zur großen Erleichterung des Barden lächelte König Hrolf schließlich.

»*Zug*maschinen also, ja?« sann Hrolf laut nach. »Das sind doch diese Geräte mit den zwei Seilen und einer Winde. Das eine Seil bindet man um die Fußknöchel des Delinquenten und das andere um den Hals, und dann … ja, jetzt weiß ich, was damit gemeint ist. So ein Ding würde man sich in Walhalla wünschen, wenn es draußen regnet. Entschuldige, aber wo warst du gerade stehengeblieben?«

Zwölfhundert Jahre später kann man mit Sicherheit behaupten, daß sich Hrolf gänzlich geirrt hatte. Mit Zugmaschinen hatte der urzeitliche Barde hellgrün gestrichene, große Dampflokomotiven mit vielen glänzenden Messinggriffen, Ventilen und Stößeln gemeint. Oder, um es genauer zu sagen, eine ganz bestimmte dieser Maschinen, eine Art Turbinenpropellerdampflokomotive mit Automotorantrieb.

Sie wurde *Midgards ganzer Stolz* genannt und tauchte genau in diesem Augenblick unter einer Schicht von alten Mülltüten und Kartoffelsäcken im großen Kohlenschuppen auf der Rückseite des *Sonnenblicks* auf. Es hatte unendlich viel Mühe und Arbeit gekostet, sie so aussehen zu lassen wie jetzt; nämlich abscheulich.

»Ich hab's dir doch gleich gesagt, Odin!« schimpfte Thor, während er einen Schritt zurücktrat. »Warte, bis der erste Anstrich völlig trocken ist, bevor du den zweiten aufträgst, sonst verläuft alles. Aber nein, du mußtest es natürlich mal wieder besser wissen.«

Odin kratzte sich am Kopf. »Die Farbe ist einfach nicht gut gewesen«, verteidigte er sich. »Ich hab dir ja gleich gesagt, nur weil sie billig ist, muß sie noch lange nicht …«

»Mit Farbe aus Restbeständen der Armee kann man gar nichts falsch machen«, stellte Thor klar. »Vorausgesetzt, man läßt sie richtig antrocknen«, fügte er gereizt hinzu. »Und vorausgesetzt, daß kein Vollidiot einen zweiten Anstrich macht, solange der erste noch klebrig ist.«

»Ich finde, sie sieht ganz hübsch aus«, meinte Freyr, der geistesabwesend einen Kaugummi kaute. »Eben etwas gesprenkelt.«

Thor beachtete ihn nicht. »Das Zeug muß wieder runter«, stellte er mit Kennerblick fest. »Das muß alles sofort wieder abgespachtelt werden, dann gehen wir von oben bis unten mit Stahlwolle und Trichloräthylen darüber und fangen noch einmal ganz von vorne an. Du meine Güte, was für eine dämliche Zeitverschwendung!«

»Das ist doch überhaupt nicht notwendig«, widersprach Odin. »Wir können doch einfach ...«

»Jetzt hör mir mal zu, du Schwachkopf!« unterbrach ihn Thor aufgebracht. »Das hier ist meine Maschine, und dieses eine Mal machen wir genau das, was ich gesagt habe, bevor ihr mir das gute Stück noch vollends ruiniert, klar?«

Odin zuckte die Achseln. Die alte Dampflok gehörte tatsächlich Thor, und das schon seit einer Ewigkeit. Vor zweitausend Jahren hatte sie noch als Streitwagen gedient, auf dem der Herr des Donners, der Winde und Wolken durch den Himmel geritten war, um mit den Reifriesen zu kämpfen. Kommenden Mittwoch in vierzehn Tagen vor genau eintausendneunhundertundfünfzig Jahren platzte jedoch im oberen Ansaugkrümmer eine Dichtung, so daß durch die Überflutung der äußeren Kompressionskammer das Hauptantriebswellenlager fest gegen die Nockenwelle gedrückt wurde. Nachdem er den Motor mit dem Hammer und unter Verwendung seines reichhaltigen Vokabulars an Kraftausdrücken bearbeitet hatte, stellte er damals das gute Stück in einem Nebengebäude ab und kaufte sich ein neues Gefährt; eine Art zwanzigtausend Tonnen schwerer, feuerspeiender, phosphoreszierender Milchwagen mit Sichelrädern und eingebauter Drehzahldrossel, wodurch die Höchstgeschwindigkeit auf zehn Kilometer pro Stunde begrenzt wurde. Wenngleich dieses Ungetüm geradezu mitleiderregend langsam war, so lag es in der Versicherung doch sehr günstig, und vor allem drohte es nicht mitten im eisigen Nebelland stehenzubleiben, direkt im Epizentrum des Feindes und Meilen von der nächsten Telefonzelle entfernt.

Am Erntedankfesttag vor dreizehnhundertundzwanzig Jahren hatte Odin nun ganz beiläufig angemerkt, daß es vielleicht ganz lustig sein könnte, die Lokomotive nach dem Ausscheiden aus dem Arbeitsleben zu restaurieren. Wie er damals meinte, könnte es doch ein schönes Hobby sein, die alte *Midgard* wieder zum Laufen zu bringen, um sie für Blumenparaden, Karnevalsumzüge oder Stadtfeste auszuleihen.

Nachdem die Mitarbeiter des gewaltigen Göttergeschlechts der Asen vor neunhundertsechsundneunzig Jahren zum letzten Mal die Stempeluhr bedient hatten, erhielten sie vom skandinavischen Völkerbund ihre Arbeitszeugnisse und goldenen Uhren und setzten sich im neuen Walhalla zur Ruhe, einem eigens zu diesem Zweck errichteten Gebäudekomplex in einem der Nobelvororte von Muspellsheim. Walhalla war mit allen nur erdenklichen Extras ausgestattet und verfügte über einen sagenhaften, exakt auf die Bedürfnisse der Exgötter zugeschnittenen Komfort – unablässige Festgelage, die gesungen vorgetragene *Edda* als Hintergrundmusik, 24-Stunden-Walkürenservice und so weiter –, und all das hatten die Asen drei sehr lange Wochen tapfer über sich ergehen lassen, bevor sie sich in den frühen Morgenstunden verdrückten und lediglich eine kurze Notiz ohne Nachsendeadresse am Riesenrad hinterließen. *Midgards ganzen Stolz* nahmen sie natürlich mit.

»Vielleicht können wir die Farbe ja einfach mit Sandstrahl absprühen und dann überstreichen«, schlug Odin vor.

»Ach, red doch keinen Unsinn«, winkte Thor wütend ab.

Vor vierhundertfünfundsiebzig Jahren hatte Mrs. Henderson zum ersten Mal energisch eingegriffen. Wie sie damals sagte, habe sie zwar nichts dagegen, wenn ihre Heimbewohner kleinen Hobbys nachgingen, und gegen Puzzles sei absolut nichts einzuwenden; selbst gegen Buddelschiffe oder das aus Streichhölzern gebastelte maßstabgetreue Modell des Tempels der Götter der Zerstörung und des Todes in Tlaxopetclan gebe es von ihrer Seite nichts einzuwenden, immer vorausgesetzt, die betreffende Person räume anschließend alles ordentlich auf und trage dafür Sorge, keinen Klebstoff auf den Teppich tropfen zu lassen. Große ölverschmierte Lokomotiven in ihrer frisch renovierten Fernsehsuite könne sie allerdings nicht dulden. Eins sei im *Sonnenblick* zu viel: entweder das Ding oder die betreffenden Götter.

Also verschwand der Oldtimer; und zwar in den Kohlenschuppen, und seit vierhundertfünfundsiebzig Jahren (seit dem Tag der Eroberung Perus durch Pizarro und lange bevor James Watt überhaupt eingeplant war) verdrückten sich Odin, Thor und Freyr regelmäßig nach dem Mittagessen unter dem Vorwand, einen Spaziergang zu machen, um sich einige Stunden später ebenso heimlich wieder hineinzuschleichen und an den Handtüchern in der Toilette im Erdgeschoß überall ölige Händeabdrücke zu hinterlassen.

»Schnell, da kommt jemand!« zischte Thor, und sofort flogen Plastiktüten und Kartoffelsäcke durch die Luft, um die Lokomotive wenigstens notdürftig abzudecken. Aber es war nur Freyja, die ihren Bruder Freyr fragen wollte, ob er Lust habe, als vierter Spieler bei einer Partie Bridge mitzumachen.

»Jetzt nicht, Schwesterherz«, antwortete Freyr. Dann blickte er zu Boden, da er das untrügliche Gefühl hatte, daß etwas falsch war, und zu seinem Entsetzen mußte er feststellen, mit einem Fuß in einem der Eimer mit grüner Farbe zu stehen.

»Du bastelst doch wohl nicht schon wieder an diesem Ding herum, oder?« wollte Freyja wissen.

»Welches Ding meinst du denn, Schwesterherz?« fragte Freyr scheinheilig.

»Na, na! Das weißt du ganz genau«, rügte ihn Freyja mit mißbilligendem Blick. »Ihr werdet wohl alle nie erwachsen, wie? Und du, Freyr, wäscht dir sofort die Hände und kommst wieder mit rein, bevor du noch von Missis Henderson erwischt wirst.«

»Aber Schwesterherz, ich ...«

»Komm schon.«

Freyr seufzte schwer. Seit die Erde ohne jede Gestalt und nichts als eine endlose Öde war, hatte er eine Schwester gehabt, doch selbst heute noch dachte er hin und wieder: *Warum ausgerechnet ich? Was habe ich bloß getan, daß mir so etwas widerfährt?* »Ich komm ja schon«, grummelte er, »aber bilde dir bloß nicht ein, daß ich mit euch alten Pfeifen Bridge spiele ...«

»Und ob du mitspielst. Und ihr beiden ...« Freyja blickte sich um, doch den anderen beiden Götter war es irgendwie gelungen, sich unbemerkt zu verdrücken. »Kinder!« seufzte sie kopfschüttelnd.

Kaum hatten die beiden göttlichen Geschwister die Schuppentür hinter sich geschlossen, krochen Odin und Thor unter den Säcken hervor, klopften sich den Staub ab und blickten sich vielsagend an.

»Frauen!« seufzte Thor.

»Das kannst du wohl laut sagen.«

Es geht die Sage, daß der riesige Büroklotz aus Glas, Stahl und Beton der Firma Haifisch & Dieb, der größten Anwaltskanzlei der Welt, bereits am zweiten Tag der Schöpfung gegründet wurde, um mit der erwarteten Flut von Schadenersatzklagen zurechtzukommen.

Im obersten Stockwerk, praktisch dem Zuhause von

Julian Magus, dem Geschäftsführer der Firma, war das Licht in dieser Nacht immer noch an. Er saß an seinem Schreibtisch und sprach gerade mit einem Kollegen aus der Abteilung ›Testamente und Stiftungen‹ eine Idee durch.

»Grundsätzlich sind unsere Möglichkeiten dabei ein wenig begrenzt«, meinte der Kollege, wobei er sich die schweren Augenlider rieb.

»Erzählen Sie weiter«, forderte ihn Julian auf.

»Nun, an der Erbschaftsfront habe ich aufgrund meiner Sachkenntnisse das Gefühl, Ihnen sagen zu müssen, daß wir uns in bezug auf die angestrebte Rechtsposition auf einem ziemlich schmalen Pfad bewegen. Auf den ersten Blick und aufgrund der mir bekannten Tatsachen kann ich nur feststellen, daß es, bevor es eine Erbschaft geben kann, strenggenommen zuvor einen Todesfall geben muß.«

»Ja.«

»Das wird in diesem Fall aber ein Problem sein, finden Sie nicht?«

»Es gibt keine Probleme, Leon«, antwortete Julian bedächtig, »allenfalls unerkannte Lösungen, und Sie täten gut daran, sich das zu merken, wenn Sie in diesem Beruf irgendwann einmal etwas erreichen wollen.«

»Nun, ähm ... ja, sicher«, stammelte sein Kollege, der plötzlich einen trockenen Gaumen bekommen hatte. »Diesbezüglich sind wir hundertprozentig einer Meinung. Wenn ich trotzdem eine kleine Warnung aussprechen darf, dann ...«

»Ja?«

»Ich meine, offensichtlich müssen wir uns erst einmal auf eine gemeinsame Terminologie einigen, bevor wir in dieser Angelegenheit vorankommen. Wenn wir mit der eigentlichen Definition des Wortes Tod beginnen, bringt uns das vielleicht ein Stück weiter. Wo wird zum Beispiel im Gesetzestext ausdrücklich darauf hingewiesen, daß man nicht tot sein kann, solange man sich noch bewegt? Von juristischer Seite her könnte man die Ansicht vertreten, daß ...«

»Nein, nein«, unterbrach ihn Julian ungeduldig. »Sie hatten von Anfang an recht, die ganze Geschichte von Tod und Jenseits ist ein völliger Reinfall. So bringt das alles nichts.« Er lehnte sich im Sessel zurück und legte die Hände an den Fingerspitzen zusammen. »Meiner Meinung nach sollten wir alles aus einem ganz anderen Blickwinkel betrachten.«

»Sehr vernünftig«, warf Leon rasch ein. »Und woran haben Sie dabei gedacht?«

»Wie wäre es mit einer Vollmacht?« schlug Julian vor.

Sein Kollege zuckte zusammen. Es war schon schlimm genug, hier mit Julian Magus, dem gerissensten Anwalt aller Zeiten, allein zu sein und zu wissen, daß nur ein einziges falsch gesetztes Komma oder gar eine unangebrachte Bemerkung eine über dreißig Jahre geplante Karriere komplett ruinieren konnte. Die goldene Regel lautet: Widersprich niemals einem Angehörigen der menschlichen Rasse. Jeder Rechtsanwalt, der auch nur einen Pfifferling wert ist, wird Ihnen das bestätigen.

»Ein völlig einleuchtender Gedanke, Jule«, sagte er deshalb. »Sicher eine Möglichkeit, die wir bis ins letzte Detail erkunden müssen. Aber wenn man alles noch einmal kurz von allen Seiten betrachtet und dem Ganzen einen Spiegel vorhält, dann stoße ich immer wieder auf diese eine kleine Klausel, die besagt, daß alle Götter den Patenkindern bereits vor Hunderten von Jahren Vollmachten erteilt haben. Wann haben die sich beispielsweise zur Ruhe gesetzt? Ich fürchte, ich kann Ihnen nicht mehr ganz folgen.«

»Vollmachten, ja«, antwortete Julian und starrte die Decke an, »aber keine zeitlich unbegrenzten Vollmachten. Sie könnten jederzeit widerrufen werden. Wir aber wollen eine dauerhaftere Regelung.«

»Nun ja ...« Zwar verspürte Leon bereits den heißen

Atem des Halt-lieber-das-Maul-du-Trottel-Gespenstes im Nacken, doch konnte er irgendwie nicht anders als zu sagen: »Vielleicht stelle ich mich auch diesbezüglich etwas dumm an, aber Vollmachten können doch widerrufen werden, oder?«

Julian lächelte. Es war ein langes und unterschwelliges Lächeln; ein Lächeln, das sich nur über Generationen in einem langwierigen Evolutionsprozeß hatte entwickeln können und bei dem Wölfe, Bären und Säbelzahntiger Pate gestanden hatten. Allein dieses Lächeln war der Anwaltskanzlei Haifisch & Dieb jedes Jahr Hunderttausende von Dollar wert.

»Nicht, wenn die Person, die dazu die Macht hat, für unzurechnungsfähig erklärt wird, Leon«, antwortete er schließlich. »Eigentlich hatte ich erwartet, Sie kämen selbst darauf.«

III

Ach, hör bloß auf damit, nicht schon wieder ...« Mr. Kortright, übernatürlicher Manager einer Künstleragentur und das einzige Wesen in der Geschichte, das sich jemals getraut hat, der hinduistischen Göttin Kali zu sagen, daß sie höchstwahrscheinlich wirklich das gewisse Etwas habe, man aber noch sehr viel daran arbeiten müsse, zuckte die Achseln. »Das ist das Beste, was ich dir besorgen kann«, sagte er. »Ein anständiger Job, und du solltest mir dankbar dafür sein.«

»Aber der Job ist so furchtbar *demoralisierend*. Dann würde ich immer noch lieber Werbefernsehen machen.«

An seinem Ende der Telefonleitung grinste Mr. Kortright ironisch. »Pan, alter Kumpel, wenn ich eine Möglichkeit wüßte, dich beim Werbefernsehen unterzubringen, wäre ich ein sehr glücklicher Mensch. Aber du mußt den Tatsachen ins Auge blicken, Alter. Die Kids fahren heutzutage auf deine Masche einfach nicht mehr ab. Die stehen auf Horrorfilme, Computerspiele oder bewußtseinserweiternde Drogen. Die haben heute Sachen, von denen man zu deiner Zeit nie zu träumen gewagt hätte. Wenn man nur hinter Büschen hervorspringen und ›Buuh!‹ rufen kann, sollte man froh sein, überhaupt einen Job zu finden.«

»Hör mal, ich kann auch noch andere Sachen machen!« wehrte sich Pan wütend. »Dich zum Beispiel in einen Baum verwandeln.«

»Mach nur, mir ist das egal«, seufzte Kortright. »Als

Baum bräuchte ich mir wenigstens nicht mehr die Mühe machen, über Weidmann Herne und seine sensationelle Rehdressur etwas Positives zu sagen. Doch an der Tatsache, daß du nicht mehr angesagt bist, würde das auch nichts ändern. Hör zu, entweder nimmst du den Job an, oder ich gebe ihn Huitzilpotchli.«

Pan zwinkerte nervös mit den Augen. »Wem?«

»Huitzilpotchli. Das ist so ein Möchtegerngott mit eckigen Ohren aus vorkolumbianischer Zeit. Seine Spezialität sind rituelle Sprechgesänge. Außerdem jongliert er gern mit den abgehackten Schädeln von erschlagenen Feinden.« Mr. Kortright erschauderte unwillkürlich. »Das ist aber auch nicht mehr in, zumal er die Dinger normalerweise dabei fallen läßt. Also, was ist? Du hast die Wahl.«

»Na gut, ich mach's«, willigte Pan zögernd ein. »Aber das ist das letzte Mal, verstanden?«

»So ist's recht, mein Junge. Ich wußte doch, daß ich mich auf einen alten Hasen wie dich verlassen kann.«

Pan hängte den Hörer auf und holte tief Luft; er hatte auch schon bessere Zeiten erlebt.

Frustriert verließ er die Telefonzelle und winkte sich ein Taxi heran.

In der guten alten Zeit, lange bevor alle anderen das Handtuch geworfen hatten, da war er noch wirklich jemand gewesen. Damals gab es natürlich auch noch nicht diesen ganzen psychologischen Quatsch.

Ein Yellow Cab zog an die Bordsteinkante heran, und aus dem Fahrerfenster lugte ein Glatzkopf hervor. »Wohin soll's denn gehen, Sportsfreund?« erkundigte sich der Taxifahrer.

Wenn man damals ein Gefühl haben wollte, brauchte man einen Gott dazu. Wollte man sich eifersüchtig fühlen, wurde man von Eris aufgesucht, der griechischen Göttin der Zwietracht. Jemand, der einen Anfall von maßlosem Stolz empfinden wollte, mußte so lange warten, bis Hybris, die Geisteshaltung der Überheblichkeit, ihre unerledigten Aufträge abgearbeitet hatte, so daß sie einen zumeist auf den kommenden Donnerstagmorgen vertrösten mußte. Ohne Eros, den geflügelten Bogenschützen, war sexuelle Begierde unmöglich; diese Gottheit war derart überstrapaziert, daß es an ein Wunder grenzte, daß sich die Menschheit bis ins dritte Jahrhundert vor Christus überhaupt vermehren konnte. Sehnte man sich hingegen danach, panische Angst zu empfinden, war Pan der richtige Mann.

»Wall Street«, antwortete Pan, während er die Hintertür öffnete und mit den Hufen scheppernd gegen die Türschwelle trat. Wenngleich er sie in einer khakifarbenen Designerhose von Helena Rubinstein und den allerneuesten Schuhmodellen von Reebok diskret versteckt hielt, so besaß er doch die Beine und Füße einer Ziege; schlimmer noch: einer Ziege mit Rheumaleiden.

»Und beeilen Sie sich bitte«, fügte er hinzu. »Ich muß unbedingt bis zehn Uhr dort sein.«

Der Taxifahrer drehte sich nach hinten um und grummelte mit mürrischem Blick: »Keine Panik, ich fahre so schnell wie möglich dorthin, alles klar?«

»Tut mir leid. Macht der Gewohnheit.«

Heutzutage hatte man Emotionen. Wie fast alle Erscheinungsformen der Do-it-yourself-Bewegung waren Emotionen heutzutage schneller, billiger und – zumindest nach Pans Dafürhalten – sehr viel geschmackloser als früher. Und es gab keine Romantik, keinen Glanz mehr. So konnte man Paranoia längst nicht mehr mit Opferlämmern bestechen oder Klaustrophobie mit einem Lobgesang oder einem Gebet beschwichtigen. Sicher, Lyssa und Hekate pflegten sich nie von solchen Dingen beeindrucken zu lassen, doch zumindest hatte man stets das Gefühl gehabt, von ausgebildeten Fachkräften persönlich bedient worden zu sein. Man konnte von Göttern halten, was man wollte, doch Stil hatten sie.

Aber das war einmal.

Pan beugte sich vor und legte die Hand an den Türgriff. »Danke, hier kann ich irgendwo aussteigen.«

»Okay.« Der Taxifahrer fuhr rechts ran, schaute auf das Taxameter und nannte den Fahrpreis. Pan blickte ihn durchdringend an; zwar hatte er dieses einmalige Starren auch schon mal besser beherrscht, doch erfüllte es immer noch seinen Zweck.

»Hey, Sportsfreund, nichts für ungut. Vielleicht war das etwas hochgegriffen. Lassen Sie uns einfach darüber reden und …«

Starren.

»Die Fahrt geht auf meine Kosten, okay?«

Starren.

»Hören Sie …« Der Taxifahrer geriet ins Schwitzen. »Wie wäre es, wenn ich Ihnen fünfzig Dollar gebe, und wir vergessen die ganze Geschichte, einverstanden?«

»Abgemacht.«

Kleinvieh macht auch Mist, dachte Pan. Er steckte den Schein in die Hosentasche und ging hufeklappernd die Wall Street hinunter; *eine der wenigen Sondervergünstigungen in diesem Job. Und prostituiere ich mich als Künstler, wenn ich solchen Leuten Schiß einjage …? Ja. Na und?*

Zum x-ten Mal die Wall Street. Nach seinem Empfinden war das genauso schlimm wie ein Auftritt in einer Talkshow. Er stieß eine Rauchglastür auf und betrat ein Bürogebäude.

Da er mit dem Verstand nicht ganz bei der Sache war, fiel der Blick, den er dem Wachmann zuwarf, offenbar etwas überzogen aus. Während er weiterging, kamen Schuldgefühle in ihm auf, da er den bedauernswerten Mann mit einer über den Kopf gestülpten Einkaufstüte, ängstlich unter dem Schreibtisch kauernd, zurückgelassen hatte.

Auch mit dem Aufzug übertrieb er es ein wenig. Kaum hatte er ihn verlassen, nahm das verflixte Ding sofort bis in den zweiunddreißigsten Stock Reißaus und blieb dort beharrlich stecken. Es sollte bis weit nach Mitternacht dauern, bevor es den Wartungstechnikern durch gutes Zureden gelang, den Aufzug zum Herunterkommen zu bewegen.

Wie Pan genau wußte, lag das natürlich nur daran, daß er nach dem Telefonat mit Kortright noch immer schlechte Laune hatte und entsprechend niedergeschlagen war. Und er fühlte sich so mies, weil Kortright die Wahrheit gesagt hatte. Er befand sich wirklich auf dem absteigenden Ast – und darüber hinaus war dieser Ast bereits äußerst morsch. Vielleicht sollte er sich, wie alle anderen auch, endlich zur Ruhe setzen.

Mittlerweile hatte er sich bis zum Eingang des Börsensaals durchgekämpft, und er suchte sich nun ein passendes Opfer. Sein Blick fiel auf einen rundlichen kleinen Mann mit Brille, der gerade noch so viele Haare auf dem Kopf hatte, daß man damit in Liliput einen Geräteschuppen notdürftig mit Stroh hätte decken können. Er ging zu ihm hinüber und beugte sich über den Computer.

»Hallo«, begrüßte er den kleinen Dicken mit dem schütteren Haar.

»Ja, was ist denn?«

»In zwanzig Minuten wird der Dollar so tief fallen, daß er wahrscheinlich beim Wiederaustritt aus der Erde längst verglüht sein wird«, flüsterte ihm Pan mit starrem Blick zu.

Der Börsenmakler starrte ihn mit vor panischem Entsetzen glasigen Augen an. »Wie? Was ist? Und weshalb?« stammelte er ängstlich.

»Es sind mal wieder die Briten«, antwortete Pan. »Der Unabhängigkeitskrieg war eine abgekartete Sache. Laboruntersuchungen haben bewiesen, daß George Washington gedopt war.« Er hielt inne, verstärkte seinen starren Blick um etwa drei Grad und verzog das Gesicht zu einem durchtriebenen Grinsen. »An Ihrer Stelle würde ich sofort verkaufen.«

»Danke. Tausend Dank auch.«

»Keine Ursache.«

Bis er über die Feuerleiter, die sich von ihm mit aller Gewalt wegdrängen zu wollen schien, im Erdgeschoß angekommen war, war der Dollar bereits so weit in den Keller gestürzt, daß man ihn nicht einmal mehr mit dem Metalldetektor hätte aufspüren können. Überall in der Welt liefen die Telefondrähte heiß, und das ganze Währungssystem ging baden, während die Geld- und Kredithaie rings um den Globus zu Ratten mutierten, um noch rechtzeitig das sinkende Schiff zu verlassen. Als er die Tür aufdrückte und die Hufe auf den Bürgersteig setzte, war sich Pan durchaus des Nervenkitzels bewußt, dieses einmaligen Hochgefühls, Zehntausenden von Menschen einen gewaltigen Schrecken eingejagt zu haben, die ihm in ihrem ganzen Leben nie irgendwelchen Schaden zugefügt hatten. Es war ein angenehmes Gefühl. Und genau das war es, was das Dasein eines Gottes so lebenswert machte.

Dennoch ist das nichts als eine billiger Kommerzjob, sann er nach, während er zur U-Bahn hinunterklapperte. *Und ich kann sogar noch von Glück reden, solch einen miesen Job überhaupt bekommen zu haben. Verdammt! Es ist wirklich höchste Zeit, sich zur Ruhe zu setzen.*

Eindeutig.

Gleich morgen.

»Der hintere Kurbelwellenbolzen, sechsunddreißig«, wiederholte Odin, »wird mit dem äußeren Schwungrad, zweiundsiebzig, durch einen Splint, neun, verbunden.« Er spähte durch seine Bifokalbrille hindurch auf das Diagramm.

»Gib mal her«, bedrängte ihn Thor ungeduldig. »Wahrscheinlich hältst du den Plan mal wieder verkehrt rum.«

Odin hielt die zweitausend Jahre alte und nur mit sprödem und längst vergilbtem Tesafilm zusammengehaltene Montageanleitung noch fester in der Hand als zuvor. »Das ist doch ganz einfach«, stellte er zum wiederholten Male fest. »Wir müssen nur irgendwo eine Kleinigkeit übersehen haben ...«

»Wozu gehört denn das hier?«

Odin und Thor blickten sich nach hinten um und sahen, wie Freyr, Schutzpatron all derer, die mit den Händen in den Taschen dumm dastehen, während andere Leute die ganze Arbeit erledigen, einen ölverschmierten kleinen Gegenstand hochhielt. »Ich hab das Ding auf dem Boden gefunden«, erklärte er.

»Ja gibt's denn so was!« seufzte Thor erleichtert. »Die Freigabesperre für den Krümmer. Warum, zum Teufel, hast du das denn nicht gleich gesagt?«

»Weil du draufgestanden hast.«

»Gib das Ding schon her!«

Zwanzig Schraubenzieherminuten später streckte Thor den Rücken gerade, wischte sich mit dem dreckigsten Taschentuch im Universum die Stirn ab und griff nach dem öligen Bauteil; das ihm wie ein Fisch aus den Fingern glitt und sofort in dem tiefen Teppich aus Holzspänen, leeren Kartoffelchipstüten und Papierfetzen, mit denen der ganze Boden übersät war, auf Nimmerwiedersehen verschwand.

»Ich glaube, das Teil ist irgendwo dahinten gelandet«, meinte Freyr.

Odin seufzte. »Jetzt laßt uns bloß die Ruhe bewahren. Irgendwo ist immer alles.«

»Nicht unbedingt«, widersprach Thor, während er, mit dem Kopf zuerst, in einen Haufen leerer Säcke eintauchte. »Was ist zum Beispiel mit Excalibur? Was ist mit dem im Meer versunkenen Königreich Atlantis? Was ist mit ...?«

»Du weißt ganz genau, wie ich das gemeint habe.«

»Aber auch nur, weil ich einen siebten Sinn fürs Raten habe.«

»Entschuldige bitte mal, Thor«, meldete sich Freyr erneut zu Wort.

Thor sah zu ihm auf. Seine Haare starrten vor Kohlenstaub, und in seinem Bart hatte sich eine tote Maus verfangen. »Was ist denn jetzt schon wieder?« knurrte er mürrisch.

»Dieses Mal kniest du auf dem Teil«, klärte Freyr ihn auf.

»Im Ernst?« staunte Thor. »Aua! Ja, du hast recht. Gut aufgepaßt, mein Junge. So, dann laßt mich mal ran. Wo hab ich eigentlich den Schraubenzieher hingelegt?«

»Der hintere Kurbelwellenbolzen, sechsunddreißig«, wiederholte Odin zum achten Male, »wird mit dem äußeren Schwungrad, zweiundsiebzig, durch einen ...«

»Das hab ich doch schon längst erledigt«, unterbrach ihn Thor.

»Das kann aber nicht sein.«

»Und weshalb nicht?«

»Weil der Splint noch immer hier in meiner Hand ist«, stellte Odin klar.

Aha, so *ist das also,* dachte Thor. *Wenn ich dich jetzt auf der Stelle umbringe, wäre das nicht einmal Mord. Ungeziefervertilgung vielleicht, aber bestimmt kein Mord.* »Na prima. Dann reich mir doch bitte mal den Schraubenschlüssel, Freyr.«

Atheisten wollen einen glauben machen, daß es keine Götter gibt, was natürlich offenkundiger Blödsinn ist; wenn es nämlich keine Götter gäbe, wer soll dann die Welt erschaffen haben? Sehen Sie sich die Welt mal in Ruhe an, und achten Sie insbesondere darauf, mit welchem handwerklichen Geschick der Gesamtentwurf fachlich umgesetzt wurde. Und jetzt überlegen Sie mal ganz genau, wer so etwas angerichtet haben könnte. Na? Überzeugt? Natürlich sind Sie überzeugt. Was soll am San Andreas Fault, dieser geologischen Verwerfung der Güteklasse A, denn so Verwerfliches sein? Sankt Andreas selbst konnte überhaupt nichts dafür. Schließlich haben die Götter vor den Erfolg den Schweiß gesetzt, und sei es der Angstschweiß.

»So, das wär's!« stellte Thor irgendwann erleichtert fest. Er hatte sich sämtliche Fingerknöchel aufgerissen, sich am Kipphebel den Kopf gestoßen und war zu guter Letzt mit der Nase an der obenliegenden Nockenwelle hängenblieben. Dennoch war er auch ein Gott des Donners und der Blitze, und ähnlich wie Ärzte geben Donnergötter niemals wirklich auf. Jedenfalls wäre es zum Wohle der Menschheit, wenn die Maschine beim ersten Mal ansprände.

»Fertig?«

»Fertig.«

Thor drehte kräftig die Handkurbel, und es ertönte ein lautes Stöhnen. Es hätte das Getriebe sein können, das aus einem fast zweitausend Jahre währenden Schlaf erwachte; genausogut hätten es aber auch die physikalischen Gesetze sein können, die laut protestierten, daß die Maschine auf keinen Fall funktionieren könne, weil sämtliche Teile an den falschen Stellen eingebaut seien, und denen von anderen Naturkräften gesagt wurde, gefälligst die Klappe zu halten. Was auch immer die Ursache für dieses Stöhnen gewesen sein mochte, auf alle Fälle folgten ihm ein Prusten und ein Dröhnen und dann ein äußerst seltsames Geräusch, als zöge ein Flußpferd die Beine aus einem sehr tiefen Morast …

»Das Mistding funktioniert!« triumphierte Thor. »Leck mich am Arsch! Das Scheißding funktioniert tatsächlich! Schaut doch nur mal, wie das …«

… bis ein lauter Knall ertönte und endlich Ruhe war. Kleine Metallteile flogen durch die Luft und fielen auf den Boden, und es roch überall höchst merkwürdig.

»Ich glaube fast, das war nicht so geplant, oder?« erkundigte sich Freyr.

»Sind Sie der Doktor?«

»Nein«, antwortete der Postbote, »eigentlich bin ich Postbote. Erwarten Sie denn einen Arzt?«

»Sind Sie sich auch wirklich sicher, daß Sie nicht der Doktor sind?«

»Ja. Wenn Sie mich jetzt bitte vorbeiließen, dann ...«

Minerva, ehemalige Göttin der Weisheit, rührte sich nicht vom Fleck. Sie hatte noch immer den Morgenmantel an, mit der Innenseite nach außen, und selbst die Pantoffeln saßen an den falschen Füßen. »Ich habe denen nämlich gesagt, daß ich dringend einen Arzt brauche«, erklärte sie dem ahnungslosen Mann. »Wissen Sie, andauernd sage ich denen das, aber niemand hört auf mich. Könnten Sie vielleicht mal einen Blick auf mein Knie werfen?«

»Wenn's sein muß«, murmelte der Briefträger und trat unauffällig zwei Schritte zurück. »Aber ich bin wirklich nur der Postbote und ...«

»Natürlich versucht man auch immer noch, mich zu vergiften«, vertraute Minerva dem Briefträger an. »Sagen Sie das bitte den anderen, denn als Arzt wird man Ihnen eher glauben als mir.«

Die Seitentür wurde leise geöffnet, und Thor steckte vorsichtig den Kopf hindurch. Nachdem er die Lage gepeilt hatte, zwinkerte er dem Briefträger zu, schlich auf Zehenspitzen bis hinter Minervas Rücken und schrie ihr furchtbar laut ins Ohr.

»Alles klar«, stellte er zufrieden fest. »Für ein, zwei Tage sollte das reichen, damit sie keinen Unsinn mehr redet. Das letzte Mal hat es über eine Woche gedauert, ehe sie sich wieder hat blicken lassen. Haben Sie ein Päckchen für mich dabei? Ein Einschreibepäckchen?«

»Mhm, mal gucken«, murmelte der Briefträger leicht verstört. Von allen Stellen, bei denen er die Post auslieferte, fürchtete er den Seniorensitz *Sonnenblick* am meisten. Da zu seiner Runde auch der Großschlachthof, die Sprengstoffabrik und das Tierheim für streunende Kampfhunde gehörten, ließ dieser Umstand auf einiges schließen. »Ja, ich hab da was für einen gewissen Thor.«

»Na prima, das bin ich.«

»Dann unterschreiben Sie bitte hier.«

In der Abgeschiedenheit seines Zimmers riß Thor das Paket auf und durchpflügte mit den Händen die obligatorische Ansammlung von Papierknäueln aus alten Zeitungen, bis er auf das Objekt seiner Begierde stieß, das er sofort genauer in Augenschein nahm.

Zum ersten Mal hatte man ihm nicht das falsche Teil geschickt. Er war beeindruckt; vielleicht wandte sich sein Schicksal ja doch noch zum Guten.

Nachdem er den kleinen Metallgegenstand in die Jackentasche gestopft hatte, machte er sich auf die Suche nach Odin. Unterwegs stieß er auf Freyr, der ziemlich erfolglos ein Bündel Bananen unter dem Pullover zu verstecken versuchte.

»Ist das Ersatzteil gekommen?« erkundigte sich Freyr neugierig.

Thor nickte und holte den Gegenstand hervor. »Wahrscheinlich hat es nicht die richtige Größe, aber wir können ja ein paar Millimeter davon abfeilen, und dann sollte es endlich klappen. Warum versuchst du eigentlich, diese Bananen da unter deinem Pullover zu verstecken?«

»Pssst!« zischte Freyr. »Ich soll doch keine Bananen essen, weil diese alte Schachtel meint, ich bekäme davon Blähungen.«

»Und bekommst du davon Blähungen?«

»Auf wessen Seite stehst du eigentlich, hä?«

Eine halbe Stunde später war das unverzichtbare Ersatzteil an seinem Platz, und die drei Götter standen aufgeregt neben *Midgards* und mittlerweile auch ihrem ganzen Stolz. Alle beschäftigte nur der eine unglaublich nervenaufreibende Gedanke, ob der Motor beim Drehen der Handkurbel dieses Mal tatsächlich anspränge und liefe und die Bestie somit endlich einsatzbereit wäre. Die dabei zumindest im Unterbewußtsein empfundenen Gefühle der Götter mußten denen eines Arztes ähneln, dem, nachdem er es geschafft hatte, sämtliche bekannten Krankheiten auszumerzen und selbst den Tod höchstpersönlich zu besiegen, plötzlich einfiel, daß er sich auch um eine Frau, drei Kinder und eine Hypothek zu kümmern hatte.

»Fertig?«

»Ich denke schon.«

Odin krempelte die Ärmel hoch, umfaßte den Griff und drehte die Kurbel. Es ertönte ein lautes Klappern, dann ein dumpfer Schlag und ...

»Du meine Güte, das Ding läuft!« staunte Freyr. »Das hätte ich nie gedacht ...«

»Es gibt überhaupt keinen Grund, so überrascht zu tun«, entgegnete Odin. »Ich meine, wenn du mal darüber nachdenkst, dann ist doch alles ganz einfach gelaufen.«

»Findest du?«

»Na klar.«

»Dann frage ich mich, wie ich bloß auf den Gedanken verfallen konnte, daß alles so furchtbar schwierig war.«

Eine Weile standen die drei sprachlos da und staunten den Motor an. Ein Anblick für die Götter. Zehn Sekunden später lief er immer noch. Und auch weitere zehn Sekunden später. Und weitere zehn Sekunden später ...

»Alles klar, wir haben das Ding also tatsächlich wieder zum Laufen gebracht«, stellte Thor schließlich mit Genugtuung fest. »Und was wollen wir jetzt eigentlich damit anfangen?«

Bei Göttern ist kein Ding unmöglich, und sie sind allwissend, doch gegen Dummheit kämpfen selbst sie vergebens.

»Mhm«, meinte Odin.

Nach einer langen Pause sagte Thor: »Ich meine, wir können damit alles mögliche anstellen.«

»Sicher doch.«

»Wirklich alles mögliche.«

»Praktisch sind uns keine Grenzen gesetzt.«

»Nur« – Thor nagte an der Unterlippe –, »ich meine, jetzt so ganz spontan kann ich mich gar nicht daran erinnern, was wir … Na ja, wißt ihr, so aus dem Stegreif weiß ich nicht mehr, wozu …«

In Freyrs Hinterkopf klingelten dumpfe kleine Glocken. »Ich glaube, das hatte irgendwas mit Jahrmärkten und Kirmessen und solchen Dingen zu tun.«

»Bist du dir sicher?«

»Ich glaube ja. Obwohl das natürlich schon lange her ist.«

Odin fällte eine Entscheidung. »Warum fahren wir nicht einfach mal damit los?« schlug er vor. »Eine Testfahrt kann doch nicht schaden, oder? Dann wissen wir wenigstens, ob der Motor auch tatsächlich einwandfrei funktioniert. Ich meine, bevor uns wieder einfällt, wozu … ähm, wozu wir das Ding damals überhaupt gebraucht haben, sollten wir …«

»Gute Idee.«

»Ausgezeichnet.«

Rückblickend war es etwas ungeschickt, daß sie aufgrund der spontanen Begeisterung durch die Schuppentür hinausfuhren, ohne daran gedacht zu haben, sie vorher zu öffnen; doch zumindest war dies der Beweis, daß die alte Schrottkiste immer noch genauso robust wie früher war. Nachdem sie sich erst einmal die Türrahmen- und Scharnierreste aus den Augen gewischt hatten, scherte das die Götter jedoch nicht weiter. Als sich das Ungetüm in Gang setzte, schienen sie von einem merkwürdigen Hochgefühl ergriffen zu werden; einer Sehnsucht nach einer längst vergessenen Empfindung, die etwas mit Geschwindigkeit, dem freien Himmel und dem durchs Haar wehenden Wind zu tun hatte …

Sie schwebten in der Luft.

»Thor?«

»Ja, Freyr?«

»Soll das so sein?«

»Was denn genau, Freyr?«

Odin studierte die auf dem Schoß liegende Landkarte. In der linken Hand hielt er ein Fernglas und in der rechten einen Kompaß.

»Bei einem angenommenen Rückenwind von dreißig Knoten«, verkündete er mit lauter, klarer Stimme, »müßte das da unten Budleigh Salterton liegen.«

Freyr sah ihn verdutzt an und vergaß dabei sogar vorübergehend das Schwindelgefühl. »Wo soll dieses Budleigh Salterton denn sein?«

»Na, da vorn, direkt unter uns«, klärte ihn Odin auf und zeigte mit dem Finger auf die Erde. »Was Navigation und Routenplanung angeht, bin ich schon immer unübertroffen gewesen.«

»Du meinst das da unten?« hakte Freyr nach.

»Klar. Und das heißt, daß wir, wenn wir diesen Kurs einhalten, in wenigen Minuten ...«

»Das ist eine Wolke, Odin.«

»Quatsch, red doch keinen Unsinn. Alles läuft genau nach Plan.«

Thor und Freyr erinnerten sich plötzlich an Odins Navigations- und Kartenlesekünste. Es war ihnen bis jetzt entfallen, daß es ihnen schon vor ewigen Zeiten nicht gelungen war, Odin dazu zu bewegen, endlich einmal eine andere als die allererste Weltkarte zu benutzen; und das trotz der Androhung, ihm auf seinem eigenen Altar bei lebendigem Leibe die Eingeweide herauszureißen. Odin selbst wußte mit absoluter Gewißheit, daß er ein ausgezeichneter Kartenleser war, nur ging es ihm auf die Nerven, daß man die Landschaft nie aus den Augen lassen durfte, da sie sich bei jedem neuen Hinsehen verändert zu haben schien. Weitere Dinge, die Odin auf die Nerven gingen, waren geschlossene Türen, aufgestapelte Dosenpyramiden in Supermärkten und sämtliche gängigen Elektrogeräte.

»Wenn das keine Wolke ist«, ließ Freyr nicht locker, »wieso ist das Ding dann so grau und neblig? Und wieso kann man an einigen Stellen bis auf die Erde hindurchsehen?«

Eine Weile saß Odin schweigend da, starrte auf die Landkarte und kaute gedankenverloren an einem Bleistiftstummel. Der betreffende Bleistift hatte zu einem Schreibetui gehört, das ihm einst von seinem Gottvater aus Anlaß des erfolgreichen Mittelstufenabschlusses im Fach Religion geschenkt worden war.

»Alles klar«, sagte er schließlich. »Budleigh Salterton liegt irgendwo dahinten.« Er ließ den rechten Arm unbestimmt über dem Kopf kreisen. »Demnach müßten wir, wenn wir den Kurs beibehalten, noch vor Einbruch der Dunkelheit in Papua sein.«

»Seit wann wollen wir denn nach Papua?« schrie Thor über den Lärm der Turbinenpropeller hinweg. »Und da wir gerade dabei sind: Wo ist das überhaupt?«

»Willst du mich auf den Arm nehmen?«

»Na klar«, antwortete Thor. »Ich hatte übrigens mal einen Kumpel, der hat sich mit nichts anderem als Drachenfliegen befaßt. Der konnte eine Landkarte schneller lesen, als du ›Heinrich, der Wagen bricht‹ sagen kannst.«

»Wer ist denn dieser Heinrich?« fragte Freyr.

»Das ist nur so eine Redewendung«, seufzte Thor.

»Ach so.«

»Jedenfalls liegt Papua mitten im Indischen Ozean«, erklärte Odin, wobei er die Landkarte etwa zwei Zentimeter vor der Nase hielt. »Hauptexportartikel sind ...«

»Jaja, ist ja gut«, unterbrach ihn Thor. »Aber warum willst du denn ausgerechnet dorthin?«

Odin blickte von der Karte auf. »Will ich doch gar nicht. Ich hab nur gesagt, daß wir dort gegen Einbruch der Dunkelheit sein werden, wenn wir diesen Kurs beibehalten.«

»Ach, jetzt verstehe ich«, meinte Freyr. »Also war das keine Ankündigung, sondern eher eine Art Warnung, nicht wahr?«

»Würde es dir etwas ausmachen, mal einen Moment lang die Klappe zu halten?« grummelte Odin. »Ich versuche hier nämlich den Lotsen zu spielen, und das ist normalerweise schon schwierig genug.«

»Wenn dir das zu schwierig ist, solltest du es lieber sein lassen«, grummelte Freyr beleidigt. »Ich hätte sowieso nichts dagegen, wenn wir endlich umkehren würden. Ist euch beiden eigentlich aufgefallen, wie hoch wir mittlerweile fliegen?«

»Du meine Güte, Freyr, jetzt stell dich doch nicht so kindisch an«, stöhnte Odin, ohne von der Karte aufzusehen.

Freyr machte ein mürrisches Gesicht. »Vergiß nicht, daß ich ein Gott bin, und deshalb kann ich tun und lassen, was ich will. Falls es dir allerdings nichts ausmacht, würde ich es bevorzugen, es dort unten zu tun.«

Thor seufzte schwer. »Wißt ihr, früher haben mir das Fliegen und all das überhaupt nichts ausgemacht«, sagte er, wobei sein Blick über das irdische Reich schweifte, das sich unter ihm wie das Feldgepäck eines Soldaten bei einer Inspektion ausbreitete. »Aber irgendwie« – er biß sich auf die Unterlippe – »bin ich mir nicht mehr sicher, ob ich das noch lange ...«

»Jetzt stell dich nicht so an, du wirst dich schon wieder daran gewöhnen«, ermahnte ihn Odin. »So was verlernt man nie; das ist wie beim Radfahren.«

»Sicher«, mischte sich Freyr erneut ein, »man wackelt eine Weile hin und her und stürzt irgendwann auf den Boden.«

»So hab ich das bestimmt nicht gemeint.«

»Mag ja sein, aber wann bist du denn das letzte Mal Fahrrad gefahren, hä?«

»Du brauchst jetzt gar nicht so ...«

»Und da wir gerade dabei sind: Bist du überhaupt

schon mal Fahrrad gefahren? Auch nur ein einziges Mal?«

»Etliche Male sogar.«

»Dann sag mir bitte, wann genau.«

»Jetzt paß mal auf, hier geht's wirklich nicht ums Radfahren, sondern ums Fliegen«, erzürnte sich Odin, der arge Probleme damit hatte, bei der Verknüpfung der verschiedenen Schritte seiner Denkprozesse nicht ins Stolpern zu geraten. »Genau das tun wir nämlich gerade, und wir wissen ganz genau, wo wir ...«

Seither wird die im Herzen von Cornwall gelegene Felsformation, in die die Asen gerade hineinflogen, von den Einheimischen als ›Sternschnuppenberg‹ bezeichnet. Der durch den Absturz geformte Krater entwickelte sich zu einem beliebten Ausflugsziel, und an sämtlichen Kiosken in dieser Gegend kann man hübsche Ansichtskarten des ›Shooting Star Hill‹ kaufen.

»Was ist denn bloß passiert?« wollte Freyr wissen, während er sich hochrappelte und kornische Muttererde ausspuckte.

»So was kommt schon mal vor«, drang eine Stimme, möglicherweise die von Odin, aus den oberen Zweigen einer Tanne hervor. »Das hätte jedem passieren können.«

»Könnte bitte mal jemand dieses Ungetüm von mir entfernen?«

»Niedriger Wolkenstand«, fuhr Odin unbeirrt fort, »und ein verdammt hoher Berg; unter solchen Umständen läßt sich hier so ein Unfall überhaupt nicht vermeiden. Wer auch immer diese beschissene Gegend hier erschaffen hat, von Sicherheit im Luftverkehr hat derjenige offenbar keinen blassen Schimmer gehabt. Ich glaube sogar, ich hab da so eine Ahnung, welcher Depp ...«

»Leider bewahrst du dir deine Ahnungen immer nur für besondere Gelegenheiten auf«, keuchte Thor unter

Midgards ganzem Stolz hervor. »Jetzt hört endlich auf, dumm rumzuquatschen, und holt mich hier raus.«

»Jaja, ist ja gut«, murrte Freyr und hob das Ungetüm versuchsweise an der vorderen Stoßstange an. »Aber was genau ist eigentlich passiert?« Bei Göttern ist kein Ding unmöglich, und ihre Stärke hat nichts mit Muskeln und Sehnen zu tun; vielmehr schöpfen sie ihre Kraft aus der Erde, dem Himmel und dem Meer. »Jetzt steh da nicht so tatenlos rum, du Trottel!« raunzte er Odin an, der mittlerweile von der Tanne heruntergeklettert war und nun die Reste der Landkarte vom Boden aufsammelte. »Heb das Ding auf der anderen Seite hoch, sonst knallt mir die Kiste noch auf die Füße.«

»Ich komm ja schon.«

»Zu spät.«

»Wenn ihr die große Güte hättet, endlich mit dem Herumalbern aufzuhören«, stöhnte Thor irgendwo unten aus seiner Tauchstation hervor, »dann könntet ihr ja vielleicht mit dem weitermachen, worum ich euch vor einer Ewigkeit gebeten habe.«

»Alles klar, ich bin ja gleich soweit, okay?«

»Je eher ich hier nämlich rauskomme, desto schneller kann ich Odin einen Arschtritt in die Erdumlaufbahn verpassen.«

Unterdessen hoben Odin und Freyr die hundert Tonnen schwere *Midgard* hoch, setzten sie sanft auf dem Boden ab und befreiten Thor aus seiner mißlichen Lage, der im Boden eine seinen Körperkonturen entsprechend geformte Vertiefung hinterlassen hatte, wie man es normalerweise nur aus Tom-und-Jerry-Filmen kennt.

»Willst du damit etwa sagen, es lag an Odin, daß wir direkt gegen diesen Berg geprallt sind?« wollte Freyr wissen.

»Im Grunde hat die Kiste kaum was abgekriegt«, beeilte sich Odin zu sagen. »Der vordere Kotflügel sieht zwar etwas mitgenommen aus, aber ein paar Minuten mit dem Vorschlaghammer, und man kann nicht mal mehr sehen, daß dort mal eine Beule war.«

Der Grund, weshalb Götter nie miteinander kämpfen, liegt schlichtweg an der Sinnlosigkeit eines solchen Vorhabens und an der damit einhergehenden ungeheuren Gefahr für die nähere Umgebung. Zwei allmächtige, unsterbliche und unverwundbare Wesen, die sich streiten, bis die Fetzen fliegen, sind eine Garantie dafür, daß mit Ausnahme der beiden Götter selbst absolut alles innerhalb eines Radius von fünfundsiebzig Kilometern zerstört wird.

»Hast du Vorschlaghammer gesagt?«

»Hab ich gesagt, Thor. Reich ihn mir mal rüber, ja?«

»Schon unterwegs!«

Etwa fünf Minuten später erhob sich Freyr (der sich gleich nach Entdeckung des Lunchpakets daran gemacht hatte, die Rosinenbrötchen mit Honig und die beiden Rollen Schokoladenplätzchen aufzuessen), marschierte durch den mittlerweile beträchtlich vergrößerten Krater und stieß mit dem Fuß abwechselnd gegen eine der beiden erschöpft daliegenden Gestalten.

»Alles klar, Jungs«, sagte er. »Jetzt, da ihr euch alles von der Seele geredet und eure Meinungsverschiedenheiten beigelegt habt, sollten wir uns endlich wieder auf die Socken machen.«

»Gute Idee.«

»Und wohin genau?«

IV

Ja, selbstverständlich bin ich der Doktor«, meinte der Rüpel. »Was willst du denn von mir, du blöde Kuh?«

»Ähm ...« Minerva, einst römische Göttin der Weisheit, blinzelte nervös mit den Augen. Vage Gedankenschritte stolperten durch ihr Gehirn und mühten sich redlich ab, sich durch dichten Nebel und Dunst hindurch ans Licht zu kämpfen. »Sie sehen aber überhaupt nicht wie ein Arzt aus«, antwortete sie schließlich mit zitternder Stimme.

»Das beweist nur, wie allwissend du bist, du alte Schlampe«, zischte der Arzt. »Und jetzt sei schön artig und mach 'ne Fliege, wir haben hier nämlich zu tun.«

Minerva zögerte. Die nächste Zeile, bestehend aus genau jenen Wörtern, die sie jedem zu sagen pflegte, formte sich bereits in ihrem Mund; doch zum ersten Mal schienen diese Worte nicht angemessen zu sein, und sie war sich nicht einmal mehr sicher, warum sie ihren Standardsatz überhaupt anbringen wollte. Dennoch tat sie es.

»Wissen Sie, ich habe hier nichts zu suchen. Ich gehöre ganz woandershin.«

Der zweite Rüpel, ebenfalls ein Arzt, grinste. »Du hast völlig recht, du häßliche Schabracke«, raunzte er sie an. »Erstens gehörst du in eine Holzkiste und zweitens drei Meter unter die Erde. Und jetzt zieh endlich Leine.«

»Sie müssen nämlich wissen, daß ich furchtbar krank bin.« Minerva ließ nicht locker, oder zumindest bildete sie mit den Lippen die Wörter. Souffliert von einem extrem ausgeprägten Gespür für Gefahr, tat der Rest des ihr verbliebenen Verstandes das, was er seit Machiavellis Jugendzeiten nicht mehr getan hatte: Er dachte nach. Winzige Geistesblitze entluden sich und schlängelten sich wie Kriechströme über die überwucherten und zerfressenen Synapsen ihres Gehirns, und sie fuhr fort: »Von Rechts wegen gehöre ich in ein Krankenhaus.«

»Laß sofort meinen Ärmel los, oder du landest wirklich im Krankenhaus!«

Zwei unerschrockene elektrische Entladungen trafen sich irgendwo am Rande von Minervas Hirnrinde in einem Dschungel aus verrottetem Silikon. Es war wie mit dem verschollenen schottischen Missionar und Afrikaforscher Livingstone, der vom britischen Journalisten und Forschungsreisenden Stanley gefunden wurde; wobei die imaginäre Entladung namens Livingstone hätte sagen können *Da hast du mich ja wieder ganz schön in die Scheiße geritten,* weil die nächsten Wörter, die Minerva von sich gab, zwar relativ rational, jedoch sachlich falsch waren.

»Sie sind gar kein Arzt«, meinte sie.

»Hau endlich ab!«

Der erste Rüpel, der wirklich Arzt war, gab ihr einen Stoß, und sie plumpste auf ein zerschlissenes Sofa und verrenkte sich dabei das rechte Knie. Plötzlich erwachten dreißig Jahrhunderte schlummernder göttlicher Zorn in ihr und verlangten von ihr, diesen anmaßenden kleinen Sterblichen in einen Käfer zu verwandeln; doch was sie auch versuchte, es war vergebens.

»Komm schon, Vern«, drängte der zweite Arzt. »Laß uns endlich weitermachen, damit wir möglichst schnell aus diesem Dreckloch wieder verschwinden können.«

Er schritt hurtig voran und trat dabei versehentlich auf Ianna, die große Himmelsgöttin von Uruk, die daraufhin laut aufstöhnte und vor Wut fast aus ihrer Schlangenhaut gefahren wäre.

Im Flur, der vom Aufenthaltsraum in den lilafarbenen Flügel führte, stellte sich ihnen eine Schwester in den Weg.

»Entschuldigen Sie bitte, aber wer sind Sie eigentlich, und was haben Sie hier zu suchen?« verlangte sie zu wissen.

»Wir sind Ärzte.«

»Mich hat niemand darüber unterrichtet, daß wir irgendwelche Ärzte erwarten.«

»Na und?«

Die Schwester, bei der es sich um dieselbe Sandra handelte, die Osiris dazu gebracht hatte, heiße Vanillesoße zu essen, stemmte die Arme in die Hüften und machte es auf diese Weise den beiden Männern unmöglich, sich an ihr vorbeizudrängen. »Darf ich Sie bitte fragen, weshalb Sie hier sind?«

Die beiden Rüpel blickten sich ratlos an. Da sie als echte Mediziner einst als niedrigste Lebensform in einem überbelegten Krankenhaus ihr Klinikum hatten ableisten müssen, kämpften sie tief im Innern noch immer mit jener zwanghaften Angst vor Krankenschwestern, von der sämtliche Ärzte bis ins Grab verfolgt werden. Diese Angst entspringt der unterbewußten Überzeugung, daß eine Krankenschwester über sehr viel mehr Wissen verfügt als sie selbst und dies womöglich im Beisein des Patienten auch noch kundtut.

»Wir sollen hier jemanden untersuchen.«

»Ach ja? Und um wen genau könnte es sich bitte dabei handeln?«

Der erste Arzt blickte verstohlen auf seinen rechten Handrücken, auf den er den Namen des betreffenden Patienten mit einem Filzstift hingekritzelt hatte. »Um einen gewissen Mister O'Syres oder so«, antwortete er. »Wir sind hier, um ihn ...«

»... gründlich durchzuchecken«, ergänzte der zweite Arzt.

»Richtig, um ihn durchzuchecken.« Der erste Arzt fühlte sich allmählich wohler in seiner Haut; die letzten Worte hatten sehr überzeugend geklungen, und er wollte noch einen drauflegen. »Er denkt nämlich daran, eine Lebensversicherung abzuschließen, und deshalb sind wir beauftragt worden, ihn zu untersu ...«

»Sind Sie sich da wirklich sicher?«

»Selbstverständlich.«

»Eine *Lebensversicherung?*«

»Richtig, Herzchen. Wenn Sie jetzt vielleicht so nett wären und uns den Weg zeigen würden, dann ...«

»Ja, natürlich«, willigte Sandra sofort ein. »Folgen Sie mir einfach.«

Sie führte die beiden zur großen Besenkammer und öffnete die Tür nur einen Spaltbreit.

»Das hier ist Mister Osiris' Zimmer«, flüsterte sie. »Das Licht lasse ich lieber aus, weil er gerade schläft. Gehen Sie also bitte leise hinein und warten Sie, bis er aufwacht.«

Kaum waren die beiden in der Kammer, schloß sie die Tür von außen ab und rannte davon.

Als Sandra schließlich Osiris' Zimmer erreicht hatte, war bei ihr endlich der Groschen gefallen. Zwei Ärzte. Wozu braucht man zwei Ärzte? Ganz einfach. Sie öffnete die Tür.

»Oje ... tut mir leid, Mister Osiris«, entschuldigte sie sich.

Noch nie zuvor hatte sie Mr. Osiris völlig unbekleidet gesehen. Sicherlich waren ihr schon etliche Dinge über ihn zu Ohren gekommen; daß er in der Vergangenheit eine Menge Operationen über sich hatte ergehen lassen müssen und ihm viele Körperteile entfernt worden waren und so weiter. Narben hätten ihr auch sicherlich nichts ausgemacht, mit Reißverschlüssen hatte sie allerdings nicht gerechnet.

»Um Himmels willen!« beschwerte sich Osiris, wobei er sich rasch ein Handtuch schnappte. »Mir ist vor Schreck fast das Herz stehengeblieben.«

»Tut mir leid.«

Osiris blickte grinsend auf seinen gewaltigen Brustkasten. »Das haben Sie wohl nicht erwartet, wie?«

»Nein«, räumte Sandra ein. »Wird der Reißverschluß nicht rostig, wenn Sie baden?«

Osiris schüttelte den Kopf. »Rostfreier Stahl. Ich hab damals die Dinger einnähen lassen, damit es meine Frau leichter hatte.«

»Ach so.«

»Gibt's was Bestimmtes?«

»Wie?« Sandras Verstand kam nur allmählich wieder in Schwung. »Jaja, ziehen Sie sich an, schnell. Ich helfe Ihnen dann in den Rollstuhl«, sagte sie. »Es sind zwei Ärzte hierhergekommen, um Sie für unzurechnungsfähig zu erklären.«

»Wie bitte?«

»Man will Sie für unzurechnungsfähig erklären lassen«, zischte Sandra, dann nahm sie einen Bademantel vom Haken und warf ihn Osiris in den Schoß. »Die wollen, daß man Sie für verrückt hält. Ich hab die beiden in die Besenkammer eingesperrt.«

Obwohl der Zahn der Zeit kräftig an ihm genagt hatte, verfügte Osiris noch immer über ein beträchtliches Maß an geistiger Leistungsfähigkeit, wie sie für ein höheres Wesen auch unbedingt erforderlich ist.

»Da steckt bestimmt dieses kleine Arschloch Julian dahinter«, grummelte er mit finsterer Miene. »Wenn mir dieser Mistkerl zwischen die Finger kommt, dann drehe ich ihm den …«

»Schnell!«

Sandra half Osiris beim Anziehen und packte ihn in den Rollstuhl. Im Flur war niemand.

»Typischer Anwaltstrick«, murmelte Osiris vor sich hin. »Er will mich für unzurechnungsfähig erklären lassen, um sich dann mit irgendeiner dieser schäbigen Juristenmaschen mein ganzes Vermögen unter den Nagel zu reißen. Ich wußte doch, daß ich das niemals hätte unterschreiben dürfen.«

»Das ist ja furchtbar«, kommentierte Sandra geistesabwesend. »Wenn wir es bis zum Lieferantenaufzug schaffen, können wir durch den Hinterausgang zum Parkplatz laufen.«

»Ich meine, dumm ist der Kerl nicht«, fuhr Osiris fort. »Diesbezüglich ist er ganz wie sein Vater. Vorsicht! Sie wären fast gegen die Wand geknallt.«

»Jetzt hören Sie endlich mit dem Gejammer auf.«

Als sie an der Tür von der Besenkammer vorbeikamen, hörten sie, wie eine oder mehrere Personen mit geballten Fäusten von innen gegen das Holz hämmerten und sich dabei leider Gottes auch zu unflätigen Ausdrücken hinreißen ließen. Zwar wirkte die Tür von außen recht stabil, doch darauf allein konnte man sich nicht verlassen. *Trau niemals einem ehemaligen Baum,* sann Osiris nach. Während seiner langen beruflichen Laufbahn als Gott der sterbenden und wiederauflebenden Vegetation hatte er viele Bäume kennengelernt und dabei ein, zwei nützliche Dinge über sie erfahren. Erstens: Setz dich bei Gewitter niemals darunter. Zweitens: Leih ihnen niemals Geld.

»So, die Luft ist rein«, seufzte Sandra erleichtert.

»Moment mal! Wo genau wollen wir eigentlich hin?« wollte Osiris wissen.

Sandra blickte ihn ungeduldig an. »Natürlich irgendwohin, wo Sie sicher sind. Und jetzt hören Sie mir mal zu, Ossi! Die beiden sind da in null Komma nichts draußen, also reißen Sie sich endlich zusammen und ...«

»Wohin genau?«

»Natürlich zu meiner Mutter.«

»Na also, es geht doch«, beruhigte sich Osiris. »Dann nichts wie los.«

»Ist jemand da drinnen?«

Der erste Rüpel, der sich natürlich als Arzt völlig darüber im klaren war, welche der vielen kleinen Handknochen er sich bei dem Versuch, die Tür einzuschlagen, mittlerweile gebrochen hatte, hörte zu hämmern auf und schrie: »Ja! Lassen Sie uns hier raus!«

Eine Weile geschah nichts.

»Sind Sie Arzt?« erkundigte sich die Stimme schließlich neugierig.

»Was soll das heißen – er ist entkommen?« wollte Julian wissen.

Der erste Rüpel steckte eine Münze in den Schlitz und nutzte die entstandene Gesprächspause, um seine Wörter mit Sorgfalt zu wählen. »Er ist irgendwie abgehauen«, antwortete er. »Eine der Pflegeschwestern hat uns in der Besenkammer eingesperrt. Als wir da wieder rauskamen ...« Er erschauderte unwillkürlich. Er hatte eine ganze Weile gebraucht, sich von dem Gespräch zu erholen, das er mit Minerva durch die geschlossene Tür hindurch geführt hatte, und er litt immer noch unter Alpträumen. »Als wir endlich draußen waren, war er nicht mehr in seinem Zimmer. Danach haben wir das Gebäude von oben bis unten durchgekämmt, aber nirgends eine Spur von ihm. Der muß sich die Beine aus dem Leib gelaufen haben.«

»Zumindest müssen sich seine Reifen heißgelaufen haben«, korrigierte ihn sein Kollege, kurz bevor er mit heftigen Bauchschmerzen an der Telefonzellenwand zusammensackte. Da natürlich auch er ein Arzt war, hätte er einem jederzeit den medizinischen Fachausdruck für diesen Kollaps nennen können.

»Soll das etwa heißen, ihr habt alles verpfuscht?«

»Ja«, räumte der erste Arzt ein, und als ihm einfiel, mit wem er redete, fügte er hinzu, »natürlich unbeschadet irgendwelcher Ansprüche.«

»Na prima«, seufzte Julian nach einer Weile. »Ich hoffe nur zu euren Gunsten, daß ihr gut versichert seid, weil ich zufällig auf Schadenersatzansprüche bei ärztlichen Kunstfehlern spezialisiert bin.«

»He!« rief der zweite Rüpel und griff nach dem Hörer. »Das ist nicht gerecht, wir waren nur ... Warum lachen Sie?«

»Tut mir leid«, antwortete Julian. »Aber wenn ich das Wort ›gerecht‹ höre, muß ich immer lachen. Also, paßt auf, ihr schnappt euch den Kerl und liefert ihn umgehend in eine Heilanstalt ein, oder ihr beide werdet nicht einmal mehr als Vertreter für Naturheilmittel, geschweige denn als Ärzte arbeiten, kapiert?«

»Jetzt leg endlich auf!« schrie der zweite Arzt, während Pieptöne anzeigten, daß eine neue Münze eingeworfen werden mußte.

Sein Kollege hängte den Hörer auf. »Verdammt! Was machen wir jetzt?«

»Was der Typ gesagt hat, klang überzeugend. Hast du 'ne Idee, wie wir an die Sache rangehen sollen?«

»Nein.«

»Und du bezeichnest dich als Arzt ...«

»Halt's Maul.«

Gelegen auf ausgedehnten Ländereien und umgeben von unzähligen Hektar wogendem Wolkenland, verfügt das Altenheim *Sonnenblick* über eine weitreichende Aussicht auf drei Galaxien, allerdings kann man in dieser Gegend das Fürchten lernen, wenn man auf öffentliche Verkehrsmittel angewiesen ist. Fügt man zu dieser Gleichung einen Rollstuhl hinzu, dann steht die Unbekannte x plötzlich für Riesenprobleme.

»Sind Sie wirklich sicher, daß es hier einen Bus gibt?«

fragte Osiris, dem allmählich die Kälte zu schaffen machte.

»Natürlich gibt es hier einen Bus. Wie soll ich Ihrer Meinung nach sonst täglich zur Arbeit kommen?«

»Und was genau ist ein Bus?« Osiris runzelte seine allwissende Stirn. »Ich meine, natürlich habe ich schon mal was davon gehört, trotzdem habe ich meines Wissens noch nie einen Bus wirklich gesehen.«

Sandra hauchte immer wieder warmen Atem in die frierenden Hände und hüpfte auf und ab, bis sie das Schwanken der unter ihr immer stärker wackelnden Wolke nicht mehr ertrug. »Das ist eine Art rechteckige Kiste mit einem Rad an jeder Ecke, und drinnen sind Sitzbänke.«

»Man muß in eine Kiste steigen?«

»Genau.«

»Aha, dann meinen Sie also einen Sarg, richtig?«

»Nein. Särge haben doch keine Räder.«

»Wollen wir wetten?«

»Jedenfalls ist ein Bus größer als ein Sarg.«

»Auch größer als ein richtig großer Sarg?«

»Sehen Sie doch selbst ...«

Pünktlich wie die Maurer traf der Bus ein und blieb eine Weile mit laufendem Motor stehen. Die Türen öffneten sich, als wolle das Gefährt einmal kräftig durchatmen.

»Haben Sie Geld für die Fahrkarte dabei?« fragte Sandra.

»Geld?«

»Runde, flache Metallscheiben mit einem Kopf auf der einen und einem Wappen auf der anderen Seite ...«

»Woher sollte ich denn wissen, daß man bezahlen muß, wenn man in solch eine Kiste einsteigt?« antwortete Osiris leicht gereizt. »Meinen Sie, daß ich auch mit zwei Goldstücken bezahlen kann?«

»Ich denke schon.«

»Na gut ...«

»Was machen Sie da?«

»So ungefähr muß es sein, wenn man sich Kontaktlinsen einsetzt«, grummelte Osiris. »Komm schon, du kleines Miststück ... Mist, ich hab eins fallenlassen.«

»Nein, Sie brauchen sich die Dinger nicht in die Augen zu stecken«, erklärte Sandra geduldig. »Der Mann nimmt sie Ihnen aus der Hand und gibt Ihnen dafür einen Fahrschein.«

»Was ist denn ein Fahrschein?«

»Überlassen Sie mir einfach das Reden, okay?«

»Ziemlich absurde Vorgehensweise, wenn Sie mich fragen.«

Osiris' schlechte Laune verflog jedoch rasch, als er erfuhr, daß er als Rollstuhlfahrer nur den halben Fahrpreis bezahlen mußte, und nach wenigen Minuten war ihm anzusehen, daß er die Fahrt über alle Maßen genoß. Daß er unentwegt »Juchhu!« schrie und so tat, als säße er hinter dem Lenkrad, sprach für sich selbst.

»Hören Sie endlich auf damit, Ossi. Die Leute gucken schon alle.«

»Daran bin ich gewöhnt.«

»Ich weiß«, zischte ihm Sandra ins Ohr. »Aber denken Sie daran, daß wir nicht auffallen wollen. Schließlich sind wir auf der Flucht, oder haben Sie das schon vergessen?«

Immerhin besaß Osiris den Anstand, verlegen dreinzublicken. »Tut mir leid, aber irgendwie hab ich das noch nicht richtig begriffen. Mir ist im Leben schon so manches passiert, aber daß mich jemand sucht, ist für mich völlig neu ... und wenn überhaupt, dann schon eher das Gegenteil«, fügte er grinsend hinzu.

»Im Ernst?« Sandra durchsuchte ihre Handtasche nach einem Pfefferminzbonbon. »Ich dachte immer, Götter wurden geliebt und angebetet. Na ja, eben abgöttisch verehrt.«

»Verehrt, ja«, antwortete Osiris. »Geliebt, nein. Sicher, als Gott sagen einem die Menschen eine ganze Menge netter Dinge, aber auch nur deshalb, weil sie entweder etwas von einem wollen oder weil sie Angst haben, sie könnten vom Blitz getroffen werden, und ganz bestimmt nicht deshalb, weil sie es lustig finden, mit einem zusammenzusein. Unmengen Gebete und Opfer, doch kein Mensch erinnert sich an deinen Geburtstag.«

»Du meine Güte!« staunte Sandra mit lutschendem Mund. »Ich wußte gar nicht, daß Götter Geburtstag haben.«

»Das bestätigt doch nur das, was ich gerade gesagt habe, oder? Mal was anderes: Darf ich hier eigentlich sitzen? Da auf dem Schild steht nämlich: *Bitte machen Sie diesen Platz frei, falls er von einer älteren oder behinderten Person benötigt wird.*«

»Ich denke, beides trifft auf Sie zu.«

»Finden Sie? Darauf wäre ich nie gekommen. Als Sterblicher muß das Leben ganz schön kompliziert sein.«

Es handelte sich um einen dieser langsamen Überlandbusse. Vom *Sonnenblick* schlängelte er sich mit der Geschwindigkeit eines in die Jahre gekommenen Eisbergs mit Hühneraugen an den Inseln der Seligen vorbei, querfeldein über die elysischen Gefilde, hinter dem Walhalla entlang – das schon längst veräußert und zum wahrscheinlich nervenaufreibendsten Freizeitpark im gesamten Kosmos umgebaut worden war –, über die Nirwana-Umgehungsstraße zum Park-and-ride-Parkplatz der ewigen Jagdgründe, wo plötzlich etliche tote Indianer mit Einkaufstüten einstiegen. Nach einem kurzen Halt am Palast auf dem Jadeberg des chinesischen Gottes Yuan Shi schlief Osiris ein und wachte erst wieder auf, als ihn Sandra am Ärmel zupfte. Er blickte aus dem Fenster.

»Kommen Sie, an der nächsten Haltestelle müssen wir raus«, ermunterte ihn Sandra. »Ich hole schon mal den Rollstuhl aus der Gepäckablage.«

»He! Wo sind wir überhaupt?« wollte Osiris wissen.

»In Wolverhampton.«

»Aber das ist ja alles so furchtbar winzig und eng hier!«

»Daran hätten Sie lieber vorher denken sollen. Am sechsten Tag zum Beispiel.«

»Das bin aber nicht ich gewesen, sondern dieser andere Typ«, antwortete Osiris zurückhaltend. »Dieser Dingsbums ... dieser ...«

»So, dann wollen wir mal.«

Obwohl sich Osiris aus Furcht, der Götterlästerung bezichtigt zu werden, gegenüber seinen Priestern nie zu erwähnen getraut hatte, alles andere als ein Anhänger von großen Zeremonien oder irgendwelchem Rummel um seine Person zu sein, gab es doch bestimmte Verhaltensweisen, die ihm gewissermaßen angeboren waren, und wenn ein Gott die Erde aufsucht, erwartet er deshalb, mehr als ein kleines Kind auf einem Fahrrad und eine streunende Katze als Begrüßungskomitee anzutreffen.

Osiris seufzte schwer. »Und hier sollen tatsächlich Menschen wohnen?« erkundigte er sich ungläubig.

»Ja.«

»Wie passen die denn in diese winzigen Häuser rein?«

»Ach, wir kommen damit einigermaßen gut zurecht.«

»Und wo geht's jetzt hin?«

»Eigentlich sind wir schon da«, stellte Sandra klar, während sie die Vorgartentür öffnete und den Rollstuhl hindurchschob.

»Das wüßte ich aber ...«

»Hören Sie mal, Ossi! Falls Sie vorhaben, hier Terz zu machen, können wir gleich wieder umdrehen und zurückfahren. Nur weil Sie ein Gott sind, heißt das noch lange nicht, daß Ihnen hier auch alles gehört.«

»Na ja, ich wollte doch nur ...«

»Ruhig jetzt. Sie wissen ganz genau, was ich meine!«

Sandra öffnete die Haustür, stellte Osiris Rollstuhl samt Inhalt in der kleinen vorderen Wohnstube ab und ging wortlos in die Küche. Kurz darauf hörte Osiris aufgeregt tuschelnde Stimmen hinter der Küchentür, dann öffnete sie sich.

»Mum, das hier ist Mister Osiris«, sagte Sandra. »Er ist ein Gott. Mister Osiris, das hier ist meine Mutter.«

Sandras Mutter war eine kleine Frau mit dem Körperbau einer Kartoffel und sah aus, als wäre sie wiederholt in die Waschmaschine gefallen, allerdings ohne Zusatz eines Weichspülmittels. Sie musterte den Gott mit mißtrauischem Blick.

»Bleibt er zum Abendessen?« fragte sie ihre Tochter. »Ich wollte nämlich Leber machen.«

»Mister Osiris bleibt sogar etwa eine ganze Woche hier, Mum«, antwortete Sandra. »Du mußt wissen, daß er vor seinem Patensohn flieht. Der will Mister Osiris nämlich für unzurechnungsfähig erklären lassen, um die Weltherrschaft an sich zu reißen.«

»In dem Fall muß er Damians Zimmer nehmen.«

»Das reicht doch völlig.«

Sandras Mutter rümpfte mißbilligend die Nase. »Er ist doch hoffentlich keiner von diesen Vegetariern, oder? Morgen wollte ich nämlich Steak mit Nierchen machen. Notfalls ist allerdings auch noch Gemüsesuppe da, allerdings nur aus Tüten.«

»Steak mit Nierchen finde ich hervorragend, Missis ...«, meldete sich Osiris zum ersten Mal zu Wort. »Machen Sie sich meinetwegen aber bitte keine Umstände, ich ...«

»Und was ist mit sauberen Handtüchern?« fuhr Sandras Mutter unbeirrt fort. »Außerdem sitzt der Mann im Rollstuhl, und heute ist Donnerstagmorgen, und der Mechaniker kommt, der die Fernsehantenne richten will.«

»Mum ...!«

»Und hoffentlich hast du nicht vergessen, daß mir

jetzt montags und nicht mehr mittwochs die Füße massiert werden.« Sandras Mutter seufzte. »Von mir aus kann er den kleinen Stuhl aus dem Wohnzimmer haben, und die Beistelltische aus dem Wohnzimmer stelle ich in die Küche. Das sollte erst mal reichen«, fügte sie hinzu. »Kann er eigentlich allein auf die … na ja, du weißt schon, gehen?«

»Mister Osiris ist ein *Gott*, Mum! Er wird dir ganz bestimmt keine Probleme bereiten, stimmt's?«

»Sie werden kaum merken, daß ich hier bin, Missis …« Osiris saugte verlegen an der Unterlippe. Entweder war ihm das ein oder andere entgangen, oder Julians Arztfreunde hatten gar nicht mal so unrecht, ihn für unzurechnungsfähig erklären lassen zu wollen. *Zwei Wochen in diesem Haus, und ich gehe freiwillig in die Irrenanstalt*, fügte er in Gedanken hinzu.

»Möchte er vielleicht ein Stück Kuchen?«

»Ja.«

»Na prima.«

Sandra setzte sich und zog sich die Schuhe aus. »Ich bin mir sicher, daß Sie und meine Mutter prächtig miteinander auskommen werden«, seufzte sie und starrte erschöpft an die Decke. »Sie liebt es geradezu, Gäste im Haus zu haben.«

Das glaube ich sofort, murmelte Osiris in Gedanken. *Nach ein, zwei Tagen überschüttet sie ihre Gäste wahrscheinlich mit Blumen*. »Ich weiß gar nicht, wie ich Ihnen und Ihrer Mutter für alles danken soll«, sagte er laut. »Bereite ich Ihnen auch wirklich keine Unannehmlichkeiten?«

»Nein, überhaupt nicht.«

»Na gut.«

»Wir haben uns *nicht* verfahren.«

Thor blickte zum Himmel. »Hätte das jemand anders gesagt, müßte er sich zumindest über die plötzlich auftretenden Blitze Gedanken machen.«

»Was ist?«

»Falschaussagen werden mit Blitzen bestraft«, erklärte Thor. »Aber egal. Falls uns das weiterbringt: Das da unten sieht mir ganz nach Bury Saint Edmunds aus.«

»Und was weißt du von diesem Ort?«

Midgards ganzer Stolz flog weiter und schoß (nur der Ordnung halber) wie eine schwarze Wolke über das im tiefen Schlaf befindliche Norditalien. Sobald sein dünner und geisterhafter Schatten im matten Mondlicht über die Erde strich, jaulten die Hunde ängstlich auf, und die Schlafenden drehten sich in den Betten um, bekreuzigten sich und hatten merkwürdige Träume.

»Wahrscheinlich eine ganze Menge mehr als du«, antwortete Thor schließlich. »Sieht so aus, als wenn direkt unter uns die Hauptstraße ist, und dieses helle Licht dahinten müßte der Sainsbury's-Supermarkt sein.«

»Der Sainsbury's-Supermarkt?«

»Supermärkte gibt es noch nicht so lange«, antwortete Thor etwas verlegen, woraufhin sich Odin und Freyr fragend anblickten. »Ist ja gut. Ich hab da in Bury Saint Edmunds eine, ähm ... Bekannte, die mir hin und wieder eine Postkarte schickt ...«

»Ach, eine *Bekannte?*«

»Na und? Du meine Güte, die ist fünfundsiebzig Jahre alt!« fauchte er Freyr an.

»Ich meine ja nur ... Schließlich bist du auch nicht gerade mehr der Jüngste.«

»Halt's Maul, und spiel lieber den Lotsen.«

Es hatte mal eine Zeit gegeben – die nach göttlicher Zeitrechnung nicht einmal lange zurücklag, aber für Götter ist nun einmal alles anders –, da das Vorbeiziehen von Thors Streitwagen den Himmel zum Brodeln und die Erde zum Erzittern gebracht hatte; doch dies galt längst nicht mehr. Dafür gab es viele Gründe – den zunehmenden Vertrauensschwund, die allmähliche

Zersetzung der Ionosphäre sowie die Tatsache, daß es Odin beim Zusammenbau des Kurbelwellengehäuses irgendwie geschafft hatte, den Schwungarm direkt mit der Pleuelstange zu verbinden, ohne ihn an den Kolbenhebel zu koppeln – und wahrscheinlich noch etliche andere. Darüber hinaus kann die Menschheit zuviel Unwirklichkeit nicht ertragen – und im nordöstlichen Grenzgebiet Italiens gibt es viel zu viele Militärflugplätze und Raketenbasen, als daß jemand ernsthaft daran hätte glauben können, ausgerechnet diese Gegend mit einem umweltzerstörerischen UFO zu überfliegen.

»Und wie heißt sie?« wollte Freyr wissen.

»*Wer* soll *wie* heißen?«

»Na, deine Honigschnitte in Bury Saint ...«

»Diese Frau ist nicht meine Honigschnitte! Ist das klar?« fauchte Thor. »Missis O'Malley ist eine sehr ehrenwerte Dame, eine ...«

»Missis?« unterbrach ihn Freyr. »Also gehen wir jetzt schon Verhältnisse mit verheirateten Frauen ein, wie?«

»... eine Witwe, die zufälligerweise ein sehr ernsthaftes und wissenschaftliches Interesse an skandinavischer Volkskunde hat und mich hin und wieder um Rat fragt, damit ich ihr bei einigen Punkten bezüglich der ...«

»Und wie heißt sie mit Vornamen?«

»Das geht dich einen feuchten Kehricht an.«

»Ethel. Ich wette, sie heißt Ethel.«

»Hört mal, können wir uns bitte über etwas anderes unterhalten? Ich finde dieses ganze Gespräch nämlich ganz schön kindisch und ziemlich anwidernd.«

»Also ist es Ethel.«

»Nein! Es ist *nicht* Ethel.«

Unter ihnen ein silbernes Flackern, am Horizont zeichneten sich nur wenige Silhouetten ab, und auf der ruhigen Wasseroberfläche glitzerte der Mond. Die ersten Fischer der Lagune von Venedig blickten von den Netzen auf und fragten sich, was sie da gerade sahen; eine dunkle Wolke huschte am Mond vorbei, in deren Sog eine kalte, scharfe Brise aufkam, die die Lagune in ein Meer aus gekräuselten Wellen verwandelte. Unmittelbar darauf folgte ein ferner Klang überirdisch klingender Stimmen, die heftig miteinander stritten.

»Und *das* da«, stellte Odin triumphierend fest, »muß Scarborough sein.«

V

Mrs. Henderson runzelte die Stirn. Bislang war der Tag nicht sonderlich zufriedenstellend verlaufen. Einen Gast hatte sie komplett verloren, und ein weiterer hatte sich unter dem fadenscheinigen Vorwand verdrückt, sich Socken kaufen zu wollen. Außerdem waren zwei Männer, die sich als Ärzte ausgegeben hatten, ins Heim eingedrungen (wodurch einige Götter der ethnischen Minderheiten unnötig in Aufregung versetzt worden waren, da sie sich unter Ärzten aufbrausende Wesen mit Leopardenfellen vorstellen, die andere Leute mit Lanzen aufspießen), und erst vor kurzem hatte sich eine der Schwestern krankgemeldet. Intuitiv spürte Mrs. Henderson, daß das personifizierte Chaos zum Revanchekampf angetreten war.

Zwar hätte man etwa einem Dreiviertel der Bewohner vom *Sonnenblick* durchaus zutrauen können, dieses Chaos ganz bewußt herbeigeführt zu haben, um der personifizierten Ordnung in Form der Heimleiterin endlich einmal die Chance zu geben, aus sich herauszukommen und normale Verhältnisse einziehen zu lassen; doch Mrs. Henderson wußte es besser. Nach ihrem Dafürhalten war Chaos das griechische Wort dafür, was geschieht, wenn man es zuläßt, daß jeder sein Leben nach seinen eigenen Vorstellungen gestaltet, und so etwas wollte sie in ihrer Einrichtung unter keinen Umständen dulden. Wäre Mrs. Henderson für den Garten

Eden verantwortlich gewesen, hätte jeden zweiten Mittwoch Apfelmus auf der Speisekarte gestanden, und wenn jemand nicht alles aufgegessen hätte, wäre es ihm immer wieder vorgesetzt worden, bis es der Hunger reingetrieben hätte.

Mrs. Henderson drückte auf den Knopf der Gegensprechanlage. »Melanie, kommen Sie doch bitte mal kurz rein!«

Nach ihrer Auffassung war es mehr als überfällig, endlich die Fassung wiederzugewinnen und die Dinge anzupacken. Zwar waren die Ärzte längst verschwunden, doch mußten weitere Besuche von ihnen unbedingt unterbunden werden. Mr. Lug würde schon irgendwann von allein wieder auftauchen, doch dieses Mal wollte sie ihm die passenden Worte sagen, um ihn endlich zur Räson zu bringen, und damit wäre das auch erledigt. Schwester Sandra, die anscheinend das Opfer einer nicht genauer zu benennenden Krankheit geworden war, mußte man die Gelegenheit geben, eine ihrer offenbar schwachen Gesundheit dienlichere Karriere zu wählen. Mr. Osiris war allerdings ein ganz anderer Fall. Obwohl die Situation nicht völlig klar war, schien er sich ein für alle Male abgemeldet zu haben; seine Zahnbürste war verschwunden, ebenso die goldene Uhr (die ihm als Anerkennung für über viertausend Jahre treue Dienste vom ägyptischen Volk geschenkt worden war und auf die er immer noch sehr stolz war) und der kleine Topf, in dem er seine überschüssigen Organe aufbewahrte. Da Mr. Osiris das Altenheim gehörte, war sich Mrs. Henderson nicht ganz sicher, wie sie sich diesbezüglich verhalten sollte.

Nur zur Verdeutlichung: Ein ungelöstes Problem in Mrs. Hendersons Leben war fast wie ein Tyrannosaurus im Central Park; völlig fehl am Platz, äußerst selten und nach relativ kurzer Zeit ausgestorben.

»Was gibt's denn, Missis Henderson?«

»Ich möchte, daß Sie für mich ein Verbindung nach Los Angeles herstellen, und wenn es sich irgendwie einrichten läßt, möglichst sofort.«

Mrs. Henderson schrieb die Telefonnummer und einen Namen auf einen gelben Notizzettel und gab ihn der Sekretärin. Als Melanie den Namen las, erschrak sie kurz, doch der durchdringende Blick ihrer Arbeitgeberin gab ihr unmißverständlich zu verstehen, lieber stehenden Fußes den Raum zu verlassen.

Na also, sagte sich Mrs. Henderson, *damit wäre das Problem auch erledigt.*

Zwar hob niemand auf Melanies Anruf hin ab, doch immerhin meldete sich der obligatorische Anrufbeantworter.

Sie sprechen mit Kurt Lundqvist und Partner. Zur Zeit ist unser Büro leider nicht besetzt, wenn Sie aber nach dem Pfeifton Ihren Namen und Ihre Telefonnummer und genauere Einzelheiten über das übernatürliche Wesen hinterlassen, das Sie töten lassen wollen, rufen wir Sie so schnell wie möglich zurück … Piep!

Für Osiris sprach, daß er in seliger Unwissenheit über die zweite Front war, die gerade gegen ihn eröffnet wurde. Gegen ihn sprach, daß er vor einem großen Teller Rhabarberdessert saß, das mit Streuseln überbacken war.

»Menschenskinder, sieht das lecker aus!« krächzte er. »Und das soll wirklich alles für mich sein?«

Nach seiner festen Überzeugung wäre jeder andere allein vom Anblick dieser Riesenportion eingeschüchtert gewesen. Für jemanden, dessen Magen gegenwärtig seitlich neben dem linken Lungenflügel lag – Folge eines gründlichen Mißverständnisses seitens seiner Göttergattin Isis bezüglich der Seiten vierunddreißig bis sechsundfünfzig in der Montageanleitung –, war das Ganze allerdings ein Kinderspiel.

»Sag ihm, daß er nicht alles aufessen muß, wenn er nicht will«, murmelte Sandras Mutter.

»Ja, Mum.«

»Schließlich gibt es in der Dritten Welt genügend hungernde Kinder, die froh wären, wenn sie Rhabarberdessert essen könnten.«

Wenn auch nicht unbedingt froh, so doch zumindest dankbar, dachte Osiris. Er nahm den Löffel in die Hand und stocherte versuchsweise in südlicher Richtung. Beim ersten Einstechen in diese beeindruckende Masse war äußerste Vorsicht geboten, eine falsche Bewegung, und der riesige Berg könnte sich über seinen Schoß ergießen.

»Ja, Mum.« Hinter dem Schutz einer großen Vase mit Plastikblumen hervor zwinkerte ihm Sandra zu und löste auf diese Weise eine ganze Reihe beunruhigender Erinnerungen bei Osiris aus, die er schon seit einer Ewigkeit bei sich begraben geglaubt hatte. *Du meine Güte! Das ist ja genauso wie beim ersten Kaffeetrinken mit Isis' Eltern.* Isis' Vater war das Wort und ihre Mutter das Nichts; und sie hatten die ungeeigneten Freier ihrer Tochter mittels des teuflischen Verfahrens ausgesiebt, diese mit Gemüse vollzustopfen.

Mit Schrecken wurde Osiris nun gewahr, daß ihn seine aktuelle Lage dazu veranlaßte, sich an seine verlorene Jugend zu erinnern; die, milde ausgedrückt, für ihn eine Qual gewesen war und die er nicht einmal ansatzweise genossen hatte. Allerdings hatte er sie weniger verloren als vielmehr einfach hinter sich gelassen, als wäre er vor ihr an zusammengeknoteten Bettlaken durch ein offenes Fenster geflohen.

»Sag ihm bitte auch, daß noch reichlich heiße Vanillesoße da ist«, fuhr Sandras Mutter fort. »Wenn er möchte, kann er sie sich über den Rhabarber gießen. Das schmeckt lecker.«

»Ooohjaaah!« stimmte Sandra begeistert zu. »Mister Osiris *liebt* heiße Vanillesoße. Stimmt's, Mister Osiris?«

Götter sind nicht besonders gut im Lügen; weil sie nur selten einen Anlaß dazu sehen, fehlt es ihnen einfach an der Übung. Niemand fragt einen Gott, weshalb er an diesem oder jenem Morgen zu spät zur Arbeit gekommen sei oder ob er das Fenster zerbrochen habe, und sei es aus der Furcht, eine Antwort wie ›Ja und? Wollen wir das auf meine Weise klären?‹ zu erhalten. Nach etlichen tausend Jahren Ehe war Osiris nichtsdestotrotz mit einer bemerkenswerten Grundfertigkeit in dieser Kunst ausgestattet.

»Ja, Vanillesoße würde dem Ganzen wirklich die Krone aufsetzen«, antwortete er deshalb.

Während Sandras Mutter aus dem Zimmer war, um das zu erledigen, was immer man tun muß, um heiße Vanillesoße zu holen, beugte sich Osiris über den Tisch und packte Sandra am Handgelenk.

»Ich will wirklich nicht beleidigend wirken«, zischte er sie an, »aber Sie müssen mich hier rausschaffen. Wenn ich noch länger dieses ›Ob-er-wohl-Vanillesoße-mag?‹-Zeugs höre, dann geht noch heute abend eine weibliche Person, die gerade nicht sehr weit von mir entfernt ist, in völlig neuer Gestalt ins Bett. Verstanden?«

»Ach, jetzt seien Sie nicht so schrecklich anmaßend, Ossi! Immerhin ist sie meine Mutter.«

Resigniert seufzend ließ Osiris Sandras Handgelenk los. »Ich weiß, und ich bin wirklich sehr undankbar, aber so sind wir Götter nun einmal. Trotzdem behandelt sie mich, als würde ich nicht existieren, und einem Gott gegenüber sollte man sich so nicht verhalten. Unsereins ist schon verunsichert genug, weil nirgendwo mehr jemand an uns glaubt.«

Sandra kräuselte die Lippen. »Ich glaube, meine Mutter kann Sie nicht besonders gut sehen.«

Osiris nickte verständig. »Na, da kann ich doch helfen. Was ist es denn? Grauer oder grüner Star vielleicht?«

Sandra schüttelte den Kopf. »Nein, ihre Augen sind in Ordnung. Ich fürchte, es liegt zum einen daran, daß sie nicht an Götter glauben mag, und zum anderen, daß ihre Einbildungskraft sicherlich ein wenig zu wünschen übrigläßt. Immerhin sind wir in Wolverhampton, und in dieser Gegend sind seit was weiß ich wie lange keine Götter mehr gewesen. Und diese Wohnsiedlung hier ist bestimmt noch nie zuvor von Göttern aufgesucht worden.«

»Das ist ja furchtbar.« Osiris reagierte sichtlich erschüttert. »Ich meine, ich will damit sagen, daß garantiert jeder Mensch in der Lage ist, an Götter zu glauben. Du meine Güte, schließlich haben wir euch so programmiert!«

»Ich fürchte, Sie sind nicht mehr ganz auf dem laufenden, Mister Osiris.«

»Das ist wohl wahr.« Osiris lehnte sich auf dem Stuhl zurück und dachte darüber nach. Nur unter großen Mühen gelang es ihm, sich an diese Vorstellung zu gewöhnen. Gewiß konnten Menschen eine Abneigung gegen Götter entwickeln, sie verachten oder sogar hassen. Doch überhaupt nicht an sie zu glauben, war dasselbe, als würde jemand nicht an den Regen glauben, weil er nicht gerne naß wurde.

»Tut mir leid, Ossi«, tröstete ihn Sandra.

»Sie können ja nichts dafür«, seufzte Osiris. »Sie haben völlig recht, ich bin wirklich nicht mehr auf dem laufenden. Kein Wunder, daß ich mich so ausgelaugt fühle, seitdem ich hier bin. Dieser Unglaube ist hier wohl sehr verbreitet, nicht wahr?«

»Das kann man laut sagen«, bestätigte Sandra.

»Woran glauben die Menschen dann, wenn schon nicht an Götter?«

»Schwer zu sagen.« Sandra rieb sich nachdenklich die Nase. »Natürlich ans Fernsehen oder ans Familienleben und erst recht an den Fußballverein Wolverhampton Wanderers. Was nur beweist, wozu man alles in der Lage ist, wenn man sich erst mal etwas in den Kopf gesetzt hat.«

Osiris schüttelte betrübt den Kopf. Für Götter ist der Glaube praktisch dasselbe wie die Atmosphäre für andere, sehr viel schneller vergängliche Lebensformen; sie leben darin, und er formt sie auf ähnliche Weise, wie Millionen Tonnen von Wasser jene sonderbar gebauten Fische formen, die auf dem Meeresgrund leben. Natürlich hat das auch seine Schattenseiten. Als zum Beispiel die Quizquacs in Zentralperu irgendwann von der zwanghaften Sucht ihres Gottes Tlatelolco nach Menschenopfern *à la Nouvelle cuisine* die Nase gestrichen voll hatten (ein kleines Menschenherz, garniert mit edlen Kräutern und im eigenen Blut serviert), übten sie schreckliche Rache, aber nicht etwa indem sie nicht mehr an ihn glaubten, sondern indem sie ihn mit einer solchen Inbrunst verehrten, wie man es selbst von einem solch pathologiebesessenen Stamm wie den der Quizquacs nie im Leben erwartet hätte. Darüber hinaus kamen sie auf die Idee, an ihn als eine übertrieben scheue Feldmaus zu glauben, die in einer von hungrigen Katzen bevölkerten Küche wohnte, aus der es kein Entrinnen gab.

»Hören Sie, ich muß hier unbedingt raus, bevor ich Ihnen noch mehr Schwierigkeiten bereite«, sagte Osiris. »Rufen Sie mir bitte ein Taxi. Ich werde mir einfach irgendwo ein Hotel suchen.«

»Ein Hotel?« Sandra lachte. »Dort würden Sie es keine fünf Minuten aushalten.«

»Ach, im Ernst?«

»Keine Chance.«

»Wie kommen Sie darauf?«

Anstelle einer Antwort griff Sandra in ihre Handtasche und holte einen Schminkspiegel hervor. Osiris nahm ihn von ihr entgegen, strich sich gewohnheitsmäßig die Haare glatt und schaute hinein ...

»Oje! Jetzt verstehe ich ...«

»Na eben, und jetzt verstehen Sie vielleicht auch, weshalb sich meine Mutter dazu entschlossen hat, Sie lieber nicht besonders gut sehen zu können. Eigentlich kann man von Glück reden, daß sie eine solch beschränkte Phantasie hat, weil sie sonst schon längst die Wände hochgegangen wäre und beim sozialen Notdienst, der Seelsorge oder sonstwo angerufen hätte.«

Das Gesicht, das Osiris im Spiegel sah, war zweifellos sein eigenes, und genau das war natürlich das Problem. Dahinter verbirgt sich der einfache Sachverhalt, daß Götter strahlen. Sie leuchten; und gegen das blendendhelle Glühen, das von Osiris ausging, konnte kein Gesichtspuder oder Make-up dieser Welt etwas ausrichten. Selbst wenn man ihm nur einen kurzen Blick zuwarf, konnte man schon eine gesunde Hautfarbe bekommen.

»Seit ewigen Jahren hab ich so nicht mehr geglüht«, stellte er betrübt fest. »Wieso ist das jetzt wieder so?«

»Oben im *Sonnenblick* gibt es irgend so ein Infrarotgerät, wodurch dieses Strahlen unterdrückt, gefiltert oder sonst was wird«, antwortete Sandra. »Hier unten ist das natürlich anders ...«

»Du meine Güte ...!«

»Ich hab mich längst daran gewöhnt«, fuhr Sandra fort. »Außerdem tragen wir Schwestern allesamt diese speziellen Kontaktlinsen, weil wir sonst den ganzen Tag völlig geblendet umherirren und über alles stolpern würden. Leider bleibt einem dadurch aber auch nichts verborgen.«

Als Osiris den Spiegel zurückgab, fiel ihm auf, daß der Plastikrahmen bereits zu schmelzen begann. »Haben Sie denn irgendwelche Vorschläge, was ich machen könnte?« murmelte er ratlos.

»Na ja«, antwortete Sandra, die gerade eine daumendicke Scheibe Butterbrot aß. »Zuerst dachte ich allen Ernstes daran, irgendwo für Sie einen Job als Leuchtturmwärter zu finden ...«

»Guter Einfall.«

»Nur würde es eine ganze Zeit dauern, einen solchen Job zu finden, und Sie dürfen sich nicht sehen lassen, solange ich nicht herausgefunden habe, was genau gespielt wird. Vorläufig ist es für Sie wirklich das beste, hierzubleiben und abzuwarten.«

»Sandra ...«

»Was bleibt Ihnen denn sonst übrig?«

»Ja, aber Ihre Mutter, ist so ... Ich meine, bitte verstehen Sie mich nicht falsch, sie ist bestimmt sehr anständig und rechtschaffen ...«

»Falls Sie damit sagen wollen, daß Sie Ihnen das Gefühl gibt, als wären Sie nicht ganz bei Trost, dann geht es Ihnen nicht anders als mir.«

»Das wäre ja nicht so schlimm«, sagte Osiris mit betrübter Miene. »Wenn sie nur endlich zugeben würde, daß ich hier bin, mit mir reden würde und solche Dinge ...«

Sandra nickte verständnisvoll. »Trotzdem halte ich es durchaus für möglich, sie dazu zu bringen.«

»Ach, wirklich? Und wie?«

»Versuchen Sie's doch mal damit, ihr eine beträchtliche Geldsumme anzubieten.«

Selbst als Sandras Mutter mit ihm redete, fiel es Osiris schwer, sich mit der neuen Situation abzufinden. Zwar hatte er jetzt ein größeres Zimmer mit Aussicht auf den Rangierbahnhof und einem tragbaren Schwarzweißfernseher, mit dem man sage und schreibe zwei Programme empfangen konnte, dennoch zerrten die Wellen des Unglaubens, von denen er umgeben war, gehörig an seinen Nerven. Zweimal hatte er Dinge fallen lassen, als seine Hände plötzlich durchsichtig und schwach geworden waren und sein ganzer Körper zu kribbeln begonnen hatte. Darüber hinaus besaß er kaum die Kraft, sich mit dem Rollstuhl zum Fernseher zu bewegen, um das Programm zu wechseln.

Aber was blieb ihm anderes übrig? Ein Blick auf die Uhr verriet ihm, daß gleich *Die fliegenden Ärzte* kamen. Seifenopern waren für ihn so etwas wie ein seelischer Rettungsanker; wenn sich die Einwohner dieses seltsamen Landes nämlich solche Sendungen ansehen konnten, ohne an deren Glaubwürdigkeit zu zweifeln, dann waren sie dazu in der Lage, an alles zu glauben. Er stellte den Fernseher an und machte es sich bequem.

Werbung. Also war noch genug Zeit, Wasser aufzusetzen und eine schöne Tasse Tee zu kochen ...

Die Stimme kannte er.

... wenn Sie zwei oder mehr Packungen des neuen ›Senil‹ mit dem einzigartig natürlichen Duft kaufen, erhalten Sie ein praktisches Nachfüllpack umsonst dazu ...

Nein, doch nicht, denn die Person, an die Osiris dachte, mußte sich schon vor etlichen Jahren aufs Altenteil zurückgezogen haben. Wenngleich ihm der Betreffende in dem Fall längst im *Sonnenblick* über den Weg gelaufen wäre; da dies aber nie geschehen war und man von dem Kerl bestimmt nicht behaupten konnte, sich gern unauffällig zu verhalten, mußte es sich doch um ...

... also nichts wie los, denn dieses Super-Sonderangebot gilt nicht mehr lange. Verpassen Sie nicht die einmalige Gelegenheit, viel Geld zu sparen ... Kaufen Sie jetzt! Kaufen Sie! Kaufen, kaufen, kaufen ...

Natürlich war er das! Dies erkannte Osiris nicht nur an der Stimme, sondern vor allem an der Art, wie der Kerl offenbar selbst von dem wahnsinnigen Wunsch gepackt wurde, sich sofort dieses Waschmittel zu kaufen – und das nicht etwa deshalb, weil er es wollte, sondern weil er Angst hatte, panische Angst sogar, dieses ach so einmalige Sonderangebot womöglich zu verpassen.

Osiris prustete vor Lachen. »Sieh mal einer an! Dieser alte Mistkerl!«

»Sie werden es kaum glauben, aber wissen Sie, wer da eben im …?«

»Ich habe Ihnen etwas zu essen gebracht, Ossi«, unterbrach ihn Sandra und stellte das Tablett auf dem Bett ab. »Hühnerfrikassee mit Kartoffelbrei, und zum Nachtisch gibt es Backpflaumen mit heißer Vanillesoße.«

Osiris blickte angeekelt beiseite. »Ich habe gerade jemanden im Fernsehen gesehen, na ja, mehr gehört als gesehen, und Sie erraten niemals, wer …«

»Kommen Sie, jetzt essen Sie endlich«, drängte Sandra, »sonst wird noch die Vanillesoße kalt …«

»Und ich weiß jetzt auch, was ich als nächstes tun werde«, fuhr Osiris fort.

Sandra kniff die Augen zusammen. »Mir gefällt es überhaupt nicht, wenn Sie so reden. Ich dachte, wir seien uns darin einig, daß Sie so vernünftig sind und vorläufig hierbleiben, bis wir alles andere geklärt haben.«

»Sicher, aber das war, bevor ich dahintergekommen bin, daß meine alter Freund und Kupferstecher Pan noch immer frei herumläuft.« Osiris lachte übertrieben. »Glauben Sie mir, wir beide haben eine völlig verrückte Zeit miteinander verbracht, und für mich wird es ein inneres Missionsfest sein, wenn ich ihn …«

»Pan?«

Osiris holte tief Atem. »Ja. Pan ist ein Gott und arbeitet als Sprecher von Werbespots. Offenbar hat er sich noch nicht zur Ruhe gesetzt. Wir beide kennen uns schon seit einer Ewigkeit, und für einen alten Kumpel wie mich hat er bestimmt ein Zimmer frei. Deshalb will ich gleich morgen früh bei dem Fernsehsender anrufen, um dort eine Nachricht für ihn zu hinterlassen.«

»Ich verstehe. Und Sie glauben allen Ernstes, daß er Sie …?«

»Ja.« Osiris machte ein mürrisches Gesicht. »Bitte verstehen Sie mich nicht falsch, aber ich habe das eindeutige Gefühl, daß ich zeit meines Lebens mit Wesen meines Schlags schon immer besser klargekommen bin. Jedenfalls habe ich den Entschluß gefaßt und ...«

»Merken Sie sich meine Worte: Das wird böse enden.«

»Ich bin ein Gott und tue das, was mir gefällt!« stellte Osiris empört klar. »Schließlich habe ich den freien Willen erfunden, warum sollte ich zur Abwechslung also nicht selbst einmal davon Gebrauch machen, verdammt noch mal?«

Sandra zuckte die Achseln, nahm das Tablett vom Bett und stellte es auf Osiris' Schoß ab. »Na gut, ganz wie Sie wollen«, gab sie klein bei. »Aber was macht Sie eigentlich so sicher, daß dieser Pan sich freut, wenn Sie wie aus heiterem Himmel auftauchen und ihm womöglich nur zur Last fallen?«

»Das lassen Sie meine Sorge sein«, antwortete Osiris, wobei sich ein Grinsen von der Größe Oklahomas über sein Gesicht ausbreitete. »Das wird schon kein Problem, lassen Sie sich das gesagt sein.«

»So, und jetzt seien Sie schön brav, und essen Sie endlich Ihr Abendbrot auf ...«

»Und das ist auch so eine Sache, die mir gehörig auf die ...«

»... oder es gibt von allem einen Nachschlag«, drohte ihm Sandra.

»Na gut ...«

»Keine Sorge«, besänftigte Thor die aufgebrachten Gemüter. Dann wischte er sich mit dem Ärmel den Schweiß von der Stirn und wühlte im Werkzeugkasten herum. »Ich kann das reparieren. Kein Problem. Geht mir nur mal aus dem Licht, da muß ein Fachmann ran ...«

Götter sind allwissend, und deshalb schlug Odin vor: »Ich glaube immer noch, daß es am Hauptantriebswellenlager liegt. Woher soll denn sonst dieses klopfende Geräusch kommen?«

»Welches Klopfen?«

»Fünf Minuten bevor sich die Maschine festgefressen hat, hab ich ein klopfendes Geräusch gehört«, beharrte Odin. »Ich hab nur nichts davon erwähnt, weil du mir sonst den Kopf abgerissen hättest.«

»Ich habe Hunger«, trug Freyr unter dem Schatten eines Sonnenschirms auf seine Weise zum Gespräch bei. »Wir haben gestern weder zu Abend gegessen, noch heute morgen gefrühstückt, und ich will auf jeden Fall heute mittag was zwischen die Zähne kriegen.«

»Ach, halt die Klappe, Freyr«, winkte Thor ab und strich sich mit der ölverschmierten linken Hand den Bart. »Odin, kannst du dich daran erinnern, wie herum der Splint auf diese Achse muß?«

Freyr stand auf und schirmte mit beiden Händen die Augen ab. Vor ihm erhoben sich schwindelerregend die Alpen in ihrer ganzen weißen Pracht und blendeten ihn im kalten, klaren Sonnenschein. »Bist du dir sicher, daß das da unten Matlock ist?« fragte er.

»Natürlich ist das Matlock. Wo soll die Stadt denn sonst liegen?« antwortete Odin entnervt. »Aber wenn du mir nicht glaubst, dann schau doch auf der Karte nach.«

»Ich denke, ich mache mal einen kleinen Spaziergang.«

»Verlauf dich aber nicht.«

Freyr grinste. »Ich gehe nur so weit, bis ich irgendwo etwas zu essen kaufen kann. Allzulange werde ich also wohl nicht unterwegs sein.«

Er spazierte den Abhang hinunter, wobei er sich vorsichtig zwischen den Felsen bewegte. *Hm, das hier ist wirklich der Gipfel,* staunte er nicht schlecht, während sein Blick über die beeindruckende Landschaft schweifte, *deshalb nennt man das hier wahrscheinlich auch den Peak District.*

Er hatte erst eine recht kurze Strecke zurückgelegt, als er auf einen Mann und eine Frau stieß, die langsam den Hügel heraufkamen. Der Mann war etwa sechzig Jahre alt, die Frau vielleicht ein, zwei Jahre jünger; sie trugen schlichte, aber ordentliche Kleidung, und der Mann führte einen beladenen Esel an der Leine. Freyr lächelte erleichtert; diese Sterblichen sahen ganz nach einer zuverlässigen Quelle für Insider-Informationen aus.

Nun gibt es die altbewährte Tradition, daß Götter, sobald sie sich unter Menschen bewegen, dies stets in irgendeiner Verkleidung tun; mit Vorliebe treten sie dabei als Bettler oder müde Reisende auf, Göttinnen eher als Waschfrauen oder alte Weiber, die Brennholz sammeln. Einige halten das für ein typisch hinterhältiges Verhalten von Führungskräften und behaupten, diese Form der Heimlichtuerei und des Ausspionierens sei allenfalls noch mit dem Auftreten von Zivilfahndern auf Autobahnen zu vergleichen. Doch wie Götter nur allzugut wissen, möchten sie sich in Wirklichkeit die Peinlichkeit ersparen, von ihren Bewunderern möglicherweise nicht erkannt zu werden. Mit einem Achselzucken verwandelte er sich im Nu in einen von oben bis unten perfekten müden Reisenden; schweißgetränktes Oberhemd, schwere Reisetasche auf der linken Schulter, Koffer in der rechten Hand, zerknautschter Sonnenhut auf dem Kopf.

Er räusperte sich und sagte: »Entschuldigen Sie bitte …«

Das Paar blickte ihn verdutzt an.

»Entschuldigen Sie bitte«, wiederholte er verlegen, wobei er sich krampfhaft an eine beliebte Fernsehsendung zu erinnern versuchte, in der die landestypische Küche des nördlichen Derbyshire vorgestellt worden war. »Könnten Sie mir vielleicht sagen, wo ich hier in der Gegend Kabeljau mit Erbsenbrei, Essiggurken und so einer richtig leckeren Kartoffelstulle kriegen kann? Und zum Nachtisch natürlich Marmeladenstrudel und eine schöne Tasse Tee?« fügte er hinzu.

Der Mann und die Frau blickten sich ratlos an und unterhielten sich in einer Fremdsprache, die Freyr (bekanntlich sind Götter allwissend) mit an Sicherheit grenzender Wahrscheinlichkeit als Portugiesisch identifizierte.

»Tut mich leid«, radebrechte der Mann. »Nix verstähn. Wir Italiano.«

Zwischen Göttern und Menschen gibt es sowohl Unterschiede als auch Gemeinsamkeiten; ähnlich wie zwischen sehr reichen und sehr armen Menschen. Verständlicherweise tendierte göttliche Öffentlichkeitsarbeit in der Vergangenheit dazu, etwaige Gemeinsamkeiten herunterzuspielen; doch in den letzten Jahren hat sich diese Einstellung grundlegend geändert. Heute sagen die Götter: ›Hey, Leute, so verschieden sind wir doch gar nicht. Wir sind coole Typen und flotte Mädchen genau wie ihr. Glaubt ihr, wenn ihr uns auf die Nerven geht, dann ist uns das egal? Na, ganz bestimmt nicht; also unterscheiden wir uns diesbezüglich kein Stück. Allerdings ist das kein besonders gutes Beispiel, denn wenn uns jemand so richtig auf die Nerven geht, findet er höchstwahrscheinlich ein böses Ende, und zwar genau dort, wo sich viele Millionen Volt statischer Elektrizität entladen. Aber ihr wißt schon, wie wir das meinen, nicht wahr?‹

Dementsprechend hätte es einen nicht wundern sollen, wenn allen spontan genau dieser Gedanke gekommen wäre, als Freyr seinen Fußmarsch den Berg hinab fortsetzte, während der Mann und die Frau den Berg hinaufkletterten.

Scheißtouristen! dachten alle drei.

»Natürlich sind wir alle besorgt«, empörte sich Mrs. Henderson. »Sehr sogar. Einfach so abzuhauen, ein Gott in seinem Alter!« Sie hielt inne, und Julians stark ausgeprägter siebter Sinn sagte ihm, daß sie etwas vor ihm verheimlichte. »Ich habe wirklich Angst, daß ihm etwas zustoßen könnte«, beteuerte sie mit Engelsmiene.

»Wirklich? Was sollte ihm denn zustoßen?«

Mrs. Henderson zuckte die Achseln, als wolle sie ihm zu verstehen geben, daß in einem gekrümmten Universum erklärtermaßen alles möglich sei.

»Natürlich bin ich mir darüber im klaren, daß ihm im Grunde nichts zustoßen kann«, antwortete sie. »Schließlich ist er ein Gott und für sein Alter recht vernünftig, aber bei diesem schrecklich kalten Wetter, das wir in letzter Zeit haben ... und er hat noch nicht einmal seine blauen Tabletten mitgenommen.«

»Was Sie nicht sagen.«

Während sich Julian und Mrs. Henderson ansahen, knisterte die elektrisch aufgeladene Luft. Es war fast so, als hätten die beiden zur Linken und zur Rechten von Jesus gekreuzigten Diebe an jenem ersten Karfreitag ein Komplott geschmiedet und beschlossen, den Mann in der Mitte einfach wie eine Lampe auszuschalten.

»Seine blauen Pillen also«, wiederholte Julian langsam. »Das könnte ernst werden.«

»Sehr sogar.«

»Ich mag gar nicht daran denken, was ihm ohne seine blauen Pillen alles zustoßen könnte.«

»Obwohl ihm natürlich praktisch nichts passieren kann ...«

»Nein, nein, selbstverständlich nicht.«

»Trotzdem ist es ratsam, sich immer das Allerschlimmste vorzustellen, was geschehen könnte. Für den Fall der Fälle, meine ich.«

»Völlig richtig.«

Mrs. Henderson atmete tief durch und hoffte inständig, Julians vielsagenden Blick unter den buschigen Augenbrauen hervor nicht fehlinterpretiert zu haben. »Deshalb habe ich mir die Freiheit genommen, einen – nennen wir es einmal – Privatdetektiv zu engagieren, damit er Ihren Gottvater ... ähm, also Ihren Patenonkel für uns findet.«

»Hervorragend. Wirklich ganz hervorragend.«

»Und zwar handelt es sich dabei um einen gewissen Mister Lundqvist.«

»Aha!«

»Er ist mir von allen Seiten sehr empfohlen worden.«

»Ein absoluter Spitzenmann. An Ihrer Stelle hätte ich den auch engagiert.«

»Ach, da bin ich aber froh ...«

Julian gestattete sich den ungewöhnlich Luxus, freundlich zu lächeln. Einem gutbetuchten Mandanten würde es etwa ein komplettes Jahresgehalt kosten, von Julian so angelächelt zu werden, doch er selbst gönnte sich dieses Lächeln zum Selbstkostenpreis von einem Monatsgehalt. »Wenn Kurt Lundqvist diese Angelegenheit nicht in den Griff bekommt, dann wird es auch niemand anderem gelingen«, stellte er abschließend fest.

Zum selben Zeitpunkt war genau dieser Kurt Lundqvist irgendwo in einer offenen Gruft in einem Landstrich namens Böhmen in einen Zweikampf mit einem großen Mann verwickelt, der stark vorstehende Eckzähne und einen offenbar recht konservativen Modegeschmack hatte.

Eigentlich hätte es ein völlig einfacher Job sein müssen – in die Gruft steigen, Knoblauch unter die Nase halten, den Holzpflock mit voller Wucht in die Aorta hämmern und nichts wie nach Hause, um noch rechtzeitig den Schlußkurs von der Wall Street mitzubekommen –, doch er hatte erst vor kurzem eine neue Mitarbeiterin eingestellt, die mit dem Fachjargon der Vertragskiller für übernatürliche Wesen noch nicht hundertprozentig vertraut war.

»Hören Sie, Graf«, keuchte er mit zusammengepreßten Zähnen, während ihm der Vampir mit eisigen Fingern die Kehle zuschnürte, »können wir das Ganze nicht etwas abkürzen? Ich muß nämlich noch um halb sieben einen Zombie auf Haiti erledigen. Ich will Sie wirklich nicht zur Eile drängen, aber ...«

Wie ein Vollidiot hatte er dagestanden, als aus der Tasche nichts als ein Holzhammer, ein toter Hering, eine Dose Knoblauchpulver und ein Zettel mit der Aufschrift ›Guten Appetit‹ zum Vorschein gekommen waren. Nach seiner Rückkehr würde er mit Mrs. Parfimowicz ein ernstes Worte reden müssen.

»Nehmen Sie's nicht persönlich«, schnaufte der Graf mit fletschenden Zähnen, »aber ich ziehe es vor, alles schön der Reihe nach und der Tradition entsprechend zu erledigen. Aaaaargh!«

»Wie Sie wollen«, willigte Lundqvist ein, während sich seine rechte Hand um den Griff der Glock Silver Bullet legte. »Mit der offiziellen Zeremonie bin ich sowieso gleich fertig.«

Genaugenommen bestanden die Silberkugeln der Glock-Automatik nicht aus Silber; vielmehr handelte es sich um ein hundertsiebzig Gran schweres Stahlmantelgeschoß; dies sei nur am Rande erwähnt, denn als der Schuß verhallt war, schien der Graf kaum mehr in der Verfassung gewesen zu sein, genauere Einzelheiten der Metallurgie erörtern zu wollen. Nur übertrieben empfindliche Gemüter hätten eine Äußerung wie *Umpf!* als berechtigte Kritik an der Beschaffenheit der Kugel aufgefaßt.

Dennoch war Lundqvist stinksauer; solche Aufträge auf diese Weise zu erledigen, hatte einfach keinen Stil. Man mußte den mystischen Glanz, den geheimnisvollen Nimbus bewahren. Denn sollten seine Auftraggeber jemals spitzkriegen, daß jeder Hans oder Franz die Untoten mit einem Nullachtfünfzehn-Revoler wegpusten konnte, wären sie bestimmt nicht mehr bereit gewesen, für einen Spitzenkiller wie ihn so tief in die Tasche zu greifen.

Ein rascher Blick auf die Uhr verriet ihm, daß er gewaltig hinter dem Zeitplan herhinkte. Nach kurzer Erkundungstour fand er einen abgeknickten Zaunpfahl, und ein paar kräftige Schläge mit dem Super-Spyderco-Ultramax-Pfadfindermesser reichten, um den Rest zu erledigen. Als er sich gerade den Staub abklopfte und die Taschen des Grafen nach Wertsachen durchsuchte, piepste das Handy.

»Ja, hier Lundqvist.«

»Ah, Mister Lundqvist, schön, daß ich Sie erreiche. Tut mir leid, wenn ich Sie störe. Ich hoffe nur, ich rufe Sie nicht zu einem unpassenden Augenblick an.«

»Nein, das geht schon in Ordnung. Aber da Sie gerade am Apparat sind – als ich Ihnen heute morgen sagte, ich bräuchte Knoblauch, einen Hammer und einen langen Hering, meinte ich mit Hering eine Art Zeltpflock.«

»Ach, herrjemine, Mister Lundqvist! Das tut mir furchtbar leid, da muß ich einiges durcheinandergebracht haben. Ich hätte nie gedacht, daß ein Hering auch …«

»Ist ja gut, wie sich herausgestellt hat, war das alles kein Problem«, besänftigte Lundqvist seine Sekretärin – um die Zeit aufbringen zu können, auf eine natürliche Pause in Mrs. Parfimowicz' Redefluß zu warten, mußte man wenigstens über die Lebenserwartung eines riesigen Mammutbaums verfügen. »Das nächste Mal denken Sie einfach daran, okay?«

»Das verspreche ich Ihnen, Mister Lundqvist. Ich will mir nur schnell aufschreiben, was Sie unter einem Hering verstehen. Also, ein Hering ist kein Fisch, sondern ein Holzpflock, und ich muß …«

»Jetzt halten Sie mal den Mund, Missis Parfimowicz, und sagen Sie mir endlich, was so verdammt wichtig ist!«

»Ach so, ja, tut mir leid, ich lasse mich immer so leicht ablenken. Ich muß endlich damit aufhören, andauernd vom Thema abzukommen. Wahrscheinlich geht Ihnen das ganz schön auf die Nerven ...«

»Missis Parfimowicz!«

»Ähm ... eine Missis Henderson hat angerufen. Sie ist zwar nicht in der Kundenkartei aufgeführt, aber sie kennt Ihre Privatnummer, also muß sie es ernst meinen, nehme ich an. Jedenfalls möchte sie, daß Sie einen Gott für sie töten.«

Es gab eine kurze Pause, während Lundqvist nach dem Handy grapschte, das ihm vor Schreck aus der Hand gerutscht war. Er sammelte sich und antwortete: »Ich fürchte, ich habe Sie nicht richtig verstanden. *Ich soll einen Gott töten?«*

»Das hat sie jedenfalls so gesagt, Mister Lundqvist. Natürlich kann ich sie auch falsch verstanden haben, weil ich noch immer Probleme mit dem Abhören von Anrufbeantwortern habe, aber ich bin mir ziemlich sicher, daß sie ...«

»Haben Sie gesagt, eine Missis Henderson?«

»Richtig, Mister Lundqvist. Soll ich Ihnen den Namen buchstabieren?«

»Nein, nein, ich werde umgehend nach Hause kommen. Rufen Sie bitte in Haiti an, und sagen Sie den Zombie-Job ab. Lassen Sie sich irgendeine Entschuldigung einfallen, das hier ist wichtiger.«

»Ich verstehe.« Die Stimme am anderen Ende der Leitung zitterte leicht. »Welche Entschuldigung soll ich denn anbringen, Mister Lundqvist?«

»Sagen Sie denen, daß ...« Lundqvist grinste. »Sagen Sie denen, daß ich dringend zu einer Beerdigung mußte.«

VI

Wenn man Schlagertextern oder gar Shakespeare Glauben schenken darf, dann ist ›Liebe die süßeste Süßigkeit‹; doch so, wie der große Gott Pan den Tee zubereitet, muß dieses Gebräu gleich dahinter an zweiter Stelle kommen. Man kann von Glück reden, daß Pan unsterblich ist, denn sollte er jemals das Zeitliche segnen, dürften sämtliche Länder der Dritten Welt, deren Wirtschaft ganz oder teilweise vom Zuckerexport abhängt, schweren Zeiten entgegensehen.

»Nimm noch einen Keks«, ermunterte Pan seinen Gast mit vollem Mund.

Osiris schüttelte den Kopf. »Nein danke. Ich hab schon zu viele gegessen. Ich kriege nichts mehr runter.«

»Bei Göttern ist kein Ding unmöglich«, antwortete Pan.

»Na gut. Diese kleinen Kringel mit den Kokosnußflocken obendrauf mag ich besonders gern.«

Jedes Lebewesen sehnt sich nach Kontakten mit der eigenen Spezies; und Pan hatte schon seit einer Ewigkeit keinen Mitgott mehr gesehen. Was Osiris betraf, so hatte er mehrere tausend Jahre ungesundes Essen nachzuholen. So viele Doughnuts, so wenig Zeit.

»Dann bedien dich.« Pan lehnte sich im Sessel zurück und knabberte die Schokolade von einem Plätzchen ab. »Nun erzähl doch mal, was du die ganze Zeit getrieben hast.«

»Nichts.«

»Wie? Gar nichts?«

Osiris nickte. »Die ersten sechshundert Jahre nach meiner Pensionierung hab ich das Sich-zur-Ruhe-setzen einfach sehr wörtlich genommen. Danach mußte ich leider feststellen, daß ich zu keiner normalen Handlung mehr in der Lage war. Selbst schuld.«

»Typischer Lagerkoller.«

Während Osiris das Zimmer genauer in Augenschein nahm, fiel seine Reaktion zwiespältig aus. Einerseits war die Vorstellung, daß einem unsterblichen Gott, einem von *ihnen,* von den Sterblichen derart wenig Respekt entgegengebracht wurde, um sich nur ein möbliertes Zimmer über einer Apotheke in einer Ausfallstraße leisten zu können, so infam, daß es ihm in den Händen nach einem Blitz juckte; andererseits war das Zimmer eine ganze Ecke größer als seine dunkle Hundehütte im *Sonnenblick* (nicht zu vergessen, *gehörte* ihm der Scheißladen). Außerdem konnte er nach diesem ersten, recht flüchtigen Eindruck schon jetzt davon ausgehen, daß Pan ganz bestimmt nicht von irgendwelchen dahergelaufenen halbwüchsigen Mädchen in weißen Kitteln heimgesucht wurde, die nach Lust und Laune seine wenigen Habseligkeiten durchsuchten und nicht einmal davor zurückschreckten, Müsliriegel zu konfiszieren. Sicher, in Pans Waschbecken befanden sich etwa tausend Jahre alte Rückstände von abzuwaschendem Geschirr, doch der Preis persönlicher Freiheit ist nun einmal ewige Hausarbeit. Osiris riß sich von seinen Gedanken los und kam zum eigentlichen Thema zurück.

»Lagerkoller? Ich fürchte, du hast recht«, stimmte er Pan wehmütig zu. »Anfangs denkt man noch: Mensch, Alter, was für ein Leben! Fünf Mahlzeiten am Tag, und dann noch von hübschen jungen Mädchen aufs Zimmer serviert. Wahnsinn! Doch irgendwann stellt man fest, daß man sich die letzten tausend Jahre zwar brennend für das Essen, nie aber für die Mädchen interessiert hat, und man fragt sich allen Ernstes, was genau mit einem geschehen ist.«

»O ja, ich weiß, was du meinst.« Pan nickte verständig und dachte allerdings dabei in erster Linie an seine hochmoderne, doch leider völlig versüffte Kochnische. Zwar besaß er eine hervorragende Geschirrspülmaschine, dennoch hatte er sie eine ganze Weile nicht mehr zu Augen bekommen, da sich auf sämtlichen zur Verfügung stehenden Abstellflächen schmutziges Geschirr stapelte. »Ich meine, fünf Mahlzeiten am Tag zu bekommen, ohne selbst kochen oder abwaschen zu müssen, hat natürlich auch seine Vorteile.«

»Viele aber nicht«, entgegnete Osiris und verlagerte ein wenig das Gewicht im Rollstuhl, der in den letzten Minuten geschrumpft zu sein schien. »Wie kommt es eigentlich, daß du dich nie zur Ruhe gesetzt hast?«

»Ich kann und konnte es mir nicht leisten«, antwortete Pan. »Das ist schlicht und ergreifend eine Frage des Geldes.«

»Im Ernst?«

»Klar. Zurückblickend sage ich mir, wäre ich doch dreihundert vor Christus bloß so vernünftig gewesen, eine private Rentenversicherung abzuschließen, dann müßte ich nicht jeden Morgen um halb sieben aus dem Bett steigen, um zur Arbeit zu gehen. Na ja, aber so ist das wohl immer. In dem Alter glaubt man, ewig zu leben. Oder richtiger gesagt, glaubt man eben nicht, ewig zu leben. Wozu sich also um die Zukunft scheren? Ähm ... willst du eigentlich länger bleiben?«

Osiris nickte. »Hängt davon ab, wie lange ich dafür brauche.«

»Wie lange du *wofür* brauchst?«

»Wie lange ich brauche, um meinen Patensohn zu überleben«, antwortete Osiris. »So, wie ich es sehe, muß ich ihm und seinen Ärzten nur so lange aus dem Weg gehen, bis sie den Löffel abgeben. Und nach unserem Zeitverständnis bleibt uns demnach allenfalls die

Muße für eine Partie Poker, bevor ich wieder ins Heim zurückkehre.«

»Poker?«

»Ach, das war nur so ein Vorschlag. Wenn du Lust hast, können wir auch gern irgendein Brettspiel machen ...«

Tief im Innern grinste Pan. Die Fähigkeit, plötzliche Panik zu verursachen, ist bestimmt nicht das nützlichste Handwerk der Welt; im Gegensatz zum Klempnern oder Tapezieren kann man sich damit nur schwer über Wasser halten. Beim Pokerspielen ist es allerdings von Vorteil.

»Willst du damit vorschlagen, daß wir um Geld spielen?« erkundigte er sich beiläufig.

»Um Geld?« Osiris blickte ihn verdutzt an. »Ich wußte gar nicht, daß man Poker um Geld spielen kann.«

»Soweit ich weiß, ist das durchaus möglich.«

»Mhm ... ich nehme an, man wettet darauf, wer das bessere Blatt hat oder so.«

»So in der Richtung muß das wohl laufen. Wollen wir's mal einfach versuchen?«

»Warum nicht? Weißt du denn, wie wir vorgehen müssen?«

»Ich denke, während des Spiels kommen wir schon dahinter.«

Drei Stunden später kam Pan zu dem Schluß, sich vielleicht ein wenig dumm angestellt zu haben. Eingedenk der Tatsache, daß er unsterblich war, und vorausgesetzt, er konnte den lukrativen Job als Sprecher für Werbespots, den er erst vor kurzem angenommen hatte, bis zur planmäßigen Vernichtung der Erde beibehalten, wäre er wahrscheinlich irgendwann in der Lage, die Spielschulden zu begleichen; jedenfalls dann, wenn er am Essen und Strom sparte und Osiris keine Zinsen verlangte.

»Du hast Poker schon öfter gespielt, stimmt's?«

»Ich habe das erst vor kurzem gelernt«, antwortete Osiris. »Vor etwa sechs Monaten. Eine der Schwestern aus dem Altenheim hat einen Freund, der als Lkw-Fahrer arbeitet. Offenbar wird in Raststätten häufig Karten gespielt. Seither spielen wir fast jeden Freitagabend ein, zwei Partien, während er darauf wartet, daß seine Freundin Feierabend macht.«

»Ich verstehe. Glaubst du, daß dein Patensohn schon tot ist?«

Osiris blickte auf die Uhr. »Das bezweifle ich. Wenn du Lust hast, können wir ja noch ein anderes Kartenspiel machen, das mir dieser Typ beigebracht hat. Ich weiß die Regeln zwar nicht mehr ganz genau, aber …«

»Nein danke.«

»Wie du willst.« Osiris zuckte die Achseln. »In dem Fall laß uns schon mal abrechnen. Falls es dir nichts ausmacht, hätte ich am liebsten Bargeld.«

Pan zuckte unwillkürlich zusammen. »Um ganz ehrlich zu sein, besitze ich zur Zeit keinen Penny Bargeld. Würde es dir was ausmachen, wenn du mir die, ähm … Schulden für kurze Zeit stundest? Etwa eine Woche vielleicht oder so …?«

Osiris lächelte freundlich. »Da habe ich einen besseren Vorschlag. Du tust mir einen kleinen Gefallen, und wir sind quitt. Na, wie findest du das?«

Es ertönte ein ohrenbetäubender Lärm, und plötzlich schwirrten überall in der Luft Glassplitter herum.

Im ganzen Gebäude hätte die Alarmanlage losgehen müssen. Haifisch & Dieb verfügte über ein neuartiges Sicherheitssystem, mit dem man in bislang ungeahnte Dimensionen vorstoßen konnte; es war derart ausgetüftelt, daß sofort sämtliche Alarmglocken läuteten und auf allen Monitoren eine Warnung aufflackerte, wenn ein feindlich gesinnter Philosoph zu der Behauptung ansetzte, daß in einem perfekten Universum Anwälte nicht existieren könnten. Doch selbst das ausgeklügeltste System kann nicht funktionieren, wenn jemand die Kabel durchtrennt oder sonstwie an strategisch wichtigen Stellen Sand ins Getriebe gestreut hat.

»Tag«, sagte Julian, ohne aufzublicken. »Setzen Sie sich, ich bin gleich soweit.«

Kurt Lundqvist ließ den Strick los, an dem er sich gerade abgeseilt hatte, und mit einer lässigen Bewegung zog er eine gewaltige Faustfeuerwaffe aus einem entsprechend großen Schulterhalfter. Er richtete die Automatikwaffe auf Julians Herz und räusperte sich dezent.

»Eine Desert Eagle, Kaliber fünfzig«, meinte Julian, wobei er anscheinend mit dem siebzigseitigen Mietvertrag sprach, der vor ihm aufgeschlagen auf dem Schreibtisch lag. »Was ist denn mit der guten alten Glock?«

Lundqvist zuckte leicht zusammen. »Meine neue Mitarbeiterin«, zischte er. »Diese blöde Kuh hat 'n Putzfimmel und räumt dauernd alles weg. Irgendwann wird die Glock schon wieder auftauchen.«

»Tss ...« Julian schnalzte mitfühlend mit der Zunge, malte mit einem roten Filzstift ein paar Schnörkel auf den Mietvertrag und klappte schließlich den Ordner zu. »Schön, daß Sie mal reinschauen«, sagte er notgedrungen.

»Ich war zufällig in der Nähe.«

»Na, das trifft sich ja gut.« Julian lehnte sich im Sessel zurück – es war einer jener Chefsessel, die dazu entworfen waren, seinen Inhaber zu charakterisieren, und der einem besser als alle Worte verriet, daß man sich auf der falschen Seite des Schreibtisches befand – und legte die Hände an den Fingerspitzen zusammen. »Ich habe einen Auftrag für Sie.«

»Davon hab ich schon gehört.«

»Ich denke, daß Sie der richtige Mann für diesen Job sind.«

»Danke.«

»Sie sind mir empfohlen worden.«

»Freut mich zu hören.«

Julian beugte sich ein Stück vor und griff sich eine Aktenmappe. »Von höchster Stelle sogar.« Er schlug die Mappe auf, blätterte ein paar Seiten durch und nickte. »Wie ich sehe, sind Sie schon eine ganze Weile im Geschäft. Demnach haben Sie beispielsweise achtzehnhundertsechsundsiebzig Dracula getötet. Stimmt das wirklich?«

»Klar, ej.«

»Und achtzehnhundertneunundsiebzig. Und neunzehnhundertzwei. Und neunzehnhundertdreizehn.«

»Einer wie er läßt sich nicht so leicht unterkriegen.«

»Und neunzehnhundertsiebenundzwanzig. Danach aber nicht mehr.«

Lundqvist zuckte die Achseln. »Einer wie er läßt sich nur dann unterkriegen, wenn man einen ausreichend großen Holzpflock benutzt. In diesem Fall handelte es sich um einen Telegrafenmast.«

»Donnerwetter ...«

»Hat auf Anhieb geklappt.« Lundqvist lächelte matt und fügte hinzu: »Wie ich allerdings gehörte habe, sollen dort bis zum heutigen Tag noch manchmal äußerst merkwürdige Telefonverbindungen zustande kommen. Nun, was kann ich für Sie tun?«

Julian blätterte ein paar Seiten weiter. »Hey! Dieser eine Einsatz hier, den Sie vor ein paar Jahren hatten, scheint mir ziemlich ungewöhnlich gewesen zu sein, wie?« Er warf Lundqvist ein Polaroidfoto zu, auf dem ein verkümmertes koboldähnliches Wesen mit einem schildkrötenähnlichen Kopf und absurd langen Armen zu sehen war. »Ich dachte immer, das Kerlchen sei unversehrt auf seinen Heimatplaneten zurückgekehrt. Jedenfalls gab es einen Film darüber. Mit vielen Kindern auf Fahrrädern und so.«

Als Lundqvist nicht antwortete und nur den Kopf schüttelte, bekam selbst Julian eine leichte Gänsehaut.

»Aber das war doch so ein niedlicher Bursche. Finden Sie nicht?«

»Na und?«

»Ähm, wie haben Sie ihn denn nun wirklich gefunden? Soweit ich weiß, hatte er sich unauffindbar versteckt, als man von seiner Existenz erfuhr.«

»Ich hab sein Telefon abgehört.«

»Ich verstehe.« Julian klappte den Ordner zu. »Nun gut, ich möchte, daß Sie diesen Auftrag als den Höhepunkt Ihrer zweifellos äußerst beeindruckenden Karriere empfinden. Danach müssen Sie sich natürlich zur Ruhe setzen, weil Sie nach diesem Auftrag nie wieder irgendwo anders arbeiten können.« Er hielt inne und lächelte verschmitzt. »Wohlgemerkt, nie wieder arbeiten *müssen*, denn für Sie liegt da natürlich eine ganze Stange Geld drin.«

Lundqvist beugte sich vor und blickte Julian über den Schreibtisch hinweg finster an. »Die einzigen Stangen, die ich kenne, sind entweder aus Dynamit oder in selteneren Fällen aus Holz. Kommen Sie also endlich auf den Punkt.«

»Okay, okay.« Julian verschränkte die Arme. »Es geht um einen Gott, den ich auf die letzte Reise schicken will.«

»Aha. Ein Gott also. Ich verstehe. Irgendein bestimmter Gott?«

»Osiris. Kennen Sie ihn?«

»Nur vom Hörensagen.« Lundqvists Augen funkelten beängstigend. »Gibt es einen bestimmten Grund, oder sind Sie nur einer von denen, die einen allgemeinen Groll gegen den Sündenfall hegen?«

»Das ist ja wohl meine Sache«, murmelte Julian verlegen. Er nahm erneut den roten Filzstift in die Hand und spielte an dem Verschluß herum. »Lassen wir es einfach dabei bewenden, daß Osiris einen Platz einnimmt, der für andere Zwecke benötigt wird, und das war's, klar?«

»Ach ja?«

»Ja.«

Lundqvist sprang auf und fauchte: »Ich sollte dir auf der Stelle deine dämliche Rübe abknallen.«

In einem gekrümmten und unendlichen Universum muß irgendwo irgendwann alles geschehen – und so geschah es, daß Julian Lundqvist nur stumm anstarrte, denn zum ersten Mal in seinem Leben hatte es ihm wortwörtlich die Sprache verschlagen.

»Jetzt hör mal zu, Freundchen!« zischte Lundqvist und zog Julian an der Krawatte zu sich heran. »Zwei Punkte: erstens sind Götter unsterblich, weshalb man sie nur schwer töten kann. Es ist zwar nicht unmöglich«, fügte er mit stolzer Stimme hinzu, »aber ganz bestimmt schwierig.«

»Für Sie dürfte das doch kein Problem sein, Mister Lundqvist ...«, keuchte Julian.

»Darum geht's doch gar nicht.« Lundqvist schnürte Julians Krawatte noch fester zu. »Der zweite Punkt ist: Ich töte keine Götter. Verdammt noch mal, ich bin auf deren Seite. Ich bin der Gute, der die Bösen aussortiert. Das ist mein Job. Und da wir gerade davon sprechen: Das einzige, was dich vor deiner Wiedergeburt unter einem flachen Stein bewahrt, ist mein Berufsethos.« Lundqvist grinste unverhofft. »Und selbst darauf verließe ich mich an deiner Stelle nicht allzu sehr.«

»Glauben Sie mir, das wird Ihnen noch leid tun«, japste Julian.

Lundqvists Gesicht lief vor Wut weiß an. »Hör mal, Freundchen! Von dir hätte ich wirklich erwartet, daß du weißt, daß es nicht sonderlich ratsam ist, mir zu drohen! Der letzte Typ, der mir gedroht hat, ist mittlerweile ein integraler Bestandteil der Manhattan Skyline.«

»Das sollte gar keine Drohung sein. Ich wollte damit nur sagen, daß Sie auf sehr viel Geld verzichten, wenn Sie den Auftrag nicht annehmen. Mir ginge es ganz schön gegen den Strich, eine solch einmalige Chance auszuschlagen.«

»Dein Geld kannst du dir in den Arsch stecken«, fauchte Lundqvist. »Ich habe meine Prinzipien, klar?«

»Prinzipien?« Julian zog die Augenbrauen hoch. »Kurt, um Himmels willen, Sie sind ein mehrfacher Mörder. Ist es nicht vielleicht ein wenig zu spät dafür ...?«

Julian schwebte plötzlich einen halben Meter über dem Schreibtischsessel frei in der Luft, wobei sich etwa ein Viertel Quadratmeter der Vorderseite seines Seidenhemds in Lundqvists Händen befand.

»Ich habe Prinzipien«, wiederholte Lundqvist. »Und falls du diesem Gott auch nur ein einziges Haar krümmst, dann wirst du dir wünschen, du wärst nie geboren. Oder besser«, fügte er mit einem furchterregenden Grinsen hinzu, »du wirst dir wünschen, du wärst geboren. Aber das wäre dann längst vergebens, wie es sich von selbst versteht. Kannst du mir folgen?«

»Sparen Sie sich das doch für Ihre Kunden auf, Kurt«, röchelte Julian, wenngleich er die dazu benötigte Luft für andere, weit dringendere Zwecke hätte gebrauchen können. »Wieviel wollen Sie haben? Nennen Sie einen Preis, und ich gebe Ihnen, was Sie ...«

»Leck mich am Arsch!«

»Von mir aus auch das. Allerdings halte ich Geld noch immer für das probatere Mittel.«

Julian knallte erst wie ein Squashball mit dem Kreuz gegen die Rückenlehne und schnellte dann mit dem Kopf auf die Schreibtischplatte. Aus der Platzwunde auf seiner Stirn tropfte ein Blutspritzer auf den Mietvertrag und verschmierte zufällig eine für ihn nachteilige Klausel im Mietvertrag, die er zuvor übersehen hatte.

»Darf ich das als ein sicheres Vielleicht verstehen?« traute sich Julian zu fragen.

Einen Augenblick lang war er der festen Überzeugung, daß Lundqvist ihn töten wollte. Die Waffe war irgendwie von hinten unter seinem rechten Arm hindurch direkt auf ihn gerichtet – *du meine Güte,* dachte Julian, während er in den endlos langen schwarzen Tunnel der Mündung starrte, *nach einem harten Arbeitseinsatz muß das Ding schrecklich riechen* –, und es ertönte ein metallisches Klicken, als der gespannte Hahn zurückschnellte. Aber es gab keinen Knall; denn Lundqvist war ein echter Profi, ein Spitzenmann seines Fachs, und die goldene Regel für Topspezialisten lautet: keine Gratisvorstellungen. Kurz darauf war die Stelle verwaist, wo Lundqvist gestanden hatte, und der Wind blies unheilvoll durch das zerschlagene Fenster.

»Scheiße!« sann Julian laut nach. »Aber was soll's?« Er drehte sich mit dem Sessel zum Computerterminal, drückte auf ein paar Tasten und wartete ab, während ihn das Gerät anpiepste.

Bereit.

Julian runzelte die Stirn. »Bereit, wer?« grummelte er zornig.

Entschuldigung. Bereit, Sir.

»Na also, es geht doch. Gut, such mir sämtliche Informationen zu folgenden Daten.«

Julian drückte erneut auf ein paar Tasten. Der Monitor flackerte einige Male auf, verriet ihm etliche, ihm hinlänglich bekannte Einzelheiten über Urheberrechte und Datenschutzgesetze und produzierte schließlich eine Namenliste. Die Überschrift lautete:

Internationales Atheistenverzeichnis von A bis Z

VII

Der Besucher blickte erschrocken drein. »Ja, Doktor der Philosophie«, antwortete er. »Was ist daran nicht in Ordnung?«

Lug stieß ihm dezent mit dem Ellbogen in die Rippen und zischte ihm ins Ohr: »Laß die Alte. Sie fragt das jeden, der hierherkommt.« Er tippte sich mit einer eindeutigen Geste an die Stirn, doch als ihn Minerva mißtrauisch anblickte, tat er so, als würde er sich am Kopf kratzen. Den Besucher schien das alles nicht zu interessieren.

»Sehen Sie sich bitte mal mein Bein an?« fragte Minerva. »Wissen Sie, andauernd bitte ich darum, den Doktor zu sehen, aber niemand hört auf mich.«

»Wir sollten uns beeilen«, drängte Lug. »Wir haben nämlich noch eine Menge zu ...«

»Natürlich sehe ich mir Ihr Bein gern an, gnä' Frau«, sagte der Besucher. »Obwohl es wirklich ein Jammer ist, daß Sie mich das nicht schon vor sechstausend Jahren gefragt haben, als es noch nicht überall so schrumplig und faltig war. Aber lieber etwas zu spät als gar nicht.«

»Hör mal, du darfst sie nicht auch noch ermuntern. Die kann wirklich furchtbar ...«

»Ja, das da ist eindeutig ein Bein«, philosophierte der Besucher weiter. »So was würde ich überall erkennen. Ich achte immer besonders auf das untere Ende, weil sich dort meistens ein Fuß befindet. Ich meine, wer kann schon sagen, ob ich in Wirklichkeit nicht doch nur ein Spinner bin, der nur davon träumt, ein Doktor der Philosophie zu sein, der sich gerade ein Bein ansieht? Zweifellos ein entzückendes Bein, auch heute noch.«

Eine flache Hand im Kreuz trieb den Besucher aus dem Fernsehraum hinaus und in eine kleine Kammer hinein, in der Putzmittel gelagert wurden.

Lug schloß die Tür. »Seit wann bist du denn Doktor der Philosophie, hä?« wollte er wissen.

»Noch nicht allzu lange«, räumte Pan ein. »Ich hab mal so eine Anzeige in einer Zeitschrift gelesen. Man schickt da fünfzig Dollar hin und erhält dafür einen akademischen Grad. Ich hätte mir auch einen Professorentitel kaufen können, aber leider nehmen die keine Kreditkarten.«

»Aha. Hör mal, wir ...«

»Chicopee Falls.«

Lug kniff die Augen zusammen. »Wie bitte?«

»Universität von Chicopee Falls, Iowa. Falls du Professor werden möchtest, kann ich dir gern die Adresse geben.«

»Nein danke«, seufzte Lug erschöpft. Er hatte das Gefühl, als würde er mit jemandem ein Gespräch führen, der sich entweder zwanzig Minuten in der Zukunft oder hin und wieder fünf Minuten in der Vergangenheit befand. »Hör mal, könntest du endlich damit aufhören, andauernd von einem Thema zum anderen zu springen? Du bringst mich völlig durcheinander.«

»Tut mit leid, reine Macht der Gewohnheit«, entschuldigte sich der Gott des Chaos. »Was kann ich für dich tun?«

Lug stellte ein Kehrblech samt Handfeger beiseite und setzte sich auf eine elektrische Bohnermaschine. »Woher soll ich das wissen?« fragte er etwas verwirrt zurück. »Schließlich bist *du* doch hierhergekommen, um *mich* zu sprechen, oder?«

»Ach ja, richtig.« Pan stützte sich auf einem Staubsauger ab und grinste. »Ich soll dir eine Nachricht überbringen.«

»Ach, wirklich?«

»Ja, von Osiris.«

Lug blickte ihn verdutzt an. »Osiris' Zimmer liegt auf demselben Flur wie meins. Warum kann er mir das nicht selbst sagen?«

»Weil er« – Pan wickelte das Stromkabel ab und schlang abwesend ein paar Knoten hinein – »abgehauen ist. Er ist untergetaucht. Hast du denn nichts von dem ganzen Wirbel mitbekommen, als vor ein paar Tagen diese zwei Ärzte hierhergekommen sind, um ihn für unzurechnungsfähig zu erklären?«

»Für unzurechnungsfähig?« Lug dachte darüber nach. »Ach, jetzt komme ich langsam dahinter. Ich meine, als Minerva die beiden fragte, ob sie Ärzte seien, fanden die das überhaupt nicht komisch. Um so komischer finde ich das jetzt, denn wozu soll das ganze Theater überhaupt dienen?«

»Damit sein widerlicher Patensohn ihn entmachten und an sein Geld kommen kann, nimmt Osiris an.« Pan beugte sich nach unten und polierte sich an einer Scheuerbürste die Fingernägel. »Offenbar hat dieser Patensohn es geschafft, ihn dazu zu bringen, eine Vollmacht zu unterschreiben.«

»Wie hinterhältig.«

»Das kann man wohl sagen.« Pan gähnte. »Jedenfalls bin ich nur hier, um dir zu sagen, daß du dir um Osiris keine Sorgen machen sollst. Das ist wirklich schon alles.«

»Und warum sollst du das ausgerechnet mir erzählen?«

Pan zuckte die Achseln. »Keine Ahnung. Aber er schien sich völlig sicher zu sein, daß ich es niemand anderem als *dir* sagen soll. Wenn es dir also nichts ausmacht, dann unterschreib mir doch bitte diese Quittung, damit ich mich wieder auf den Weg machen kann, ja?«

»Wie? Ach so, ja sicher. Hast du zufällig einen Stift dabei? Ich glaube, ich hab meinen ...«

In diesem Augenblick öffnete sich die Tür, und ein kleiner Kopf, der in Farbe und Form einem überdimensionierten Ei aus Freilandhaltung ähnelte, lugte hindurch.

»Sind Sie Doktol?« fragte der Mann. »Doktol del Philosophie?«

Pan runzelte die Stirn. »Wie bitte?«

»Minelva sagt, Sie Doktol del Philosophie. Können Sie meine Seele untelsuchen? Meine Seele nicht gut, klank vielleicht. Sie mil geben Lezept gegen Klankheit.«

»Das ist Konfuzius«, flüsterte Lug. »Er hat Probleme mit unserer Sprache ...«

»Selbstverständlich«, antwortete Pan. »Wo tut's denn weh?«

Nun folgte auch der Rest von Konfuzius' Körper in den Raum. »Nix weh tun«, widersprach er und stemmte die Arme in die Hüften. »Vielleicht Seele existielt gal nicht. Plato hat mil gesagt ...«

»Ah ja, ich glaube, was Sie wirklich brauchen, ist ein Doktor der Theologie. Für mich hört sich das nämlich eher nach einem theologischen Problem an.«

»Wissen Sie, wo ich Doktol del Theologie finden kann?«

»Zufälligerweise bin ich auch Doktor der Theologie. Universität von Chicopee Falls, Iowa, Jahrgang siebenundachtzig. Gehen Sie schon mal nach nebenan, und legen Sie erst mal Ihre Psyche ab, ich bin gleich bei Ihnen.«

Nachdem Konfuzius die Tür hinter sich geschlossen hatte, blickte Lug Pan finster an. »Mußte das sein? Ist dir eigentlich klar, daß hier in den nächsten Wochen das absolute Chaos herrschen wird?«

»Tut mir leid, aber ich muß mich an meinen hypokritischen Eid halten.«

»Du meinst hippokratischen Eid.«

»Keine Sorge, ich weiß schon, was ich sage«, antwortete der Vater der Mißverständnisse. »Nun, jedenfalls habe ich dir Osiris' Botschaft übermittelt, und erzähl bloß niemandem davon, klar? *Niemandem,* hörst du?«

Lug runzelte die Stirn. »Wenn ich niemandem davon erzählen soll, warum erzählst du es dann ausgerechnet mir?«

Pan stand auf, klopfte sich etwas Staub ab und zuckte mit den Schultern. »Mich darfst du das nicht fragen, ich bin nur der Übermittler. Ich finde das Ganze ja auch etwas mysteriös, aber mir kommt das hier alles sowieso ziemlich merkwürdig vor, findest du nicht? Danke, daß du dir Zeit für mich genommen hast.«

Die Macht der Gewohnheit kann einen ungeheuer starken Einfluß haben. Auf dem Weg vom Abstellraum zum Hauptausgang diagnostizierte Pan drei prolabierte Seelen (als Doktor der Psychologie der Universität von Chicopee Falls, Iowa; ›Drei Doktortitel zum Preis von zweien‹), fünf eingewachsene Persönlichkeiten und einen schweren Fall von kollabierter Geisteshaltung. Etwa eine halbe Minute vor dem Eintreffen der Sicherheitskräfte und deren riesigen Rottweiler verließ er das Gebäude.

Als er in Richtung der Bushaltestelle spazierte, merkte er, daß ihm jemand folgte. Eine sterbliche und – wenn man dazu neigt, Quantität mit Qualität zu verwechseln – recht attraktive junge Frau. Sie trug einen weißen Overall mit einer anstecknadelähnlichen Uhr. Als sie ihn eingeholt hatte, blieb er stehen.

»Entschuldigen Sie bitte, aber sind Sie Pan?« fragte die Frau.

»Wer will das denn wissen?«

»Ich.«

»Na gut, in dem Fall geht das in Ordnung. Heutzutage kann man nämlich nicht vorsichtig genug sein.«

Die junge Frau runzelte die Stirn. »Ich suche Mister Osiris. Wohnt er bei Ihnen?«

»Woher wissen Sie das?«

»Kurz bevor er bei meiner Mutter und mir ausgezogen ist, ohne zu sagen, wo er hingehen will, habe ich Ihre Stimme in einem Fernsehwerbespot gehört«, antwortete das Mädchen. »Als ich den Werbespot ein zweites Mal im Fernsehraum des Altenheims gesehen habe, habe ich die Bewohner gefragt, ob jemandem die Stimme bekannt vorkomme, und alle waren sich darin einig, daß es Ihre sei. Als mir eben jemand gesagt hat, daß Sie gerade im *Sonnenblick* gewesen seien und für einige Verwirrung gesorgt hätten, da bin ich ...«

»Verdammter Mist!«

»... Ihnen gleich hinterhergelaufen, um mit Ihnen zu reden. Nähmen Sie mich mit, damit ich mit Osiris sprechen kann?«

Pan dachte kurz nach. »Woher soll ich wissen, daß Sie auf seiner Seite sind?«

»Bäte ich Sie sonst darum?«

»Na ja, aber immerhin arbeiten Sie im *Sonnenblick*, nicht wahr? Ich glaube nicht, daß er Lust darauf hat, jemandem aus dem Heim zu begegnen.«

Das Mädchen lächelte reumütig. »Ich arbeite dort nicht mehr. Ich bin gerade gefeuert worden, weil ich ihm bei der Flucht behilflich war.«

»Dann müssen Sie Sandra sein.«

Das Mädchen nickte. »Er braucht jemanden, der auf ihn aufpaßt. Verstehen Sie mich nicht falsch, ich finde ihn wirklich furchtbar nett, und er ...«

»Im Ernst?« Pan machte ein mürrisches Gesicht. »Ich gebe Ihnen einen Rat: Wenn Sie zwei Paare in der Hand halten, Könige und Buben zum Beispiel, und er Ihnen mit diesem abwesendem Gesichtsausdruck gegenübersitzt, als ob er sich daran zu erinnern versucht, in welchem Jahrhundert er sich gerade befindet, sollten Sie sofort passen. Am besten spielen Sie mit ihm nur um Streichhölzer«, fügte er hinzu. »Vorausgesetzt, Sie haben noch irgendwo Besitzurkunden von irgendwelchen Regenwäldern herumliegen. Mir fallen so manche treffende Ausdrücke für Ihren Freund ein, doch ›furchtbar nett‹ steht auf der Liste eindeutig ganz unten.«

Sandra kicherte. »Er ist ein hervorragender Kartenspieler, nicht wahr? Nach dem letzten Stand schuldet ihm mein Freund siebenundneunzig Millionen Pfund, dabei hat Osiris erst vor kurzem gelernt, wie man Karten spielt.«

»Anfängerglück, nehme ich an.«

»Hat er Ihnen gesagt, was sein mieser Patensohn mit ihm vorhat?«

Pan nickte. »Diese hinterhältige kleine Ratte. Ich habe zwar mittlerweile vergessen, wer von uns als erster die Idee hatte, Sterbliche einzuführen, doch ist mir der Verantwortliche dafür noch die eine oder andere Antwort schuldig. Derzeit anwesende sterbliche Personen sind natürlich davon ausgenommen.«

»Na, dann müßten Sie erst mal meinen Job erledigen«, konterte Sandra gereizt. »Oder haben Sie schon mal versucht, Blitzflecken von kunststoffbeschichteten Möbeln zu entfernen?«

»Sicher, Götter sind auch nicht gerade die perfektesten Wesen, aber immerhin ...«

»Oder aufzuräumen, nachdem die ein Saufgelage hatten? Ich möchte lieber gar nicht daran denken, wie es gewesen sein muß, als Sie und Ihresgleichen noch das Sagen hatten und alles selbst erledigen mußten.«

»Nicht viel anders als heute«, antwortete Pan mit einem Seufzen. »Mit der Ausnahme, daß Ihre Sippe jemanden hatte, dem sie alles in die Schuhe schieben konnte. Manchmal habe ich das Gefühl, daß wir sowieso zu nichts anderem gedient haben. Jedenfalls sind wir bis zur Erfindung der Menschen ganz gut allein zurechtgekommen. Aber was soll's? Gemeinsam gehangen, gemeinsam gefangen, sage ich immer.«

»Sehen Sie nur, dahinten kommt schon der Bus.«

»Sehr schön«, sagte Pan, Schutzpatron der Wegelagerer und all der Verlierer, denen es nicht einmal gelingt, sich in Brauereien zu besaufen. »Irgendwie fühle ich mich in öffentlichen Transportmitteln immer wie zu Hause.«

»Unseren nächsten Schritt müssen wir sehr sorgfältig planen«, meinte Osiris.

Bei Göttern ist kein Ding unmöglich, und sie sind allwissend. Fragen Sie mal einen Gott nach dem kürzesten Weg zum nächsten Postamt, und er wird ihn mit absoluter Sicherheit kennen, selbst wenn er die betreffende Stadt noch nie zuvor gesehen hat. Pan war ein Gott; er besaß gleich mehrere Urkunden, mit denen er dies beweisen konnte (das Stück für fünfundsiebzig Dollar oder für neunundneunzig Dollar fünfzig, wenn man sich für die Luxusversion in Pergament entscheidet). Aber wie es dazu kommen konnte, daß er nun mit einem molligen Mädchen, einem Hünen von Fahrer mit Bürstenhaarschnitt und Ohrring, nämlich Sandras Freund Carl, und mit dem Sohn der altägyptischen Himmelsgöttin Nut in einer ramponierten gelben Großraumlimousine saß, blieb ihm ein unerklärliches Rätsel.

»An der nächsten Ampel können Sie mich rauslassen«, sagte Pan deshalb voller Hoffnung zum Fahrer und an Osiris gewandt: »Danke fürs Mitnehmen.«

Osiris schüttelte den Kopf. »Tut mir leid, Pan, aber ich brauche dich noch, damit du mir bei ein paar Dingen hilfst. Du hast doch nichts dagegen, oder?«

»Ich wäre dir wirklich gern behilflich, Ossi, aber ich ...«

»Ich bezahle dich auch.«

Außer dem Geräusch eines alten Wagens, der mit

einem angeknacksten Auspuff über ein Schlagloch fuhr, herrschte absolute Stille.

»Mit richtigem Geld?«

»In jeder Währung, die du willst.«

»Wieviel?«

»An wieviel denkst du denn?«

Du meine Güte! dachte Pan. *Ich könnte mich tatsächlich zur Ruhe setzen, einfach alles hinschmeißen, mir irgendwo ein kleines Haus kaufen und jeden Morgen bis neun Uhr im Bett bleiben. Ich bräuchte nie wieder einen dieser miesen Aushilfsjobs anzunehmen, nur um die Miete zahlen zu können. Nie wieder Panikstimmung verursachen, nie mehr in werbewirksamen Videos für Hersteller von Atombunkern mitwirken und erst recht nie mehr auf irgendwelchen merkwürdigen Geburtstagsfeiern depressiver Reicher aus Torten springen.*

»Ich bin dabei«, sagte er.

»Sehr schön.« Osiris nickte zufrieden. »Wie ich schon gesagt habe, müssen wir unseren nächsten Schritt sehr sorgfältig, das heißt, mit dem Kopf planen.«

Während er dies sagte, blickte er auf seine Begleiter. Da war zum einen Carl, Sandras Freund; ein zwei Meter großes sterbliches Muskelpaket, ein Mensch, der seinen Kopf sicherlich gern einsetzte, wenn es darum ging, Türen aufzubrechen oder Gegner schachmatt zu setzen. Dann war da Sandra; weiblich, wie man zweifellos einräumen mußte, doch hatte sie das Herz auf dem rechten Fleck, was er von sich selbst nicht gerade behaupten konnte. Und da war Pan, einer wie er selbst; nun gut, um die Schöpfungsgeschichte der Götter ranken sich viele Legenden, doch laut der Version, der Osiris am meisten Glauben schenkte, entdeckte der Schöpfer Pan am achten Tag in einem Überraschungsei. Anders ausgedrückt gehörte Pan zu genau jenen Göttern, deren Erfindung die Menschheit wahrscheinlich als notwendig erachtete, und sei es nur, um sich für alle Gelegenheiten das passende Modell zusammenbasteln zu können.

Und zu guter Letzt war da noch er selbst, wodurch sich schon alles in einem sehr viel günstigeren Licht darstellte. In gewisser Weise jedenfalls.

»Unser Ziel ist, meinen Patensohn Julian daran zu hindern, die Herrschaft über das Universum zu erlangen, indem er mich für unzurechnungsfähig erklären läßt und meinen Platz mittels einer Vollmacht einnimmt. Seid ihr soweit mit mir einverstanden?«

»Können wir bitte an der nächsten Tankstelle anhalten?« Sandra trug auf ihre Weise zum Gespräch bei. »Ich hätte wirklich nicht soviel Tee trinken sollen, bevor wir ...«

»Mit anderen Worten«, fuhr Osiris fort, »kämpfen wir gegen einen Anwalt, und zwar gegen einen sehr gerissenen, skrupellosen, hinterhältigen und gnadenlosen Anwalt. Was meint ihr, an wen wir uns um Hilfe wenden können?«

Erneute Stille.

»Hat jemand einen Vorschlag?«

Pan wand sich unbehaglich auf dem Rücksitz. »Laß uns das mal eben klarstellen. Du fragst uns also, wer unserer Meinung nach diesem Gipfel an Raffgier, diesem Gesetzesverdreher von Patensohn, das Wasser reichen kann, jemand, der ihn möglichst mit seinen eigenen Waffen schlägt und gewinnt, richtig?«

»Genau das.«

»Wenn du meine spontane Reaktion darauf hören willst, dann möchte ich dich mal fragen, ob dir der Begriff ›ein fruchtloses Unterfangen‹ bekannt ist?«

»Ähm, vielleicht könnte man ja ...«, murmelte jemand verlegen.

Einen Augenblick lang war Osiris verwirrt und blickte sich im Auto nach dem Amateurbauchredner um. Dann stellte er aufgrund eines raschen Vergleichs der verschiedenen Gesichtsfarben fest, daß Carl etwas gesagt haben mußte.

»Erzählen Sie weiter«, ermunterte er ihn.

»Na ja, wie wäre es, wenn wir uns einen besseren Anwalt nehmen?«

»Ach, das ist doch ...« Osiris konnte es gerade noch vermeiden, den Satz zu beenden – zwar sind Götter allwissend, und ihnen bleibt nichts verborgen; mit Ausnahme dessen, was am nächstliegenden und offensichtlichsten ist. »Gute Idee, Carl«, stimmte er deshalb begeistert zu. »Ich habe mich schon die ganze Zeit gefragt, wer von euch als erster darauf kommt.«

»Ein besserer Anwalt würde diesen ... diesen anderen Anwalt mit Leichtigkeit in die Tasche stecken«, fuhr Carl ermutigt fort. »Das ist doch wohl klar, oder?«

»Gibt es denn einen besseren Anwalt?« warf Sandra ein. »Ich dachte immer, Ihr Julian sei schon der beste.«

»Unsinn!« Pan hauchte auf das Fenster und malte mit der rechten Zeigefingerkuppe in den kondensierten Atem ein lächelndes Gesicht hinein. »Er ist nur einer von vielen Sterblichen. Beauftragt man einen unsterblichen Anwalt, der Julian mal so richtig in die Mangel nimmt, dann wird er schnell merken, mit wem er es zu tun hat. Vielleicht nicht gleich beim ersten Schlag, aber beim zweiten, dritten und vierten Mal wird ihm bestimmt klar, wer dahintersteckt.«

»Einen unsterblichen Anwalt also«, sann Osiris laut nach. »Kennst du zufällig jemanden?«

Pan lachte. »Sicher. Natürlich bezeichnet er sich *offiziell* nicht als Anwalt, zuviel Selbstachtung, aber letzten Endes ist er nichts anderes.«

»Ach so ...!« Osiris entstammte einer Kultur, deren geschriebene Sprache aus hieroglyphischer Bilderschrift bestand, so daß der Gedanke, der ihm zu diesem Punkt durch den Kopf schoß, einer eingeschalteten Glühbirne glich. »*Den* meinst du also. Ja, das ist wirklich eine gute Idee. Allmählich, glaube ich, kommen wir der Sache schon näher.«

»Von wem reden Sie eigentlich?« wollte Sandra wissen.

Pan grinste. »Er hat viele Namen«, antwortete er geheimnisvoll.

»Meinen Sie, wie ›Sanderson, Linklater, Foot, Edwards und Partner‹ oder so was? Was die Namengebung angeht, sind Anwälte schon ziemlich komisch, stimmt's?«

»Nein. Ich will damit nur sagen, daß ihn gänzlich unterschiedliche Leute zwar unter einer Menge verschiedener Namen kennen, sie aber tatsächlich immer ein und dieselbe Person meinen.«

»Dieselbe Person wie wer?«

»Wie er selbst natürlich.«

»Aha, er ist also derselbe wie er selbst, ich verstehe …«

Pan musterte Sandra mit kritischem Blick und kam zu dem Schluß, daß es sich bei der jungen Frau um eine durchaus entwicklungsfähige Anfängerin handelte, die über ein gewisses, wenngleich noch etwas ungeschliffenes Talent verfügte.

»Er ist ein und derselbe Typ«, erklärte er geduldig, »ist aber bei verschiedenen Leuten unter verschiedenem Namen bekannt. Haben Sie das soweit verstanden?«

»Es fiele mir bestimmt leichter, wenn wir irgendwo anhalten könnten, weil ich dringend …«

»Ist ja *gut.*«

Der kleine Lieferwagen wechselte die Spur und bog bei der nächsten Raststättenausfahrt Pinfold Gap ab. Die Insassen stiegen aus, und Sandra sprintete sofort los, während Osiris im Rollstuhl zwischen Pan und Carl zurückblieb. Kurz darauf surrte ein großer japanischer Wagen mit Allradantrieb und getönten Scheiben heran und parkte direkt hinter der gelben Großraumlimousine.

»Wo sind wir eigentlich?« wollte Osiris wissen.

»Keine Ahnung, in welcher gottverlassenen Gegend wir hier sind«, antwortete Pan. »Na ja, ziemlich gottverlassen jedenfalls«, fügte er hinzu und blickte grinsend auf den Rollstuhlfahrer. »Ich dachte, du wüßtest, wohin wir fahren.«

Osiris zuckte die Achseln. »Als wir losfuhren, war mein einziger Gedanke, bloß wegzukommen. Da wir beide jetzt aber wissen, wo wir hinwollen, sollten wir vielleicht einen Blick auf die Karte werfen, um die genaue Route festzulegen.«

Pan schüttelte den Kopf. »Das können wir uns sparen. Es ist kinderleicht, dort hinzukommen, wo wir hinwollen, zumal es völlig egal ist, wo man sich befindet.«

»Trotzdem kennst du bestimmt eine Abkürzung, nehme ich an.«

»Nein«, antwortete Pan. »Wenn es um Geschäftsreisen oder andere berufliche Aktivitäten geht, kenne ich selbstverständlich jede Abkürzung.«

Osiris nickte. »Gut, dann sollten wir lieber einen Blick auf die Karte werfen.«

Die Fahrertür des japanischen Allradwagens wurde leise von innen geöffnet. Der Fahrer stieg aus und schlich sich gekonnt von hinten an die drei Männer heran. In der rechten Hand hielt er einen glänzenden dunklen Gegenstand.

»Schau dich nicht um, Ossi«, tuschelte Pan. »Ich hab das Gefühl, daß jemand hinter uns …«

»Keine Bewegung!«

»Dachte ich's mir doch …«

Hinter ihnen richtete Kurt Lundqvist eine Faustfeuerwaffe auf sie. »He, du da im Rollstuhl, roll mal ein Stück vorwärts, und ihr anderen beiden legt schön artig die Hände hinter den Kopf.«

Pan schluckte. Natürlich war er unsterblich und unverwundbar, doch wollte er diesen Zustand unbedingt beibehalten – und eine recht treffende Definition eines Unsterblichen lautet: jemand, der *noch* nicht gestorben ist. Also legte er wie befohlen die Hände hinter den Kopf.

»Hat er eine Knarre dabei?« zischte er in Richtung des Rollstuhls.

»Woher soll ich das denn wissen, hä?« fragte Osiris in lautem Flüsterton zurück. »Schließlich hab ich hinten keine Augen … obwohl ich sogar selbst da mal welche hatte«, fügte er hinzu. »Und zwar an dem Tag, als Isis vergessen hatte, ihre Kontaktlinsen einzusetzen.«

»Maul halten!« fauchte Lundqvist.

Osiris und Pan gehorchten.

»Okay.« Lundqvist nahm die beiden über den langen Lauf der Desert Eagle hinweg ins Visier. »Also, kommen wir zum Thema: Seid ihr irgendwelche Doktoren?«

Vor unendlich vielen Jahren, als die Welt so jung war, daß etliche Teile ihres zerbrechlichen Gerippes noch weich und biegsam waren, hatte Pan die erste Doppelstunde eines Abendkurses über Streßbewältigung besucht. Am Ende dieses Abends bebte er vor Zorn und war derart frustriert, daß er gleich am nächsten Morgen einen Psychiater aufsuchen mußte. Dennoch waren einige wenige Krümel der empfohlenen Antistreßtherapie in einer Ritze auf der Behandlungscouch seines Gedächtnis haftengeblieben.

Entspann dich, sagte er sich. *Bemüh dich ganz bewußt, den Rücken, den Nacken und den Brustkasten zu lockern. Hol tief und langsam Atem. Lächle.*

»Was für Doktoren sollen wir denn sein?« fragte er freundlich.

»Na, der Medizin natürlich. Ich suche zwei Ärzte«, antwortete Lundqvist. »Und behaltet eure Scheißhände gefälligst da, wo ich sie sehen kann, klar?«

Moment mal, sagte sich Pan, *diese Stimme kenne ich doch!* Er drehte vorsichtig den Kopf ein Stück nach hinten, bis er einen hervorragenden Ausblick auf den Lauf der Desert Eagle ergatterte.

»Mann, Kurt! Bist du das?«

»Klar, ej«, zischte Lundqvist. »Und jetzt beantwortet mir die Frage.«

»Keine Doktoren der Medizin«, antwortete Pan. »Hör mal, Kurt, ich bin's, Pan. Jetzt nimm endlich diese blöde Kanone runter, das macht mich völlig nervös, und Panik kriege ich schon massenhaft zum Händlerrabatt.«

»Was ist mit dem anderen Kerl?« wollte Lundqvist wissen. »Er sieht mir ganz wie ein Arzt aus.«

»Er ist aber keiner«, fauchte Pan wütend. »Was willst du überhaupt? Die einzigen Ärzte, mit denen du es zu tun hast, treffen doch gewöhnlich erst dann ein, wenn du dich wieder aus dem Staub gemacht hast.«

»Na gut«, lenkte Lundqvist ein, wobei er nur widerwillig den Finger vom Abzug nahm und die Golden Eagle ins Halfter zurücksteckte. »Ihr könnt die Hände wieder runternehmen, aber keine falsche ...«

Osiris drehte sich mit mürrischer Miene um. Lundqvist erstarrte vor Schreck und hatte das Gefühl, gerade im nächsten Leben angekommen zu sein und feststellen zu müssen, daß er die letzten sechzig Jahre offensichtlich dem falschen Gott gehuldigt hatte.

»Wer ist dieser Knallkopf?« wollte Osiris jetzt wissen.

Pan grinste. »Darf ich vorstellen? Kurt Lundqvist. Er tötet Leute. Na ja, ›Leute‹ ist wohl ein wenig übertrieben, nehme ich an. ›Dinge‹ kommt der Sache schon näher.«

»Ach, im Ernst?« staunte Osiris. »Hört sich interessant an. Dort, wo ich herkomme, haben wir einen Namen dafür.«

»Ach ja?« Lundqvist versuchte, einen spöttischen Blick aufzusetzen, doch seine Mutreserven waren bis zur Neige erschöpft. »Und wo genau ist das?«

Osiris grinste und zeigte nach oben.

»Kurt, ich möchte dir gern Osiris vorstellen«, sagte Pan schnell. »Er ist ein Gott. Ich hielte es für das sinnvollste, wenn wir noch mal alles in Ruhe von vorn durchgehen, denn ...«

»Eigentlich wollte mich jemand engagieren, um Sie zu töten, Osiris.« Ohne viel Umschweife kam Lundqvist auf den Punkt.

»Demnach haben Sie sich trotz Ihres zweifellos interessanten Lebenswandels dagegen entschieden, wie?« vermutete Osiris.

»Ja.« Lundqvist nickte. »Ich habe mich geweigert. Es ist das erste Mal, daß ich einen Auftrag abgelehnt habe.«

»Wie außerordentlich vernünftig von Ihnen.«

»Und ich bin hierhergekommen«, fuhr Lundqvist angestrengt fort, denn er war verzweifelt bemüht, wenigstens ein paar verkümmerte Reste seines urplötzlich verschüttgegangenen Selbstbewußtseins wieder hervorzukramen, »um Sie zu warnen.«

Osiris musterte Pan mit hochgezogenen Augenbrauen, der seinerseits angestrengt die Zapfsäulen anstarrte, um den Eindruck zu erwecken, er wäre ganz woanders.

»Mich warnen? Wovor denn?« verlangte Osiris zu wissen.

»Sie werden von zwei Ärzten gesucht, die Sie für unzurechnungsfähig erklären lassen wollen. Na ja, und als ich Sie hier eben mit diesen beiden verdächtig aussehenden Gestalten gesehen habe, da ...«

»Das war wirklich sehr vernünftig von dir«, unterbrach ihn Pan, wobei ihm rasch klarwurde, daß er im Wettstreit um die dämlichste Bemerkung aller Zeiten gut im Rennen lag und selbst eine Floskel wie ›ein bißchen Frieden‹ bereits weit hinter sich gelassen hatte und dem Berufswunsch weißer Vorstadtkinder – ›wenn ich mal groß bin, möchte ich Anwalt werden‹ – schon dicht auf den Fersen war. »Findest du nicht auch, daß das vernünftig von ihm war, Ossi?«

»Sehr sogar«, pflichte Osiris ihm bei. »Anscheinend kennst du diesen Knallkopf irgendwoher, richtig?«

»Klar. Kurt und ich kennen uns schon seit einer Ewigkeit. Warum gehen wir nicht einfach alle in die Raststätte und unterhalten uns dort in aller Ruhe?«

Es gab einen dumpfen Knall, Lundqvist taumelte nach vorn und stürzte kopfüber auf die Nase. Dort, wo er sich noch kurz zuvor befunden hatte, stand nun Sandra, die einen schweren Ziegelstein in der Hand hielt.

»Na wunderbar«, seufzte Pan. »Hören Sie, Sandra, helfen Sie ihm bitte wieder auf die Beine, und lassen Sie uns alle einen Kaffee trinken gehen. Uns geht es bestimmt gleich allen sehr viel besser, wenn wir erst mal etwas Warmes im Bauch haben.«

Mrs. Henderson kniff kurz die Augen fest zusammen, bis selbst ein unter Magersucht leidendes Photon keine Chance mehr hatte, auf ihre Netzhaut zu treffen.

»Er wollte nicht?« fragte sie. »Wie merkwürdig. Haben Sie ihm Geld angeboten?«

Julian nickte ungeduldig und hätte irgendeine abfällige Bemerkung fallengelassen, wenn er nicht törichterweise Mrs. Hendersons kritisch musterndem Blick im Weg gestanden hätte. In ihrer Gegenwart fühlte er sich unwohl. Tief im Innern wußte er natürlich immer noch, daß er der einzige in Frage kommende Kandidat für das Amt des Treuhandverwalters des Universums war, doch sein Unterbewußtsein sagte ihm, daß er ungekämmte Haare und miefende Socken hatte.

»Viel Geld?«

»Sehr viel sogar«, bekräftigte Julian mit Nachdruck. »Mehr, als ich in einem Monat verdiene.«

»Um so merkwürdiger.«

Julian stand auf und trat ans Fenster. Aus Mrs. Hendersons Büro konnte man bei klarem Wetter sämtliche Königreiche der Erde überblicken. »Andererseits ist das egal. Uns wird es schon noch gelingen, der Katze die Schelle umzuhängen, wenn ich das mal so sagen darf.«

Obwohl er mit dem Rücken zu Mrs. Henderson stand, spürte er auch so die tödlichen Strahlen im Nacken, und ihm wurde schlagartig bewußt, daß er etwas Falsches gesagt hatte. Natürlich besaß Mrs. Henderson Katzen. Wahrscheinlich gleich drei davon und sicherlich mit passenden Namen. Höchstwahrscheinlich Meeny, Miny und Mo, und bestimmt hatte jede ihr eigenes Körbchen, einen mit Namen versehenen Freßnapf, einen festen Geburtstag und einen Lieblingsstuhl mit einer muffigen alten Decke drauf; kurzum, falls wirklich jemand die Dreistigkeit besessen hätte, eine von Mrs. Hendersons Katzen auf den Schwanz zu treten, hätte bestimmt sein letztes Stündlein geschlagen.

Deshalb fuhr er rasch fort: »Natürlich gibt es mehr Möglichkeiten, unser Problem zu lösen, als nur die nächstliegende. Woher kommt es eigentlich, daß meinem Patenonkel dieses Altenheim gehört?«

Mrs. Henderson zuckte die Achseln. »Ich brauchte etwas Kapital, und er wollte sich irgendwo zur Ruhe setzen. Damals schien das eine sehr vernünftige Übereinkunft zu sein, und bis vor kurzem hat ja auch alles hervorragend geklappt.«

Julian setzte sich auf die Fensterbank und ließ den Blick über die endlos weiten Wolkenfelder streifen, deren einzelne Parzellen er in Gedanken bereits abgesteckt und in Besitz genommen hatte. »Und weshalb haben Sie ihre Meinung geändert?« fragte er.

»Nun ja, ich meine, ich …« Mrs. Henderson hielt kurz inne, um ihre Gedanken zu ordnen. »Man könnte sagen, daß es zwischen uns seit einiger Zeit etliche, in erster Linie latente Reibereien gegeben hat. Ihr Patenonkel hat gewisse Vorstellungen, wie diese Einrichtung hier geleitet werden soll. Natürlich habe ich meine eigenen Vorstellungen, die sich von seinen gänzlich unterscheiden. Ich habe viel Zeit, Energie und Geld in dieses Projekt gesteckt und habe keine Lust, mit ansehen zu müssen, daß dies alles umsonst gewesen sein soll.«

Julian hatte eines Geistesblitz, und er hakte sofort nach: »Wollen Sie etwa die Gebühren anheben?«

»Unter anderem auch das.«

»Und das gefiel ihm nicht?«

»Richtig.«

Mann, o Mann! staunte Julian. *Wegen solcher Nichtigkeiten ist die schon bereit, einen Gott umzubringen.* Er drehte sich langsam um und musterte Mrs. Henderson mit kritischem, aber vorurteilsfreiem Blick. *Ja, dieser alte Raffzahn gäbe eine prima Anwältin ab.*

»Dabei macht mir natürlich am meisten seine Starrsinnigkeit zu schaffen, und ich fürchte, daß Ihr bedauernswerter Patenonkel geistig verwirrt ist und – sagen wir mal – nicht mehr so auf dem Damm ist, als daß er vernünftig seine Geschäfte weiterführen könnte. Aus diesem Grund würde ich es aufrichtig begrüßen, wenn er von einem Arzt auf Zurechnungsfähigkeit untersucht werden würde. Zu seinem eigenen Vorteil natürlich. Wenn er allerdings diesbezüglich zu einer Zusammenarbeitet nicht bereit ist, dann halte ich die Möglichkeit, ihm Sterbehilfe zu leisten, für die barmherzigste Lösung.«

»Zu seinem eigenen Vorteil natürlich.«

»Selbstverständlich gilt dabei meine ganze Fürsorge einzig und allein den Heimbewohnern.« Mrs. Henderson lächelte. »Sämtlichen Heimbewohnern natürlich.«

»Natürlich.«

Sobald ich Alleinherrscher des Universums bin, schmiedete Julian in Gedanken Pläne, *werde ich Missis Hendersons ständige Fürsorge gleich als erstes in meine Überlegungen mit einbeziehen. Es wird mir bestimmt viel Vergnügen bereiten, etwas zu ihrem eigenen Vorteil zu kreieren, am besten etwas, bei dem neun Dutzend zwanzig Zentimeter lange Stahlnägel eine herausragende Rolle spielen.*

Julian riß sich von diesem zweifellos angenehmen,

aber abschweifenden Gedankengang los und sagte: »Wenn er verschwunden ist, dann ist das für uns nur um so besser. In dem Fall brauchen wir uns nämlich nur noch darum zu kümmern, daß er für den gesetzlich vorgeschriebenen Zeitraum verschwunden bleibt, bis wir ihn für tot erklären lassen können. Das sollte kein …«

»Aber er ist ein Gott«, wandte Mrs. Henderson ein.

»Na und?« Julian grinste. »Vergessen Sie nicht, daß vor dem Gesetz alle gleich sind. Und im Gesetz steht, daß jemand, von dem es über einen gewissen Zeitraum kein Lebenszeichen gibt, für tot erklärt werden muß. Problem erledigt.«

»Und wenn er in dem vorgegebenen Zeitraum unerwartet auftaucht?«

Julian konnte es sich gerade noch verkneifen, ›In dem Fall beißt sich die Katze selbst in den Schwanz‹ zu sagen, und antwortete: »Ganz einfach, dann lassen wir ihn eben für unzurechnungsfähig erklären. In unserer Branche nennen wir so was die perfekte Schließung eines doppelten Teufelskreises.«

»Ich verstehe.« Mrs. Henderson rieb sich mit dem linken Zeigefinger die Nase. »Und was machen wir bis dahin?«

»Nun, vorläufig verfüge ich über eine juristische Vollmacht«, antwortete Julian. Dann setzte er sich wieder hin und schlug entspannt die Beine über. »An welche Erhöhung der monatlichen Kostenpauschale hatten Sie denn gedacht, Missis Henderson?«

»Ach, lassen Sie uns doch erst mal in Ruhe eine Tasse Tee trinken, ja?« schlug die Heimleiterin vor.

VIII

Um von der Raststätte Pinfold Gap in den Garten der Hesperiden zu gelangen, stehen einem zwei Fahrrouten zur Auswahl: eine leichte und lange Strecke oder eine kurze und schwierige.

»Hier abbiegen«, sagte Osiris. »Und etwas mehr Beeilung, wenn ich bitten darf, schließlich haben wir nicht den ganzen Tag lang Zeit.«

Die leichte und lange Strecke führt zunächst einmal über den Landweg nach Dover. Dort nimmt man die Fähre nach Ostende, fährt danach quer durch Belgien, Deutschland, die Tschechische Republik, die Slowakei, die Ukraine und biegt schließlich rechts nach Armenien ab, dann geht's immer der Nase nach bis zum Kaukasus. Wenn man beim Versuch, einen der beiden Gipfel des Elbrus zu sehen, kopfüber abstürzt, weiß man, daß man richtig ist. Zum höheren Gipfel führt sogar ein Sessellift, wenngleich dieser nicht hundertprozentig zuverlässig ist; er wurde 1906 installiert, und die einzigen Wartungsarbeiten, die an ihm vorgenommen wurden, bestanden darin, nach jeder Neuwahl des Generalsekretärs der KPdSU die Umzäunung der Bodenstation neu zu streichen und ein paar Tropfen Öl aufs Zahnrad zu träufeln.

Pan runzelte die Stirn. »Bist du sicher, daß wir hier richtig sind, Ossi?«

»Klar, schließlich habe ich die Karte, oder etwa nicht?« Die kurze und schwierige Route führt auf dem

Landweg bis zur nur wenige Meilen entfernten Ortschaft Greater Pinfold. Dort läßt man den Wagen auf dem Parkplatz gegenüber der Kirche stehen und klettert drei Viertel des Weges auf den Pinfold Fell hinauf, und zwar bis zu der kleinen Höhle, die nur sehr wenige Leute kennen. Dort zitiert man mit Hilfe der in der Höhle bereitliegenden Utensilien einen Geist herbei, der dann den Rest erledigt. Theoretisch jedenfalls.

Allmählich wurde Sandra ungeduldig. »Wäre es nicht viel einfacher gewesen, in seinem Büro anzurufen und einen Termin abzumachen?«

Die beiden Götter und Kurt Lundqvist blickten sich gelangweilt an.

»Na, was ist denn nun damit?« drängte Sandra.

»Nein«, antwortete Pan.

»Und warum nicht?«

»Erstens hat er kein Büro, zweitens hat er kein Telefon und drittens läßt er keine Termine mit sich vereinbaren. Zufrieden?«

Sandra runzelte die Stirn. »Komischer Anwalt muß das sein.«

»Nicht in seiner gewohnten Umgebung«, antwortete Pan. »Sie werden schon sehen.«

»Aha.« Sandra dachte eine Weile nach. »Und was genau muß man nun tun, wenn man sich mit ihm treffen will?«

Osiris und Pan tauschten erneut vielsagende Blicke aus. »Das ist eine sehr lange Geschichte«, seufzte Pan.

»Na ja, aber ich nehme doch an, daß wir sehr viel Zeit haben«, ließ Sandra nicht locker.

Vom Fahrersitz her war ein grummelndes Geräusch zu hören, das entweder vom Donnern in einem mit Weißblech ausgeschlagenen Cañon oder von Carls Stimme herrührte.

»Das ist ein Hinweisschild«, grummelte er. »Greater Pinfold, noch eine halbe.«

Es dauerte relativ lange, ehe die beiden Götter verstandesmäßig herausgearbeitet hatten, daß er mit ›noch eine halbe‹ eine halbe Meile gemeint haben mußte.

»Na prima«, freute sich Osiris. »Sobald wir in dem Ort sind, geht ihr einfach die Hauptstraße lang und dann den Berg hoch. Die Höhle kann man nicht verpassen.«

»Warum hat er kein Büro?«

Die beiden Götter schauten sich kurz an und blickten dann auf Lundqvist, der die Zeit dazu genutzt hatte, die Klinge seines geliebten Sykes-Fairbairn-Kampfmessers an den Stiefelsohlen zu wetzen.

»Erklär du es ihr, Kurt«, schlug Pan vor.

»Ich?«

»Ja.«

»Na gut, wenn's sein muß.«

Laut Lundqvists Erzählung schufen die Götter den ersten Mann und die erste Frau.

Ihre Motive dafür sind im tiefen Sumpf vergleichender Religionswissenschaft längst verlorengegangen, und heutzutage noch Spekulationen darüber anzustellen, ist wahrscheinlich sinnlos. Die einleuchtendste Erklärung lautet noch immer, daß die Götter den Leitsatz ›Jeder macht mal einen Fehler‹ damals einem Härtetest unterziehen wollten.

Den ersten Mann nannten sie Epimetheus und die erste Frau Pandora. Im Gegensatz dazu, was einen die Wissenschaftler glauben machen wollen, kannten diese beiden Urmenschen durchaus schon den aufrechten Gang, und sie waren auch nicht nur einen Meter zwanzig groß, behaart und mit einem Unterkiefer wie ein Schneepflug ausgestattet; wenngleich Epimetheus einen Leberfleck auf der Nase und Pandora von Anfang an eine graue Strähne in ihrem ansonsten pechschwarzen Haar hatte – was nur daran lag, daß Athene nicht lange genug gewartet hatte, die Farbe richtig trocknen zu lassen.

Als die beiden nun damals vor ihnen standen, fiel den Göttern ein, daß diese Wesen zwar immerhin eine vollständige Ausgabe einer ersten Auflage darstellten, ansonsten aber zu nichts zu gebrauchen waren.

»Die beiden *sollen* ja auch gar nicht zu irgendwas nützlich sein«, antwortete Athene, als dieses Thema zur Sprache kam. »Sie sollen einfach nur *sein*. Sie sind der eigentliche Sinn des Universums«, fügte sie hinzu.

Die anderen elf Götter blickten sie verdutzt an.

Athene schaute verlegen beiseite. »Der Mensch ist das Maß aller Dinge.«

»Was hast du da gesagt?«

»Der Mensch definiert den Kosmos«, erklärte sie und zeigte dabei willkürlich auf Epimetheus. »Er ist die schöpferische Lebenskraft, die die biologischen Prozesse steuert, und zwar völlig unabhängig von ihrem Schöpfer und aus freiem Willen, der davon geprägt ist, daß der Mensch aufgrund seiner ausgeprägt objektiven Beobachtungsgabe versteht, daß alles um ihn herum tatsächlich existiert.«

Es gab eine kurze Pause.

»Hört sich gut an«, meinte Vulcanus, Gott des Erdfeuers, des Metalls und (zu gegebener Zeit) der Akkubohrer. »Und wozu soll diese andere Figur gut sein?«

Venus, Göttin der Liebe, runzelte die Stirn und rümpfte gleichzeitig die hübsche Nase. »Wen meinst du denn?« fragte sie und nieste heftig. Sie hatte sich erst kurz zuvor aus dem Schaum der gegen die Felsen von Paphos schlagenden Meereswogen selbst erschaffen, und die Erfindung von Frotteebademänteln und Haartrocknern lag noch in ferner Zukunft.

»Die kürzere von den beiden mit den hervorstehenden runden Dingern«, antwortete Vulcanus. »Ist das etwa auch ein Mensch? Soll die Figur so aussehen, oder hast du sie zu früh aus dem Ofen genommen?«

»Ganz einfach, das ist das Weibchen«, stellte Athene

klar. »Beide Figuren sind Menschen. Und das Weibchen sagt dem Männchen, wo es langgeht.«

Erneut herrschte absolute Stille, die nur durch das ferne Stöhnen der Plattentektonik und das kratzende Geräusch der sich allmählich einpendelnden Zeit gestört wurde.

»Aber du hast doch gesagt, der Mensch handelt stets aus freiem Willen«, wandte der Kriegsgott Mars ein.

»Sicher.« Athene blickte ihn schräg von der Seite an. »Und er entscheidet aus freien Stücken, ob er auch tut, was man von ihm verlangt. Das heißt, wenn er weiß, was gut für ihn ist.«

»Aha, so ist das also. Hört sich logisch für mich an«, meinte Mars, wodurch er Athenes Privileg, Göttin der Weisheit zu sein, kurzfristig für sich beanspruchte. »Und was tun wir jetzt? Wollen wir ein Richtfest feiern oder ein Faß aufmachen, oder war's das schon?«

»Das war's erst mal«, stellte Athene fest. »Wir lassen die beiden einfach weitermachen.«

»Womit denn, Athene?« fragte Venus.

Athene blickte ihre neue Schwester mißbilligend an. »Ich fürchte, wir beide müssen uns mal in Ruhe unter vier Augen unterhalten.«

Zunächst einmal gab es die unvermeidlichen geringfügigen Macken. Zum Beispiel hatte Venus Athenes Einweisung in ihre neuen Pflichten völlig falsch verstanden, was dazu führte, daß Mars die ersten Tage der Menschheitsgeschichte mit nichts anderem verbringen mußte, als die ersten beiden Menschen mit Gewalt voneinander zu trennen, damit sie sich nicht gegenseitig die Augen herausreißen konnten; während Vulcanus zu seiner Schande einräumen mußte, daß er beim Installieren des Verdauungssystems und der dazugehörigen Leitungen die Konstruktionszeichnung verkehrt herum gehalten und die Größenangaben als Zoll statt als Zentimeter verstanden hatte. Doch war es längst zu spät, jetzt noch etwas daran zu ändern, und zufälligerweise funktionierte das installierte System auch so einigermaßen.

Die wirklichen Konstruktionsfehler tauchten erst etwas später auf.

Apollo, Gott des Lichts und der Jugend, fielen sie als erstem auf; ein, zwei Tage lang versuchte er, seine Bedenken zu zerstreuen. Es war einfach zu unwahrscheinlich, um es in Worte zu fassen. Das konnte einfach nicht …

Und dennoch: Er hatte recht und mußte es unbedingt den anderen sagen.

»Fröhliche kleine Gesellen haben wir uns da gebastelt, wie?« merkte er deshalb während des Abendessens beiläufig an. »Ich meine, wenn man sie so betrachtet, kann man sich gar nicht vorstellen, daß sie irgendwelche Sorgen haben.«

Als er nach dem Salz griff, blieb ihm nicht verborgen, daß plötzlich elf Augenpaare auf ihn gerichtet waren.

»Fröhlich?« grummelte Mars.

»Ja. Mir kommen sie jedenfalls so vor«, antwortete Apollo, wobei sich in seine Stimme ein rechtfertigender Unterton eingeschlichen hatte. »Natürlich kann ich mich auch irren, wahrscheinlich sogar. Dennoch …«

»Selbstverständlich sind die beiden nicht fröhlich oder gar glücklich«, unterbrach ihn Athene. »Das können sie gar nicht sein, schließlich sind sie sterblich. Vergängliche Kreaturen, die ›den Pfad des stäub'gen Todes‹ gehen oder wie das noch mal heißt, haben doch keine Empfindungen! Hör auf, solche dummen Behauptungen aufzustellen, Pol, sonst regst du uns nur unnötig auf.«

Nichtsdestotrotz schlich Athene gleich am nächsten Morgen durch die Hintertür aus dem Himmel und eilte auf die Erde. Als Motte verkleidet (eine etwas unbeholfene Kostümierung, da es zu dieser Zeit noch keine Kleidung und somit auch keine Motten gab, aber sie war viel zu aufgeregt, um auf solche Kleinigkeiten zu achten), schwirrte sie durch die warme Sommerluft und schwebte eine Weile vor dem Eingang der Höhle, wo die Sterblichen hingebracht worden waren, um sich dort während der Stunden der Dunkelheit zu verkriechen.

Von drinnen hörte sie Gekicher.

Kein vielversprechender Anfang, wie sie sich eingestehen mußte, doch wahrscheinlich handelte es sich nur um einen einmaligen Ausrutscher. Jeden Augenblick würden die beiden zu jammern beginnen und über ihr Schicksal klagen, wie es von ihnen erwartet wurde. Da Athene nicht gefrühstückt hatte, spreizte sie die Flügel und verbrachte eine nachdenkliche Viertelstunde in einer Silberakazie.

Als sie zurückkehrte, fiel ihr als erstes ein Geruch auf. Ein köstlicher Geruch, der so bezaubernd war, daß sie, bevor sie wußte, was sie tat, direkt gegen einen Baumstamm flog und sich selbst bewußtlos schlug.

Es war ein Essensgeruch; genauer gesagt: der von Pilzen und geschmorten Tomaten.

An dieser Stelle sollte erwähnt werden, daß die Götter alle Lebensmittel roh aßen und meistens Regenwasser tranken. Schließlich ist das Risiko, als Unsterblicher an Rohkost zu erkranken, nur minimal; und da ein Gott niemals verhungern kann, war die Einnahme von Mahlzeiten nicht viel mehr als ein Ritual, um sich die Zeit nach dem Motto zu vertreiben: ›Die Geschäfte sind sowieso schon alle zu, und außerdem regnet es draußen.‹

Bis ans Ende der Zeit nichts als Salat. Kein Wunder also, daß die Götter allesamt todunglücklich waren; ebenso kann einen kaum verwundern, daß sie diesen Zustand als normal erachteten. Folglich konnten sie mit dem Begriff Glück nicht allzuviel anfangen.

Athene sortierte ihre zerknitterten Flügel, richtete einen verbogenen Fühler gerade und hob ab. Etwas mußte dagegen unternommen werden.

Etwa eine Woche später wachten Epimetheus und Pandora aus einer bis tief in den Morgen dauernden angenehmen Bettruhe auf und fragten sich gerade, ob sie in Honig gebratenen Wegerich oder geschmorte Auberginen mit Zimt frühstücken sollten, als es am Höhleneingang klopfte. Die beiden blickten sich verdutzt an.

»Wir haben Besuch«, stellte Epimetheus nicht ganz zu Unrecht fest.

»Oh, wie *toll!*« jauchzte seine Frau vergnügt. »Stell dir das nur mal vor, Ep, unsere ersten Gäste! Ist das nicht wundervoll?«

»Und wie!« stimmte ihr unser gemeinsamer Vorfahr begeistert zu und sprang sofort aus dem Stroh und eilte zum Höhleneingang. »Menschenskinder, ist das Leben schön!«

Vor der Höhle stand ein großer Mann, der eine blaue Uniform und eine Schirmmütze trug. Unterbewußt fiel Epimetheus auf, daß der Mann merkwürdig, ja fast unvollständig aussah; als wäre er von jemandem erschaffen worden, der zwar eine vage Idee davon hatte, wie das Endprodukt aussehen sollte, aber über zu unzulängliches Detailwissen verfügte, um die Aufgabe erfolgreich zu Ende zu führen. Darüber hinaus konnte sich Epimetheus des Gefühls nicht erwehren, daß die vor ihm stehende Gestalt von hinten nicht zu sehen gewesen wäre.

»Hier unterschreiben«, sagte der Mann.

»Gewiß doch. Und was genau muß ich dazu machen?«

Der Mann zeigte es ihm, und Epimetheus machte es ihm mit großem Eifer nach, bis ihm der Mann den Kugelschreiber und das Klemmbrett wieder abnahm und ihm statt dessen ein Päckchen in die Hand drückte.

Es war ein recht großes, massives Päckchen, und wenn man es schüttelte, war ein neugierig machendes Klappern zu hören. Außerdem stand auf dem Adreßaufkleber in großen roten Buchstaben *Dieses Päckchen nicht öffnen,* und wenn Epimetheus vor lauter Aufregung nicht so geistesabwesend gewesen wäre, hätte er sich höchstwahrscheinlich gefragt, wie er trotz der Tatsache, daß er erst sechzehn Tage alt und das geschriebene Wort noch gar nicht erfunden war, die Schrift lesen konnte.

»Was sollen wir denn damit jetzt machen?« fragte er den Mann, wenngleich dieser gar nicht mehr anwesend war. Epimetheus zuckte die Achseln, grinste vergnügt und zog sich mit dem Päckchen in die Höhle zurück.

Sieben Minuten später hatten sie es natürlich geöffnet.

»Was ist das?« fragte Pandora.

Epimetheus zuckte erneut die Achseln. »Moment mal, hier klebt ein Zettel an der Seite.«

»Was für ein Zettel?«

»Na, der hier.«

»Ach, das ist ja toll …«

Auf dem Zettel stand:

Herzlichen Glückwunsch! Sie sind einer der glücklichen Gewinner, die an unserer Supersondergalapreisziehung teilnehmen durften!!!

Diesen formschönen Radiowecker (Batterien nicht inbegriffen) haben Sie bereits gewonnen!

Um dieses wunderschöne Geschenk behalten zu dürfen, müssen Sie nur aus dem beigefügten Katalog sechs Produkte Ihrer Wahl aussuchen. Wie Sie sehen werden, enthält dieser nach Ihren persönlichen Bedürfnissen und Wünschen gestaltete Katalog zahllose umwerfende Sonderangebote. Nutzen Sie diese einmalige Chance, und schicken Sie uns innerhalb von sieben Werktagen Ihre Bestellung und einen Verrechnungsscheck zu. Also, beeilen Sie sich!

»Du meine Güte!« staunte Pandora nach einer längeren Pause. »Was ist denn überhaupt ein Katalog?«

»Das hier, nehme ich an«, antwortete Epimetheus und zog ein auf Hochglanzpapier gedrucktes dickes Buch aus dem Päckchen. Nachdem er ein paar Seiten durchgeblättert hatte, pfiff er anerkennend durch die Zähne. »Na, du wirst ganz schön staunen, wenn du siehst, was da alles drin ist.«

Gleich am nächsten Tag trafen die bestellten Waren ein: ein Küchenmixer (Anschlußkabel nicht mitgeliefert), ein Videorecorder, eine Waschmaschine, eine Bohrmaschine, ein Mikrowellenherd und ein Fahrrad mit Stützrädern. Und in einer der Verpackungen steckte eine Rechnung über 3630,95 Dollar (inklusive Porto und Verpackung).

Am Nachmittag desselben Tages herrschte in der Höhle in gewisser Weise eine unterkühlte Atmosphäre. Wäre Epimetheus nach den Gründen gefragt worden, hätte er angeführt, Pandora habe das Mixgefäß zerbrochen, die Sicherheitsverriegelung der Waschmaschinentür zerstört und wegen ihrer ungestümen Fahrweise selbst das Fahrrad unbrauchbar gemacht. Pandoras Version hätte gelautet, Epimetheus habe sämtliche Stecker und Schläuche der Waschmaschine völlig falsch angeschlossen, wodurch letztendlich sämtliche Geräte in die Luft geflogen seien, so daß man in der Höhle bis zu den Knöcheln im Wasser stehe. Darüber hinaus hatte die Diskussion, wer die Rechnung bezahlen solle, längst einen gewissen Grad an Schärfe erreicht.

Keinem der beiden wäre eingefallen, danach zu fragen, woher die Strom- und Wasserleitungen überhaupt kommen konnten. Dies lag sicherlich zum einen daran, daß sie als völlig unschuldige Wesen erst am Anfang des saturnischen Zeitalters standen, doch vor allem daran, daß sie viel zu sehr damit beschäftigt waren, darüber zu streiten, wessen Fehler es war, daß Epimetheus mit der Bohrmaschine ein Elektrokabel durchbohrt hatte; wodurch sämtliche Diskussionen über die

Stromzufuhr sowieso nur noch von rein akademischem Interesse gewesen wären.

Am nächsten Morgen verschliefen beide (der Radiowecker funktionierte nicht, weil (a) Epimetheus die Batterien falsch eingelegt hatte und/oder (b) Pandora ihn trotz Epimetheus' völlig einleuchtender Erklärungen falsch gestellt hatte). Sie wachten schließlich durch den Lärm auf, den der Gerichtsvollzieher beim Einkassieren des Küchenmixers, des Videorecorders, der Waschmaschine, des Mikrowellenherds, der Bohrmaschine und des Fahrrads veranstaltete.

Dies führte zwangsläufig zu einem offenen Meinungsaustausch über Themen wie die Verwaltung des Haushaltsgelds und das Tätigen von Spontaneinkäufen sowie über Leute, die so gemein waren, daß man von einem nicht erwarten konnte, auch nur noch eine Minute länger mit der betreffenden Person weiter zusammenleben zu können. Diese Auseinandersetzungen wurden lediglich kurz durch das Eintreffen der Männer vom Elektrizitätswerk unterbrochen, die den Strom wegen unbezahlter Rechnungen abschalteten.

Bei Einbruch der Dunkelheit war die Höhle leer. Pandora und Epimetheus waren in kleinere, feuchtere Höhlen auf der anderen Seite des Berges umgezogen und führten per Brieftaube eine heftige Korrespondenz darüber, wer ein Anrecht auf den Radiowecker habe.

Während der Streit mit unverminderter Härte weitertobte und die Luft von flügelschlagenden Brieftauben zu vibrieren schien, bewegte sich etwas in dem allerersten Päckchen, in dem das Werbegeschenk gesteckt hatte. Es rührte sich und blinzelte mit den Augen. Dann breitete es unter großen Anstrengungen die verkümmerten Flügel aus und erhob sich in die Lüfte.

In ihrer anfänglichen Aufregung hatten Pandora und Epimetheus die kleine Kreatur übersehen; diesen langsamen, geduldigen und leidgeprüften blinden Passagier in dem Päckchen, das voller Probleme gesteckt hatte. Der Kreatur machte das nichts aus, es war Kummer gewöhnt. Nach all den Reisestrapazen flatterte das Wesen nur unter großen Schmerzen in Richtung Pandoras Höhle, um ihr eine hoffnungsvolle Botschaft zu überbringen.

Wie Sie wahrscheinlich schon richtig erraten haben, lautete der Name der kleinen Kreatur Rechtsstreit, Freund aller unglücklichen Sterblichen, die unter dem Unrecht und der Unterdrückung anderer leiden müssen. Als Rechtsstreit am nächsten Morgen auf dem Felsen vor Epimetheus' Bruchbude hockte und ihm eine gerichtliche Verfügung zustellte, war er bereits ein Stückchen größer und vielleicht auch um eine Nuance fetter als noch einen Tag zuvor; doch seine dunkelgrauen Augen schienen zu sagen: ›Vertrau mir!‹

Als er mit einer Gegenverfügung erneut Pandoras Höhle anflog, war er bereits so groß wie ein Strauß und praktisch rund wie eine Kugel, und seine einst samtweichen Pfoten waren durch irrsinnig große Krallen ersetzt worden. Zu diesem Zeitpunkt war es natürlich längst zu spät, um noch etwas rückgängig machen zu können.

Selbstverständlich drückte sich Lundqvist nicht ganz so gewählt aus – seine Worte klangen sehr viel markiger –, doch im großen und ganzen erzählte er Sandra dies.

IX

Italien?« fragte Odin lächelnd. »Wie kommst du denn darauf?«

Unter ihnen lief der Motor wie geölt und schnurrte wie eine gewaltige Flugkatze durch den Himmel. Thor hatte es trotz aller Widrigkeiten tatsächlich geschafft, die Maschine zu reparieren und somit die Stichhaltigkeit seiner Theorie der einfachen Mechanik bewiesen; was nicht unbedingt heißt, daß man einem vermeintlich toten und wahrnehmungsunfähigen Gegenstand mit einem mordsgroßen Hammer nicht eine Heidenangst einjagen kann.

»Na ja, zum Beispiel wimmelt es da unten nur so von Italienern«, antwortete Freyr.

Odin schüttelte mißbilligend den Kopf. »Es weiß doch jedes Kind, daß in Nordengland eine ganze Menge italienischer Auswanderer lebt. Wie ich es verstanden habe, gilt das für Yorkshire zwar noch mehr als für Derbyshire, aber offenbar bist du in eine italienische Kolonie gekommen und hast ...«

»Eine ganze Stadt voll Italienern?«

»Warum nicht? Die bleiben gern unter sich.«

»Und tragen eine Madonnenstatue durch die Straßen, um sie in eine romanische Kathedrale zu bringen?«

»Wahrscheinlich mißverstandene Gotik aus dem neunzehnten Jahrhundert.«

»Und marschieren an einem Ortsschild mit der Aufschrift *Bienvenuto in Bolzano* vorbei?«

»Das war bestimmt ein Hinweis auf die Partnerstadt. So was macht man heutzutage gern. Zu unserer Zeit gab es das natürlich noch nicht. Weiter als ›Wir verbrennen eure Ernte, und ihr werft dafür verwesende Leichen in unsere Wasserversorgung‹ sind wir damals nicht gekommen.«

Thor stützte sich mit einem Ellbogen auf dem Kabinendach ab und grunzte abfällig. »Ich hoffe nur, daß du recht hast, mein Lieber. Wenn das da unten doch Italien ist, dann sind wir nämlich weit von zu Hause weg, und je weiter wir von zu Hause weg sind, desto später kommen wir zurück, und um so wahrscheinlicher ist es, daß Missis Henderson unser Verschwinden bemerkt. Und was das heißt, weißt du selbst.«

»Willst du mir damit etwa unterstellen, daß ich Angst vor der Alten habe?«

»Ja.«

»Schwachsinn!«

Freyr verlagerte unbehaglich das Gewicht. »Falls es euch tröstet«, murmelte er verlegen, »ich hab einen furchtbaren Schiß vor Missis Henderson.«

»Pff ...!« schnaufte Odin verächtlich. »Daß du ein Schißhase bist, ist mir nichts Neues.«

Freyr streckte den Rücken gerade. Gewiß war er nicht der kriegerischste aller nordischen Götter; schließlich galt er als der friedliebende Gott des Lichts und der Fruchtbarkeit oder – wie seine Anhänger in der guten alten Zeit zu sagen pflegten – als Weichei. Sicher, als die Asen zur letzten Schlacht mit den Reifriesen angetreten waren, hatte er sich sofort bereit erklärt, im Walhalla den Telefondienst zu übernehmen, um so die Koordination des Nachschubs, die Auswertung der Geheimdienstberichte und all die anderen Dinge, die es selbst zu Kriegszeiten von zu Hause aus zu erledigen gibt, besser kontrollieren zu können. Aber all das ist relativ; und selbst ein feiger altnordischer Gott handelt im Durchschnitt sehr viel ungestümer und impulsiver als eine ganze Kompanie Marinesoldaten zur Polizeistunde in einer Nachtbar. »Was hast du da eben gesagt?« wollte er deshalb von Odin wissen.

»Ich weiß zwar nicht, wie es um euch beide bestellt ist, aber ich habe Angst vor ihr«, mischte sich Thor ein. »Und euch beiden geht's genauso, wenn ihr ehrlich seid.«

Odin zuckte die Achseln. »Schon gut, besonders wohl ist mir auch nicht dabei«, räumte er ein. »Trotzdem tut das jetzt nichts zur Sache. Wir sind auf dem Heimweg, und die alte Henderson wird niemals herausbekommen, daß wir weg waren. Das verspreche ich euch.«

»Wirklich?«

»Ja.«

»Das habe ich befürchtet ...«

»Wir sind genau auf Kurs«, fuhr Odin mit eisiger Stimme fort. »Keine drei Minuten mehr, und wir befinden uns direkt über Warrington.«

Freyr stand die schmerzhafte Erinnerung an die Heimleiterin ins Gesicht geschrieben. »Ich kann einfach die Art nicht ab, wie sie die Augenbrauen zusammenkneift, kurz bevor sie einen zur Schnecke macht. Sobald sie diese Augenbrauenbewegung macht, sagt man sich: ›Okay, gleich geht's los, aber jetzt kommt erst mal diese zwanzig Sekunden lange Pause.‹ Und genau dieses Warten ist es, was einen so fertigmacht. Ich schwöre euch: Das probt sie stundenlang vor dem Spiegel.«

»Und dann dieser Tonfall«, seufzte Thor. »Denkt doch bloß mal an diese schneidende Stimme. So, wie die sagt ›Was denken Sie sich eigentlich dabei?‹, kriege ich jedes Mal eine Gänsehaut ...«

»O ja, ich weiß, wovon du redest.«

»Jetzt hört endlich auf damit, andauernd über diese dämliche Missis Henderson zu labern.«

Thor schüttelte den Kopf und blickte auf die tief unter ihm liegende Erde hinab. In Augenblicken wie diesen, als sich das Reich der Menschen unter ihm wie ein überdimensioniertes Schachbrett ausbreitete, ertappte er sich häufig dabei, ein schier überwältigendes Verlangen zu verspüren, etwas Schweres abzuwerfen. Es gelang ihm zu widerstehen.

»Und was ist das dann da unten?« fragte er.

»Was denn?«

»Diese Großstadt mit den ganzen Vororten und den vielen Hauptverkehrsstraßen und was sonst noch so dazugehört.«

Midgards ganzer Stolz flog derart hoch, daß ein Sterblicher lediglich hin und wieder einen grauen Farbspritzer in dem ansonsten dichten Wolkenschleier hätte aufflackern sehen können. Doch Götter sehen Dinge, die unsereins mit bloßem Auge niemals erkennen würde; und zwar nicht mit den Augen, sondern mit dem Verstand, der jede noch so kleine Veränderung auf dem Planeten umgehend registriert und jede Schwingung sofort aufnimmt. Mit dem Verstand können Götter sogar die Zeit sehen, Licht riechen, das Knirschen der Erde auf ihrer Achse hören und die Vibrationen der Jahreszeitenwechsel spüren. Deshalb könnte ein guter Gott selbst aus dieser Höhe mühelos erkennen, was die Ewige Stadt letztendlich ausmacht: das Kolosseum, das Forum Romanum, die Caracallathermen, die Trajanssäule, die Peterskirche und alle diese merkwürdigen Trödelmärkte, auf denen es vom letzten Ramsch bis zu Juwelen alles zu kaufen gibt.

»Ganz einfach«, antwortete Odin, wobei er das Tempo drosselte und langsam die Luftbremse zog. »Das ist Droitwich.«

Seit dem Anfang der Welt gibt es einen windgepeitschten Berghang unter einem grauen Himmel, wo drei ebenso graue Frauen spinnend unter einem windgepeitschten Baum sitzen.

Wie man sie bezeichnet, hängt davon ab, wer man

ist; doch welchen Namen man auch wählt, man liegt nie falsch, weil es ihnen völlig gleichgültig ist, wie sie von den Sterblichen genannt werden. Ob man nun von ihnen als Parzen, Moiren, Nornen oder den drei verrückten Schicksalsschwestern spricht, nichts, was man sagt oder tut, kann ihnen auch nur im geringsten etwas anhaben, weil sie als erste hier waren. Vor allem aber werden sie noch hier sein, wenn wir und alle anderen nach uns schon längst vergessen sein werden.

Sie sitzen da und spinnen. Einige Leute wollen einem einreden, daß sie schlafen und im Schlaf träumen und daß ihre Träume Gedanken sind und ihre Gedanken die Welt mit Weisheit erfüllen. Andere behaupten, daß sie das Netz des Lebens spinnen; den Kettfaden, den Schußfaden bis hin zum letzten kurzen Schnippen der Schere. Die Wahrheit ist – falls ein solch hochtrabender Begriff in diesem Zusammenhang überhaupt angebracht ist –, daß sie dort schon immer sitzen und spinnen und hin und wieder leise miteinander plaudern, und was man darüber hinaus glaubt, bleibt einem gänzlich selbst überlassen.

»Ich sehe was, was du nicht siehst« – die Schwestern haben zwar keine Namen, aber bezeichnen wir sie einfach mal als Eins, Zwei, Drei –, »und das fängt mit F an.«

Eine ganze Weile wurden sie auch als Gräen bezeichnet, und man vertrat damals die völlig abwegige Auffassung, daß sie zu dritt nur ein Auge, ein Ohr und einen Zahn besaßen, die sie je nach Bedarf untereinander austauschten, so daß die Floskel ›Ich sehe was, was du nicht siehst‹ durchaus wörtlich zu verstehen war.

»Der Felsen.«

»Richtig. Du bist dran.«

»Ich sehe was, was du nicht siehst, und das fängt mit ...«

»Momentchen mal, ich hab noch das Ohr«, sagte Zwei. »Hier, Elsie, fang!«

»Sie hat es fallen gelassen.«

»Sie konnte es nicht sehen, weil du das Auge hast.«

»Das war klar, und natürlich bin ich wieder mal schuld.«

»Wo ist es denn?« fragte Drei und scharrte mit den knorrigen Fingern in dem drahtigen kurzen Gras.

»Mit der linken Hand etwas weiter geradeaus. Ja, jetzt wird es schon wärmer.«

»Sie kann dich sowieso nicht hören.«

»Ach, vergiß es einfach ...«

Wenn sie schlafen, träumen sie; wenn sie träumen, denken sie nach; wenn sie nachdenken, hegen sie ewig bitteren Groll gegen den, der einst vergaß, ihnen die fehlenden Organe einzusetzen.

»Vielen Dank auch für eure Hilfe, ich hab's auch so gefunden«, raunzte Drei die beiden anderen an. Vielleicht ist es etwas bedauerlich, daß das einzige Organ, das sie in dreifacher Ausfertigung besitzen, die Zunge ist.

»Fertig?«

»Fertig.«

»Ich sehe was, was du nicht siehst, und das fängt mit S an.«

»Die Schlucht.«

»Richtig. Gib jetzt Betty das Ohr, Elsie, und laß es bitte nicht fallen.«

»Ausgerechnet du mußt mir das sagen.«

Wenn man seit dem Anfang der Zeit an immer derselben Stelle fünf Stunden lang täglich ›Ich sehe was, was du nicht siehst‹ spielt, ergibt sich unter anderem daraus der Nachteil, daß man irgendwann an einem Punkt anlangt, wo man sämtliche Antworten kennt.

»Der Berghang«, sagte Zwei.

Drei zog eine mürrische Meine. »Warte doch wenigstens ab, bis ich die Frage gestellt hab.«

»Aber die Antwort war doch richtig, oder?«

»Das hat damit doch gar nichts zu tun.«

»Laßt uns einfach mal was anderes spielen«, schlug Eins vor.

»Einverstanden.«

Hingegen entspricht es zweifellos der Wahrheit, daß sie klug sind. Alle Weisheit im Universum muß irgendwann einmal in diesem schwesterlichen Kreis die Runde gemacht haben, bevor sie prosaischere Dimensionen annimmt. Dies bedeutet, daß die drei sehr mächtig, sehr weise und sehr …

»Nenn mir drei Flüsse, deren Namen mit Y beginnen.«

»Yangtze Kiang, Yarmouk und Yaqui.«

… sehr, sehr gelangweilt sind.

»Ich möchte lieber was anderes spielen«, seufzte Zwei. »Wie wär's mit ›Richtig oder falsch?‹?«

»Nein.«

»Und warum nicht?«

»Weil du andauernd betrügst«, antwortete Drei.

Das Ohr huschte von einer Hand zur anderen, bis es nur noch als verschwommener Fleck zu erkennen war. Das Auge war unterdessen mit dem Lippenlesen ausgelastet.

»Das tue ich nicht.«

»Tust du doch.«

»Bei ›Richtig oder falsch?‹ kann man gar nicht betrügen.«

»Dir scheint selbst das zu gelingen.«

»Ihr beiden spinnt doch«, grummelte Eins. »Und jetzt haltet endlich den Mund und spinnt weiter, verstanden?«

Sie saßen da und spannen, und die Zeit lief im Kreis herum. Zeit, die in einem geschlossenen Kreis läuft, erzeugt Wahrheit. Wahrheit, die über die Grenzen des reinen Wissens hinausblickt, wird zu Weisheit.

»Wir könnten ja ›Zwanzig Fragen und keine mehr‹ spielen«, schlug Zwei vor.

»Hast du den Verstand verloren? Und das nach dem letzten Mal?«

»Was ist?«

»Ich hab gesagt: ›Hast du den Verstand verloren? Und das nach dem letzten Mal?‹!«

»Was?«

»Sie hat mal wieder das Ohr verloren.«

»Wir sollten es an eine Schnur binden«, schlug Eins vor. »Dann müßten wir es nicht andauernd ...«

»Was?«

»Ach, vergiß es.«

Am Horizont, etwa siebenhundert Meter entfernt, materialisierte eine gelbe Großraumlimousine und quälte sich polternd und scheppernd über den felsigen Untergrund. Hin und wieder ertönte ein schrilles Kreischen, sobald das ein oder andere Karosserieteil an einem Felsen entlangschabte.

»Dahinten unter diesem merkwürdig geformten Baum sitzen sie«, sagte Osiris und zeigte nach vorn. »Können Sie die drei schon sehen, Carl?«

»Ja, Mister Osiris. Ich glaube, wir haben gerade den Auspuff verloren.«

Pan schloß die Augen. »Hör mal, Ossi, ich hoffe, du bist dir deiner Sache wirklich sicher, denn diese drei alten Schnepfen gehen mir gewaltig auf den Wecker.«

»Absolut sogar«, antwortete Osiris. »Vorsicht, Carl! Da vorne ist ein ...«

»Entschuldigung, Mister Osiris.«

»Macht nichts.«

Pan zuckte zusammen. »Meint ihr nicht, daß wir seine Adresse vielleicht im Telefonbuch finden könnten? Ich meine, versucht haben wir das noch nicht, oder?«

»Sei brav und halt den Mund, Pan. Parken Sie am besten hier, Carl. Den Rest gehen wir dann zu Fuß.«

Unter dem Baum merkte man den drei Schwestern

die Anspannung an, und das Netz straffte sich plötzlich in ihren Händen.

»Besuch«, merkte Zwei angewidert an.

»Nicht schon wieder«, seufzte Eins. »Das ist schon das dritte Mal in diesem Jahrhundert. Was müssen wir bloß anstellen, um hier endlich etwas Ruhe und Frieden finden zu können?«

»Was hat sie gesagt?«

»Ich habe gesagt ...«

»Sie hat es schon *wieder* fallen gelassen.«

»Eines Tage fällt es noch in den Kessel und wird gekocht«, merkte Zwei nach kurzem Wühlen im Gras an. »Ich möchte mal wissen, was dann mit uns passiert.«

Der Volksmund verfügt über verschiedene Versionen, wie man sich an die drei Schicksalsschwestern um Hilfe wenden kann. Sämtliche überlieferten Versionen widersprechen sich allerdings fast gänzlich und stimmen nur darin überein, daß man sie mit größtmöglichen Respekt behandeln muß. Das Unterlassen dieser einfachen Vorsichtsmaßnahme bedeutet zwangsläufig, daß jede Bitte um Information auf taube Ohren stößt (besser: auf *ein* taubes Ohr, selbst wenn es gerade nicht unter einen Stein gerollt ist oder im Deckel des Nähkastens Zuflucht gesucht hat) und einem darüber hinaus noch schlimmere Konsequenzen drohen.

»Hallo, ihr drei!« rief Osiris. »Wer von euch dreien hat denn gerade das Ohr?«

»Welcher Klugscheißer will das denn wissen?«

Osiris räusperte sich. Der nächste Teil der Prozedur machte ihn immer schrecklich verlegen.

»Dann hör gefälligst zu«, antwortete er patzig. »Ich beschwöre euch bei den gefürchteten Wassern des Styx, euch, die ihr alles wißt, die ihr wißt, was ist, was war und was sein wird. Und jetzt sag mir ...«

»Ich kann dich nicht hören«, sagte Eins, wobei sie die Stimme eines gereizten alten Weibes annahm. »Du mußt schon lauter reden.«

Pan beugte sich vor, nahm Eins das Ohr aus der verdorrten Hand, hielt es sich wie ein Mikrofon vor den Mund und brüllte: »Er hat gesagt, er beschwört euch, und 'ne Menge Zeugs darüber, wie klug ihr seid, und er will euch was fragen! Kapiert?«

Die drei Schwestern saßen eine Weile schweigend da und warteten darauf, daß das Klingen in ihren Schädeln aufhörte.

»Es gibt keinen Grund, so zu schreien«, beschwerte sich Eins schließlich mit frostiger Stimme.

»Wie bitte?«

»Ich hab gesagt, daß es keinen Grund gibt, so ...«

»Wie bitte?«

»Was hat sie gesagt?«

Pan grinste. »SIE HAT GESAGT, DASS ES KEINEN GRUND GIBT, SO LAUT ZU SCHREIEN!« brüllte er und warf das Ohr Drei zu, die es aber nicht auffing. Mit einem dumpfen Klatschen plumpste es in den großen schwarzen Topf, um den die Schwestern saßen. Die drei schrien im Chor.

»Blöde Transuse!« fluchte Pan. »Jetzt erzähl mir endlich ...«

Sandra sprang sofort an den Kessel heran, pflückte das Ohr aus der Suppe, pickte einige Linsen und getrocknete Erbsen aus dem trichterförmigen Etwas und reichte es vorsichtig einer der Schwestern.

»Danke«, sagte Eins. »Also gut, dann schießt mal los.«

Irgendwo nahe der belgisch-französischen Grenze donnerte ein riesiger Mercedes-Lkw durch die Nacht in Richtung Südwesten. Auf sechzehn Rädern und mit einem Kontingent von zweitausend Dosen Backpflaumen in seinem Eisenbauch rauschte er mit erstaunlicher Leichtigkeit dahin.

Der Fahrer, ein Bretone, starrte mit müden Augen in den weißen Lichtkegel der Scheinwerfer und pfiff eine

Melodie vor sich hin, um sich wach zu halten. Er hatte bereits ein langen Tag hinter sich, und viele Kilometer lagen noch vor ihm, doch das Ausmaß seines Unterfangens weckte in ihm eine Abenteuerlust, wie er sie seit seiner Kindheit nicht mehr verspürt hatte. Gerüchte besagten nämlich, daß Frankreich an einem furchtbaren Mangel an Backpflaumen litt, und es schmeichelte ihm ein wenig, daß ausgerechnet er der Auserwählte war, der die ersehnten Dosenfrüchte von Gent nach Aix-en-Provence bringen durfte.

Als er sich der Grenze näherte, bereitete er sich innerlich auf die lästigen Zollkontrollen vor. Es bedurfte keiner allzu großen Phantasie, um vorherzusagen, wie ein gelangweilter Zollbeamte auf die Information reagieren würde, daß sich im Lkw eine Fracht von etwa einer halben Million Backpflaumen befänden. Bestimmt würde es lustige Bemerkungen und Witze hageln, selbstverständlich auf seine Kosten; und um drei Uhr morgens konnte er nach einer langen Fahrt auf solche Späße liebend gern verzichten.

Da er mit diesen und ähnlichen Gedanken beschäftigt war, bemerkte er gar nicht, daß ihm bereits seit geraumer Zeit eine große schwarze Allradlimousine mit getönten Scheiben wie ein Schatten folgte.

Erst als hinter einer scharfen Kurve die Straße von einem Traktor blockiert wurde, erkannte er im Rückspiegel das ihm folgende Fahrzeug. Er trat auf die Bremse und brachte den Lkw schlitternd zum Stehen, woraufhin drei schattenhafte Gestalten aus dem Allradwagen sprangen, bis zur Fahrertür des Lkws rannten und sie von außen aufzogen. Etwas Metallisches funkelte im schwachen Sternenlicht.

»Steig ganz langsam aus, dann passiert dir nichts«, befahl ihm eine der Gestalten in entsetzlich akzentuiertem Französisch. »Okay?«

Der Fahrer nickte eifrig. »Klar. Aber ihr wißt doch, was ich geladen habe, oder?«

»Halt's Maul!«

»Okay, okay ...«

(Aus purem Zufall transportierte auf derselben Strecke ein baugleicher Lkw desselben Fuhrunternehmens mit etwa einer Dreiviertelstunde Rückstand zum Pflaumenlaster eine Fracht von zwölf Millionen Zigaretten. Wegen der Backpflaumenknappheit war das Beladen des Lkws mit den Zigaretten, der eigentlich als erster losfahren sollte, zurückgestellt worden.)

Kurz drauf setzte der Lkw seine Reise mit einem neuen Fahrer fort und steuerte auf einen anderen Zielort zu; nämlich auf ein verlassenes Hockeyfeld am Stadtrand von Cambrai, wo er gleich nach der Ankunft in einen großen Schuppen gefahren wurde. Nachdem das Rolltor zugezogen worden war, sprangen überall Scheinwerfer an, und eine Handvoll Männer eilte zum Ausladen an die Hecktür.

Die zum Erstauen aller von innen aufgestoßen wurde.

»Momentchen noch«, grummelte eine Stimme aus dem Laderaum heraus. »Irgendwas läuft hier ganz bestimmt falsch.«

Der Sprecher entpuppte sich im Scheinwerferlicht als ein weißhaariger alter Herr in einem Rollstuhl. Er wurde von einem molligen Mädchen, einem stämmig gebauten Mann mit einem Gesichtsausdruck, als wäre er einem Amateurpräparator in die Hände geraten, einem großen dünnen Mann im Tarnanzug, der eine sehr große Faustfeuerwaffe in der Hand hielt, und einer noch größeren und dünneren Gestalt mit den Beinen und Füßen einer Ziege flankiert.

Langsam wichen die Entführer zurück. Selbst diejenigen unter ihnen, die sich mit der unverhofften Konfrontation mit Lundqvists Desert Eagle noch einigermaßen anfreunden konnten, wurden spätestens durch den furchteinflößenden Gesichtsausdruck des alten Mannes und beim Anblick der merkwürdigen Hufe an Pans

Beinen von Gefühlen der Beklommenheit heimgesucht. Zwar hatten sie in ihrer Kindheit schon vom schwarzen Mann, von gemeinen Hexen und bösen Zauberern gehört, doch hier mußte es sich um eine Neuauflage aller dieser Prachtexemplare handeln.

»Tut mir leid, aber wir brauchten dringend eine Mitfahrgelegenheit«, verkündete Pan all denen, die es interessierte. »Na ja, und dann stand da euer Laster, und wir dachten …«

Es fiel ein Schuß. Vielleicht war es Furcht, vielleicht auch nur ein nervöser Finger, der reflexartig auf einen Abzug gedrückt hatte. Die Kugel traf Pan in die Stirn, trat unversehrt am Hinterkopf wieder aus und schlug irgendwo in eine der aufgetürmten Kisten mit Backpflaumendosen ein, woraufhin rotbrauner Sirup aus dem tödlich getroffenen Karton sickerte.

Dann wurden weitere Schüsse abgegeben – Lundqvist legte mit seiner Automatikwaffe ein Sperrfeuer, die dabei einen Lärm wie ein tragbarer Hausvulkan veranstaltete und die meisten Scheinwerfer zerschepperte. Die Antwort der Entführer fiel entsprechend aus, und plötzlich flogen überall Backpflaumendosen durch die Luft.

»Aufhören!« rief Osiris dazwischen. »Und zwar sofort!«

Mit einem Mal blockierten bei sämtlichen Schußwaffen in der Halle die Schlagbolzen, und selbst die Scheinwerfer gingen wieder an. Dieses Mal hingen sie jedoch nicht an Gestellen, sondern wurden von unangenehm geformten Gestalten mit Schakalsköpfen hochgehalten; und trotz ihrer gleißenden Helligkeit produzierten sie mehr Schatten als Licht. Wie von Geisterhand geführt, traten die Entführer ein paar Schritte vor.

»Na also, es geht doch«, besänftigte Osiris die aufgebrachten Gemüter. »So, und jetzt sagt mir mal schön artig, wo wir hier eigentlich sind.«

Angetrieben von seinen Kollegen, entwirrte der Boß

der Bande seine um den Adamsapfel geschlungene Zunge und erklärte alles bereitwillig. Außerdem entschuldigte er sich überschwenglich und drückte sein tiefstes Bedauern darüber aus, solch angesehenen übernatürlichen Persönlichkeiten womöglich Unannehmlichkeiten bereitet zu haben, und fragte, ob sie vielleicht so freundlich sein könnten, die Backpflaumendosen wieder in Zigarettenstangen zu verwandeln, da bereits ein Kunde auf die Ware warte.

»Nix da, wir müssen bis morgen früh in Aix sein, und ihr bringt uns hübsch artig dahin«, stellte Osiris unmißverständlich klar und fügte freundlich lächelnd hinzu: »Und wenn nicht, dann werde ich hier was ganz anderes in Zigaretten verwandeln, aber ganz bestimmt nicht diese Backpflaumen. Capito?«

Also wurde die Reise fortgesetzt. Dieses Mal fuhr der Bandenchef jedoch im Laderaum mit, und zwar mit der Mündung von Lundqvists Waffe im Ohr und dem Kreuzschlüssel im Rücken, den Carl aus der Werkzeugkiste genommen hatte.

»Wollen Sie denn weit, Monsieur …?« erkundigte sich der Entführer.

Osiris grinste. »Das kannst du laut sagen. Ich glaube nicht, daß du wirklich wissen willst, wo wir hinwollen. Sogar ganz bestimmt nicht.«

»Schon gut, schon gut, ich wollte nur die Stimmung etwas auflockern.«

»Aber ich sag's dir trotzdem«, fuhr Osiris arglistig fort. »Und wenn du's jemandem weitererzählst, wirst du entweder für den Rest deines Lebens in eine Klapsmühle gesteckt, oder du behältst es für dich und drehst dann wahrscheinlich sowieso irgendwann durch. Wir sind Götter.«

»Was Sie nicht sagen …«

»Und sind auf dem Weg ins Reich des Todes, wenn es noch dort ist, wo es mal war. Neulich hab ich gehört, daß man versucht hat, es in irgendeinen dieser grauenvollen Vergnügungsparks umzuwandeln, allerdings nehme ich nicht an, daß die Baugenehmigung dazu erteilt wurde. Ich meine, das scheitert doch spätestens an dem unvorstellbaren Bedarf an Parkplätzen, oder?«

»Wie? Ja, ja, selbstverständlich«, antwortete der Gangsterboß verwirrt. Wen die Götter vernichten wollen, dem lassen sie zuerst das linke Beine einschlafen. Er drückte das Bein fest auf den Boden, wenngleich ihm dies kaum Erleichterung verschaffte.

»Wir müssen dorthin«, erzählte Osiris unbeirrt weiter, »weil uns die drei weisen Frauen gesagt haben, daß wir die Runen der Macht finden und lesen müssen, um das letzte Versteck der Goldzähne von El Dorado ausfindig zu machen (das, wie jedermann weiß, am Ende der Welt liegt und von einem riesigen, feuerspeienden, hundertköpfigen Anrufbeantworter bewacht wird). Diese Runen sollen mit Kreide an den Wänden der Herrentoilette geschrieben stehen, die direkt an das Reich des Todes anschließt. Na ja, was immer das heißt, aber so haben uns das diese drei alten Weiber jedenfalls erzählt«, schloß Osiris. »Heute ist doch nicht zufällig der erste April, oder?«

»Zweifellos gehen Sie einer äußerst ungewöhnlichen Tätigkeit nach«, meinte der Entführer. »Sind Sie schon immer Gott gewesen, oder sind Sie in diese Branche mehr oder weniger zufällig hineingeraten?«

»Wir brauchen die Goldzähne, um unseren Rechtsanwalt bezahlen zu können«, fuhr Osiris fort. »Übrigens reicht das nur zur Deckung der Anfangsspesen, damit schon mal die Akte in den Computer eingegeben wird und erste routinemäßige Arbeiten und derlei Dinge erledigt werden können. Er ist nämlich sehr teuer, selbst für einen Anwalt.«

»Demnach muß er sehr gut sein.«

»O ja! Außergewöhnlich gut sogar.«

X

Wenn das da unten Droitwich ist, dann sind die damit aber ganz schön schludrig umgegangen, seit ich das letzte Mal hiergewesen bin«, grummelte Thor.

»Und wann war das?«

»Tausendsechsunddreißig.«

»Na, da kann man mal sehen.« Odin stand leicht schwankend an der Bordsteinkante und winkte. Allwissend, wie er war, wußte er natürlich auch alles über Autos; außerdem hatte er sie oft genug im Fernsehen gesehen. Wenn man ihnen allerdings in geballter Form begegnete und sie wie eine Herde viereckiger Stahlrinder an einem vorbeidonnerten, konnten sie einem schon ein wenig auf die Nerven gehen – oder zumindest täten sie es, wäre man ein einfacher Sterblicher. Und selbstverständlich gibt es da noch diese verflixte Übereinkunft, daß sich Götter immer unauffällig ihrer Umgebung anpassen müssen, wenn sie sich im Ausland unter Sterbliche begeben. Gäbe es diese Regel nicht, ja dann wäre das natürlich …

»Nun geh schon endlich los«, forderte ihn Thor zu seiner Rechten auf. »Schließlich haben wir nicht den ganzen Tag lang Zeit.«

»Halt's Maul! Wir können nicht einfach mitten durch den Verkehr laufen und alle diese Autos wie Tischtennisbälle von uns abprallen lassen, das wäre doch viel zu offensichtlich. Wir müssen darauf warten, bis dahinten die kleine bunte Lampe grün wird.«

»Wie? Sind das diese runden Dinger an dem Pfahl da?«

»Du hast es.«

»Und so verhalten sich auch die Sterblichen, ja?«

»Ja.«

»›Die Welt ist vollkommen überall, wo der Mensch nicht hinkommt mit seiner Qual‹«, gab Thor zum besten. »Wohin führt die Straße eigentlich weiter?«

Odin zuckte die Achseln. »Was weiß ich? Alle Wege führen nach Rom oder wie das noch mal heißt.«

Zu seiner Linken zog Freyr eine Grimasse. »Komisch, daß ausgerechnet *du* das sagst.«

Dabei hatte Odin überhaupt keine Schuld an ihrer unfreiwilligen Zwischenlandung. Zugegebenermaßen hatte es am geplatzten Dichtungsring des Einlaßventils gelegen, den er einst aus einem zurechtgeschnittenen Stück Packpapier und etwas Sirup gebastelt hatte, weil man heutzutage für diese älteren Modelle kaum noch Ersatzteile bekommt. Da diese Packpapier-Sirup-Dichtungen der unsterblichen Götter praktisch jedoch haltbarer als Diamanten sind, hätte die Dichtung nach Odins Auffassung niemals platzen können, wenn das Ansaugrohr von vornherein richtig montiert worden wäre. Deshalb waren die drei Götter jetzt auf der Suche nach einem Laden für Autozubehör, zumal Odin das Gefühl hatte, daß die Dichtungen eines Leyland Roadrunner, Baujahr 1991, zumindest als Notbehelf dienen könnten.

»Wie hast du das eben gemeint, Freyr?« wollte Thor wissen.

»Na, weil ich glaube, daß wir bereits dort sind.«

Odin machte ein mürrisches Gesicht. »Wovon redet ihr überhaupt, hä? Falls ihr beiden mich nämlich mal wieder auf die Palme bringen wollt, bin ich wirklich nicht in der Stimmung dazu.«

Nachdem sich Thor mit seinem Kollegen beratschlagt hatte, zuckte er mit den Achseln und antwortete lapidar: »Tut mir leid, Odin, muß wohl unser Fehler gewesen sein. Natürlich ist das hier Droitwich.«

»Vielen Dank auch.«

»Und das da …« Thor zeigte nach links. »Das da muß dann das Droitwicher Kolosseum sein, an dem wir gerade vorbeigekommen sind, und das dahinten sind die Thermen der Ratsherren, und das große viereckige Gebäude da vorne ist bestimmt der Tempel der Bäckerzunft.«

»Und was ist das da?«

»Wo?«

Freyr zeigte auf das furchteinflößende Tor vor ihnen, vor dem sonderbar gekleidete Wärter standen.

»Ach, das da. Das ist eindeutig die katholische Kapelle.«

Ein riesiger Lastwagen donnert durch die provençalische Nacht. Der erschöpfte Fahrer blinzelt angestrengt durch die von Ungeziefer übersäte Windschutzscheibe. Eine kleine Unachtsamkeit, und er verbringt den Rest seines Lebens als Frosch auf einem Seerosenblatt.

Hinter einer Haarnadelkurve steht mitten auf der Straße ein Traktor. Die fabelhaften Druckluftbremsen der fünften Generation lassen das Ungetüm gerade noch rechtzeitig anhalten, bevor sich die beiden Fahrzeuge zu einem Blechknäuel verheddern können, das einem Gemälde von Jackson Pollock bestimmt alle Ehre gemacht hätte.

Sähe er in den Rückspiegel, anstatt ausgebreitet über dem Armaturenbrett zu liegen, mit dem Schaltknüppel im rechten Ärmel steckend, fiele ihm bestimmt der dunkelgrüne Allradwagen mit den getönten Scheiben auf, der hinter der Hecktür des Lkws angehalten hat.

Die Fahrertür wird aufgerissen, und er blickt direkt in die Mündung einer großen schwarzen Handfeuerwaffe.

»Okay«, zischte der maskierte Mann mit der Waffe. »Tu, was ich sage, und dir wird nichts ...«

Der Fahrer blinzelte nervös mit den Augen. »Wie bitte?«

»Tu, was ich sage«, wiederholte der Entführer gereizt in einem katastrophalen Französisch, »und dir wird nichts passieren.« Mit mürrischer Miene fügte er hinzu: »Du kannst mir vertrauen, ich bin Arzt, so ein richtiger Onkel Doktor.«

»Ich glaub das alles nicht.«

»Doch, im Ernst. Du hast dir übrigens ein böse Schnittwunde an der Stirn zugezogen.«

»Da muß ich wohl mit dem Kopf aufs Lenkrad geschlagen sein.«

»Du solltest das genauer untersuchen lassen. Irgendwelche Schwindelgefühle oder Übelkeit? Oder siehst du alles doppelt?«

»Nein, soweit scheint alles in Ordnung zu sein, nur so ein Migränegefühl, glaube ich.«

»Keine Punkte vor den Augen?«

»Nein.«

»Dann nimm zwei Aspirin, und hau dich ein paar Stunden aufs Ohr«, riet ihm der Entführer. »Morgen früh sehen wir dann weiter. Doch vorher steigst du erst mal aus, bevor ich dir dein dämliches Hirn rausblase.«

»Ja, Doktor.«

Kurz darauf setzte der Lkw die Reise mit einem neuen Fahrer fort. Wenn die Fahrt wirklich nach Aix-en-Provence gehen sollte, hatte er zumindest eine falsche Route eingeschlagen.

»Na, dann wollen wir mal«, murmelte der Zollbeamte schlaftrunken. »Was haben Sie geladen?«

Der Fahrer lehnte sich aus dem Fenster. »Wenn ich Ihnen das sage, lachen Sie sich krank.«

Der Zollbeamte blickte ihn aus roten und verschlafenen Augen düster an. »Das glaube ich wohl kaum. Kommen Sie, wo sind Ihre Frachtpapiere?«

Der Mann auf dem Beifahrersitz durchwühlte das Handschuhfach, kramte einen ganzen Wust Papiere hervor und reichte sie nach unten weiter. Der Zollbeamte seufzte schwer.

»Aha, mal sehen. Backpflaumen also. Na gut, dann steigen Sie bitte beide aus, und lassen Sie uns einen Blick in den Laderaum werfen.«

Im Fahrerhaus kam kurz Hektik auf.

»Nun aber mal halblang«, tat der Fahrer schließlich empört. »Schließlich besitzen wir diese ... diese diplomatische Dingsbums.«

»Wie bitte?«

»Na, diplomatische Immunität eben.« Nun wurde er schon deutlicher. »Momentchen. Ah ja, hier sind unsere Reisepässe. Und die ganze Ladung besteht ausschließlich aus Diplomatengepäck, alles klar?«

»Jetzt mal im Ernst«, ermahnte ihn der Zöllner. »Dieser schwere Brummer soll ein Diplomatenwagen sein?«

»Klar, das ist ein echter Diplomatenbrummi. Hören Sie, wenn Sie einen internationalen Grenzzwischenfall heraufbeschwören wollen, dann nur zu.«

Einen Augenblick lang herrschte Schweigen.

»Und Sie sind sich wirklich sicher, daß Sie Backpflaumen geladen haben?« erkundigte sich der mittlerweile hellwache und um so verunsicherter wirkende Zollbeamte.

»Absolut sogar«, antwortete der Beifahrer. »Sehen Sie es doch mal so: Glauben Sie wirklich, wir würden freiwillig behaupten, daß da Backpflaumen drin sind, wenn es nicht so wäre?«

Der Zollbeamte dachte über dieses auf den ersten Blick einleuchtende Argument nach, das sich aber bei genauerer Überprüfung als nur scheinbar treffend erwies. Traktorenersatzteile, ja. Maschinenbauteile, sicher – jedesmal, wenn ein Zollbeamter Maschinenbauteile auf einer Frachtgutliste sieht, geht er unwillkürlich in Deckung und funkt die Sprengstoffexperten an. Aber Backpflaumen ...?

»Also keine illegalen Waffen, Drogen, Diamanten oder Tiere, die unter das Artenschutzabkommen fallen?«

»Soweit ich weiß, nichts davon.«

»Keine technischen Ausrüstungsgeräte für Piratensender und auch keine zollpflichtigen Waren wie Alkohol, Parfüm oder Tabak? Keine ausfuhrgenehmigungspflichtige Kunstwerke oder Antiquitäten?«

»Ich glaube nicht. Geht's Ihnen ansonsten gut?«

Der Zollbeamte runzelte die Stirn. »Natürlich«, antwortete er, doch als er dem Fahrer in die Augen blickte, fügte er rasch hinzu: »Einigermaßen jedenfalls ...«

Der Fahrer schürzte die Lippen und neigte den Kopf zur Seite. »Ich will Ihnen wirklich nicht zu nahe treten, aber auf mich wirken Sie ein wenig so, als wären Sie nicht ganz auf dem Posten.«

»Na ja, ich habe seit einiger Zeit so merkwürdig stechende Schmerzen in dieser Gegend ...«

»Essen Sie denn regelmäßig?«

Der Zollbeamte blickte leicht verdutzt nach oben. »Nein, eigentlich nicht. Aber warum wollen Sie das denn wissen?«

»Weil wir Ärzte sind«, erklärte ihm der Beifahrer. »Haben Sie Sodbrennen oder ähnliche Symptome?«

»Nicht, soweit ich weiß.«

»Kopfschmerzen?«

»Nein, kann ich nicht behaupten.«

»Sind Sie sich wirklich sicher?«

»Absolut.«

Der Fahrer blickte die Straße entlang. Um diese Uhrzeit gehörte ihnen der Grenzübergang allein, und auch im Zollhäuschen war niemand zu sehen. Angespornt von diesen hervorragenden äußeren Bedingungen, riß er die Tür auf und schlug sie dem Zollbeamten mit voller Wucht gegen die Schläfe, der daraufhin, wie nicht anders zu erwarten war, bewußtlos zu Boden sackte.

»Von wegen keine Kopfschmerzen«, seufzte der Fahrer, legte den Gang ein, gab Gas und rief aus dem Fenster zurück: »Und wenn Sie aufwachen, nehmen Sie am besten zwei Aspirin!«

Der Wachmann der Schweizergarde blieb zögernd stehen und dachte darüber nach, was er gerade für den Bruchteil einer Sekunde gesehen hatte. Wenn auch nur unterschwellig, so hatte er doch etwas Absonderliches, ja fast Abscheuliches wahrgenommen. Etwas hatte sich an einer Stelle befunden, wo es nicht hingehörte. Eine Weile stand er wie angewurzelt da und sah wie eine das Grübeln symbolisierende Statue auf einem barocken Triumphbogen aus; schließlich erinnerte er sich und setzte sich in Bewegung. Na also, er hatte sich nicht geirrt!

Neben dem Wachhäuschen lag, zu vier Fünftel vom Schatten verborgen, tatsächlich eine leere Keksschachtel. Er hob sie auf, marschierte zur Mülltonne hinüber, warf die Schachtel hinein und beglückwünschte sich zu diesem entscheidenden Schlag gegen die Übermacht der Entropie.

Animiert durch diesen Gedanken, überprüfte er seine Position im Kosmos und fand, daß sie gut war. Erst vor drei Monaten hatte er seinen alpinen Kanton verlassen, um in das stehende Heer des päpstlichen Staates einzutreten, und schon stand er vor den Toren des Vatikans. Nun ja, zwar handelte es sich nur um die Lieferanteneinfahrt zum Vatikan, die sich von ähnlich genutzten Einfahrten anderswo auf der Erde praktisch durch nichts unterschied, doch galt dies nur bei oberflächlicher Betrachtungsweise. *Jedenfalls hüte ich lieber den Lieferanteneingang im Hause des Herrn als einen Sack voll Flöhe unter den Sterblichen.*

Dann begann der Boden unter ihm zu zittern. Instinktiv verstärkte er den Griff um den Stiel seiner Hellebarde; doch helles Scheinwerferlicht und das tiefe Dröhnen eines Automotors beruhigten ihn. Nur ein Lastwagen.

Ein Lastwagen? Und das um drei Uhr morgens? *Was kann das sein?* fragte er erst sich und kurz darauf auch den Fahrer.

»Backpflaumen.«

»Backpflaumen?«

»Richtig. Und wenn Sie jetzt bitte das verdammte Tor öffnen würden, dann könnten wir nämlich ausladen und uns endlich aufs Ohr hauen, okay?«

Der Wächter runzelte die Stirn. »Backpflaumen?« hakte er ungläubig nach.

Der Fahrer lehnte sich so weit aus dem Fenster hinaus, bis er mit der Nasenpitze nur noch wenige Millimeter von der Stirn des Wächters entfernt war. »Hör mal, Freundchen!« zischte er ihn an. »Dahinten sind Backpflaumen drin, klar? Und wenn du deinen großen Herrn und Meister unbedingt wecken willst, um ihn zu fragen, wofür er sechs Millionen Backpflaumen braucht, dann wünsche ich dir viel Glück, und schick mir bitte eine Ansichtskarte aus der Hölle. Oder du öffnest jetzt endlich dieses bescheuerte Tor, bevor wir hier noch alle an Altersschwäche eingehen.«

»Jaja, aber *Backpflaumen?*«

Kurz bevor der Fahrer den Fuß aufs Gaspedal setzen konnte, um das Tor mit dem Lkw zu durchbrechen, beugte sich der Beifahrer bedächtig lächelnd zum Wächter hinüber und sagte mit sanfter Stimme: »Vielleicht kann ich dir das ja alles erklären, mein Sohn.«

»Ja, aber das kann doch nicht …«, stammelte der Wächter verlegen, fing sich aber rasch und nahm Habachtstellung ein. »Ich habe Sie gar nicht gesehen, Euer Hochwürden.«

»Das macht doch nichts, mein Sohn.« Der Beifahrer

setzte den Kardinalshut ab und fügte hinzu: »Mit den besten Empfehlungen an den Heiligen Vater, aber können wir jetzt bitte weiterfahren?«

»Natürlich, Euer Hochwürden. Nur diese ...«

»Ja bitte?«

»Na ja, diese Backpflaumen, Euer Hochwürden. Mir kommt das ein wenig ...«

»Ja, was denn?«

»Einen Moment bitte, ich öffne sofort das Tor.«

Monsignore Donatus O'Rourke schloß die letzte Schnalle seiner purpurroten kugelsicheren Weste, murmelte ein letztes Vaterunser, zog den Kolben von der Spritze zurück und saugte den Injektionsbehälter mit Weihwasser voll. Seine Sakristeiglocke läutete schwach in ihrem Schulterhalfter.

»Okay, Jungs, es ist soweit«, knurrte er ins Walkie-talkie. »Also, baut keinen Mist, und laßt uns die Sache hinter uns bringen.«

Monsignore O'Rourke war kein stümperhafter Exorzist; er war ein Profi, von den Spitzen der Asbesthandschuhe und dem Ring mit eingebautem Geigerzähler bis hin zu den Kappen der Gummistiefel. Die Leute nannten ihn den Söldner Gottes, den Schicksalstheologen, den Glockenmann oder den Wallfahrer des Todes; er konnte über alle diese Bezeichnungen nur lachen. Jedesmal wenn ihm eine Aufgabe übertragen wurde, wußte er, daß er sie im Sinn des großen Bosses erledigte, wenngleich den Rotmützen rings um den *Sella curulis* seine Methoden ein Dorn im Auge waren. Die beträchtlichen Geldsummen, die dabei auf seinem Konto in der Schweiz landeten, betrachtete er lediglich als angemessenen Beitrag zur Kriegskasse. Die alten Götter mit neuen Technologien zu bekämpfen, war nun mal nicht billig, und er hatte längst gelernt, daß er von der heiligen Mutter Kirche (oder von der ›Organisation‹, wie er sie lieber nannte) keine direkte Unterstützung erwarten konnte. Folglich mußte er seinen Geschäften mit Hilfe einiger recht zweifelhafter Charaktere nachgehen, deren Motivation zur Zusammenarbeit vermutlich nicht allein von der Sorge getragen wurde, die Kräfte des Bösen bekämpfen zu müssen. Aber was sollte daran so schlimm sein? Wie er schon bei seiner Zeugenaussage vor der Walinski-Kommission ausgeführt hatte, wußte er, daß sein Tun richtig war und daß er die dazu benötigten Gelder stets auftreiben würde, selbst wenn die Eucharistie daran zugrunde gehen müßte. Natürlich hatte er nie daran gedacht, den Schiiten Weihwasser zu verkaufen, wie es einst in den Revolverblättern behauptet worden war; doch selbst wenn es so gewesen wäre, hätte er ein reines Gewissen gehabt.

Seine Männer – allesamt handverlesen, die Zierde des Priestertums – sollten mittlerweile alle auf dem Posten sein. »Fertig?« zischte er dem Mann ins Ohr, der neben ihm in Lauerstellung hockte.

Der Mann, der von Beruf Arzt war, nickte. »Worauf warten wir noch?«

»Okay, dann laßt uns mal ein paar Gespenster atomisieren. Vorwärts, Männer!«

Auf sein Kommando hin seilten sich drei Priester mit über den Kopf gestülpten Wollmützen vom Balkon ab, landeten mit beeindruckender Präzision direkt neben der Hecktür des Lastwagens und holten aus ihren Rucksäcken schwere schwarze Kettensägen hervor. Nur wenige Augenblicke später war die Nacht von kreischenden Geräuschen erfüllt.

»Zweite Welle, Position einnehmen!« brüllte Monsignore O'Rourke ins Walkie-talkie. »Und los, Leute! Denkt an Joppa!«

Zwölf Priester mit stinkenden Weihrauchfässern tauchten aus dem Dunkel auf und bezogen rund um die Hecktür Position, wobei sie sich mit pumpenden Zirbeldrüsen das Gehirn darüber zermarterten, was, zum Teufel, ›Denkt an Joppa‹ wohl bedeuten könnte. Danach drängten die Männer vom zweiten Abschnitt vor, die eine auf einem großen Schlitten montierte Kirchenglocke hinter sich herzogen.

»Gute Arbeit«, stellte der Monsignore zufrieden fest. »Roter Abschnitt bereithalten – und … *Kerzen!*«

Überall im Innenhof sprangen gewaltige Scheinwerfer an und durchfluteten die alten Steine mit Photonen. Im selben Augenblick fraßen sich die Kettensägen durch die letzten wenigen Millimeter der Hecktür, die schließlich mit einem blechernen Klappern in den Hof fiel. Die Weihrauchfässer flogen durch die Luft und landeten mit untrüglicher Sicherheit im Laderaum des Lastwagens, der im Nu mit stinkenden Rauchschwaden gefüllt war. Die Kirchenglocke dröhnte unnachgiebig los wie an einem Sonntagmorgen um acht Uhr in der Frühe.

»Gut gemacht, Jungs«, lobte O'Rourke seine Männer. »Und jetzt mit dem Buch der Bücher da rein und nichts wie …«

Ihm erstarrten die Lippen. *Verdammt! Verdammter Mist! Irgendwas geht immer schief.*

»Hört mal, Leute«, sagte er so beiläufig wie möglich. »Hat jemand von euch zufällig eine Ersatzbibel dabei?«

Die Lage im Laderaum konnte man durchaus als kritisch bezeichnen. Ehe sich Osiris von den Folgen des unerwarteten Einatmens von Weihrauch wieder erholt und endlich begriffen hatte, was da draußen vor sich ging, war es fast zu spät. *Absolutes Chaos, typisch für diese jungen Bengel,* dachte er kopfschüttelnd. *Aber was soll man schon von einer Generation erwarten, die glaubt, daß sich die Erde um die Sonne dreht?*

Er sammelte seine Truppe zusammen, die mittlerweile auf eine überschaubarere Größe reduziert worden war, da ein Eingreiftrupp von Priestern in Kunststoffsoutanen Kurt Lundqvist mit einem stählernen

Kruzifix außer Gefecht gesetzt und in Windeseile fortgeschafft hatte. Zugegebenermaßen hatte Lundqvist zu helfen versucht; doch war die ohnehin stark eingeschränkte Bewegungsfreiheit im Lkw durch sein Herumrollen auf der Ladefläche, dem unentwegten Abfeuern von Salven und Werfen von Betäubungsgranaten derart reduziert worden, daß seine Nützlichkeit im günstigsten Fall unterm Strich gleich null gewesen war. Natürlich mußte man ihn zu gegebener Zeit wieder zurückholen, doch das war jetzt zweitrangig.

»Carl! Wo ist der Kreuzschlüssel?«

»Das ist doch lächerlich, Ossi«, keuchte Pan, der sich noch immer Weihrauch aus den Augen wischte. »Warum verwandeln wir die nicht einfach alle in Kellerasseln, und damit hat's sich?«

Osiris schüttelte den Kopf. »Du bist wohl auch nicht mehr ganz auf dem laufenden, wie? Seit wir alle die Konvention von Ravenna unterzeichnet haben, geht so was nicht mehr.«

Pan zwinkerte nervös mit den Augen. »Die was?«

»Die Konvention von Ravenna.« Osiris duckte sich, um einem von Hand geworfenen Rosenkranz auszuweichen. »Teil des Übernahmeabkommens, als wir uns zur Ruhe gesetzt haben. Im Grunde steht da drin, daß das Christenpakt uns nach Belieben herumkommandieren kann und wir die Gearschten sind.«

»Du machst Scherze!«

»Meine Idee war das nicht«, fuhr Osiris fort und fing nebenbei ein vorbeifliegendes Weihrauchfaß auf, um es gleich darauf an den Absender zurückzuschicken. »Soweit ich mich erinnere, waren das diese dämlichen römischen Götter, die sich andauernd untereinander stritten und meinten, sie bräuchten nach ihrer Pensionierung eine Art Friedensabkommen, um sich nicht gegenseitig im Fernsehraum die Kehle durchzuschneiden oder Abführmittel ins Müsli zu schütten.« Er seufzte schwer und blickte Pan bedeutungsvoll an.

»Für mich gilt dieses komische Abkommen jedenfalls nicht«, stellte Pan klar. »Ich hab nie was davon gehört und auch ganz bestimmt nie etwas unterschrieben.« Seine Miene hellte sich auf. »Und das heißt, daß ich diese Deppen da vorne verwandeln kann, in was ich will, und mir deshalb auch niemand an den Kragen kann.«

»Dir vielleicht nicht, aber mir!« widersprach Osiris. »Und wenn du denen auch nur ein Haar krümmst, lebe ich nur noch in den Mysterien weiter«, fügte er grimmig hinzu. »Aber vorher verwandle ich dich in den Gott der Fäkalienentsorgung, verstanden?«

»Meinst du das ernst?«

»Sicher. Das ist zwar ein mieser und vor allem dreckiger Job, aber irgendwer muß ihn ja erledigen, findest du nicht?«

»Okay«, seufzte Pan. »Und was machen wir jetzt?«

»Dafür brauche ich ja diesen Kreuzschlüssel. Danke, Carl. Und jetzt reiß mal bitte diese Kartons auf, ja?«

»Kann ich helfen?« Sandra, die die letzten zehn Minuten nach einem Kniekissen-Volltreffer gegen die Schläfe friedlich schlafend verbracht hatte, kroch zum linken Radkasten und kauerte hinter einer Kiste nieder. Sie konnte sich des Gefühls nicht erwehren, daß sie sich in Augenblicken wie diesen – wenn ringsum blutige Schlachten tobten und Männer verzweifelt um das nackte Überleben kämpften – nichts sehnlicher wünschte, als das Strickzeug eingepackt zu haben.

»Das nehme ich doch an, Sandra«, meinte Osiris. »Wann haben Sie das letzte Mal was gegessen?«

Sandra dachte darüber nach. »Auf der Fähre ein paar Kekse und vor ein paar Stunden einen Marsriegel und einen Apfel«, antwortete sie und fügte hinzu: »Ich bin kurz vorm Verhungern.«

»Na prima«, freute sich Osiris, während Carl den ihm am nächsten stehenden Karton mit einem wohlgezielten Schlag des Kreuzschlüssels zu Altpapier verwandelte. »Dann bedienen Sie sich. Es sind genug Backpflaumen für alle da.«

»Vergib mir, Vater, denn ich habe gesündigt.«

Hinter dem Vorhang war ein leises Schnippen zu hören, als sich der Priester eine Lucky Strike anzündete. »Jaja, ist ja gut«, murmelte er gelangweilt. »Dann schieß mal los. Welches belanglose Vergehen stört uns denn heute wieder, hä?«

»Ähm ...« Der reuige Sünder zögerte. »Na ja, ich habe die gestrige Beichte verpaßt.«

»Na und?« Der Priester gähnte. »Dann hast du ja wohl auch nichts zu beichten gehabt, oder? Komm schon, fällt dir nichts Besseres ein?«

»Na ja, ich ...« Es entstand eine Pause, während der Priester einen Lungenzug machte, woraufhin er furchtbar husten mußte. »Ich habe auch gegen Bruder Justinian schlechte Gedanken gehegt.«

»Du hast gegen Bruder Justinian schlechte Gedanken gehegt?«

»Ja.«

»Und das war's?«

»Ähm, ja, das nehme ich doch an.«

»Weißt du was? Typen wie du bringen mich zum Kotzen! Sünden? Du weißt doch gar nicht, was Sünden sind. Dort, wo ich herkomme, brächte man Schlappschwänzen wie dir schnell bei, was es heißt, so richtig zu sündigen.«

»Ähm ...«

»Wo ich herkomme ...« Der Priester hielt inne, hustete kräftig Schleim ab und spie auf seiner Seite des Vorhangs in einen Spucknapf, der daraufhin wie ein Gong dumpf läutete. »Wo ich herkomme«, fuhr er mit krächzender Stimme fort, »da rotzen wir auf alles, was unter einer doppelten Vergewaltigung ist. Und du nervst mich hier mit irgendwelchen schlechten Gedanken, die du gegen jemanden hegst. Wenn ich so was schon höre! Also, zieh Leine.«

Eine Weile herrschte auf der anderen Seite des Vorhangs ratlose Stille; dann sagte der reuige Sünder: »Soll ich drei Ave Maria beten?«

Der Priester schnalzte mit der Zunge. »Hey, allmählich hab ich das Gefühl, du würdest deine Gebete sowieso runterleiern, egal, was ich dir sage. Also tu, was du nicht lassen kannst. Und jetzt ... Jesus, Maria und Josef! Was war denn *das?*«

Als sich die Druckwellen des leichten Erdbebens allmählich legten, riß der Priester den Vorhang des Beichtstuhls auf und rannte in Richtung der vermuteten Lärmquelle, wobei er im ganzen Kreuzgang Popcorn verstreute.

Etwa eine halbe Minute später bog er um die Ecke zum kleinen Innenhof, rannte durch den Lieferanteneingang und blieb wie angewurzelt stehen, als wäre er gegen eine durchsichtige Wand gelaufen.

»Ach, du heiliger Bimbam!« keuchte er außer Atem, wenngleich nicht ganz ohne Genugtuung.

In einem unheimlichen blauglühenden Leuchtfeuer und gleißendhellen Lichtschwaden sah er mitten im Hof einen Lastwagen stehen, der von Mönchen umgeben war, die hinter allem Schutz suchten, was sich ihnen bot. Hinten aus dem Wagen sprühten unaufhörlich farbenfrohe Funken und grelle Blitze, die im Zickzack laut knisternd durch den Hof schossen, bevor sie sich an der Karosserie des Lkws wieder entluden. Die Mönche erwiderten das Feuer mit dem Werfen von qualmenden Weihrauchfässern, angezündeten Kerzen und Sakristeiglocken. Zwei eher weltlich aussehende Gestalten auf einem angrenzenden Balkon ballerten mit Automatikpistolen in den Lkw, wenngleich ohne sichtbare Wirkung. Über dem ganzen Schauplatz lag ein strenger Geruch von Heiligkeit und Schwefel; und trotz des schier unglaublichen Lärms der verschiedenen

Knall- und Scheppergeräusche waren aus dem Lastwageninnern die schmatzenden Geräusche kauender Kiefer zu hören, die nur hin und wieder durch herzhaftes Rülpsen unterbrochen wurden.

»Siehst du, das hier ist die Realität«, flüsterte der Priester, als der reuige Sünder angelaufen kam und sich neben ihn hockte. »Sicher, bei uns zu Hause geht man auch nicht ohne Tränengasdose und Messer vor die Sakristeitür, aber das hier ist noch was ganz anderes, verstehst du?« Er lachte vor Vergnügen. »Mann, o Mann! Das ist ja besser als *Ghostbusters.*«

Unter dem Schutz von drei Augustiner-Chorherren mit Plexiglasschilden rollten zwei Mönche einen Einkaufswagen heran, in der die größte Bibel lag, die dem reuigen Sünder jemals zu Augen gekommen war. Ein besonders farbenprächtiger Blitz zischte durch die Luft, schlug gegen einen Schild und löste es in grüne und orangefarbene Schlackeklumpen auf. Zwei Mönche kamen herbeigeeilt und löschten die Flammen.

»Hilfstrupp!« krächzte es aus einem Megaphon. »Sofort den Weihwasserwerfer einsetzen! Macht schon, Jungs, Bewegung!«

Eine Abordnung Mönche tauchte ins Dunkel ab und kehrte mit einem der päpstlichen Gabelstapler von der Laderampe zurück (hellgelb gestrichen und an beiden Seiten mit der Inschrift *In hic signo vinces* verziert). Auf den Gabelauslegern stand ein gewaltiger Apparat – ähnlich einem übergroßen Feuerlöscher –, von dem ein fast hundert Meter langer schwarzer Gummischlauch ausgerollt wurde. Zwei der Mönche brachten es fertig, sich mit den Füßen darin zu verheddern, und fielen hin. Ein fliederfarbenes Funkeln sprühte anmutig durch die Luft und landete in hohem Bogen auf dem Dach des Gabelstaplers, der prompt unter einem netzhautverätzenden Farbenschauer verschwand.

»Kommt schon, Jungs, nicht so schludrig!« krächzte

es aus dem Megaphon. »Blaue Sektion, Deckung geben! Lila Sektion, das Buch einsetzen!«

Unter dem Schutz riesiger Asbestschirme und mit Schreien wie »Vorwärts«, »Huuu-raaah!« und »Gesegnet sei der Name der heiligen Theresia von Ávila, deren Festtag heute ist« rollten einige Mönche den Einkaufswagen vorwärts. Überall läuteten Sakristeiglocken und flackerten Kerzen. Wie der Priester gegenüber dem reuigen Sünder bemerkte, erinnere ihn das alles stark an diese dämlichen Zeremonien am Septuagesima-Sonntag.

Im Lkw war die Atmosphäre nicht nur angespannt, sondern wegen des aus den fliegenden Fässern entweichenden Weihrauchs natürlich auch dicht wie Rahmkäse. Pan, der sich ein Taschentuch vors Gesicht hielt und hinter einer Barrikade aus zerschlagenen Kisten einigermaßen Deckung gefunden hatte, schoß unaufhörlich farbige Blitze aus den Fingerspitzen und mußte gleichzeitig den fliegenden Sakristeiglocken ausweichen. Hinter ihm kauerten sich Osiris, Sandra und Carl um einen Haufen leerer Dosen zusammen und kauten mit grimmiger Miene.

»Das war's«, stöhnte Sandra mit vollem Mund. »Tut mir leid, ich krieg nichts mehr runter. Den Rest müßt ihr ohne mich schaffen.«

Osiris schwieg – sein Mund war derart vollgestopft, daß er nicht einmal mehr die Lippen zusammenbekam –, und anstatt zu antworten, nahm er eine Dose, öffnete den Deckel mit dem Daumennagel und hielt sie Sandra entgegen. Nach kurzem Zögern nahm sie ihm die Dose ab.

Sie aßen Backpflaumen.

Und die Steine spuckten sie natürlich in eine offene Kiste, die schon zu drei Viertel voll war. Die Ladefläche war mittlerweile bis zu einer Höhe von einem halben Meter mit Dosen übersät und überall floß klebriger Sirup.

»Seid ihr Spaßvögel bald soweit?« brüllte Pan nach hinten. »Lange halte ich das nicht mehr durch.«

»Kesselflicker, Schneider, Soldat ...«

»Halt noch etwas durch«, nuschelte Osiris mit vollem Mund. »Ein paar Dutzend Dosen noch, und wir haben's geschafft ...«

»... Seemann, reicher Mann, armer Mann ...«

Osiris drehte sich nach hinten um und blickte Carl verdutzt an. »Was machen Sie da eigentlich, häh?«

»... Bettler.« Carl blickte auf. »Ich esse Backpflaumen, wie Sie's gesagt haben. Dieb, Einbrecher ...«

»Ja, das mag ja sein, aber was soll dieses ganze Seemann-und-Bettler-Gequatsche? Drehen Sie allmählich durch?«

»So was sagt man aber, wenn man Backpflaumen ißt.«

»Ach ja? Und warum?«

»Weiß nicht.« Carl dachte mit kauendem Mund kurz darüber. »Das soll einem Glück bringen.«

»Im Ernst?«

»Ja, ich glaube, angeblich soll das so sein.«

Osiris dachte darüber nach. »Na ja, schaden kann's ja vermutlich nicht. Wirtschaftsprüfer, Steuerfahnder, Physiker ...« Er hielt inne, spuckte ein paar Steine in die Kiste und wischte sich den aus den Mundwinkeln strömenden Saft vom Kinn. »Berufsberater, Systemkoordinator ...«

»Schade, daß keine Vanillesoße da ist«, merkte Sandra an. »Meine Mutter bereitet Backpflaumen immer mit Unmengen heißer Vanillesoße zu, und das schmeckt viel ...«

»Computersoftwareentwickler, Managerseminarleiter ... so, das muß reichen.« Osiris spuckte die letzten paar Steine aus, holte tief Atem und zog die volle Kiste zu sich heran. »Alles klar. So, folgendes werden wir ...«

»Bauarbeiter, Milchmann, Postbote, Buchmacher ...«

»Folgendes werden wir jetzt tun ...«

Es war den Mönchen schließlich gelungen, den Einkaufswagen mit der Bibel direkt bis zur Hecktür des Lkws zu schieben, wenngleich nur unter schweren Verlusten: Von oben bis unten in hellblaues Feuer gekleidet und leise vor sich hin singend, irrten sieben von ihnen ziellos im Hof herum. Zwölf weitere besorgniserregend glühende Mönche lagen mit dem Rücken auf den Steinplatten und kicherten dämlich grinsend den Mond an.

»Das macht ihr prima, Jungs«, krächzte es aus dem Megaphon. »Alles hört auf mein Kommando! Bibel öffnen!«

Und dann gab es einen fürchterlichen Moment, als sich der ganze Hof mit hellgrünem Leuchtfeuer zu füllen schien, während haufenweise Pflaumenkerne aus dem Lastwagen flogen. Sekundenbruchteile später schlugen sie auf den Steinplatten auf, prallten ab, zerstreuten sich und blieben schließlich liegen.

Ein Mönch, der vor etwa einer Woche zum Reinigungsdienst abkommandiert worden war, weil er dem Oberkommandanten einen gefüllten Abendmahlskelch auf die Füße hatte fallen lassen, starrte verzweifelt auf die überall verstreuten Kerne. *Scheißtouristen!* dachte er. *Was glauben die eigentlich, wer das alles wieder zusammenfegen soll?*

Knack!

Ein Pflaumenkern, der zufällig in einer seichten sprudelndblauen Lichtpfütze gelandet war, zuckte heftig. An einer Seite preßte sich ein winziger grüner Keimling heraus, tastete sich an einer Ranke vor und nahm schließlich Kontakt mit dem Boden auf. Wenig später sollte er nicht mehr allein sein.

»Kommt schon!« feuerte Osiris aufgeregt die Pflaumenkerne an. »Was, zum Teufel, hält euch noch zurück?«

Von nun an geschah alles in Sekundenbruchteilen. Es

ertönte eine Salve aufknackender Pflaumenkerne, der ein unangenehmer Geruch folgte …

… und plötzlich sprossen aus allen Kernen Keimlinge. Wie entsetzlich unter Rheumatismus leidende Finger klopften ihre Ranken einige Male gegen die Steinplatten, kratzten an der Oberfläche und stießen Pfahlwurzeln durch die rissigen Stellen hindurch und tief ins Erdreich hinein. Die Bäume wuchsen immer höher.

Als alle sieben Meter hoch waren, klopfte Osiris Carl auf die Schulter …

(»Bauer, Maler, Dekorateur, Handwerker, ähm …«)

… und schrie ihm etwas ins Ohr. Carl nickte, packte Sandras Hand, zog seine Freundin hinter sich her und sprang in den …

… richtig, in den Wald hinein.

Denn ›Wald‹ war mittlerweile der einzig treffende Ausdruck dafür. Sicherlich bestand er lediglich aus Pflaumenbäumen (*Prunus domestica*) und bedeckte im Grunde keine sehr große Fläche, doch zweifellos handelte es sich um einen Wald. Was ihm in der waagerechten Achse fehlte, wurde durch die wolkenkratzerähnlichen Dimensionen in der Vertikalen in jeder Hinsicht kompensiert.

»Hervorragend! Es scheint zu funktionieren«, stellte Osiris erleichtert fest. Sein Gesicht war grün angelaufen, und er mußte vom vielen Pflaumenessen noch immer fortwährend schlucken. »So, und jetzt nichts wie raus hier.«

Der Wald – genauer gesagt: der heilige Hain – war noch immer eifrig am Wachsen. Ein Eingreiftrupp der Mönche, der versucht hatte, sich durch die Beifahrertür in den Lkw hineinzuschleichen, wurde plötzlich von lederartigen Zweigen ergriffen, heftig durchgeschüttelt und in die Mitte des Hofs zurückgeworfen. Wetten, auf wessen Seite der Wald stand, wurden nicht angenommen.

»Das ist eben das Problem in dieser Branche«, bemerkte einer der beiden Ärzte gegenüber seinem Kollegen, während sie den rings um sie explosionsartig aufblühenden Pfaumenwald beobachteten. »Manchmal sieht man den Wald vor lauter Bäumen nicht mehr …«

Der Rest des Satzes wurde durch lautstark zerberstendes Mauerwerk übertönt. Eine Handvoll Pflaumenkerne war zufällig durch ein offenes Fenster hindurchgeflogen, und in den Wänden zeigten sich jetzt riesige Risse und Löcher, aus denen pflaumenbeladene Äste ragten. Ein Einsatzkommando der Mönche holte mit elektrischen Heckenscheren und Asthippen zu einem verzweifelten Gegenschlag aus, um die eiserne Reserve an Kerzen im Paraffinlager zu retten.

Es gab einen Knall, als würde jemand wütend ein Fenster öffnen. Monsignore O'Rourke, der gerade weit ausholte, um ein Meßgewand zu werfen, verharrte mitten in der Bewegung und blickte hinauf. Im Fensterrahmen sah er die Silhouette einer ihm nur allzu vertrauten Person, die einen purpurfarbenen Seidenpyjama trug.

»He, ihr da unten!« rief die Gestalt am Fenster. »Macht nicht so einen Lärm! Hier oben gibt es Leute, die schlafen wollen.«

»Ja, ich hab verstanden«, murmelte Osiris. »Wie mir scheint, ist das mit dem Zeitpunkt eine gute Idee.«

»Ach ja?« Pan blickte ihn stirnrunzelnd an. »Also hat es einen Zeitpunkt gegeben, an dem du es für eine famose Idee gehalten hast, uns mit einem undurchdringlichen Hain übernatürlicher Pflaumenbäume zu umgeben, ja? Na prima. Hast du vielleicht noch ein paar ähnlich geniale Einfälle, wie wir hier rauskommen sollen?«

»Hör mal, ich hab gesagt …«

Pan, der die einzigartige Gelegenheit bis zur Gänze

auskostete, endlich einmal jemandem die Meinung sagen zu können, anstatt die Meinung gesagt zu bekommen, fuhr fort: »Und bestimmt kannst du alte Intelligenzbestie uns auch einen Vorschlag machen, wie wir an diesen bekloppten Mönchen und Priestern vorbeikommen sollen, falls es uns jemals gelingen sollte, aus diesem Scheißlaster überhaupt rauszukommen. Oder wolltest du uns unsere spontane Begeisterung über diesen Urwald lieber nicht verderben?«

Osiris sah Pan mürrisch an. »Das reicht, Pan! Ich laß mich von dir nicht so anpflaumen, und es gib überhaupt keinen Grund, sich darüber lustig zu machen. Wir müssen lediglich ein bißchen unseren Verstand anstrengen, das ist alles.«

»Vielleicht langweilen die sich ja irgendwann und ziehen einfach wieder ab«, gab Sandra zum besten.

Pan prustete verächtlich. »Aha, demnach glauben Sie allen Ernstes, daß die irgendwann friedlich davonzockeln, um sich einen faulen Lenz oder was weiß ich zu machen? Ich meine, man kann ja nie wissen, nicht wahr? Vielleicht fällt denen ja auch der Himmel auf den Kopf. Oder aber«, fuhr er unnachgiebig fort, solange ihm diesbezüglich noch etwas einfiel, »die Götter eilen uns zur Hilfe und retten uns. Na, Sie wissen schon, die *Deus-ex-machina*-Masche und dieser ganze Quatsch. Oder wir ...«

»Jetzt beruhig dich endlich mal!« unterbrach ihn Osiris in scharfem Ton. »Uns steht der Sirup sowieso schon bis zum Hals, und da brauchst du nicht auch noch deinen kranken Phantasien freien Lauf zu lassen.«

»Meinen kranken Phantasien?«

Osiris wollte gerade zu einer Moralpredigt über die Lächerlichkeit drittklassiger Ironie ansetzen, als sich urplötzlich der Himmel verdunkelte, die Erde zu beben begann, und ein heftiger Donner sein Gebiß zum Vibrieren brachte. Er schaute nach oben.

»Nein, wir werden *nicht* abstürzen«, gab Odin unwirsch zurück. »Ich habe die Gegenmuttern selbst nachgezogen, alles ist völlig unter …«

Der Motor versagte den Dienst.

Außer dem Todesröcheln des Motors, der sich in den letzten Zügen befand und bei dem sich nur noch ein Schwungrad oder irgendein anderes mechanisches Teil mitdrehte, herrschte absolute Stille. Einige von den reiferen Pflaumen fielen von den Bäumen.

»… Kontrolle.«

»Wir scheinen in irgendeinem Wald gelandet zu sein«, merkte Freyr spitzfindig an, während er sich von abgebrochenen Zweigen und Ästen befreite. »Merkwürdig …«

»Das kann man wohl sagen.«

»Ein Wald mitten im Zentrum von Droitwich.«

Odin steckte den Kopf aus dem Führerstand. Er war von oben bis unten mit Öl beschmiert, und die Brille hing ihm schief auf der Nase. »Wahrscheinlich eine Grünanlage oder irgend so ein Vergnügungspark«, meinte er. »Kletter doch mal den Baum da rauf, Freyr, und schau nach, ob du so was wie einen Kiosk oder einen Musikpavillon entdeckst, damit wir was zur Orientierung haben.«

»Muß ich das wirklich?« Freyr blickte ihn betroffen an. »Komm schon, Odin, du weißt doch, daß ich Höhenangst habe. Mir wird schon schwindlig, wenn ich auf den Zehenspitzen stehe. Kann da nicht jemand anders hochklettern?«

»Schon gut«, grummelte Thor. Er kniete nieder, stopfte sich die Socken in die Stiefel und bemächtigte sich des nächstgelegenen Baums. »Ich klettere jetzt hoch«, verkündete er. »Falls ich nicht in einer halbe Stunde zurück sein sollte, macht euch gefälligst auf die Suche nach mir, okay?«

»Okay. Ach, und Thor …«

»Ja?«

»Bevor du gehst …«

»Ja?«

»… solltest du eine von den Pflaumen probieren, die schmecken wirklich prima.«

Mit grimmiger Miene begann Thor und kletterte den Baum hinauf. Odin durchsuchte unterdessen den Atlas nach Stadtplänen. Freyr hatte eine fast zweidimensionale Banane gefunden, die er genüßlich verspeiste.

Nach einem nur wenig eleganten Aufstieg – der Baum war eher dazu geeignet, den ästhetischen Bedürfnissen des Gartenbauamts als göttlichen Kletterpartien zu entsprechen – erreichte Thor den Wipfel. Er ruhte sich für einen Moment aus, schirmte schließlich die Augen mit der Hand ab und spähte hinaus. Und sah …

»He, ihr beiden!«

»Was ist denn?«

»Ihr erratet nie, was ich von hier oben aus sehe.«

»Was denn?«

»Ich sage doch, ihr erratet es nie.«

»Das wollte ich auch gar nicht!« rief Freyr, den Mund voll klebrigem Bananenmus, zurück. »Willst du es uns nun verraten, oder müssen wir erst auf die Veröffentlichung deiner Briefe und Tagebücher warten?«

»Ich glaube, wir sind tatsächlich mitten im Vatikan gelandet«, rückte Thor endlich mit der Wahrheit raus.

Freyr spähte zwischen den Ästen hindurch nach oben. »Nee, das kann nicht sein. Ich hab nämlich mal ein Buch über den Vatikan gelesen, und demnach ist die ganze Inneneinrichtung völlig anders. Zum Beispiel ist das da ganz oben nicht die richtige Decke.«

»Mag ja sein, aber …«

»Die Decke im Vatikan ist irgendwie viel weiter und mit Bildern verziert. Von einer himmelblauen Decke mit kleinen weißen Flecken stand da nichts drin.«

»Hör mal, ich …«

»Die Decke des Vatikans ist sehr berühmt«, fuhr

Freyr munter fort. »Zum Beispiel gibt es dieses wirklich sehr bekannte Bild von den beiden Elektrikern, die irgendwo Stromkabel angeschlossen und wohl falsch geerdet haben, denn als der eine Typ dem anderen was rüberreichen will – wahrscheinlich einen Schraubenzieher oder eine Blechschere –, da sprühen dem anderen Typen überall Funken den Arm rauf und runter. Wahrscheinlich handelt es sich um eins von diesen Infoplakaten wie ›Mehr Sicherheit am Arbeitsplatz‹ oder so.«

»Ich wollte damit auch nur sagen, daß wir uns auf dem Vatikangelände und nicht in irgendeinem der Gebäude befinden«, stellte Thor geduldig klar.

»Und wie kommst du darauf?«

»Göttliche Eingebung.«

»Ach so.« Freyr faltete die Bananenschale ordentlich zusammen und entsorgte sie mit einem eleganten Wurf über die Schulter. »Sind da auch irgendwelche Leute zu sehen?«

»Ach, interessiert dich das wirklich?« fragte Thor zurück. »Na gut, da ist ganz schön was los. Und wißt ihr was? Es wimmelt da unten nur so von Priestern und Mönchen.«

Am Fuß des Baums fand eine kurze Beratung statt.

»Dann frag sie mal, ob die uns einen Schweißbrenner leihen können!« rief Freyr.

Einer der wenigen noch verbliebenen Vorteile im Leben eines Gottes besteht darin, daß man keine Probleme damit hat, an Wunder zu glauben, sagte sich Pan, während er Osiris' Rollstuhl im Höllentempo durch die dunklen Seitenstraßen Roms schob. *Zum Beispiel sind wir eben noch alle von Bäumen und Mönchen umzingelt gewesen, ohne eine Chance zu haben, da rauszukommen, und im nächsten Augenblick materialisiert am Himmel so etwas wie eine Mischung aus Traktor, Lokomotive und Festwagen. Das Ding stürzt ab, schlägt dabei eine Lücke in die Außenmauer, pflügt durch die Pflaumenbäume hindurch und landet direkt auf dem Dach des Lasters. Also können wir ganz locker entkommen, während die Priester und Mönche hysterische Anfälle bekommen und in ernsthafte Glaubenskrisen gestürzt werden. Welcher Sterbliche kann da schon mithalten? Für uns Götter ist so was im Grunde doch alles nur ein Klacks.*

»Hast du eine Ahnung, wo wir sind?«

»Nein, ich bin schon seit ewigen Zeiten nicht mehr in Rom gewesen«, entgegnete Pan. »Ich kann mich sogar noch gut daran erinnern, daß ich beim letzten Mal zugesehen habe, wie die Christen den Hamstern vorgeworfen wurden.«

»Du meinst Löwen.«

»Nein, Hamstern«, beharrte Pan. »Das war an einem Mittwoch, du weißt schon, Familientag. Weißt du eigentlich, ob wir verfolgt werden?«

Osiris blickte über die Schulter zurück. »Ich glaube nicht, aber wir sollten es lieber nicht drauf ankommen lassen. Trotzdem kannst du ja mal kurz das Tempo drosseln, damit uns die Sterblichen einholen können.«

»Hast du eigentlich eine Ahnung, was für eine komische Maschine das war, die da vom Himmel gefallen ist?«

»Ich nehme an, das war so ein *Deus ex machina.*«

»Phantastische Maschinen. Ich hab mich schon immer gefragt, wie diese Dinger funktionieren. Verdammt praktisch, wie das Gerät so aus dem Nichts aufgetaucht ist.«

»Vielleicht wollte es das Schicksal so.«

»Ich dachte immer, als Götter kriegen wir vom Schicksal nichts ab«, wandte Pan ein.

»Möglicherweise galt das ja nicht uns, sondern den Sterblichen. Außerdem, was soll's? Laß es uns einfach hinnehmen und dankbar dafür sein, findest du nicht?«

»Willst du damit sagen, wir sollten uns lieber unserem Schicksal fügen?« hakte Pan nach.

Osiris seufzte. Er war erschöpft, frustriert, verwirrt

und bis zum Erbrechen mit Backpflaumen gefüllt. Wahrscheinlich war es von Vorteil, daß seine Gemahlin Isis einst den größten Teil seiner Bauchspeicheldrüse falsch verlegt hatte, weil er sich sonst womöglich noch mieser gefühlt hätte.

»Jedenfalls haben wir Lundqvist verloren«, stellte er fest.

Pan zuckte die Achseln. »Wo gehobelt wird, da fallen Späne. Trotzdem nehme ich an, daß er auch ohne uns zurechtkommt. Immerhin ist er ein professioneller Killer, und die anderen sind nur ein Haufen Mönche und Priester. Der wird sich schon zu wehren wissen, wie ich ihn kenne.«

»Ach, demnach kennst du ihn von früher?«

Pan nickte. »Ja, das ist aber etwas länger her. Ich hatte damals in Thessalien zu tun. Er war auch da, um irgendeinen Job zu erledigen. Keine sehr angenehme Gesellschaft, wenn man zwar weiß, daß er bei der Arbeit ist, aber nicht genau weiß, wer sein Opfer ist. Ich war damals sehr erleichtert, als ich hörte, daß es sich nicht um mich drehte.«

»Bist du dir sicher?«

Pan nickte entschieden. »Und ob. Es ging um irgendeinen einheimischen Fruchtbarkeitsgeist, den sie loswerden wollten. Du weißt schon, eine von diesen götzenartigen Halbjahreskräften, die jeden Winter sterben müssen, damit das Korn reifen kann und die Ernte gut ausfällt.«

»Und Lundqvist war da, um den Geist umzubringen?«

Pan nickte. »Damals war er auf solche Sachen spezialisiert, und sein Werbeslogan hieß: ›Wer wird denn gleich die Flinte ins Korn werfen? Es gibt doch Kurt Lundqvist.‹«

»Auch ein blindes Huhn findet mal ein Korn«, merkte Osiris an. »Ach, da sind ja auch die anderen. Beeilen Sie sich! Wir beide hier mögen zwar unsterblich sein, trotzdem haben wir nicht den ganzen Tag lang Zeit.«

Sandra und Carl kamen mit knallrotem Kopf und völlig außer Atem um die Ecke gerannt; die Folge zu großer Anstrengung auf vollen Magen, folgerte Pan.

»Sind Sie verfolgt worden?« wollte Osiris wissen.

»Ich ...«, keuchte Sandra, holte tief Atem, und fuhr fort: »... glaube nicht. Allerdings habe ich mich auch schon lange nicht mehr umgesehen, konnte aber auch nichts hören.«

»Machen Ihnen die Backpflaumen zu schaffen?« erkundigte sich Pan mitfühlend.

Sandra nickte. »Ohne Vanillesoße mag ich die einfach nicht so gern.«

Aus unerfindlichem Grund wurde Osiris durch die Erwähnung von Vanillesoße furchtbar unruhig. »Alles klar, es wird Zeit, daß wir hier wegkommen. Los, Pan, weiter geht's!«

»Und wohin?«

»Woher soll ich das denn wissen? Du bist doch ein Gott, also ergreif die Initiative.«

Er hatte kaum zu Ende gesprochen, als sie alle von weitem merkwürdige Geräusche hörten: das Blasen von Pfeifen und das schwache Flüstern von offenbar einer ganzen Menge Männern, die völlig außer Atem den 23. Psalm vor sich hin murmelten.

»Hier entlang!« entschied Pan. Er stemmte sich gegen Osiris Rollstuhl und lief derartig schnell los, daß die beiden Sterblichen große Mühe hatten, ihnen zu folgen.

Wie bereits erwähnt, ist die Kunst, möglichst komplizierte Weg zu laufen, und das unter dem Vorwand, eine Abkürzung zu kennen, ein wesentlicher Bestandteil des Handwerks, Verwirrung zu stiften, und dementsprechend raste Pan durch einen schier undurchdringlichen Irrgarten enger Gassen. Zu dem Zeitpunkt, als die Sterblichen völlig erschöpft vor einer Ladenpassage zusammensackten und verkündeten, keinen Schritt mehr gehen zu können, war es fast hell. Einige Händler rollten bereits die Jalousien hoch, um die ersten Kunden auf dem Weg zur Arbeit abzufangen. In eins dieser Geschäfte ging auch Pan voran.

Der kleine Laden entpuppte sich als einer dieser typischen altmodischen Friseursalons mit abgenutzten Stühlen und trüben Spiegeln. Drinnen wurden sie von einem kleinen Mann mit Glatze, buschigen Augenbrauen und einer von Leberflecken übersäten Gesichtshaut begrüßt. Als Pan den Mann sah, geriet er sofort ins Stutzen.

»Buon giorno, signori, signorina«, trillerte der Friseur und zeigte mit einer geübten eleganten Handbewegung auf die Stühle. »Per favore, si sedrai qui. Che bella giornata … Porco dio! Himmel, Arsch und Zwirn! Das bist ja du, Pan!«

Pan grinste verlegen. »Grüß dich, Miffy. Einen schönen Laden hast du hier.«

Der Friseur zog seine dichten Augenbrauen wie Vorhänge zusammen. »Gitonoutavityabastard«, fauchte er wütend. »Wie kannst du es wagen, hier einfach hereingetanzt zu kommen, nachdem du …?«

»Worum geht's denn überhaupt?« wollte Osiris wissen.

Der Friseur blickte Osiris mit finsterer Miene an, nahm den Rollstuhl zum ersten Mal bewußter wahr und schlug mit sichtbarer Anstrengung einen etwas gemäßigteren Ton an. »Hör mal, Kumpel, du kannst deinem Freund hier sagen, er soll sofort Leine ziehen, weil ich sonst eine Schlinge daraus mache und sie ihm um den Hals lege, klar? Wenn er nicht bis drei hier raus ist, dann …«

Osiris zog die Augenbrauen hoch. »Demnach kennt ihr beiden euch?«

Der Friseur lachte hysterisch.

Pan, der sich gleich zu Anfang des Meinungsaustauschs hinter den Rollstuhl zurückgezogen hatte, nickte. »Wir kennen uns schon lange«, grummelte er verlegen. »Das ist Miffy – Entschuldigung, Mithras, Gott des Morgengrauens. Er ist ein Sonnengott.«

»War!« stellte Miffy mit Nachdruck klar. »Er war ein Sonnengott! Vor fünfzehnhundert Jahren hab ich den Job geschmissen. Und red gefälligst nicht so laut, ja? Deine Stimme geht mir nämlich auf den Senkel.«

Von draußen hörte Osiris das Trampeln von Sandalen und das merkwürdige Scheppern rollender Weihrauchfässer. »Hör mal, Miffy, wir sind auch Götter. Ich bin Osiris und mußte mich in Ägypten und im nördlichen Nubien hin und wieder auch um die Sonne kümmern, wenn mein Sohn mal wieder was anderes vorhatte. Wir stecken ein wenig in der Tinte und wüßten es sehr zu schätzen, wenn wir uns bei dir irgendwo verstecken könnten. Geht das?«

Mithras rieb sich verwundert die Augen und musterte Osiris von oben bis unten. »Du willst Osiris sein?«

»Ja.«

»Mann, o Mann!« staunte der Friseur mit einem leisen Lachen. »Ich habe dich als so einen großen Kerl mit einem Brustkasten wie Arnold Schwarzenegger und einem Kinn wie Kirk Douglas in Erinnerung.«

»Das ist zweitausend Jahre her«, seufzte Osiris und fügte verbittert hinzu: »Seither hab ich mich wohl ein bißchen gehenlassen.«

»Ich kannte deinen Sohn ganz gut. Horace oder so hieß der, stimmt's«

»Nein, Horus.«

»Richtig, Horus. So ein großer schlaksiger Typ mit dem Kopf eines Falken, richtig?«

»Ja, das ist er.«

Der Friseur dachte eine Weile darüber nach, welche Haltung er einnehmen sollte, und rang sich schließlich schweren Herzens zu einem Entschluß durch. »Also gut. Einfach immer geradeaus. Ihr könnt euch hinten im Lager verstecken. Aber sobald ihr die Leute los seid, die euch verfolgen, werde ich ihm den Kopf abreißen.«

»Nichts dagegen einzuwenden«, meinte Osiris. »Dort entlang?«

Es gab mal eine Zeit, da waren die Verliese des Vatikans die modernsten in ganz Europa und übten eine ungeheure Anziehungskraft auf fast die gesamte kosmopolitische Elite aus; und der Posten des Hauptgefängniswärters galt als das Nonplusultra im Strafvollzug. Heutzutage sind die meisten Zellen in Büros für niedere Beamte oder in Lagerräume für Akten umgewandelt worden; und der Posten des Hauptgefängniswärters ist längst mit solch verantwortungsvollen Aufgaben wie denen eines stellvertretenden Parterrehausmeister oder eines päpstlichen Abflußrohrreinigers verschmolzen worden.

Dennoch ist und bleibt der Vatikan mit Stolz eine konservative und der Tradition verpflichtete Institution; deshalb steht jederzeit ein korrektes, altmodisches und echtes Verlies mit eigenem Fachgefängniswärter und hervorragend angepaßten Ratten bereit, falls einmal ein wirklich wichtiger Ketzer aus einem im Grunde heiteren Himmel auftauchen sollte. Sicher, wegen der Gesundheits- und Sicherheitsvorschriften müssen die Ratten in einem Käfig gehalten und von einem voll ausgebildeten und beglaubigten Rattensachverständigen gemäß den EG-Richtlinien regelmäßig gefüttert und getränkt werden; aber es ist allein der gut Wille, der zählt.

»Eine eindeutige Überreaktion, wenn du mich fragst«, stellte Odin zum fünftenmal hintereinander fest. »Zugegeben, wir haben deren Grundstück unbefugt betreten und vielleicht versehentlich ein paar Mauern und einige Bäume beschädigt, aber selbst dann.« Er machte ein mürrisches Gesicht und fügte empört hinzu: »In Accrington wäre uns das nicht passiert.«

»Puttiputtiputtiputti ... ja, wo ist denn unser kleines,

süßes, schnuckeliges Rättchen?« tirilierte Freyr in einer Ecke des Verlieses. »Puttiputtiputtiputti ... ach, wer hat denn die süßesten kleinen Pfötchen auf der ganzen Welt?«

»Du konntest mir immer noch nicht erklären, warum wir denen nicht einfach die Scheiße aus den Rippen prügeln und hier abhauen«, beklagte sich Thor. »Menschenskinder, wir sind Götter, Odin!«

»Eben drum.«

»Was soll das denn schon wieder heißen, hä?« fauchte Thor, der gebückt im Fluchttunnel stand, den er gleich nach ihrer unfreiwilligen Ankunft im Verlies zu graben begonnen hatte. Der Tunnel war bereits schulterhoch, obwohl sie erst seit zwanzig Minuten hier waren und ihm lediglich ein halb zerbrochener Porzellanbecher und eine Zahnbürste als Werkzeug zur Verfügung standen. »Eines Tages wirst du noch aufwachen, Odin, und feststellen, daß der Gerichtsvollzieher längst dein Gehirn gepfändet hat.«

»Na ja, eben weil wir Götter sind«, ließ sich Odin schließlich zu einer Erklärung herab. »Der Vatikan fällt nun mal in den Zuständigkeitsbereich des Christentums, und wir haben hier nichts zu suchen. Wenn wir Schwierigkeiten verursachen, könnte das zu einem ernsthaften theologischen Konflikt führen.«

»Nicht, wenn wir die nur etwas versohlen. Nur soviel, daß wir fliehen können, plus ein paar Tritte in den Arsch fürs Lebewohl. Ich glaube nicht einmal, daß das jemandem auffallen auffiele.«

»Puttiputtiputti ... na, willst du süßes kleines Schnuckelchen nicht etwas Kokosnußeis naschen? Mmmmmm ... lecker, lecker, lecker ... nein? Willst du wirklich nicht ...?«

»Freyr, könntest du bitte mal damit aufhören, mit diesem widerlichen Nagetier zu reden?«

»Ach ja? Und mit wem soll ich mich hier dann wenigstens einigermaßen intelligent unterhalten?«

»Mal im Ernst, da stünde uns wirklich ein theologischer Konflikt ins Haus«, fuhr Odin fort. »Was wiederum bedeutet, daß der Papst – oder wie der sich auch immer nennt – einen gepfefferten Brief an die Henderson schreiben würde. Und das heißt, daß wir ...«

»Schon gut«, unterbrach ihn Thor, »ich hab verstanden. Hätte ich doch bloß von vornherein nicht auf dich gehört.«

»Na prima, ausgerechnet du mußt mir das sagen. Du hast die ganze Zeit gewußt, daß wir in Rom sind. Warum hast du uns das nicht gleich gesagt?«

Thor prustete abfällig und machte sich wieder daran, den Tunnel zu graben. Als Gott (und Götter sind allwissend) hatte er bereits exakt berechnet, daß der Tunnel, wenn er den eingeschlagenen Kurs noch sechshundertfünfzig Meter beibehielt, direkt in die Wäscherei führen würde. Dort könnten sie sich Bettlaken überwerfen und sich als Geister verkleiden.

»Ach, hat übrigens einer von euch eine Ahnung«, setzte Freyr zu einer Frage an, wobei er sich zwischendurch bei seinem neuen Freund erkundigte, wer denn wohl das niedlichste, schnuddeligste und putzigste Schnäuzchen auf der ganzen Welt habe, »wer der Typ da ist?« Er nickte mit dem Kopf in Richtung der zusammengesunkenen Gestalt neben der Zellentür. »Wer immer das auch sein mag, es sieht ganz so aus, als sei er gehörig in die Mangel genommen worden.«

»Keine Ahnung«, murmelte Thor. »Ich glaube, der war schon vor uns hier. Weck ihn doch auf, wenn du willst.«

»Na gut, wenn du meinst.« Freyr kroch zu dem am Boden liegenden Mann hinüber, zog an einem Ohr und drehte daran.

»Aua!« schrie Kurt Lundqvist erschrocken auf. »Hä? Wo bin ich ...?«

Freyr lächelte ihn beruhigend an. »Genau wissen wir

das auch nicht, aber wahrscheinlich im Vatikan. Ich bin übrigens Freyr, und der dahinten ist Thor und der da Odin.«

»Angenehm, Kurt Lundqvist. Was mache ich hier überhaupt?«

»Woher soll ich das wissen? Wenngleich ich es im Grunde wissen müßte, weil ich rein theoretisch allwissend bin«, räumte Freyr ein. »Eigentlich hätten wir regelmäßig zur Nachschulung gehen müssen, aber wir haben uns nie darum gekümmert.«

Lundqvist sah sich die drei genauer an. »Demnach seid ihr Götter, richtig?«

»Der Kandidat hat tausend Punkte«, lobte ihn Freyr. »Natürlich haben wir uns längst zur Ruhe gesetzt. Und was ist mit dir?«

Lundqvist dachte nach. Wie bereits erwähnt, war er im Grunde ein sehr religiöses Wesen – in seiner Branche mußte man das sein. Für einen Berufskiller von übernatürlichem Wesen war Atheismus so undenkbar wie gefriergetrockneter Regen, doch war er sich schmerzhaft der Tatsache bewußt, daß er im Verlauf seiner langen Karriere hin und wieder gebeten worden war, einige ziemlich gotteslästerliche Taten zu begehen, einschließlich der versuchsweisen Zerstörung des ewigen Lebens einiger Gottheiten; und er konnte sich bei aller Liebe nicht daran erinnern, ob ihm dieses göttliche Triumvirat schon einmal über den Weg gelaufen war oder nicht. Folglich hielt er es für ratsam, sich lieber etwas zurückhaltend zu geben.

»Ich bin Journalist«, antwortete er deshalb. »Kriegskorrespondent des Chicopee Falls Evening Intelligencer. Aber was treibt ihr hier eigentlich, Jungs? Und warum haut ihr nicht einfach ab?«

»Weil uns der große Zampano da vorne nicht läßt«, antwortete Thor. »Krümmt den Wachen bloß kein Haar, hat er gesagt, und laßt gefälligst die Wände heil. Laßt uns darauf warten, bis einer von der Hohen Kommission kommt und die Kaution für uns stellt. Schöne Aussichten ...«

»Thor, du weißt ganz genau, daß wir uns an gewisse Spielregeln halten müssen und ...«

»Wobei man nicht vergessen darf, daß die Hohe Kommission auf Befehl von Konstantin dem Großen dreihundertzweiunddreißig nach Christus aufgelöst wurde«, fuhr Thor erbarmungslos fort. »Ja, ich weiß auch, daß Nkulunkulu, der große Himmelsgott vom Zululand, die Geschäfte kommissarisch weiterführt, aber ich nehme an, daß er nur noch aus ein paar kleinen Wolken und lächerlichen Resten aufgestauter statischer Elektrizität besteht, was uns hier nur herzlich wenig nutzt.«

»Ach, das würde ich nicht sagen«, meinte Freyr mit einem herzhaften Gähnen. »Für mich hört sich das immerhin so an, als könne er Trockenfäule oder so was in den Deckenbalken verursachen, so daß man uns in einem Hotel unterbringen müßte. So was braucht natürlich seine Zeit.«

Kurt Lundqvist stützte sich auf Händen und Knien ab und sah sich in der Zelle um. Seit er das Licht der Welt erblickt hatte, um sofort nach den Zangen zu greifen und unter dem Brutkasten in Deckung zu gehen, galt sein erster Gedanke stets der Verbesserung der eigenen Position und dem Suchen nach einer brauchbaren Waffe. Da ihm die beschränkten Verhältnisse in der Zelle diesbezüglich nur wenig Entfaltungsmöglichkeiten boten, mußte er sich mit Freyrs linkem Schuh als Waffe und einer Zellenecke als Versteck zufriedengeben.

»Laßt uns noch einmal alles durchgehen«, schlug er vor. »Ihr Jungs seid also Götter, richtig?«

Thor nickte.

»Und ihr wollt ausbrechen, könnt oder dürft aber nicht, stimmt's?«

»Jau.«

»Aber nicht, weil ihr nicht die Möglichkeiten dazu hättet, sondern weil es ein ernsthafter Verstoß gegen irgendwelche Regeln oder Abmachungen wäre, auch richtig?«

»Ganz genau.«

»Aha.« Lundqvist nickte. »Und wenn ihr euch nun die Dienste eines durchtrainierten und mit allen Wassern gewaschenen Söldners sichern könntet, der die Wächter außer Gefecht setzt, ohne daß von eurer Seite her theologische Beanstandungen befürchtet werden müßten, dann könntet ihr doch den ganzen Rest der Flucht erledigen, oder? Ich meine damit das volle Programm, den ganzen Tinnef, vom Kopfstandmachen über das Herbeizaubern von Strickleitern bis zur Bereitstellung fluchtbereiter Hubschrauber.«

»Das nehme ich doch an«, antwortete Thor.

»Na prima.« Lundqvist lächelte verschmitzt und griff in die Jackentasche. »Hier, darf ich euch meine Karte geben?«

XI

Alles klar, die sind wieder abgehauen.« Mit diesen Worten gab Mithras Entwarnung.

(Von demselben Team, das Ihnen bereits die Frage *Wie viele Engel können gleichzeitig auf einem Stecknadelkopf tanzen?* gestellt hat, präsentieren wir Ihnen nun das neueste theologische Rätsel; nämlich was bewahren ehemalige Sonnengötter, die mittlerweile in den entlegensten Seitenstraßen Roms Frisiersalons betreiben, in ihren Hinterzimmern auf? Postkarte genügt.)

»Du hättest uns wenigstens warnen können«, beschwerte sich Osiris.

»Dazu war keine Zeit mehr«, verteidigte sich Mithras. »Außerdem hatte ich völlig vergessen, daß das Zeug noch hinten im Raum ist, weil ich es erst gestern abend bekommen habe. So ein Typ mit Pferd und Wagen hielt vor dem Laden und kam herein, um sich die Haare schneiden zu lassen. Als ich fertig war, sagte er, er habe leider seine Brieftasche vergessen, und fragte mich, ob ich an einem kleinen Tauschgeschäft interessiert sei. Und deshalb liegen jetzt dahinten diese ...« (Bitte ergänzen und Postkarte einschicken.)

»Jaja, schon gut«, unterbrach ihn Pan ungeduldig. »Wir haben dich verstanden.«

Mithras blickte Pan zornig an und knurrte: »Außerdem ist das lange nicht so schlimm wie das, was du mir damals angetan hast, du alter Mistkerl!«

»Ach ja?« Pan runzelte die Stirn. »Ich verstehe, dann

sollte das wohl so eine Art Anspielung gewesen sein, wie? Na prima.«

Osiris ermahnte die beiden mit erhobener Hand zur Ruhe. »Entschuldige mal, Mithras, es geht mich zwar nichts an, aber was genau hat Pan dir denn angetan?«

»Ha, wenn du wüßtest ...!«

»Das war völlig unabsichtlich«, murmelte Pan, während er zwischen sich und Mithras vorsichtshalber einen Stuhl schob. »Nichts als Pech, das war alles.«

»Hör mir auf!« fauchte Mithras. »Also gut, angefangen hat's auf der Feier zu meiner Pensionierung. Riesenfete war das, Schampus satt, Käsecracker, Lachs, das volle Programm eben. Nach dreitausend Jahren im öffentlichen Dienst endlich mit einer anständigen Rente in den Ruhestand gehen zu können, das mußte natürlich gebührend gefeiert werden.« Er hielt inne und warf Pan einen Blick zu, mit dem man Kaffee hätte gefriertrocknen können, und fuhr fort: »Und gerade als die Party voll im Gange war und ich schon ein paar Gläser intus hatte, da taucht plötzlich dieses Ekelpaket hier auf und fragt mich mit Unschuldsmiene: ›Entschuldige mal, Kollege, aber hast du schon mal daran gedacht, welchen langfristigen Nutzen du von einer speziell auf deine persönlichen Bedürfnisse zugeschnittenen Rentenversicherung hättest?‹ Mann, o Mann! Offenbar hat diese hinterhältige Ratte schon damals gewußt, was aus mir mal werden würde.«

»Ach, das war ein völlig vernünftiger und absolut legitimer Investitionsplan«, wehrte sich Pan mit gekünstelt wirkender Zornesmiene, als hätte er gerade einen mit Groll gefüllten Doughnut gegessen. »Und ob man von einem unabhängigen Finanzberater einen Rat annimmt oder nicht, bleibt einem immer noch selbst überlassen.«

»Ach, so war das also, ja?« zischte Mithras. »*Vertrau mir, ich bin ein Gott!* sagte diese Ratte und verschwand auf Nimmerwiedersehen, nachdem er mein ganzes Vermögen in Olymp-Aktien zu zwölfeinhalb Cents gesteckt hatte, und das genau sechs Wochen vor der Schlacht an der Milvischen Brücke.«

»Die entscheidende Niederlage der Heiden durch Konstantin den Großen«, klärte Osiris Sandra auf, die sowieso die ganze Zeit nicht zugehört hatte. »Das Christentum wurde zur Staatsreligion und die Verehrung der alten Götter verboten.« Er nickte einige Male. »Ich kann das gut nachvollziehen, Mithras, und unter diesen Umständen halte ich es auch für durchaus verständlich, wenn du ihm den Kopf abreißen willst.«

Pan lächelte verkniffen. »Das ist doch alles Schnee von gestern, und außerdem ...«

»Für dich vielleicht, für mich ganz bestimmt nicht!« fuhr ihn Mithras an. »Wie ich es sehe, schuldest du mir inklusive Zinsen und Zinseszinsen neunzig Milliarden Golddinar. Ich würde Bargeld übrigens bevorzugen, falls du es zufällig in kleinen Scheinen dabeihast.«

»Also war das auch der Grund, weshalb du dich nie zur Ruhe setzen konntest, richtig?« erkundigte sich Osiris.

»Sicher, seither arbeite ich in diesem Dreckloch«, antwortete Mithras mürrisch. »Das einzige, was mich daran gehindert hat, alles hinzuschmeißen, war der Gedanke, was ich mit diesem Früchtchen hier anstelle, sobald es mir zwischen die Finger gerät.«

»Sie tun mir wirklich leid«, versuchte ihn Sandra zu trösten.

»Wie reizend von Ihnen ...«

Pan verschränkte die Arme. »Das war ein unbeabsichtigter Fehler, der jedem hätte unterlaufen können«, verteidigte er sich mit fester Stimme. »Außerdem denk doch mal darüber nach, wie viele Steuern du allein aufgrund der Tatsache eingespart hast, daß du heute arm wie eine Kirchenmaus bist.«

Ein Hauch von Zweifel huschte über Mithras' Gesicht. »Mann, von der Seite habe ich das noch nie betrachtet.«

»Siehst du?« fuhr Pan rasch fort und trat gleichzeitig Sandra vorsorglich sanft auf den Fuß, falls sie zu erwähnen vorgehabt hätte, daß Götter sowieso keine Steuern zahlen mußten. »Das Problem mit Laien ist natürlich, daß ihnen verständlicherweise ein gewisser Einblick in diese hochkomplizierte Materie fehlt. Genaugenommen stehen mir eigentlich zehn Prozent Kommission auf deine Steuerersparnisse aus all diesen Jahren zu, doch um dir meinen guten Willen zu beweisen, verzichte ich darauf.«

»Ist das wirklich so? Na, in dem Fall danke ich dir natürlich für deine Fürsorge.«

»Ach, das geht schon in Ordnung.«

»Das war wirklich sehr nett von dir.«

»Nicht der Rede wert.« Pan entspannte sich und streckte ihm die Hand entgegen, die Mithras wärmstens schüttelte. »Und anstatt mir zu danken, könntest du uns vielleicht behilflich sein und ...«

»Ey, Leute, da ist ja eine Tür in der Wand«, meldete sich Carl unverhofft zu Wort.

Alle anderen blickten ihn verdutzt an.

»Direkt hier. Seht euch das mal an. Hier, unter der Tapete.«

Sorgfältige Untersuchungen offenbarten tatsächlich die Umrisse und Konturen einer Tür sowie eine schwache Ausbuchtung an der Stelle, wo sich einst die Klinke befunden haben mußte.

»Ja, gibt's denn so was?« staunte Mithras. »Ich bin hier jetzt seit tausendsechshundertdreiundachtzig Jahren, und ob ihr's glaubt oder nicht, aber mir ist das Ding nie aufgefallen.«

Pan runzelte die Stirn. »Demnach muß es sich um eine sehr alte Tür handeln«, bemerkte er scharfsinnig. »Führt die irgendwohin?«

Mithras nickte. »Muß ja. Logischerweise sind Türen dazu da.«

»Hast du eine Ahnung, wohin genau?«

Die Götter sind allwissend und ... jaja, aber eben nur rein theoretisch. Lassen Sie uns statt dessen lieber sagen: Zwar sind die Götter allwissend, doch die meisten von ihnen haben ein Gedächtnis wie ein auf dem Flohmarkt gekauftes Sieb.

Osiris lächelte. Aus irgendeinem Grund hatte er ein gutes Gefühl dabei, wenngleich das nicht allzuviel zu sagen hatte; denn unter anderem hatte er auch ein sehr gutes Gefühl beim Südseeschwindel 1711 und bei Neville Chamberlains Friedensinitiative 1938 gehabt und selbst bei der Gründung der Milchvermarktungsbehörde und des Privatfernsehens. Nichtsdestotrotz wollte er seine positive Grundhaltung beibehalten. Gott zu sein, bedeutet nämlich auch, nie sagen zu müssen, daß man im nachhinein etwas bedauert.

»Um das herauszufinden, gibt es nur eine Möglichkeit. Also los!«

Zwanzig Minuten später sah es ganz so aus, als müsse er sich von seinem guten Gefühl bereits trennen. Dem Gelegenheitsbesucher der Unterwelt kommt eine Katakombe wie die andere vor, zumal alle streng nach Abwässern und Knochenmehl riechen, doch diese hier hatte ein ganz besonders stechendes Aroma.

»Nehmt auf mich bloß keine Rücksicht«, höhnte Pan. »Was mich betrifft, so fühle ich mich sowieso immer erst dann richtig heimisch, wenn ich weiß, daß ich mich hoffnungslos verirrt habe.« Er sah sich demonstrativ nach allen Seiten um und fügte seufzend hinzu: »Zu Hause ist es doch am schönsten.«

»Keine Sorge, mein Lieber«, besänftigte ihn Osiris mit gekünstelter Besorgnis. »Alle Wege führen irgendwann immer irgendwohin und sei es nach Rom.«

»Sicher. Ist dir eigentlich mal eingefallen, daß dieser

Tunnel seit zweitausend Jahren nicht mehr benutzt wurde, und das womöglich aus gutem Grund?«

Plötzlich zog Osiris die Bremse vom Rollstuhl an, befeuchtete die Kuppe des rechten Zeigefingers und hielt ihn über den Kopf. »Da ist ein Luftzug. Ich glaube, wir sind gleich draußen.«

»Ich frage mich, ob noch ein paar Backpflaumen übriggeblieben sind«, bekundete Sandra ihr Interesse an einem baldigen Ausstieg aus der Unterwelt. »Ich hab nämlich schon wieder Hunger.«

Wie sich herausstellte, rührte der Luftzug von einem nicht ganz fertiggestellt aussehenden Tunnel her, der keinen sonderlich vertrauenerweckenden Eindruck machte.

»Alles klar, für mich ist hier Schluß«, verkündete Mithras. »Ab jetzt seid ihr auf euch allein gestellt.«

Osiris blickte ihn mürrisch an. »Mit anderen Worten: du hast Angst. Gib's zu.«

Mithras zuckte die Achseln. »Ja, ich habe Angst. Es ist hier so gespenstisch.«

»*Gespenstisch?* Verdammt noch mal, du bist ein Gott!«

»Im Ruhestand. Und außerdem ist das hier nicht unbedingt ein Heimspiel für mich. Sonnengötter sind nun mal nicht dazu bestimmt, tief unter der Erde in dunklen Tunneln umherzuirren. Das solltest du als Gott wissen.«

»Wie du meinst«, lenkte Osiris ein. »Also los, Leute, wir müssen …«

»Moment mal!« unterbrach ihn Pan. »Du willst doch nicht allen Ernstes vorschlagen, daß wir dieses Abbruchunternehmen von Tunnel da vorn betreten sollen, oder?«

»Doch.«

»Und weshalb?«

Osiris dachte nach; und während er dies tat, erinnerte ihn Pan daran, daß ihr Ziel kurzfristig gewesen sei, (a) den beiden Ärzten und diesen verrückten Mönchen zu entkommen und (b) langfristig genug Geld aufzutreiben, um den unglaublich teuren Rechtsanwalt bezahlen zu können. Schon deshalb habe es nach seinem Dafürhalten überhaupt keinen Sinn, in ein dunkles, baufälliges und wahrscheinlich ins Nichts führendes Loch zu steigen

»Okay«, antwortete Osiris schließlich. »Ich werde dir erklären, warum wir da reingehen ... Wir gehen da rein, weil es ... na ja, weil es eben da ist. Na, was hältst du davon?«

»Gar nichts.«

»Dachte ich's mir doch.« Osiris lächelte. »Das liegt einfach daran, daß es dir an Durchblick, Initiative und Einschätzungsvermögen mangelt. Also los, Leute! Wer als letzter im Tunnel ist, ist ein Feigling!«

Er umfaßte entschlossen die Räder des Rollstuhl, gab Schwung und entschwand in die Dunkelheit. Sandra und Carl folgten ihm auf dem Fuße, wobei Sandra verkündete, sie hege zwar arge Zweifel, daß da unten etwas Eßbares zu finden sei, halte es aber dennoch für einen Versuch wert. Aus Mangel an (und aus Bedürfnis nach) Gesellschaft wandte sich Pan seinem Todfeind zu und lächelte ihn freundlich an.

»Tja, die einen sind eben so und die anderen so«, stellte er mit göttlicher Weisheit fest. »So, und wie komme ich hier jetzt am schnellsten wieder raus?«

»Mit Geld«, antwortete Mithras. »Ach, die Zinsen verstehen sich natürlich mit Zinseszinsen, und bei einem Einheitstarif von – sagen wir mal – fünfzehn Prozent macht das dann, mal sehen ... zehn hoch neunhundertundvier, mal sechzehn Komma drei sieben acht, geteilt durch dreihundertfünfundsechzig mal ...«

»Ciao«, sagte Pan schnell und verschwand in null Komma nichts in dem baufälligen Tunnel.

Da er keine Fackel dabeihatte und andauernd über die eigenen Hufe zu stolpern drohte – gar nicht zu reden von den merkwürdig huschenden und rasselnden Geräuschen und dem Geruch von Knochenmehl –, kam er nur langsam und mühselig voran. Es war so dunkel, daß er die Hand nicht vor den Augen sehen konnte; doch eingedenk des unheimlichen Raschelns hielt er diesen Umstand nicht einmal für sonderlich hinderlich. *Bloß keine Panik, Pan,* sprach er sich Mut zu. *Wozu auch? Andererseits hätte ich, rein logisch betrachtet, allen Grund, Schiß zu haben – kein Problem. Na, mal sehen, abwarten und Tee trinken, sage ich immer.*

HALT.

Pan blieb stehen. Er hatte keine Ahnung, woher die Stimme gekommen war, sollte es sich wirklich um eine Stimme gehandelt haben.

BLEIB GENAU DA STEHEN, WO DU BIST.

Pan gehorchte, und während aus den Sekunden Minuten wurden, legte sich seine anfänglich panische Angst durch den Gewöhnungseffekt zumindest ein wenig. Darüber hinaus erinnerte ihn die Stimme an etwas, allerdings nur sehr schwach, und er hatte keinen blassen Schimmer, woran genau.

RÜHR DICH NICHT VON DER STELLE, ODER DEIN LETZTES STÜNDLEIN HAT GESCHLAGEN.

»Okay, verstanden. Und was nun?«

DU BIST IN MEINER … RRRRRR KLACK … GEWALT. ERGIB DICH ODER STIRB.

»In dem Fall ergebe ich mich lieber, Chef. Und was steht als nächstes auf der Tagesordnung?«

Eine volle Minute verging; eine sehr lange Zeit in diesem Zusammenhang und sogar eine noch längere Zeit, wenn man sich in einem stockfinsteren Tunnel befindet. Schließlich klatschte Pan leise in die Hände.

RÜHR DICH NICHT VON DER STELLE, ODER DEIN LETZTES STÜNDLEIN HAT …

Pan schnalzte mißbilligend mit der Zunge. »Ich glaube, das hatten wir bereits geklärt. Könnten wir jetzt bitte endlich fortfahren?«

ENTSCHULDIGUNG. ICH SOLLTE – JAAAAUUUL KLACK – ICH

SOLLTE EIGENTLICH SAGEN: LASST, DIE IHR EINGEHT, JEDE HOFFNUNG FAHREN.

Langsam hellte sich Pans Miene auf, und er mußte sogar grinsen. »Du bist eine Tonbandaufnahme, stimmt's?«

RÜHR DICH NICHT VON DER STELLE, ODER DEIN LETZTES STÜNDLEIN ...

»Jaja, ist ja gut. Wer sagt denn, daß ich mich überhaupt von der Stelle rühren möchte, hä? Hör mal, können wir das Band nicht ein Stück vorspulen und endlich zum Hauptthema kommen?«

DU BIST IN MEINER ...

»... Gewalt, ergib dich oder stirb. Ja, das hatten wir alles schon.« Er klopfte ungeduldig mit den Fingern gegen die Tunnelwand. »Ich weiß, daß du dein Zeug runterleiern mußt, aber es ist alles andere als ein Vergnügen, in einem feuchten Tunnel herumstehen zu müssen, in dem es wahrscheinlich von grauenhaften Insekten, Riesenratten, Schlangen und was weiß ich was für Viechern nur so wimmelt. Wenn wir also fortfahren könnten, dann wäre ich dir sehr ...«

RATTEN?

»Das nehme ich doch an. In solchen Brutstätten der Klaustrophobie und ansteckender Krankheiten sind immer Ratten. Wenn wir also endlich ...«

ICH *HASSE* RATTEN.

Pan zwinkerte verdutzt mit den Augen. »Im Ernst?«

JA.

»Komisch. Ich dachte, du wärst nur eine Tonbandaufzeichnung.«

Pause.

RÜHR DICH NICHT VON DER STELLE, ODER DEIN LETZTES STÜNDLEIN ...

»O nein, nicht schon wieder! Nun mach schon. Sag mir endlich, wozu das alles gut sein soll, und dann gehen wir alle brav nach Hause, okay?«

RÜHR DICH NICHT VON DER STELLE, ODER ...

»Quiek!«

Stille. Eine lange, unheimliche Stille, die nur von einem leisen Rascheln unterbrochen wurde, das von Pans Fingernägeln herrührte, mit denen er flink über die rauhe Tunnelwand fuhr, so daß das dabei erzeugte Geräusch sehr stark einem vorbeihuschenden Nagetier ähnelte.

HÖR BITTE AUF DAMIT, JA?

»Womit soll ich aufhören? Quiek, quiek.«

MIT DIESEM RASCHELN UND QUIEKEN.

»Welchem Quieken?«

ALSO GUT, DU HAST GEWONNEN. ICH BIN ÄAKUS, RICHTER IN DER UNTERWELT, WÄCHTER DER TODESPFORTE UND ZURÜCKSPULER DES TONBANDS DES VERGESSENS. DU UND DEINE FREUNDE HABT DAS REICH DES TODES BETRETEN, DAS UNENTDECKTE LAND, VON DES BEZIRK KEIN WANDRER WIEDERKEHRT …

»Bezirk?«

JA, BEZIRK. EIN EINGEGRENZTES GEBIET ODER SO WAS. VON DES BEZIRK KEIN WAN …

»Von des eingegrenzten Gebiet kein Wandrer wiederkehrt?«

Pause.

FRAG MICH NICHT, WAS DAS BEDEUTET, ICH HAB DEN BLÖDSINN NICHT GESCHRIEBEN. UND … ACH, MIST, JETZT HAB ICH DIE STELLE VERLOREN, ICH MUSS NOCH MAL ZURÜCKSPULEN. RÜHR DICH NICHT VON DER STELLE, ODER DEIN LETZTES STÜND …

»Igittigitt, war das ein fettes Viech! Dieser kleine braune Racker wollte mir doch glatt am Bein hochkrabbeln. Komm, erzähl schon weiter!«

IIIIIIIIIIIIIIIII!!!

Pan fabrizierte noch ein paar raschelnde und kratzende Geräusche und rief dann laut: »Alles klar, ich hab die Ratte. Na, komm, meine Süße, ich hab hier leckren Käse für dich. Lecker, lecker, lecker … Entschuldige, aber was hast du eben gesagt?«

UND FORTAN MUSST DU HIER FÜR IMMER VERWEILEN, BIS DIE MEERE VERTROCKNET UND DER HIMMEL ZERSPRUNGEN … BIST DU DIR SICHER, DASS DU DAS VIECH UNTER KONTROLLE HAST?

»Klar, absolut sogar«, versicherte Pan der Stimme. »Keine Frage – huch! O nein … laß das, nun komm schon wieder zurück, du kleiner Racker. Komm zurück … hier … Käse … lecker, lecker …«

MANN! HÖR ENDLICH AUF DAMIT!

In der Dunkelheit grinste Pan übers ganze Gesicht, und nachdem er einige zusätzliche, durch Mark und Bein gehende Quieklaute aus seinem speziellen Nagetierrepertoire von sich gegeben hatte, sagte er: »Hab ich dich endlich! Gut, wo waren wir gerade stehengeblieben? Ich soll hier also für immer bleiben, richtig? Na, wenn das so ist, dann kann ich die Ratte ja auch wieder laufenlassen und …«

An dieser Stelle sollte erwähnt werden, daß die Stimme nicht viel mehr als ein Widerhall in Pans Hinterkopf war, ein Splitter im geistigen Auge, ein leichtes Ohrensausen – bis zu diesem Augenblick jedenfalls. Jetzt aber begann sie, nun ja, von Panik ergriffen zu klingen.

UND FO-FO-FO-FORTAN MUSST DU HIER F-F-F-FÜR IMMER VER-VER-VER-VERWEILEN, stammelte sie. *ES SEI DENN*, DU HAUST SOFORT DURCH DIE GEHEIMTÜR RECHTS VON DIR AB UND NIMMST DEINE SCHEISSRATTE MIT. IN DEM FALL FINDEST DU DICH IM AUFENTHALTSRAUM DER KLOFRAUEN DER ÖFFENTLICHEN TOILETTEN DES FLUGHAFENS ROM WIEDER. ES WAR SCHÖN, DICH KENNENGELERNT ZU HABEN. AUF WIEDERSEHEN.

»Nichts da! Momentchen noch!« widersprach Pan heftig, wobei er mit den Fingernägeln über einen besonders zerklüfteten Stein fuhr. »Man mag mir ja alles Mögliche nachsagen, aber ich gehöre bestimmt nicht zu den Leuten, die ihre Freunde im Stich lassen. Wenn die nämlich für immer und ewig hierbleiben müssen, dann gilt das für mich genauso. Nein, Rättchen, hör auf damit! Komm sofort *zurück!* Ja, wo ist denn meine kleine ...«

SCHON GUT. ICH BIN IN EINER MINUTE WIEDER DA.

»Oder mein letztes Stündlein hat geschlagen?«

NA JA, SO WAS IN DER RICHTUNG JEDENFALLS ...

»Alles Zufall«, sagte Osiris.

»Mag sein.« Pan zuckte mit den Schultern – eine mißlungene Geste, da Carl gerade auf ihnen stand und in den Spülkasten zu greifen versuchte. »Von mir aus dreht sich bei uns Göttern alles um Zufall, wenn du so willst«, philosophierte er, und als ihm etwas einfiel, das er irgendwo einmal gehört hatte, fügte er hinzu: »Doch nicht *blinder* Zufall hat dies bewirkt, sondern alles, was geschehen ist, war von Anbeginn vorherbestimmt durch die Schicksalsfügerinnen. Wir müssen unser Schicksal hinnehmen, so wie es die Parzen fügen. Gewissermaßen jedenfalls. Also bleibt letztendlich nichts dem Zufall überlassen.«

»Meinst du?«

»Ich denke, schon.«

Osiris schüttelte den Kopf. »Ihr mediterranen Typen habt schon absurde Vorstellungen«, meinte er. »Wo ich herkomme, hatten wir für solche philosophischen Betrachtungen keine Zeit, und unser Gottsein beschränkte sich in erster Linie darauf, sich um das Wachsen des Getreides zu kümmern und daran zu denken, das Licht vorm Schlafengehen auszuschalten. Hat er's schon gefunden?«

»Nein«, antwortete Carl. »Sind Sie sich auch wirklich sicher, daß die hier irgendwo sind?«

»Irgendwo müssen die ja sein«, antwortete Osiris. »Irgendwo ist immer alles.«

»Ah ja.«

»Ihr seid doch alle dabeigewesen, als diese drei alten Schabracken uns die Anweisungen gegeben haben«, fuhr Osiris fort. »Also wißt ihr genausogut wie ich, daß sich die Runen der Macht irgendwo in einer Herrentoilette befinden müssen, die wiederum direkt an das Reich des Todes anschließt, und da sind wir ja nun, und das, mein lieber Pan, halte ich übrigens für einen unglaublichen Zufall.«

»Das Reich des Todes hat viele Türen.«

»Was hast du gesagt?«

»Das Reich des Todes hat viele Türen«, wiederholte Pan mit Nachdruck. »Das ist allgemein bekannt. Und das hier ist ein direkt anschließendes Herrenklo. Laut Herschels Gesetz der Umkehrung der Rohstoffverfügbarkeit ist die Anzahl der Toiletten um so geringer, je größer das öffentliche Gebäude ist. Das Reich des Todes ist wahrscheinlich das größte öffentliche Gebäude, ergo gibt es höchstens eine Toilette, und das auch nur, um den Bauvorschriften Genüge zu tun, und somit ist es auch kein Zufall, daß wir hier sind.«

»Mann, o Mann!« staunte Osiris. »Herschels Gesetz der Dingsbums also. Wo hast du diesen ganzen Blödsinn eigentlich gelernt?«

»Ich bin eben viel herumgekommen.«

»Das scheint mir auch so. Also laßt es uns lieber mal mit einer anderen Tür probieren.«

»Entschuldigung, wenn ich mich da mal einmische«, meldete sich Sandra zu Wort.

Pan zuckte zusammen und fluchte laut. »Passen Sie gefälligst auf, wo Sie hintreten, Carl! Das war mein Ohr!«

»Tut mir leid.«

»Entschuldigung mal«, meldete sich Sandra erneut zu Wort, »aber wie wäre es denn hiermit?«

Alle blickten auf die Stelle, auf die Sandra zeigte; eine direkt über dem elektrischen Handtrockner an die Wand gekritzelte Notiz.

»Was ist denn das?«

»Da steht *Anweisungen für die Suche nach den Goldzäh-*

nen von El Dorado, und so wie ich es verstanden habe, suchen wir genau danach, oder?«

Osiris runzelte die Stirn. »Dieses Gekritzel sollen die Runen der Macht sein?« murmelte er ungläubig. »Allmählich wird mir das Ganze zu hoch, und ich kann mir beim besten Willen nicht vorstellen, daß …«

»Nach hiesigen Maßstäben sind das ja vielleicht wirklich die Runen der Macht«, unterbrach ihn Pan. »Sollten wir nicht wenigstens nachsehen, was da steht?«

Sandra hatte inzwischen ein kleines Notizbuch mit Blümchen, Häschen und anderen niedlichen Verzierungen auf dem Einband hervorgeholt und schrieb die Anweisungen auf. Die beiden Götter blickten sich nur achselzuckend an.

Nachdem Pan von Sandra das Notizbuch entgegengenommen und die Anweisungen laut vorgelesen hatte, meinte er abschließend: »Tja, so steht das da jedenfalls.«

Osiris rieb sich geräuschvoll über das Kinn, das sich nicht nur wie altes Schmirgelpapier anfühlte, sondern auch entsprechende Geräusche verursachte. »Na ja, ein Versuch kann ja nicht schaden.«

Absurderweise sprang der Motor gleich beim ersten Mal an.

»Hey, wie, zum Teufel, hast du das denn geschafft?« wollte Thor wissen.

Lundqvist zuckte lässig die Achseln. »Ich hab einfach an diesem Griff da vorne gezogen. Und jetzt laßt uns hier endlich verschwinden, okay?«

Thor kam aus dem Staunen nicht mehr heraus. »Schalt den Motor bitte aus, und mach das noch mal. Du kannst das nicht richtig gemacht haben.«

»Um Himmels willen, jetzt reiß dich aber zusammen, Thor!« raunzte Freyr ihn an. (Eine Spezialeinheit der Zisterzienser hatte erst kurz zuvor den betäubten Gefängniswärter entdeckt.) »Jetzt gib endlich Gummi, und laß uns hier schnell verschwinden. Noch mehr von diesem Unsinn, und ich übernehme keine Verantwortung mehr.«

Die Vatikanverwaltung hatte nicht die leiseste Ahnung gehabt, was man mit dem eroberten übernatürlichen Dampftraktorlokomotivenhubschrauber, der wie aus heiterem Himmel im Innenhof gelandet war, hätte anstellen sollen. Jemand mit einem Fünkchen Verstand hätte den Hauptrotor aus der Verankerung genommen und den Splint aus dem Antriebsrad des Hilfsrotors gezogen, um auf diese Weise die gesamte Kraftübertragung lahmzulegen; doch die hoffnungslos unweltlichen Mönche hatten nicht einmal die Zündkabel oder die Kaftstoffzufuhr gekappt. Während der Motor auf Touren kam und *Midgards ganzer Stolz* senkrecht in die Luft abhob, fiel Thor dazu nur ein, daß diese absonderlichen Wesen beim Ausfall einer Glühbirne wahrscheinlich so lange beteten, bis sie wieder anging. *Idioten!*

»Und wohin geht's?« schrie Thor über den schier unglaublichen Lärm des Schwungrads hinweg.

»Unverzüglich nach Hause!« rief Odin. »Immerhin gibt es eine geringe Chance, daß die Henderson von unserem Verschwinden noch nichts bemerkt hat.«

»Aber auch nur eine sehr geringe Chance.«

»Egal. Schlag den Kurs Nordnordwest ein.«

»Ganz, wie du meinst.« Freyr saß am Steuerpult; ein klassisches Beispiel für den falschen Mann an der falschen Stelle zur falschen Zeit. »Und was muß ich dazu machen?«

»Den Hebel auf der linken Seite ziehen«, antwortete Odin. »Das Ding direkt über deinem Manschettenknopf.«

»Was? Den hier?«

»Nein, das ist der Zigarettenanzünder.«

Lundqvist lehnte sich mit dem Rücken gegen den Rauchabzug und dachte darüber nach, wer diese

Schwachköpfe eigentlich waren und wie er sich möglichst schnell wieder von ihnen befreien konnte. Wie ihm schmerzhaft bewußt war, hatte er beim Bestreben, die diabolischen Pläne von Julian und Konsorten zu durchkreuzen, bislang ungefähr dieselbe Rolle gespielt wie Zucker, den man in einen Benzintank schüttet. Was er brauchte, um wieder ins Geschäft zu kommen, waren ein paar Stunden Pause, um die Gedanken zu sammeln und sich neu zu formieren, sowie wenigstens drei selbstladende Schußwaffen und eine schöne Tasse schwarzen Kaffee; worauf er allerdings kaum hoffen konnte, solange er sich mit diesen drei altersschwachen Vollidioten auf diesem absurden Flugapparat befand.

»Wo genau wollt ihr eigentlich hin, Jungs?« erkundigte er sich deshalb.

»Nach Droitwich.«

»Wohin?«

»Na ja, genauer gesagt, liegt das ein Stück außerhalb von Droitwich«, antwortete Thor. »Etwa fünf Kilometer westlich und dann vier Kilometer nach oben. Die postalische Adresse lautet einfach ›Sonnenblick‹.«

Lundqvist riskierte einen Tip. »Etwa dieses Heim für pensionierte Götter?«

»Richtig.«

Das war nach Lundqvists Auffassung alles andere als gut; denn wohin auch immer Osiris jetzt unterwegs war, ganz bestimmt steuerte er jenes Gebäude nicht an, aus dem er erst vor kurzem entflohen war. Wenngleich Lundqvist tief im Herzen die Fruchtlosigkeit seines Unterfangens bewußt war, klopfte er seine Kleidung nach einer brauchbaren Waffe ab. Irgendeine Waffe wäre ihm immer noch lieber gewesen als gar keine, egal, welche – und sei es eine Walther Modell 9, Kaliber 6.35, wenn es sein mußte, mit fünfzig Gran Stahlmantelgeschossen. Alles vergebens – und dennoch: Was sein muß, muß sein.

»Okay, Leute, das war's!« zischte er, sprang auf und

(da *Midgards ganzer Stolz* gerade durch leichte Turbulenzen flog) setzte sich gleich darauf wieder hin. »Das ist eine Entführung. Dreht sofort um, ich will nämlich nach Tripolis.«

»Und weshalb?«

Lundqvist steckte drohend die rechte Hand in die Tasche und zischte: »Ich hab eine Pistole dabei!«

»Glaubt ihr, der Typ meint das ernst?«

»Wo ist Tripolis überhaupt?«

»Ich glaube, das liegt irgendwo in der Toskana.«

»Nur weil er eine Pistole dabeihat, will er in die Toskana?«

»Ich dachte, das liegt in Ägypten.«

»Tripolis klingt aber nicht sehr ägyptisch. Dort fängt doch immer alles mit El-Sowieso an. El-Qâhira, El-Azhar, El-Armana und so weiter.«

»Mit El? Elberton vielleicht?«

»Nein, ich glaube, er denkt eher an Tivoli, nicht an Tripolis. Obwohl ich mir nicht sicher bin, ob Tivoli in der Toskana liegt.«

»Wir können ihn ja in Elberton absetzen. Für uns liegt das praktisch auf dem Weg.«

»Ruhe jetzt!« Mittlerweile stand Lundqvist wieder einigermaßen sicher auf den Beinen und behauptete sich gegen die widrigen Umstände mit einer Art O-beinigen Hocke. »Okay, zum ersten Mal seit vierhundert Jahren habe ich keine Knarre dabei«, fuhr er mit säuerlicher Miene fort. »Aber was ich habe« – er warf einen Blick auf die unmittelbare Umgebung und grapschte nach etwas –, »ist dieser Schraubenschlüssel hier …«

»In Wirklichkeit ist das ein Stillson-Schlüssel oder auch Schwedenzange genannt«, korrigierte ihn Odin. »Man verwendet dieses Werkzeug hauptsächlich zum Nachziehen der Nockenmuttern.«

»… was ich habe, ist dieser Stillson-Schlüssel oder auch Schwedenzange genannt, und wenn ihr nicht tut, was ich sage, seid ihr alle tot. Verstanden?«

Es gab eine Pause.

»Ja, aber wo genau willst du nun hin?« erkundigte sich schließlich Freyr besorgt.

»Hey, ich hab Tivoli gefunden!« rief Odin und blickte vom Atlas auf. »Das liegt natürlich in der völlig falschen Richtung und …«

»Du hältst mal wieder die Karte verkehrt herum, du alter Trottel.«

»Egal, wie rum ich das Ding halte, Tivoli liegt immer in der falschen Richtung.«

»Wir können ihn ja trotzdem in Elberton absetzen«, schlug Freyr vor. »Von dort aus kann er dann mit dem Bus weiterfahren.«

Odin und Thor unterbrachen ihre Auseinandersetzung und starrten ihren jüngeren Kollegen befremdet an.

»Ach, red doch keinen Unsinn, Freyr«, ermahnte ihn Thor. »Er will nach Tivoli, was soll er da mit einem Bus anfangen?«

Freyr zuckte die Achseln. »Also, ich wollte schon immer mal mit dem Bus fahren. Am liebsten mit einem dieser großen Doppeldecker, die oben offen sind und hinten so eine Wendeltreppe haben.«

»Schluß jetzt!« brüllte Lundqvist. »Vergeßt das alles, ja? Vergeßt, daß ich jemals was von Tripolis erwähnt habe, okay? Schmeißt mich einfach irgendwo raus, das reicht mir völlig.«

»Wie? Jetzt willst du plötzlich, daß wir dich einfach irgendwo rausschmeißen?«

»Ja, das reicht mir völlig.«

Thor zuckte die Achseln, murmelte »Kein Problem« und erfüllte Lundqvists Wunsch. Es ertönte ein Schrei, der rasch dem Dopplereffekt unterlag und allmählich leiser wurde, bis der Punkt unter ihnen außer Sichtweite entschwand.

»Wenn ich mich nicht irre, fliegen wir gerade über dem Meer«, mutmaßte Freyr.

»Na, so ein Glück aber auch«, meinte Thor. »Hoffentlich kann der arme Kerl schwimmen.«

Julian saß am Schreibtisch und spielte nervös mit einer Büroklammer. Es war Viertel vor drei in der Frühe, er hatte furchtbare Kopfschmerzen, seit gut zehn Minuten kein Geld mehr verdient und machte ein entsprechend mürrisches Gesicht.

Irgendwie konnte er sich nicht konzentrieren, und das war fatal; denn die absolute, wie ein Laserstrahl auf das Wesentliche gerichtete Konzentration, vermengt mit einer totalen Gleichgültigkeit gegenüber menschlichen Grundwerten, ist in der Juristenbranche der Schlüssel zum Erfolg; und auf seine ausgeprägte Fähigkeit, bis auf die aktuelle Tätigkeit alles andere aus dem Gedächtnis verdrängen zu können, war er bis zum heutigen Tag immer besonders stolz gewesen.

Warum hatte er noch immer nichts von diesen beiden Kaspern gehört?

Verdammt! Dabei hatte er bereits praktisch den ganzen Job für sie allein erledigt; er hatte die ganze Geschichte mit dem Kardinal arrangiert, Privatdetektive mit der Verfolgung des alten Knackers bis nach Belgien beauftragt, die ganzen Hilfskräfte besorgt, die zweite Entführung geplant, einfach alles, und fast hätte er sich sogar noch höchstpersönlich vor Ort um das Weihwasser gekümmert. Doch sosehr er sich auch bemühte, wollte ihm beim liebsten Willen nicht in den Kopf, wie und wo bei einem solchen bis ins letzte Detail durchdachten Plan etwas hatte schiefgehen können. Selbst einem einbeinigen Panda wäre es ein leichtes gewesen, einen solchen Job zu erledigen, und das im Kopfstand und mit verbundenen Augen.

Ja, genau das war's. Vielleicht hätte er lieber einen einbeinigen Panda beauftragen sollen. Doch leider mußte er sich damit zufriedengeben, was ihm zur Verfügung stand. Er bohrte eine Weile nachdenklich in der

Nase und klopfte in Gedanken sämtliche Möglichkeiten ab.

Soviel stand fest: Anwendung von roher Gewalt war offenbar zwecklos – viel zu plump und schwerfällig, wie er schon immer gesagt hatte. Also mußte es eine andere Möglichkeit geben, die mehr in Einklang mit dem Berufsethos eines Anwalts stand. Er kaute gedankenverloren an einem Bleistift und ging noch einmal alles von vorn durch.

Aha!

Es gibt eine Redensart, die Richard Nixon zugeschrieben wird und sich unter Anwälten großer Beliebtheit erfreut. Sie lautet: Wenn man jemanden erst mal bei den Eiern hat, dann folgen sehr schnell auch Herz und Verstand.

Also muß man den wunden Punkt finden, den mentalen Schorf, jene kleine Verkrustung nicht ganz abgeheilter Schuldgefühle, und dort den Finger auf die (hoffentlich noch brennende) Wunde legen. Das heißt, man muß im Mitleid der Götter herumstochern, die Liebe zu ihrer Schöpfung hervorschürfen und vor allem ihre ewigen unterbewußten Selbstvorwürfe schüren, die immer dann auftauchen, wenn sie darüber nachdenken, was sie alles angerichtet haben: *Ihr habt sie in diesen Schlamassel gebracht, also müßt ihr sie da auch wieder rausholen …*

»Ja, so dürfte es klappen«, seufzte Julian erleichtert und griff nach dem Telefonhörer.

XII

Quatsch, quatsch, quatsch. Pause. Quatsch. So oder so ähnlich hört sich das Geräusch an, das ein gewisser Kurt Lundqvist verursacht, wenn er sich ansonsten wie ein fast lautloser schwarzer Schatten am äußersten Rand des Horizonts den Strand hinaufschleppt und unter Bäumen Schutz sucht.

Fast lautlos, denn selbst wenn man wie Kurt Lundqvist vierzig Jahre lang an der zentralen Ninjaakadmie als Professor für Kawaguchiya-Integrierte-Schaltkreise-Tarnungstechnik gearbeitet hat – und das nach unzähligen Jahren praktischer Erfahrung auf dem gefährlich schmalen Pfad des lautlosen Tötens –, ist es praktisch unmöglich, sich völlig geräuschlos zu bewegen, wenn sich die Stiefel voll Wasser gesogen haben und sich die Socken wie übergewichtige Quallen an den Füßen anfühlen.

Als er sich schließlich unter den Bäumen in relativer Sicherheit wähnte, setzte er sich, zog den linken Stiefel aus und leerte ihn, wobei ein knapper Liter Meerwasser, eine grüne schleimige Masse und ein goldschimmernder kleiner Fisch zum Vorschein kamen.

Aus einem für ihn selbst nicht recht erklärlichen Grund zog er danach den anderen Stiefel so vorsichtig wie möglich aus, um ja nicht dessen Inhalt zu verschütten, schaufelte mit der offenen Hand den Fisch auf, der kurz davor war, sich die Kiemen aus den Gräten zu husten, und ließ ihn in den Stiefel gleiten. Mit einem kurzen Schlag der Schwanzflosse suchte der Fisch in der Stiefelkappe Unterschlupf. Lundqvist seufzte; auf Strümpfen und ohne jede Tarnungsvorkehrungen stapfte er durch den ölig schwarzen Schlamm des Strands ans Wasser und schleuderte den Inhalt des Stiefels so weit wie möglich ins Meer hinaus. Als der Fisch ins Wasser fiel, machte es leise *platsch!*

Du meine Güte! seufzte Lundqvist andächtig. *Allmählich bin ich wohl reif für die Klapsmühle. Wenn der Koch vom Restaurant Kali jemals erfährt, daß ich einen Fisch vor dem sicheren Ersticken gerettet habe, kriege ich Hausverbot.*

Es ertönte ein ohrenbetäubender Donnerschlag, gefolgt von einem Blitz, einem Feuerwerk und Flötenmusik. Kurz darauf fand sich Lundqvist mit dem Kopf im Schlamm wieder, und eine kleine Krabbe flitzte sein Hosenbein hinauf.

»Guten Tag, mein Freund. Ich bin der Drachenkönig des Südostens. Der Fisch, den du gerade gerettet hast, ist mein einziger Sohn. Ich stehe für immer tief in deiner Schuld. Nenn mir deinen dringendsten Wunsch, und er ist praktisch schon erfüllt. Kein Problem.«

Lundqvist hob den Kopf und blickte auf das Meer hinaus. Über den Wellenbergen schwebte ein Drache, wie man ihn von unzähligen Porzellantöpfen, Tassen, Suppenschüsseln, Seidenmalereien, Specksteinskulpturen und Elfenbeinplastiken kennt. Sein löwenartiger Kopf, mit einem prächtigen Backenbart versehen, saß auf einem gewundenen langen Hals, der in einen schuppengepanzerten Körper überging, der seinerseits in vier Klauen endete, die sich wiederum um die Kanten eines riesigen Jadesurfbretts krallten. Um seine mit funkelnden Edelsteinen besetzte Taille herum trug die Fabelgestalt eine fluoreszierende Badehose, und in einer Kralle hielt sie eine Dose Bier.

Aha, das ist also der Drachenkönig des Südostens, dachte Lundqvist. *Drachenkönige kommen aus China, und der*

Südosten von China ist genau das, wonach ich mich gesehnt habe. Na prima! Herzlichen Glückwunsch, Kurt!

»Grüß dich, Drachenkönig des Südostens!« rief er laut zum Meer hinaus. »Hör mal, reden wir hier von drei freien Wünschen?«

Der Drachenkönig nickte behäbig mit dem gewaltig großen Kopf. *»Du sagst es«*, antwortete er, und seine Stimme klang wie die rauschende Brandung auf einem Jaderiff. *»Wenn du eben nicht so anständig gewesen wärst, hätte mein Jüngster längst das Zeitliche gesegnet, so daß ich davon ausgehe, daß ich dir einen Gefallen schulde. Von mir aus auch drei«*, korrigierte er sich rasch. *»Das ist demnach nur gerecht. Willst du ein Bier?«*

Lundqvist nickte, und gleich darauf hielt er eine Dose schäumendes Lagerbier zwischen den Fingern. *Drachenkönig des Südostens!* seufzte er im stillen. *Typisch für mich. Bei all den Himmelsrichtungen sämtlicher Kompasse dieser Welt muß ich mich ausgerechnet hierher verirren …*

»Okay!« rief er. »Dann laß uns mal mit ein paar warmen Klamotten und trockener Fußbekleidung anfangen.«

Überall sprühten Funken; und als Lundqvist an sich hinunterblickte, sah er, daß er jetzt eine Strandshorts mit demselben augenverätzenden Muster wie der Drache trug und dazu ein übergroßes Sweatshirt in einer ähnlich unglückseligen Farbzusammenstellung sowie eine übergroße Baseballmütze, Plastiksandalen und weiße Socken. Etwas sagte ihm, daß es eine gute Idee wäre, umgehend die beiden anderen Wünsche zu äußern, um die Sache so schnell wie möglich hinter sich zu bringen.

»Steht dir wirklich gut, mein Freund«, lobte ihn der Drachenkönig, wodurch er sich automatisch eine Nominierung für den alljährlich verliehenen Kurt-Lundqvist-Preis für den ›Schwachkopf des Jahres‹ sicherte. *»So, und was kann ich noch für dich tun? Schieß los.«*

Lundqvist seufzte und rieb sich die Augen. Was er sich jetzt wirklich wünschte, waren sechs Stunden Schlaf, eine 40er Glock und ein Riesensandwich mit Roastbeef, exakt in umgekehrter Reihenfolge. Aus langer Erfahrung jedoch wußte er besser als alle anderen, daß man einem geschenkten Gaul lieber nicht ins Maul schaut, weil sich zumeist große, scharfe Reißzähne darin verbergen.

»Ich suche ein paar Leute«, sagte er. »Vielleicht kannst du mir ja sagen, wo die sich zur Zeit aufhalten.«

»Die sind ganz schön schlimm mit dir umgegangen, diese Mistkerle, wie?« stellte der Drachenkönig mit mitleidsvollem Blick fest und rieb sich die Schuppen seines Brustkastens mit ein paar Spritzern Zinkcreme ein. *»Sag mir, wer diese Typen sind, und schon haben wir sie gefunden.«*

Lundqvist erzählte ihm alles.

»Ist das dein Ernst?«

»Ja.«

»Dann laß mich mal raten, einverstanden?«

»Ja, was immer das heißen soll.«

»Alles klar …« Der Drachenkönig schloß die Augen, und sein ganzer Körper wurde plötzlich wie eine unheimliche Luftspiegelung fast durchsichtig. *»Mittelamerika«*, sagte er. *»Mexiko. Oder ähnlich wie Mexiko. Eins von diesen klitzekleinen Ländern direkt unterhalb von Mexiko. El Sowieso. Hohe Berge. Sagt dir das was?«*

Lundqvist nickte. Damit blieb noch der dritte Wunsch übrig, und ihm war völlig klar, worum sich dieser drehen mußte. Er machte sich innerlich auf einiges gefaßt und sagte: »Und jetzt erzähl mir bitte, was diese Leute dort machen, und vor allem: warum sie das machen.«

Die Azteken (erklärte ihm der Drachenkönig) waren für drei Dinge berühmt: für Gold, die schier unglaubliche Brutalität ihrer Götter und Schokolade. Alle drei Dinge waren untrennbar miteinander verknüpft.

Offenbar galt Schokolade als besondere Delikatesse, deren Genuß allein den Göttern vorbehalten blieb. Deshalb aßen sie tagaus, tagein nichts anderes als Schokolade. (Zahnbürsten, sollte an dieser Stelle erwähnt werden, waren im vorkolumbianischen Zentralamerika so gut wie unbekannt, und von Fluoriden hatte man auch noch nichts gehört.)

Die Folge: Zahnschmerzen. Zahnschmerzen, wie sie nur von Göttern ertragen werden konnten. Nicht diese lächerlichen, alltäglichen, variantenreichen und zum Wahnsinn treibenden Schmerzen, mit denen sich Sterbliche abfinden müssen und die mit dampframmenähnlichen Diamantbohrern behandelt werden können, sondern unverfälschte Zahnschmerzen in Reinkultur. Deshalb auch die durchweg schlechte Laune der aztekischen Götter.

Und nachdem die Schokolade ihr zerstörerisches Werk vollendet hatte, besaßen die Götter keine Zähne mehr. Dies wiederum führte dazu, daß sie keine festen Speisen mehr zu sich nehmen konnten. Alles, was das aztekische Pantheon noch hinunterbekam, waren flüssige Nahrung und äußerst zartes Fleisch, das von den extrem empfindlichen Kauleisten einigermaßen verdauungsgerecht zermahlen werden konnte. Natürlich gehörte auch Schokolade dazu, wenngleich nur in flüssiger Form.

Daher die berühmt-berüchtigten Menschenopfer der Azteken, die darin kulminierten, daß das Blut und die Herzen der Opfer auf den Altären als Festessen für die Götter dargeboten wurden; nach Auffassung der Götter war geteiltes Leid nämlich nur halbes Leid.

Mit Ausnahme eines Gottes, der höchsten und obersten Gottheit überhaupt; Azctlanhuilptlil, Gott des Krieges und der Zahnhygiene, unübertroffen in seiner unsäglichen Pracht (oder, wie seine Kollegen zu sagen pflegten, ein furchtbar egoistischer und aufgeblasener Typ). Als alle anderen aztekischen Gottheiten schließlich den ungleichen Kampf aufgaben und sich ins *Son-*

nenblick zurückzogen, um von nun an Hühnersuppe und Haferschleim zu schlürfen, blieb Azctlanhuilptlil allein zurück. Er konnte mit seinen göttlichen Pflichten fortfahren, weil er über einen einzigartig wertvollen und mit Argusaugen behüteten Schatz verfügte: ein riesiges künstliches Gebiß, gefertigt (da Mexiko ein Land mit einem schier unerschöpflichen Reichtum an Bodenschätzen ist) aus purem Gold.

Als Cortés und die Konquistadoren in Mexiko einfielen und die jahrhundertealte Kultur der Azteken vernichteten, verboten sie als erstes die Verehrung der alten Götter. Auch Azctlanhuilptlil wurde zu Fall gebracht und von seinen extrem nachtragenden einstigen Anhängern einstimmig auf den Status eines Sterblichen zurückgestuft. Sein darauffolgendes Schicksal ist im verborgenen geblieben, wenngleich eine Legende besagt, daß er seine letzten Tage, zahnlos und zu Tode betrübt, als Qualitätskontrolleur in der Versuchsküche für Maggi-Suppen verbracht haben soll.

Was aus seinen Zähnen wurde, weiß niemand; dennoch blieb den Spaniern eine dunkle Erinnerung an diese Ereignisse im Gedächtnis haften, was viele tapfere Narren auf der fruchtlosen Suche nach dem ›Mann des Goldes‹ in den sicheren Tod führte. Die Wahrheit an dieser Geschichte ist (so behauptete jedenfalls der Drachenkönig), daß die Zähne immer noch dort sind und seit Jahrhunderten im Trichter eines erloschenen Vulkans liegen, bewacht von einem Drachen oder etwas Ähnlichem und eingeweicht in zweihundert Milliarden Litern Kukident.

»Danke«, sagte Lundqvist. Er stand auf und klopfte sich den Schlamm von den Beinen. »Dann will ich mich mal gleich auf den Weg machen.«

Der Drachenkönig verlagerte auf dem Surfbrett unbehaglich das Gewicht. *»Was ist denn mit dem dritten Wunsch, mein Freund?«*

»Stimmt so«, antwortete Lundqvist, »den Rest kannst du behalten.«

Zwölf Uhr dreißig. Essenszeit im *Sonnenblick.*

Eine der beliebtesten Aussagen von Mrs. Henderson lautet: ›Das größte Problem an Göttern ist, daß sie einfach kein Zeitgefühl haben – für sie verschmilzt jeder Tag nahtlos mit dem anderen, jedes Jahr mit dem nächsten, jedes Jahrhundert mit dem folgenden. Die Folge: Zerstreutheit, die zu Schwachsinn und Bettnässerei führt und Heimbewohner hervorbringt, die um drei Uhr morgens durch die Korridore irren und nach einem Arzt verlangen.‹ Dementsprechend lief im *Sonnenblick* alles nach einem genau festgelegten Zeitplan ab, an dem es nichts zu rütteln gab. Frühstück um Punkt sieben Uhr, Mittagessen um zwölf Uhr dreißig, Kaffeetrinken genau um vier Uhr, Abendessen unter allen Umständen um sechs Uhr dreißig und schließlich um einundzwanzig Uhr fünfzehn die Götterdämmerung (›Licht aus, und bis zum Frühstück will ich keinen Ton mehr hören!‹).

Im großen und ganzen funktionierte dieses System, wodurch so mancher bis dahin sinnlos erscheinenden göttlichen Existenz wenigstens ein gewisser Sinn für Ordnung eingeflößt werden konnte. Für ein höheres Wesen ist es, gelinde gesagt, äußerst peinlich, mitten in der Nacht aufzuwachen und sich womöglich Fragen wie ›Warum bin ich eigentlich hier?‹ und ›Gibt es für all das einen Grund?‹ stellen zu müssen. Im *Sonnenblick* wußten die Götter wenigstens, daß sie einzig und allein zu dem Zweck existierten, um zu den festgesetzten Essenszeiten anwesend zu sein. Vielleicht wurde durch solche Maßnahmen der freie Wille etwas eingeschränkt; doch als Gott begreift man sehr schnell, daß freier Wille und freie Verpflegung sehr viel gemein haben.

»Kedgeree«, grunzte Nkulunkulu, großer Himmelsgott der Zulus. »Warum gibt es eigentlich jeden Freitag diesen indischen Fischfraß?«

»Furchtbar langweilig«, pflichtete ihm Ilmater bei, die finnische Königin der Luft, und fügte hinzu, die Sitte, freitags Fisch zu essen, könne ihrer Meinung nach nur von jemandem mit einem äußerst verschrobenen Sinn für Humor eingeführt worden sein.

Nkulunkulu nickte zustimmend und bat sie um das Salz.

»Leider gibt es keine Salzstreuer mehr auf den Tischen«, klärte ihn Ilmater auf. »Anscheinend schadet uns Salz, da soll zuviel Kalium oder so was drin sein – zumindest hat das die Alte behauptet. Allmählich kann man hier wirklich verrückt werden, findet ihr nicht?«

»Kein Salz mehr?« Yama, der hinduistische blaugesichtige Gott des Todes, machte ein furchtbar mürrisches Gesicht. »Das wollen wir doch mal sehen. He, Sie da! Holen Sie mir die Geschäftsführerin. Ich verlange, umgehend die Geschäftsführerin zu sprechen!«

Die auf diese Weise von Yama angesprochene Hilfsschwester schaute durch Yama hindurch, als wäre er gar nicht vorhanden, und schob den mit Aluminiumgeschirr beladenen Rollwagen an ihm vorbei. Rein theoretisch verhielt sie sich völlig korrekt, denn im *Sonnenblick* sind nicht weniger als sechsundvierzig verschiedene Könige und Götter des Todes untergebracht, was die nach den allgemein gültigen Gesundheits- und Sicherheitsvorschriften am Arbeitsplatz zulässige Anzahl bei weitem überschreitet. Um diese Vorschriften umgehen zu können, hatte Mrs. Henderson schon vor langer Zeit einen Dienstplan aufgestellt, wonach jeder von ihnen eine gewisse Anzahl von Tagen diensthabender König des Todes war; an ihren freien Tagen galten die jeweils betreffenden Todesgötter als nicht existent (wenngleich sie pünktlich zu den Mahlzeiten erscheinen mußten).

»Ich habe Osiris schon eine ganze Weile nicht mehr

gesehen«, merkte Nkulunkulu an und rief unter dem Schutz einer Serviette heimlich einen kleinen Salzstreuer ins Leben. »Allmählich frage ich mich, ob das arme Schwein womöglich doch noch den Löffel abgegeben hat.«

»Welchen Löffel denn? Wie meinst du das?«

»Na, ob er vor die Hunde gegangen ist oder über den Jordan oder von mir aus auch über die Wupper. Kurz, ich will wissen«, fügte Nkulunkulu hinzu, »ob er ins Gras gebissen hat.«

Ilmater blickte von ihrem Teller auf. Sie hatte die ganze Zeit mit der Gabel im Essen herumgestochert und alles, was nach hartgekochtem Ei aussah, herausgepickt und sorgfältig auf dem Tellerrand deponiert. »Er hat den Löffel abgegeben, ist vor die Hunde und über den Jordan und die Wupper gegangen und hat ins Gras gebissen. Hört sich ganz so an, als wäre er in letzter Zeit ziemlich beschäftigt gewesen«, sagte sie. »Kein Wunder, daß wir ihn schon lange nicht mehr gesehen haben.«

»Ich frage mich, ob er gestorben ist, du dumme Gans!«

Yama schüttelte den Kopf. »Das bezweifle ich doch sehr, weil mir das aufgefallen wäre«, widersprach er. »Wir Todesgötter erhalten nämlich jeden Abend einen Rundbrief, um Kosten und ethnische Interessenkonflikte zu vermeiden, und da stand nichts von seinem Ableben drin.«

Es gab einen kleinen Lichtblitz, als Nkulunkulu den Salzstreuer in ein Miniaturmodell von Lots Frau verwandelte, die, zur Salzsäule erstarrt, ein LCD-Display in den Händen hielt, auf dem stand: *Ich habe dir doch gesagt, kein Salz!* »Ach, ich weiß sowieso nicht, was ich von all dem halten soll«, seufzte er schwermütig. »Da schuftet man bis zum Umfallen, um die Welt zu erschaffen, richtet alles hübsch ein und füllt sämtliche Regale mit einem schier unerschöpflichen Vorrat an eßbaren Pflanzen und gutgläubigen Tieren auf, und was bekommt man als Dank dafür? Eiskaltes Kedgeree und keinen Krümel Salz zum Draufstreuen. Das reicht, um Methodist zu werden.«

»Vielleicht macht er ja Urlaub.«

»Wer denn?«

»Na, Osiris natürlich.«

»Entschuldigung, junger Mann, aber sind Sie vielleicht der Doktor, den ich erwarte?«

»Als ich ihn das letzte Mal gesehen habe, da hat er sich mit dieser einen Schwester unterhalten«, meinte Yama. »Ihr wißt schon, mit dieser etwas pummeligen. Und da ich gerade davon spreche, diese Schwester habe ich seit einer ganzen Weile auch nicht mehr gesehen.«

»Schade drum, an der war wenigstens was dran«, stellte Nkulunkulu fest. »So ein richtig leckeres Mädchen war das, keine von diesen magersüchtigen Schwestern, die hier sonst noch so rumlaufen.«

»Ich glaube nicht, daß man sie essen soll, Nkulunkulu.«

»Ich meinte das doch nur im übertragenen Sinne.«

»Ach so.« Yama zuckte die Achseln. »Vielleicht ist Osiris dieses eklige Kedgeree auf den Magen geschlagen, falls er noch einen hatte, und er hat gekündigt und ist einfach ausgezogen«, mutmaßte er. »So, wie ich ihn kenne, täte mich das nicht wundern. Ich meine, vor der alten Henderson hat er zwar manchmal den Schwanz eingekniffen – wenn auch an der falschen Stelle –, aber im Grunde hat er das Herz auf dem rechten Fleck ... na ja, fast jedenfalls.«

Ilmater schüttelte den Kopf. »Das glaube ich nicht«, widersprach sie. »Soweit ich weiß, ist Kündigung ein Verstoß gegen die Heimordnung, sonst hätten wird doch alle schon längst gekündigt ... Wer ist eigentlich diese komische alte Hexe hier, und warum zeigt die uns andauernd ihr bescheuertes Knie?«

»Das ist Minerva«, klärte der Himmelsgott Nkulunkulu seine finnische Kollegin auf. »Beachte sie einfach nicht, dann haut sie schon irgendwann von selbst ab. Trotzdem würde ich gerne mal nachschauen, wo genau in der Heimordnung steht, daß man nicht kündigen darf. Schaden könnte das nicht.«

»Vielleicht ist er zusammen mit der Schwester durchgebrannt«, dachte Yama laut nach. »Obwohl das natürlich mit dem Rollstuhl und den damit einhergehenden Problemen ziemlich schwierig sein dürfte, doch bei Göttern ist kein Ding unmöglich, und ihm wäre das durchaus zuzutrau ... Das glaube ich einfach nicht! Schon *wieder* Rhabarber! Nehmen Sie das sofort wieder weg, junge Frau. Weg damit! Ich kann das Zeug nicht mehr sehen.«

»Heiße Vanillesoße?« fragte die Serviererin.

»Nein!«

Die Serviererin beachtete ihn nicht weiter und wandte sich an Ilmater. »Würden Sie ihn vielleicht fragen, ob er Vanillesoße möchte? Ich habe nämlich nicht den ganzen Tag Zeit.«

Ilmater lächelte, wobei sie auf ein besonders gutes Gelingen ihres herablassenden Spezialgrinsens zur Besänftigung von Hausangestellten hoffte, und antwortete: »Ich glaube, er möchte wirklich keine Vanillesoße, danke. Entschuldige, Kulu, aber was hast du eben gesagt?«

»Ob und wo in der Heimordnung etwas von Kündigung steht«, wiederholte Nkulunkulu. »Wahrscheinlich gibt es eine Möglichkeit, hier herauszukommen, wir müßten nur herausfinden, welche. Ich für meinen Teil wäre dazu bereit.«

»Jetzt seht euch das mal an! Diese blöde Kuh hat über meinen ganzen Rhabarber Vanillesoße geschüttet. Ich muß wirklich darauf bestehen, die Geschäftsführerin zu sprechen.«

Nach dem Mittagessen, so besagt die Heimordnung,

genießen die Heimbewohner die friedliche und erholsame Ruhe im Gemeinschaftsraum. Zwar wußte niemand, welche Strafe auf die Nichtteilnahme am Genießen der friedlichen und erholsamen Ruhe im Gemeinschaftsraum stand, doch das lag nur daran, daß noch nie jemand den Mut aufgebracht hatte, dies herauszufinden. Während Nkulunkulu artig im Sessel saß und auf den Fernseher starrte, blieb sein Verstand ungewöhnlich klar. Etwas schwirrte ihm wie eine Fliege in einem umgestülpten Glas im Kopf herum, und er war sich nicht völlig sicher, was es war, doch dann sprangen ihm die drei leeren Sessel ins Auge.

Die drei leeren Sessel unter diesem abstoßenden Poster von einem kleinen Kind mit einem Kätzchen. Er kramte wie wild in seinem Gedächtnis herum und förderte drei Namen zutage: Odin, Thor und Freyr.

Leck mich am Arsch! murmelte Nkulunkulu in sich hinein. *Rechnet man Osiris hinzu, dann haben sich demnach vier Leute unerlaubt von der Truppe entfernt.*

Wie viele braucht man eigentlich, um von einem richtungsweisenden Präzedenzfall sprechen zu können? fragte er sich.

»Soweit ich mich erinnern kann, muß hier irgendwo die letzte und alles entscheidende Schießerei stattgefunden haben«, verkündete Osiris und blickte von der Landkarte auf.

Pan, der auf einem Huf zu stehen versuchte, während er aus dem anderen Schuh einen Stein herausholte, erschauderte unwillkürlich. »Wer war denn daran beteiligt?« erkundigte er sich nervös.

»Butch Cassidy und Sundance Kid«, klärte ihn Osiris auf.

Pan kam zu dem Schluß, daß Schwerkraft der letzte Mist sei, als er ins Taumeln geriet und gerade noch rechtzeitig mit dem entblößten Huf auf einen zerklüfteten Feuerstein treten konnte, um Halt zu finden. »Das war aber in Bolivien«, korrigierte er Osiris.

»Ach, wirklich? Meines Wissen liegt das nur ein kurzes Stück weiter die Straße runter. Wir können dort ja auf dem Rückweg mal kurz anhalten und nachsehen, wenn wir genug Zeit haben«, schlug Osiris vor.

Pan gelobte leise, daß sie ganz bestimmt keine Zeit dafür erübrigen könnten, es sei denn, er hätte bis dahin auch einen solch bequemen Rollstuhl. »Wir werden sehen. Aber was ist nun mit dem Vulkan? Müßten wir ihn nicht schon von hier aus sehen können?«

»Wirf doch mal selbst einen Blick auf die Karte.«

Pan nahm die Karte von Osiris entgegen und warf einen Blick darauf. »Ach, Mist, das ist ja so eine von diesen schrecklich modernen Dingern, die ich nicht lesen kann. Wenn in der Mitte nicht Jerusalem ist und keine Drachen eingezeichnet sind, kann ich damit überhaupt nichts anfangen.« Er kniff die Augen zusammen. Nicht, daß er eine Brille gebraucht hätte – Götter sehen alles –, aber ein weiterer Grund, weshalb er moderne Landkarten für so furchtbar nutzlos hielt, waren die vielen winzig klein gedruckten Details. »Ich bin mir ziemlich sicher, daß du weißt, was du machst«, sagte er deshalb und gab Osiris die Karte zurück.

Nichtsdestotrotz blieb er skeptisch – kein ungewöhnlicher Zustand bei ihm, denn er war gegenüber allem und jedem generell skeptischer eingestellt als ein Fallschirmspringer, dessen Reserveschirm sich nicht geöffnet hat –, und die Tatsache, daß keiner der Berge am Horizont auch nur ansatzweise einem Vulkan glich, trug auch nicht gerade zur Auflösung seiner Vorbehalte bei. *Mist! Wir haben uns schon wieder verirrt!* ärgerte er sich. *Und dieses Mal ist es nicht mein Fehler.* Deshalb sah er sich beim nächsten Zwischenstopp veranlaßt zu fragen, woher sich Osiris diese Landkarte besorgt habe.

»Vom Flughafen«, antwortete Osiris. »Und wenn du

mich fragst, halte ich nicht sonderlich viel von dem Ding. Dieser Berg dahinten zum Beispiel ist überhaupt nicht eingetragen. Der muß wohl neu sein«, stellte er eine gewagte Vermutung an und kniff die Augen zusammen. »Jedenfalls ist es ein ganz schönes Armutszeugnis, einem eine veraltete Landkarte zu verkaufen, finde ich.«

Pan nickte. »Eine neuer Berg, ich verstehe.« Er nahm die Karte in die Hand, schaute auf den Umschlag und gab sie Osiris zurück. »Das ist übrigens der Stadtplan von Mexiko City«, stellte er klar. »Demnach müßte das da die Haupteinsatzzentrale der städtischen Feuerwehr sein. Wie wäre es, wenn wir den Weg, den wir gekommen sind, noch mal zurückgehen und versuchen, uns ein Taxi zu besorgen?«

Noch während er sprach, begann die Erde zu beben. Götter sollten an solche Dinge gewöhnt sein, doch Pan hatte sich nie richtig damit anfreunden können; noch immer fühlte er sich furchtbar schuldig, wenn er im Frühjahr zur Zeit des Wiedererwachens der Natur und der metaphysischen Urkraft gedankenlos über den schönen neuen Teppich von jemandem ging und eine Spur frisch blühender Himmelsschlüsselchen hinterließ.

»Jetzt schau doch mal!« rief Osiris begeistert und zeigte mit triumphierendem Grinsen auf den Horizont.

Drei der noch immer relativ weit entfernten Berge schienen plötzlich Feuer zu speien. Riesige rotglühende Feuerschwaden schossen Hunderte von Metern hoch in die Luft, die plötzlich voll von hellgrauer Asche und kleinen heißen Schlackeklumpen war, von denen einige Pan in den Nacken fielen.

»Demnach müßte das da die Haupteinsatzzentrale der städtischen Feuerwehr sein«, zitierte Osiris seinen Kollegen. »Das kann man wohl laut sagen. Wahrscheinlich halten die gerade eine Übung ab. Vorwärts, Leute! Ich glaube, es kann losgehen!«

Offenbar war dies ein guter Tag für pyrotechnische Effekte jedweder Art; denn kaum waren Osiris und seine Leute wenig mehr als ein paar hundert Meter in Richtung der Berge gegangen, wurde der ganze Himmel von einem blendenden Blitz erhellt, ein in Flammen stehendes riesiges Objekt schoß mit einer unvorstellbar hoch anmutenden Geschwindigkeit in die Luft und verschwand über dem Horizont, gefolgt von einem ohrenbetäubenden und relativ lang anhaltenden Überschallknall.

»Wußte ich's doch!« schrie Thor über den Lärm hinweg, während Odins Hände verzweifelt mit dem Schaltpult kämpften. »Ich hab dir doch gleich gesagt, daß diese marode Zylinderkopfdichtung nur durch dieses dämliche Bienenwachs am Austreten gehindert wird, das sofort schmilzt, wenn wir uns zu sehr der Sonne nähern. Und was macht dieser dämliche Kerl ...?«

»Jetzt beruhige dich mal!« brüllte Odin zurück, während ihm der Fahrtwind den weißen Seidenschal vom Hals riß. »Mit Panik kommen wir auch nicht weiter. So, wenn ich das Kommando gebe, will ich, daß ihr euch beide so weit wie möglich links hinauslehnt. Verstanden?«

Midgards ganzer Stolz vibrierte, geriet ins Trudeln und machte eine volle Umdrehung um die eigene Achse, was allerdings keine spürbare Auswirkung auf die Geschwindigkeit oder Flugbahn hatte. Freyr verlor jedoch seinen Handschuh, der ihm vom Wind abgerissen worden war.

»Ich fürchte, wir müssen eine Notlandung riskieren!« schrie Odin. »Ich muß mich nur noch nach einer geeigneten Stelle umsehen.«

»Na prima!« Thor versuchte, sich in seinen Sitz zu verkriechen. »Wir haben schon genug Schwierigkeiten am Hals, da mußt du diesem dämlichen Ding nicht auch noch absichtlich den Rest geben! Warum setzen wir uns nicht einfach ganz entspannt zurück und lassen der Natur ihren freien Lauf?«

»Ich ...«

»O mein Gott!«

Plötzlich tauchten Berge auf, von denen noch einen Sekundenbruchteil zuvor keine Spur zu sehen gewesen war. Später schwor Thor Stein und Bein, sie hätten den höchsten und steilsten Gipfel dieser Bergkette nur um weniger als einen tausendstel Millimeter verpaßt.

»Was du da gerade gesagt hast, war interessant!« brüllte Freyr mit geschlossenen Augen.

»Was denn?«

»Du hast gesagt: ›O mein Gott!‹. Ich wußte gar nicht, daß du religiös bist.«

»Quatsch! Das ist doch nur so eine Floskel.«

»Ach so.« Freyrs Knöchel liefen an den Festhaltegriffen weiß an. »Schade. Göttlichen Beistand könnten wir jetzt nämlich gut gebrauchen.«

Odin kämpfte noch immer mit dem Steuerknüppel. »Welcher unverantwortliche Idiot hat diese Berge ausgerechnet da hingesetzt?« grummelte er. »Einige Leute denken einfach nicht mit, das ist das Problem.«

Er riß erneut mit voller Wucht am Steuerknüppel und brach ihn dabei ab. Eine Weile starrte er den Knüppel fassungslos an, dann verstaute er ihn gewissenhaft unter dem Sitz. Mit ein, zwei Schweißstellen hielte das Ding schon wieder, wie er meinte.

Thor lehnte sich seitlich hinaus. Bis zu einem gewissen Punkt hatte ihm seine vorherige Aussicht – namentlich auf Odins Nacken – vollkommen gereicht, weil ihm dadurch der Anblick einer Menge sehr viel beunruhigenderer Dinge, beispielsweise der immer näher kommende Erdboden, erspart geblieben waren. Andererseits hatte er die Aussicht auf den Stiernacken seines Kollegen derart satt, daß er momentan alles andere bevorzugt hätte.

»Au Scheiße!« jammerte er. »Da sind ja noch mehr Berge!«

»Vulkane«, korrigierte ihn Odin. »Und wie es aussieht, sind die sogar aktiv. Das ist schon komisch …«

»Komisch?«

Odin nickte. »Ja, ich fürchte, daß wir etwas vom Kurs abgekommen sind!« schrie er nach hinten. »Ich kann mich nämlich nicht daran erinnern, daß es in Staffordshire tätige Vulkane gibt.«

Unterdessen hatten sie natürlich gewaltig an Geschwindigkeit gewonnen. Wenn sie darüber nachgedacht hätten, wäre es ihnen sicherlich ein Trost gewesen, daß sie, selbst wenn der Steuerknüppel nicht abgebrochen wäre und das Steuerruder funktioniert hätte, dennoch nicht die notwendige Zeit gehabt hätten, um dem riesigen Krater auszuweichen, in den sie soeben schnurstracks hineinflogen.

Aber nicht wieder heraus.

»Si, Señor.« Der alte Bauer nickte und zeigte nach vorn. Der Fahrer des voranfahrenden Schützenpanzers winkte nach hinten und trat gleichzeitig die Kupplung. Die Kolonne setzte sich erneut in Bewegung.

»Medicos Yanquis«, erklärte der Bauer seiner Frau, während die beiden verdrossen die zermatschten Kohlköpfe einsammelten, über die gerade die Militärkolonne gerollt war.

Die Frau des Bauern kratzte sich an ihrer braunen Nase und lächelte. »Andererseits gibt es da ja noch den Schadenersatz«, sagte sie.

»Welchen Schadenersatz?«

»Na ja, Schadenersatz eben. Als die Drogenpolizei der Yankees letztes Jahr das Tomatenfeld vom alten Miguel niedergebrannt hat, weil sie glaubte, er baue Drogen an, hat er den doppelten Wert ersetzt bekommen. Und als Salvadors Bohnen mit Napalm beworfen und die Rüben aus dem Hubschrauber heraus mit Maschinengewehrsalven niedergemäht wurden, hat er einen Gewinn von etwas mehr als dreihundert Prozent gemacht. Dieses Jahr denkt er ernsthaft daran, an seine Zwiebeln aus Papier geschnittene Blüten zu hängen, damit sie wie Schlafmohn aussehen, falls die Drogenfahnder wiederkommen sollten.«

Der Bauer schüttelte den Kopf. »Das sind aber keine Drogenfahnder gewesen, sondern Ärzte«, klärte er seine Frau auf.

»*Gringo*-Ärzte«, verbesserte sie ihn.

»Da hast du allerdings recht …«

XIII

Der Wächter der Goldzähne rührte sich unbehaglich im Schlaf.

Schon seit einer Ewigkeit hatte sich niemand mehr hierhergetraut – anscheinend lernten selbst Sterbliche irgendwann dazu, wobei spätestens die über zehn Hektar verstreuten sonnengebleichten Knochen ihrem Verstand auf die Sprünge halfen. In Wirklichkeit handelte es sich zwar nur um die Knochen einer Partieware eines bankrott gegangenen Beinhauses, doch dem Wächter gefielen sie, da sie seiner Meinung nach der ganzen Gegend einen gewissen Charme verliehen.

Unter ihm zitterte der Boden, und sein ohnehin schon empfindlicher Schlaf wurde durch Träume von Wasserbetten und vorbeifahrenden Zügen gestört. Sein Unterbewußtsein versicherte ihm jedoch mit Nachdruck, daß der Vulkan gerade nur etwas verrückt spiele, und die Träume kehrten zum vorhergehenden, gleichmäßigen Verlauf zurück: ein grünes Friestuch, bunte Bälle, ein Mann in einer Weste, der sich nachdenklich auf einen Holzstiel stützt. Der Wächter hatte nicht die leiseste Ahnung, worum sich dieser Traum drehte, aber warum sollte er auch? Selbst nach zehn Jahren hatte dieser Traum nichts von seiner faszinierend einschläfernden Wirkung eingebüßt.

Der Sachverhalt war, daß vor etlichen Jahren ein Konsortium ebenso gerissener wie skrupelloser australischer Fernsehmagnaten, das die Kosten scheute, einen eigenen Satelliten in die Erdumlaufbahn zu bringen, ein Verfahren herausgefunden hatte, mit dem man das schlummernde Gehirn des Wächters als eine Art Relaisstation verwenden konnte. Dies hatte zur Folge, daß sein Urschlaf rund um die Uhr von Seifenopern, amerikanischen Spielfilmen und den verschiedensten Sportsendungen heimgesucht wurde, die allesamt in seinem Stirnlappen herumschwirrten und häufig bis in jene Teile des Gehirns vordrangen, die für den Ablauf unserer Träume verantwortlich sind. Als einmal die Geburt von Sue Ellens Baby und die Fernsehpremiere von *Lethal Weapon* 9 mit dem Tag der Eröffnungsfeier der Olympischen Spiele in Melbourne zusammenfielen, bestanden die Träume des Wächters aus den bizarrsten Horrorvisionen und Phantasiegemälden, wie sie wahrscheinlich seit dem Tod von Hieronymus Bosch nicht mehr erzeugt worden waren.

Sterbliche! Er konnte tatsächlich Sterbliche riechen, die nicht allzuweit entfernt waren. Und er nahm einen weiteren Geruch wahr; einen merkwürdigen und dennoch nicht ganz unvertrauten Geruch, an den er sich aus längst vergangenen Zeiten sehr schwach erinnern konnte. Ein beunruhigender Geruch, der ankündigte, das Ärger ins Haus stand.

(»Und wohin fliegt der Ball?« »Ach, Bob, genau das wollte er damit nicht erreichen.« »Böses Foul.« »Großartig.« »Ich frage mich nur, wie Steve aus dem Schlamassel wieder rauskommen will.« »Entzückend.«)

Dieser andere Geruch stammte auf keinen Fall von Sterblichen, sondern von … Göttern. Also waren tatsächlich Götter auf seinem Berg! *Verdammt, wann begreifen diese Kerle endlich, daß sie hier nicht willkommen sind?*

»Na prima«, seufzte Pan, setzte sich auf einen Felsen und stützte das Kinn in die Hände. »Jetzt müssen wir nur noch eine Möglichkeit finden, die Dinger zu transportieren. Hat jemand daran gedacht, eine Schubkarre mitzunehmen?«

Tief unter ihnen lagen die Zähne. Die klare und immer noch friedlich sprudelnde rosafarbene Flüssigkeit, mit der die untere Hälfte des Kraters gefüllt war, verzerrte die Umrisse des riesigen gelben Objekts, so daß es schwierig zu schätzen war, wie tief sich die Zähne wirklich im Wasser befanden. Ein paar Meter vielleicht? Oder gar fünfzig oder hundert Meter? Doch trotz dieser Unsicherheit und des großen Abstands vom Kraterrand zur Wasseroberfläche verschlug es einem allein beim Anblick der Zähne die Sprache.

Vielleicht ist es interessant, einmal die verschiedenen Reaktionen innerhalb der Gruppe zu vergleichen. Osiris hatte die Bremse des Rollstuhls angezogen. Er starrte stumm in den erloschenen Vulkan und stellte wahrscheinlich die wildesten Vermutungen an, die diese Gegend je erlebt hatte. Pan, wie schon eingangs erwähnt, spekulierte darüber, wer damit beauftragt werden würde, das schwere Ding zu bergen, was ihm, eingedenk seines ständigen Pechs, verständlicherweise gehörig auf den Magen schlug. Sandra dachte: *Ein Königreich für einen großen Cheeseburger.* Und soweit bekannt ist, dachte Carl nichts.

»Erstaunlich«, sagte Osiris schließlich. »Dieser ganze Reichtum, diese ganze Genialität, dieser ganze Arbeitsaufwand – und alles, was diesen Volltrotteln von Inkagöttern hätte einfallen müssen, wäre die Erfindung der Zahnbürste gewesen.« Er seufzte schwer. Je älter er wurde, desto fester war er der Überzeugung, daß sämtliche Götter im Grunde nichts als ein Haufen von Volltrotteln waren.

»Entschuldige mal«, unterbrach Pan Osiris' philosophische Betrachtungen, »aber solltest du bereits irgendeinen raffinierten Plan im Kopf haben, wie wir das

Ding bergen können, wäre jetzt der geeignete Zeitpunkt, um ihn uns mitzuteilen.«

Mit einem fast hörbaren Ratschen riß sich Osiris von seinen träumerischen Gedanken los und antwortete: »Kein Problem, wir mogeln einfach.«

»Wie? Das dürfen wir doch gar nicht.«

»Sicherlich dürfen wir das, schließlich sind wir Götter, oder? Welchen Sinn hat es denn sonst, Gott zu sein, wenn man nicht mal hin und wieder gegen die Spielregeln verstoßen darf, hä?«

»Es gibt Verstöße gegen die Spielregeln, und es gibt das Gesetz zum Schutze der Materie«, belehrte ihn Pan und fügte rasch hinzu: »Und bevor du mich fragst: Ja, ich bin dagegen. Wenn wir nämlich bei einem Verstoß gegen dieses Gesetz erwischt werden, dann gnade uns ... na ja, wer auch immer. Selbst für Ersttäter beträgt die Mindeststrafe für ein solches Vergehen meines Wissens viertausend Jahre sozialer Dienst.«

»Jetzt beruhige dich mal«, besänftigte ihn Osiris. »Bei Göttern ist kein Ding unmöglich, oder hast du das schon wieder vergessen?«

»Ehrlich gesagt, hatte ich schon befürchtet, daß du das sagen würdest.«

»Das Schlimme an dir ist, daß du gegenüber allem und jedem immer so furchtbar pessimistisch eingestellt bist«, entgegnete Osiris gereizt. »Schon beim kleinsten Anzeichen von Problemen gerätst du in Panik.«

»Na und?«

Osiris seufzte schwer. »Wir mogeln, und damit basta!« entschied er in einem Ton, der keinen Widerspruch mehr zuließ. »Und zwar gehen wir dabei folgendermaßen vor ...«

Letztendlich sind sämtliche Gesetze der Physik – wie alle anderen Gesetze auch – dazu entwickelt, um das Leben für die kleinen Leute so schwierig und unangenehm wie möglich zu gestalten, während die Reichen und Mächtigen sie gar nicht erst zur Kenntnis nehmen.

Die grundlegende und alles verschleiernde Logik, die dahintersteckt, ist folgende:

(a) Nur mögliche Dinge können getan werden, ohne die Grundgesetze des Universums zu verletzen.

(b) Bei Göttern jedoch ist kein Ding unmöglich.

(c) *Ipso facto* ist alles, was ein Gott tun will, *per definitionem* möglich und folglich völlig legal.

Schön und gut; doch damit ließ sich noch lange kein schweres künstliches Gebiß vom Grund eines sehr tiefen Kratersees bergen. Um dieses Ziel zu erreichen, waren ein paar zusätzliche Details erforderlich. Deshalb:

(a) Es ist ungeheuer schwierig, eine riesige Zahnprothese aus purem Gold zu transportieren.

(b) Andererseits ist es ungeheuer einfach, eine aus Kunststoff und Gold gefertigte Zahnprothese in Standardgröße zu transportieren.

(c) Den Göttern, denen ewiges Leben beschieden ist und die infolgedessen alles überdauern, was vergänglich und manipulierbar ist, ist die Beschaffenheit eines Gegenstands ziemlich egal; Atome und Moleküle bleiben stets unverändert, wenngleich sie eine unendliche Gestaltenvielfalt annehmen können. Für Götter scheinen die unzähligen Formen, die Atome eine Zeitlang annehmen können, bevor Zerfall und Entropie ihr zerstörerisches Werk tun, wie die Einzelbilder von der ungefähren Länge eines Kinofilms zu sein. Zwar ist jedes Einzelbild so vergänglich, daß das göttliche Auge es nicht wahrnehmen kann, doch das allgemeine Thema bleibt in der Erinnerung haften, selbst wenn das einzelne Bild und Zehntausende ähnlicher Bilder, die erst den Gesamteindruck vermittelten, längst in Vergessenheit geraten sind.

(d) Deshalb ist alles so beschaffen, wie es sich ein Gott wünscht; einschließlich irgendwelcher Zahnersatzteile aus Gold.

»So, das war's schon«, stellte Osiris zufrieden fest. Er steckte die Zähne sorgfältig in eine gefütterte Versandtasche und verstaute das Päckchen in einer Jackentasche. Dann blickte er Pan grinsend an. »So, du alter Schißhase, jetzt siehst du ja selbst, was man alles erreichen kann, wenn man eine Sache gründlich durchdenkt – man erspart sich unendlich viel Streß.«

»Gut gemacht«, lobte ihn Pan, während er in Gedanken hinzufügte: *Alter Angeber.* »Trotzdem halte ich es für angebracht, wenn wir uns hier möglichst schnell verdrücken. Ich habe nämlich so ein komisches Gefühl im Bauch.«

Der See im Krater begann zu schäumen.

»Du leidest an Verfolgungswahn.«

»Meinst du?«

»Sicher.«

»Mag sein«, räumte Pan ein und blickte in den Krater hinab, wo sich der Schaum auf der Wasseroberfläche allmählich auflöste, während der See zu brodeln begann. »Hast du dich eigentlich schon mal gefragt, weshalb ich an Verfolgungswahn leide?«

Osiris folgte Pans Blickrichtung. »Andererseits bringt es auch nichts, hier hochtrabende Gespräche zu führen, und da wir noch eine Menge vorhaben, sollten wir uns vielleicht lieber auf den Weg ...«

Und dann zitterte der Vulkan, und aus dem Boden des jetzt leeren Kraters wirbelte eine gigantische Wasserhose empor. Während sie sich immer schneller drehte, schien sie eine Form anzunehmen, die den Göttern tief ins Unterbewußtsein eingeprägt war und die ihnen bevorstehenden Ärger ankündigte. Nur wenige Drehungen später nahm die Wasserhose endgültig eine feste Gestalt an.

»Jetzt brat mir einer einen Storch!« staunte Carl. »Das Ding ist ja eine Riesenschlange!«

Deppenmund tut Wahrheit kund. Das Riesenvieh war längst nicht mehr durchsichtig; es war auf geradezu niederschmetternde Weise stofflich – eine monströse Schlange, die alles andere in der näheren Umgebung überragte und gegen die ein Riesenmammutbaum wie ein Bonsai wirkte. Auf dem metallisch glänzenden Schuppenpanzerhals saß nicht etwa ein Kopf, sondern saßen viele rautenförmige kleine Köpfe, von denen zu allem Überfluß jeder mit eigenen Reißzähnen und einer gespaltenen Zunge ausgestattet war. Der Ordnung halber sei erwähnt, daß der Wächter der Goldzähne exakt dreiundsiebzig Köpfe besaß, die sich völlig unabhängig voneinander betätigen konnten. Durch sein noch immer schlafendes Haupthirn schossen unterdessen unheimliche und unbegreifliche Botschaften, verschwanden wieder und hinterließen ein in den taumelndsten Farben tosendes Blitzlichtgewitter, wie man es mit geschlossen Augen sehen kann, wenn man zuvor in die Sonne geblickt hat.

Fabelhaftes Zeug, dieses Kukident. So schützt es Zahnprothesen nicht nur vor dem Zerfall und tötet sämtliche Bakterien ab, die sich selbst in die entlegensten Winkel auch des besten Gebisses verkriechen, sondern kann sich auch (falls ihm genug Magie beigemengt wurde, um damit einen ganzen Zaubererkongreß vergiften zu können) bei tödlicher Gefahr für den betreffenden Zahnersatz in eine fünfzig Meter große Riesenschlange verwandeln und alle erspähten Eindringlinge verschlingen.

»Komisch, daß das Ding diese hellrosa Farbe beibehalten hat«, stellte Sandra fest. »Ob es wohl noch immer nach Pfefferminze schmeckt?«

Einer der Vorteile, Gott Pan in seiner Nähe zu wissen, besteht darin, daß man in seiner Gesellschaft eine Angst bekommen kann, wie sie grausamer und unbegründeter weder im Versand- noch im Einzelhandel erhältlich ist und deren Qualität keine Wünsche offenläßt. Als die Hydra ihren grotesk langen Hals abwickelte und mit unzähligen rosafarbenen Zungen zischend (nicht direkt zischend, sondern eher sprudelnd) zum Angriff überging, stoben die Zahnprothesendiebe panikartig auseinander und überließen Osiris seinem Schicksal.

»Pan, du alter Feigling!« hörten sie ihn schreien. »Ist dir eigentlich klar, was du da tust, du ...!«

Und ob mir das klar ist, Dumpfbacke, dachte Pan, während er sich in eine schmale Felsspalte warf und die Arme schützend vor den Kopf hielt. *Ich weiß genau, was ich tue, und das ist auch besser so. Selbst wenn ich unsterblich sein sollte, so habe ich ganz bestimmt keine Lust, bis ans Ende der Welt in den Verdauungsorganen einer verdammt großen Schlange zu verbringen. Und Gott sein heißt auch, niemals sagen zu müssen, daß man im nachhinein etwas bedauert ...*

Ach, Scheiße!

Nur widerstrebend und mit unendlichem Bedauern stemmte er sich aus dem sicheren Versteck heraus, knallte dabei mit dem Kopf gegen einen gezackten Felsvorsprung und rannte mit schmerzverzerrtem Gesicht zu Osiris zurück.

Der Wächter erschauderte.

Natürlich schlief er immer noch fest; dafür sorgten schon die inoffiziellen Untermieter in seinem Gehirn. Wäre er dennoch aufgewacht, und sei es nur für einen kurzen Augenblick, hätte dies den Fernsehempfang auf drei Kontinenten empfindlich gestört, und Millionen von Fernsehzuschauern, die an diesem Tag die neueste Folge von *Junge Buchhalter* eingeschaltet hatten, hätten einen entsetzlich langweiligen und stark esoterisch angehauchten Dokumentarfilm über die Gedankenprozesse einer Zahnprothesenreinigerflüssigkeit mit gebremstem Schaum gesehen.

Da er jedoch nicht aufwachen konnte, wurde er von merkwürdigen Träumen heimgesucht. In seinem dreiundsiebzigsten Kopf beispielsweise, in dem gerade die offenen Golfmeisterschaften von Melbourne live übertragen wurden, spukte die Abbildung von einem der Teilnehmer herum, der sich plötzlich auf dem neunten Grün nach dem Ball bückte und sich damit flugs aus dem Staub machte. In Kopf vierunddreißig (*Eine Million Kochrezepte* mit Yvonne Wilson) brutzelte gerade ein leckeres Rezept für in Butter gebratene Eindringlinge mit frischer Petersilie und Frühkartoffeln. Kopf einundvierzig (die populäre Spielshow *Erfüll dir deine geheimsten Wünsche)* unterbrach mittendrin die Übertragung der ›Unbescholtene-Bürger-werden-über-Kohlhalden-geschleift-und-mit-heißem-Teer-überschüttet‹-Runde und begann eine völlig neue Spielrunde, in der es bei einer Partie Schach mit lebendigen Figuren darum ging, dem Springerbauern des Gegenspielers die Lungen mit einem Fleischerhaken herauszureißen. Alle drei Köpfe waren sich darin einig, sich bei der nächsten Werbeunterbrechung auszuschalten und die australischen Lizenznehmer auf Schmerzensgeld zu verklagen.

Einbrecher! flüsterte das Unterbewußtsein des Wächters. *Los, friß diese Dreckskerle!* Mit träge hin und her schwankenden Köpfen suchte er schließlich den umliegenden Bereich nach zu verschlingenden Eindringlingen ab.

Was seine dreiundsiebzig Augenpaare dabei erblickten, war ein kleiner alter Mann in einem Rollstuhl, der dem Wächter mit einer von Leberflecken übersäten Faust und einer sich vor Zorn überschlagenden Stimme lauthals drohte. *Einbrecher?* schrien die Köpfe im Chor. *Das ist doch lächerlich. Dieser alte Knacker könnte nicht mal in der Doggerbank einbrechen.*

Der Wächter wollte gerade die ganze Angelegenheit abschreiben und sich in sein schönes Schlammbett zurückziehen, als seine Augen peripher einen verschwommenen, sich bewegenden Fleck wahrnahmen. Er zögerte und erkannte ein weiteres Wesen in Menschengestalt, das unbeholfen über den felsigen Untergrund zu dem alten Knacker im Rollstuhl lief und laut brüllte. *Zwei von denen?* Das sah schon eher nach Eindringlingen aus.

Und jetzt ein Riesenapplaus bitte für unsere beiden mutigen Kandidaten, die heute abend miteinander ›Wir haben nichts mehr zu verlieren‹ spielen werden.

Der Rollstuhl ruckelte einige wenige Meter vorwärts, und es schien, als wolle sich der ältere Mann auf den jüngeren zu bewegen. Dies empfand der Wächter als sehr entgegenkommend; denn auf diese Weise hätte ein kräftiges Niesen von Kopf zweiundsiebzig, vermengt mit ein wenig Zyanidgas, für beide gereicht; und an dem zweiten war immerhin eine Menge Fleisch dran, wenngleich der andere ein wenig unappetitlich wirkte, als wäre er durch den Fleischwolf gedreht worden.

Der Wächter dachte angestrengt nach; auf der Grundlage, daß zwei Köpfe besser sind als einer, mußten dreiundsiebzig verdammt klug sein, und er ging sämtliche alternativen Möglichkeiten bis ins letzte Detail durch. Letztendlich kam er allerdings immer wieder zu demselben Ergebnis; nämlich diesen beiden Clowns den dringenden Wunsch beizubringen, nie geboren worden zu sein. Als sich die Köpfe nach kurzer Debatte einstimmig für Gewalt und Chaos entschieden, hatte der zweite Eindringling längst den Rollstuhl bei den Griffen gepackt und rannte damit so schnell wie möglich auf einen großen Steinhügel zu.

Die Hydra gähnte. *Na, dann wollen wir mal,* sagte sie sich. *Mal sehen, was heute auf dem Speiseplan steht.*

»Ich weiß nicht, Pan, manchmal bringst du mich wirklich an den Rand der Verzweiflung.«

Pan blieb kurz stehen und rang nach Atem, was Osiris als eine willkommene Gelegenheit empfand, weiter auf dem Thema herumzuhacken.

»Ausgerechnet du nennst dich einen Gott«, ließ er nicht locker. »Glaub mir, ich habe Bierdeckel gesehen, die strahlen mehr Göttlichkeit als du aus. Dein Problem ist«, fuhr er in einem Ton fort, als wäre es höchste Zeit, den folgenden Punkt endlich einmal anzusprechen, »daß du überhaupt keinen Sinn für Altruismus hast. Man kann aber kein Gott sein, wenn einem alles scheißegal ist. Du würdest der Welt nur dann die Sünden nehmen, wenn du sicher wärst, für das Leergut Flaschenpfand zurückzubekommen.«

»Halt endlich das Maul, Ossi!« zischte Pan.

»Es wundert mich nicht, daß dir das ...« Weiter kam Osiris nicht, da ihm Pan mit einer Hand den Mund fest zuhielt, während er mit der anderen den Rollstuhl zu schieben versuchte.

Zweiter Eindringling auf der Kraterinnenseite. Zweiter Eindringling mit altem Knacker unternimmt verzweifelten Versuch, in letzter Minute zu entkommen. Schafft er es, oder ist der Zug längst abgefahren? Zweiter Eindringling erreicht gleich den Kraterrand, vielleicht ist er mit den Kräften schon am Ende ...

Der Wächter stieß sich mit allen seinen Köpfen herab, die auf seinem Hals wie übergewichtige Knospen an einem abgeknickten Stengel hin und her schwangen, und stürzte sich auf Pan, der einen verzweifelten Versuch unternahm, beiseite zu springen, ohne dabei den Rollstuhl loszulassen. Wären die für die Einhaltung physikalischer Gesetze verantwortlichen Politessen in der Nähe gewesen, hätten sie ihm unverzüglich einen Strafzettel wegen schweren Vergehens gegen die Schwerkraft verpaßt. Als die Köpfe dreiundsechzig und siebenundvierzig vergeblich nach Pans Fersen schnappten, landete er so ungünstig, daß er sich den Fuß verstauchte. Trotz aller Schmerzen nahm er Reißaus, wobei Osiris derart heftig durchgeschüttelt wurde, daß er fast seine Zähne verschluckt hätte.

»Mmm«, grummelte Osiris durch Pans immer noch fest zupackende Hand hindurch. »Mm mmm mmm mm mmm *mmmmmmmm* mm!«

»Ich werde mal so tun, als hätte ich nicht gehört, was du da eben gesagt hast«, keuchte Pan als Antwort. »Mann, das war knapp!«

Die Situation verschlechterte sich ein wenig. Pans Kräfte ließen rasch nach, darüber hinaus spürte er den heißen Atem von Nummer zweiundvierzig bis siebenundsechzig bereits im Nacken und hatte einen spitzen Stein im Schuh. Unwillkürlich mußte er daran denken, daß es ganz angenehm wäre, wenn ihnen jemand zu Hilfe eilen würde, und daß es um so besser wäre, wenn dies möglichst bald geschähe.

Es gab einen lauten Knall.

Wenn man so lange wie Kurt Lundqvist als Berufskiller in der übernatürlichen Schädlingsbekämpfungsbranche tätig gewesen ist, lernt man rasch, falscher Bescheidenheit gegenüber eine unerschütterliche Haltung einzunehmen.

Allein die Tatsache, es bis hierher geschafft zu haben, reichte nach Lundqvists Auffassung, um in diesem Jahr für die Verleihung der *Goldenen Uzi* auf dem Beiruter Festival nominiert zu werden. So war er barfuß durch siedendheißen Wüstensand marschiert und über schneebedeckte Berge geklettert und hatte sich von kleinen Vögeln und Insekten ernährt und übelriechenden Kakteensaft getrunken. Allein durch logisches Denken und exakte Berechnungen war es ihm gelungen, sich bis zum einzigen Flughafen in einem Umkreis von fünfhundert Kilometern durchzukämpfen. Dort hatte er ein Flugzeug entführt – obwohl ihm als Waffen nur ein Fünftagebart und eine gewisse Glaubwürdigkeit seiner Person zu Verfügung gestanden hatten –, hatte anschließend fünf Mitglieder eines gegen ihn eingesetzten Sonderkommandos überwältigt und sich somit für die vor ihm liegenden Aufgaben eine – wenngleich unzulängliche – Ausrüstung beschafft.

Sicherlich war Lundqvist ein überdurchschnittlich

großer und kräftig gebauter Mann, und auch bei den Mitgliedern des Einsatzkommandos hatte es sich um durchtrainierte, furchterregende und rücksichtslos vorgehende Spezialisten gehandelt, doch offenbar ließ dies keine Rückschlüsse auf deren Schuhgröße zu, denn selbst die größten Stiefel aus dem Beutegut waren ihm immer noch um zwei Nummern zu klein.

Sein untrüglicher siebter Sinn sagte ihm nun, daß etwas in der Luft lag, und deshalb kletterte er mit äußerster Vorsicht den Vulkan hinauf. Als er über den Kraterrand hinweg spähte, sah er, daß seine Befürchtungen offenbar nicht ganz unbegründet gewesen waren.

Rosafarbene Riesenhydren konnten ihm keine Angst mehr einjagen. Vor vielen, vielen Jahren hatte es mal eine Zeit gegeben, da hätte ihn ein solcher Anblick zu einer längeren Denkpause gezwungen oder ihm gar einen ernsthaften psychologischen Schaden zugefügt; doch das war längst Vergangenheit. Alles, was ihm jetzt durch dem Kopf ging, während er sich duckte, um von der Hydra nicht gesehen zu werden, war folgendes: *Hydra. Rosafarben. Scheiße! Wie, um Himmels willen, soll ich eine rosafarbene Hydra mit dieser Schrottausrüstung erledigen?*

An dieser Stelle sollte erwähnt werden, daß das von ihm entführte Flugzeug von der Osterinsel stammte und der ganze Stolz und einzige Besitz der Air Easter Island war, der erst vor kurzem gegründeten einheimischen Fluggesellschaft; wenngleich für das Flugzeug nicht viel mehr sprach, als daß es *nicht* von einem Gummiband angetrieben wurde. So wundert es nicht, daß es sich bei dem Kommando, das ihn unschädlich machen sollte, um die Eliteeinheit der Osterinsel-Streitkräfte handelte, die über eine Ausrüstung verfügte, wie sie zwar für ihre Zwecke angemessen sein mochte, nach NATO-Maßstäben jedoch ein wenig hinter dem neuesten Stand der Technik herhinkte. Während Lundqvist seine Kriegsbeute begutachtete, kam er sogar zu der deprimierenden Überzeugung, daß er den Feind wortwörtlich gegen alle Regeln der Kunst würde bekämpfen müssen; mit Ausnahme der des Surrealismus.

Eine rasche geistige Bestandsaufnahme förderte nämlich folgendes zutage:

Posten 1: ein Luftgewehr, Marke Daisy, zirka 1952

Posten 2: eine Boden-Luft-Rakete, Silvester 1995

Posten 3: ein Raketenwerfer für Posten 2, bestehend aus einem Stock und einer leeren Milchflasche

Posten 4: ein sambisches Armeemesser, sämtliche Klingen abgebrochen – Ausnahme: intakter Korkenzieher

Posten 5: ein Sony Walkman aus dem Jahr 1982 und die Tonbandkassette ›Die Coldstream Guards spielen die schönsten Sousaphon-Märsche‹

Posten 6: eine Erbsenpistole mit einem Pfund Erbsen

Posten 7: eine RPG-7 Panzerfaust mit Zielfernrohr

Der letzte Posten stammte in Wirklichkeit nicht von den Osterinsulanern. Er hatte die Panzerfaust in der Gepäckablage des Flugzeugs gefunden, und die einzige logische Erklärung für ihn war, daß sie von irgendeinem vergeßlichen Mitglied eines vorherigen Entführungskommandos liegengelassen worden war. Zwar entsprach die RPG-7 nicht ganz seinen Vorstellungen, doch sollte sie den hiesigen Anforderungen durchaus genügen.

Er schulterte die Panzerfaust und spähte durch das Zielfernrohr. Was er darin sah, war kein sonderlich ermutigender Anblick. Da war zum einen die Hydra, ein gewaltiges Riesenreptil mit furchtbar vielen Köpfen, und zum anderen Pan, der – wie ein Igel, der sich mit verbundenen Augen durch die Rush-hour von Los Angeles schlängelt – direkt darunter mit der einen Hand

Osiris' Rollstuhl schob und mit der anderen verzweifelt besänftigende Geste machte.

Lundqvist ging rasch alle Möglichkeiten durch. Unter diesen Umständen kam ein Kopfschuß (sein übliches Verfahren) nicht in Frage. Bliebe das Herz oder der Halsansatz übrig; da man nur vermuten konnte, wo das Herz saß, entschied er sich für letzteres. Ein gut plazierter Treffer an dieser Stelle sollte die Wirbelsäule brechen, vorausgesetzt, das Projektil verfügte über genügend Durchschlagskraft, um das gewünschte Ergebnis zu erzielen; was er zwar stark bezweifelte, doch ein Versuch konnte nicht schaden.

Er richtete das Zielfernrohr aus, testete den Druckpunkt des Abzugs, visierte das Ziel genau an und drückte ab. Es gab einen lauten Knall.

Der Wächter erstarrte, und alle dreiundsiebzig Köpfe drehten sich langsam und in vollendeter Übereinstimmung in Richtung der Lärmquelle …

… die sich als ein hinter einem Felsen hockender Mann entpuppte, der eindeutig eine Panzerfaust in den Händen hielt. Im Rückstoßrohr befand sich keine Granate, so daß man die Panzerfaust allenfalls als improvisierte Blumenvase hätte verwenden können, wenn man sie mit Wasser gefüllt hätte, doch das war auch schon alles.

Reflexartig riß der Wächter eine Pranke hoch und schlug sich damit an die Stelle, wo ihn das Geschoß hätte treffen sollen, wenn es abgefeuert worden wäre. Das war aber nicht der Fall, oder besser, die Granate hatte genau das getan, wozu sie ursprünglich entwickelt worden war; nämlich einen lauten Knall zu produzieren und aus der Rohrmündung eine zerfledderte kleine Fahne herauszuklappen, auf der das Wort

PENG!

eingestickt war.

Entzückend! seufzte Lundqvist. *Da gibt es nun Millionen dieser RPGs über die ganze Welt verstreut, und ausgerechnet ich muß mir das einzige Exemplar schnappen, das zum Scherzartikel umgebaut wurde.* In diesem Zusammenhang fiel ihm nichts Besseres als ein Erlebnis aus seiner Jugendzeit ein, als er einst mit seinem Vater hinter dem Haus im Obstgarten Fangen gespielt hatte. Sein Wettkampfinstinkt hatte ihn zum Gewinnen gezwungen, und bei dem Anlaß, an den er gerade dachte, hatte sein Vater danach drei Tage lang im Krankenhaus liegen müssen.

Die Aufmerksamkeit der Hydra war mittlerweile allein auf ihn gerichtet, und mit ihren dreiundsiebzig hin und her baumelnden Köpfen sah sie dabei wie ein überdimensionierter, ausgefranster Staubwedel aus Großmutters Zeiten aus, doch das nur am Rande.

»Jetzt hilft nur noch rohe Gewalt!« schrie Lundqvist. »Von mir aus auch höhere Gewalt!«

Und genau die sollte er bekommen.

Der betreffende Akt der höheren Gewalt war von Odin ausgeübt worden; um ganz genau zu sein, war es weniger ein Akt als vielmehr eine Unterlassung höherer Gewalt. Dazu muß man folgendes wissen: Nachdem die drei Bruchpiloten *Midgards ganzen Stolz* aus dem Krater geborgen hatten, in den sie hineingeflogen waren, und das Vehikel einigermaßen wieder zusammengeflickt hatten, war Odin mit dem Reinigen der Einlaßventile an der Reihe gewesen. Wenn dies nicht getan werde, hatte ihn Thor ermahnt, werde der ganze beschissene Apparat wahrscheinlich in die Luft gehen.

»Trotzdem sollte man selbst von mir keine Wunder erwarten«, meinte Odin, als sie sich wieder in der Luft befanden. »Man kann nicht mehr tun, als stets sein Bestes zu geben, sage ich immer.«

»Du gibst also immer dein Bestes, ja?« Thor lachte

schroff. »Von mir aus kannst du das gern behalten … falls du so was überhaupt hast.«

Freyr fühlte sich auf den Plan gerufen. »Eigentlich kann man das schon von dir erwarten, Ossi«, meinte er.

»Wie? Was denn?«

»Na, Wunder natürlich. Zum Beispiel ist es doch kinderleicht, Wasser in Wein zu verwandeln oder …«

Der Motor soff ab. Für einen Sekundenbruchteil hing *Midgards ganzer Stolz* regungslos in der Luft und begann dann wie eine mißgebildete große Regenwolke auf die Erde zuzuschießen.

»Oder die Geschichte mit den Brotlaiben und den Fischen«, fuhr Freyr fort, wobei er sich die Augen derart fest zuhielt, daß es zum Lösen der Hände mächtiger hydraulischer Widder bedurft hätte. »Ich habe mal als Kind so einen Schmöker gelesen, und darin stand, daß man nur zwei Laibe Brot, fünf Fische, einige selbstklebende Wandhaken und ein paar unten aufgeschnittene, leere Spülmittelflaschen braucht, um damit …«

»Allmählich reicht's mir«, knurrte Thor. »Immerhin gehört diese beschissene Maschine mir, und ich bin ein Gott! Ich hab die Schnauze gestrichen voll. Also werde ich jetzt mit etwas Zaubern nachhelfen.«

Odins Stirn verfinsterte sich. »Das dürfen wir aber …«

»Ach, blas mir doch den Schuh auf!« Thor breitete die Arme aus, kniff die Augen zusammen und versuchte sich daran zu erinnern, wie man am besten zauberte. Sein letztes Zauberkunststück lag schon eine ganze Weile zurück, und vom Zahn der Zeit bleiben selbst die scharfen Kanten des Gehirns nicht verschont. Woran er sich allerdings aus dem Stegreif erinnern konnte, war die Tatsache, daß bei seiner speziellen Methode, der Geltung des Kausalgesetzes ein Schnippchen zu schlagen, selbstklebende Wandhaken und enthauptete Plastikflaschen garantiert keine Rolle spielten.

Wahrscheinlich funktionierte Zaubern nicht sehr viel anders als das Reparieren eines Motors; man schrie ihn an, und wenn das nicht klappte, schlug man mit einem verdammt großen Hammer darauf ein.

»Luftbremsen!« brüllte er deshalb so laut wie möglich.

Die Natur – besser: ihre vielgeschmähte Personifizierung – grinste und hauchte sanft: *Wenn du Luftbremsen willst, dann sollst du sie auch haben.*

Doch dieses Mal scheint der große Kandidat mehr Glück zu haben! Er bringt seinen Kopf zweiundvierzig in Position, und es sieht ganz so aus, als wenn dies das Ende des Kampfes bedeutet, der insbesondere auch von unserem kleinen Eindringling sehr beherzt geführt wurde. Er ist ein sehr fairer Verlierer und …

PENG!

Der Wächter blinzelte gleichzeitig mit dreiundsiebzig Augenpaaren und fiel dann köpfeüber hin.

»Was, zum Teufel, war denn das?« schrie Thor, der Odin beiseite gedrückt hatte und verzweifelt mit dem Steuerknüppel rang.

Midgards ganzer Stolz vibrierte fürchterlich; doch auf sonderbare Weise war sie durch den Zusammenprall stabilisiert – oder besser: war ihr Fall gebremst worden. Darüber hinaus hatte der gewaltige Ruck die Wirkung gehabt, als hätte man mit einem hundert Kilo schweren Vorschlaghammer auf sie eingeschlagen.

Es war nun mal eine Maschine, und als solche verstand sie nur eine Sprache. Mit großen Hämmern zusammengeschlagen zu werden war ein Vorgang, zu dem sie eine Beziehung hatte. Der Motor, der noch kurz zuvor während seiner Vorbereitung auf den Totalausfall selbstgefällig geschnauft hatte, keuchte einige Male, stotterte und sprang schließlich laut aufheulend wieder an. Sie hoben ab.

»Was hast du eben gesagt?« schrie Freyr zurück.

»Ich hab gefragt, was das war!«

Götter sehen alles klar und deutlich, so daß sich vor ihnen selbst die verborgensten Dinge nicht verheimlichen lassen. Ein Gott sieht immer, was *wirklich* vorhanden ist, ungeachtet aller trügerischen Kunststücke der Gestalt- und Formenlehre.

»Ich glaube, wir sind gerade mit einem Zahnreiniger zusammengestoßen«, antwortete Freyr deshalb.

Wir entschuldigen uns für die zeitweilig auftretenden Empfangsstörungen, die durch technische Probleme verursacht werden. Der normale Sendebetrieb wird in Kürze wieder aufgenommen.

Der Wächter rührte sich, zuckte vor Schmerz zusammen und faßte sich gegen die Schläfen zweiundzwanzig bis dreiundsechzig. Sie taten weh. Als würde jemand einen Film über dahintreibende Wolken zurückspulen, liefen in seinem Gedächtnis vage Rückblenden ab. Ein Knall, ein scharfer Schlag; die Silhouette einer winzigen Gestalt auf dem Kraterrand mit einer gegen die Schulter gestützten Waffe. Irgendein Mistkerl hatte einen Schuß auf ihn abgefeuert.

Gut. Dann wollen wir doch mal sehen …

Rund um den halben Erdball flackerte auf den Fernsehbildschirmen kurz das Testbild auf, verschwand wieder und wurde durch etwas ersetzt, das man, grob gesagt, als Drama bezeichnen konnte: Ein gewaltiger Riese tritt einer winzigen Gestalt, die eine Waffe um den Hals gewickelt hat, die Eingeweide aus dem Leib. *Wir unterbrechen unser planmäßiges Programm für eine hochaktuelle Meldung aus unserer Nachrichtenredaktion. Der erst vor kurzem ausgeübte Anschlag auf den Wächter der Goldzähne hat zu gewalttätigen Auseinandersetzungen zwischen dem Wächter und einem bislang unidentifizierten Eindringling geführt …*

Langsam und leicht schäumend stand der Wächter auf, taumelte eine Weile schwerfällig hin und her und sah sich um. Da er nach einer ganz bestimmten Gestalt Ausschau hielt, entging ihm, daß Pan, Osiris und die anderen einen taktischen Rückzug in die entgegengesetzte Richtung angetreten hatten (die Zähne hatten sie natürlich auch dabei). Schließlich entdeckte der Wächter das Objekt seiner Begierde. Nachdem er einen Moment lang nachgedacht hatte, bückte er sich, riß einen massiven Felsbrocken aus dem Erdreich und prüfte dessen Gewicht. Dann ging er voran.

Kurt Lundqvist hatte unterdessen die RPG-7 und fast den ganzen Rest des erbeuteten Waffenarsenals weggeworfen und rannte nun wie der Teufel in die Richtung, wo er mit dem entführten Flugzeug gelandet war. Selbstverständlich tat er dies so geschickt und flink wie ein Panther und glitt mit geradezu gazellenhafter Eleganz über das felsige Terrain – oder zumindest hätte er dies getan, wenn seine Füße nicht fortwährend aus den winzigen Schuhen herausgerutscht wären.

Das rettende Ziel befand sich bereits in Sichtweite, als sein Blickfeld plötzlich durch einen gewaltigen Schatten verdunkelt wurde – um die Ursache festzustellen, brauchte er sich wahrhaftig nicht umzudrehen. »O mein Gott!« japste er, während er über Stock und Stein den heimtückischen Schiefer hinunterstolperte. »O mein Gott! Hätte ich doch nur …«

»Glück auf, Kumpel! Habe ich dir nicht gleich gesagt, daß du den dritten Wunsch früher oder später benötigen wirst?«

»Jesus, Maria und Josef!« keuchte Lundqvist. Obwohl nichts von der körperlichen Gegenwart des Drachenkönigs zu sehen war, roch er doch dessen Bierfahne. »Du bist das?«

»Du hast es. Sieht ganz so aus, als würdest du ganz schön in der Patsche stecken, mein Freund. Willst du, daß ich dich da raushole?«

»Nein!« schrie Lundqvist. »Nein, auf keinen Fall! Ich hab alles voll im Griff ...«

Keine dreißig Meter entfernt trat ein Riesenfuß auf und brachte das Erdreich zum Erbeben. Der Schatten wurde etwas dunkler, falls dies überhaupt noch möglich war.

»Mag ja sein, Sportsfreund, trotzdem rate ich dir, lieber meine Hilfe anzunehmen, weil du sonst arg in die Bredouille gerätst. Bist du dir wirklich sicher?«

»Ja, absolut. Verpiß dich!«

»Dann sag ich tschüs.«

Die Luft um ihn herum roch wieder frischer, wodurch nur noch das Problem mit dem Wächter und dessen gewaltigem Felsbrocken übrigblieb. Letzterer schwebte gerade etwa dreißig Meter über Lundqvists Kopf, während der Wächter das Ziel anvisierte, wobei er nicht vergaß, die Grundgeschwindigkeit und den exakten Luftwiderstand zu berücksichtigen.

Wie sich Lundqvist eingestand, stellte es eine der größten Herausforderungen in seiner beruflichen Laufbahn dar, aus diesem Schlamassel heil herauszukommen; und ihm blieb noch ungefähr eine halbe Sekunde Zeit.

Ciceros Ausspruch ›Den Mutigen hilft das Glück‹ ist eine Binsenweisheit; das Fatale an Binsenweisheiten ist nur, daß sie hin und wieder tatsächlich zutreffend sind.

Lundqvist jedenfalls schaffte es; wenn auch nur eine fünfzigstel Sekunde vor Toresschluß, aber er schaffte es. Als der Felsbrocken schließlich auf die Erde traf und einen Krater hinterließ, der, mit Wasser aufgefüllt, einen prächtigen Jachthafen abgegeben hätte, war Lundqvist längst in Windeseile uneinholbar entschwunden. Ein Zahnheilkundespezialist für geschenkte Gäule hätte ihn darauf hinweisen können, daß er sich gerade im festen Griff einer aus dem Nichts aufgetauchten und anscheinend keinem Körper zugehörigen Hand befand, von der er kurz zuvor aufgeschaufelt und fortgetragen worden war; doch Lundqvist war nicht in der Stimmung, daran etwas zu bemäkeln. Lieber einen Lundqvist in der Hand als eine verstümmelte Leiche unter dem Felsen, meinte er. Na ja, oder etwas in diesem Sinne.

»Danke!« rief Lundqvist. »Dafür gebe ich dir einen aus, wer immer du auch bist. Setz mich einfach hier irgendwo ab, das reicht mir völlig.«

»Das würde ich an deiner Stelle nicht so laut sagen.«

Lundqvist blickte nach unten. Zwar befanden sie sich noch immer einige hundert Meter über dem Meeresspiegel, doch wenigstens über festem Boden, genauer gesagt: über einer Insel. Darüber hinaus machte dieses Eiland einen sonderbar vertrauten Eindruck, wenngleich Lundqvist mit an Sicherheit grenzender Wahrscheinlichkeit sagen konnte, daß er nie zuvor dort gewesen war.

»Es war wirklich sehr nett von dir, daß du mir das Leben gerettet hast!« rief er. Die Hand verstärkte etwas den Griff, so daß Lundqvists nur noch mit Mühe und Not atmen konnte.

»Wie kommst du darauf, daß du gerettet bist?«

Offensichtlich ein Witz, versicherte sich Lundqvist. *Denn zu wem auch immer diese Hand gehört, sie hat mich vor dem sicheren Tod bewahrt.* Er blickte erneut nach unten und dann nach oben. *Und mit tödlicher Sicherheit kann man sagen, daß der Tod sicher ist.*

Da er über einen reichen Erfahrungsschatz verfügte, den er sich über die Jahre als führender Verkaufsrepräsentant des Todes angeeignet hatte, wußte er auch, daß zum Tod bestimmt nicht gehörte, in einer riesigen Hand zu stecken und hoch über irgendwelchen Inseln zu schweben; jedenfalls nicht dann, wenn er von ihm persönlich verabreicht wurde. Ein zweihundert Gran schweres Stahlmantelgeschoß von einer 40er Glock war schon eher sein Stil, und im großen und ganzen sah er auch überhaupt keine Veranlassung, seine Ansichten über diesen für ihn sehr charakteristischen *Modus operandi* zu revidieren. Der Tod à la Lundqvist hörte sich vielleicht etwas prosaisch an, doch wenigstens verursachte er keine Schwindelgefühle oder Reisekrankheit und war bei weitem schneller.

»Entschuldige mal, aber wo, zum Teufel, sind wir überhaupt?«

Rings um ihn zitterte plötzlich die Luft, denn der Inhaber der Hand gluckste vor Lachen. »Erkennst du die Insel denn nicht?«

»Nee, kann ich nicht sagen.«

»Dann schau doch mal genauer hin.«

Lundqvist spähte nach unten; er brauchte nicht lange, bis er die riesenhaften Kolossalfiguren mit den freudlos dreinblickenden menschlichen Gesichtern erkannte, die reihenweise am Strand und auf dem dahinterliegenden Gelände standen. Folglich konnte es sich bei der Landmasse da unten nur um die Osterinsel handeln.

Schluck!

»Hör mal!« rief er, als sein kurzfristig eingeklemmter Kehlkopf wieder einsatzbereit war. »Falls das was mit dieser Flugzeugentführung zu tun hat, dann kann ich dir das erklären.«

»Ich verstehe. Flugzeugentführungen gehören also auch zu deinem Repertoire, wie? Verfügst du eigentlich auch über sinnvolle Talente?«

Als die Hand schließlich anhielt und sich die Finger allmählich öffneten, schwebte Lundqvist keine vier Meter mehr über dem Boden, und als sich die Finger lösten, legte er eine perfekte Notlandung hin.

»Wenn ich erst einmal mit dir fertig bin«, drohte ihm die Stimme, »wirst du dir noch wünschen, du wärst nie geboren.«

Für einen Moment flackerte die Luft, und dann materialisierte vor ihm der Rest des Körpers, zu dem die Hand gehörte. Zwar gab es noch immer keine Anhaltspunkte, um wen oder was es sich bei diesem befremdlichen Wesen handelte, doch rückblickend hatte der Wächter der Goldzähne dagegen wie das ausgesehen, was man auf dem Boden einer leeren Müslipackung findet.

»Herzlich willkommen auf der Osterinsel«, sagte die Gestalt. »Ich bin übrigens Hotduyrtdx.«

»Gesundheit.«

»Nein, das ist mein Name. Und das hier«, fuhr Hotduyrtdx fort, wobei er mit einer ausladenden Geste die ganze Insel einbezog, »ist mein Zuhause – oder das war es jedenfalls mal. Siehst du diese Statuen?«

Lundqvist nickte.

»Das ist deine Schuld.«

»Aber ich bin in meinem ganzen Leben noch nie hiergewesen, ehrlich!« wehrte er sich.

»Das kannst du deinem Friseur erzählen.«

»Im Ernst!«

»Erinnerst du dich wirklich nicht mehr daran, was du damals angerichtet hast?«

»Nein, absolut nicht.«

Die Stimme seufzte. »Na gut, dann werde ich deinem Gedächtnis ein wenig auf die Sprünge helfen.«

Vor langer Zeit (erzählte Hotduyrtdx) gab es eine Insel.

Sie hatte eine buntgemischte Bevölkerung; doch viel zu viele Bewohner, als daß sie alle hätte ernähren können. Als Hotduyrtdx dort den neugeschaffenen Posten des göttlichen Beobachters und geschäftsführender Vizekonsuls antrat, galt damals sein erster Gedanke deshalb einem geeigneten landwirtschaftlichen Erzeugnis, das für den Export in Frage kam; etwas, das bei einem minimalen Risiko und ohne Steuerkomplikationen einen möglichst hohen Kapitalrückfluß und eine optimale Ausbeutung der vor Ort vorhandenen Rohstoffe garantierte.

Nun gut, wovon haben wir am meisten? fragte sich Hotduyrtdx. Antwort: Felsen. Eine ganze Menge sogar. Auf seine Art ein hervorragendes landwirtschaftliches Erzeugnis, mit einem Minimalbedarf an Bewässerung und Aufzucht; nur leider nicht ohne weiteres zu vermarkten. *Also laß dir was anderes einfallen.*

Deshalb zog sich Hotduyrtdx ins Wolkenkuckucksheim zurück und dachte angestrengt nach, und da er als Gott (bei dem kein Ding unmöglich ist) mit wirtschaftstheoretischen Grundkenntnissen gesegnet war, drängte sich ihm schon bald eine Lösung auf. *Vergiß die ganze Landwirtschaft. Setz alles auf eine Karte, und versuch's mit der Leichtindustrie. Stell etwas her, wofür es eine unersättliche Nachfrage gibt, und du hast dein Schäfchen im trockenen.*

Und was?

Toupets für Götter zum Beispiel.

Haben auch Sie Probleme, Schädelzubehör in Ihrer passenden Größe zu finden, da Ihre natürliche Größe dreißig Meter beträgt und Sie morphologisch instabil sind? Hat Überarbeitung und ständig steigender Druck seitens der Geschäftsleitung bei Ihnen zu Haarverlust und vorzeitiger Kahlheit geführt, und wird deshalb Ihre Glaubwürdigkeit bei Ihren Verehrerinnen und Verehrern immer mehr in Frage gestellt? Die Osterinsel-Kopfkosmetik GmbH ist Ihnen bei diesen und ähnlichen Problemen jederzeit behilflich, und das bei äußerster Diskretion, so daß nicht einmal Ihre Mitgötter etwas davon erfahren.

Daher auch die Statuen. In diesem erstklassigen Unternehmen konnte man keine synthetischen Billigteppiche erwerben; jedes Haarteil wurde nur aus den allerbesten Materialien gefertigt, und das von hingebungsvollen Fachkräften, die an den scheußlichen Eid gebunden waren, keine sarkastischen Kommentare über irgendwelche Kunden abgeben zu dürfen, egal, wie berühmt oder bescheuert jemand war. Aus Gründen, die an dieser Stelle nicht erläutert werden sollen, sind die Haarteile seit langem verschwunden, doch die Perückenständer sind geblieben, Relikte einer zutiefst industrialisierten Gesellschaft. Hunderte von diesen Ständern; hohe, eckige, aus riesigen Lavablöcken gehauene stilisierte Köpfe, allesamt kahl wie Billardkugeln, von denen die meisten dort bis zum heutigen Tag stehen.

»Hey!« rief Lundqvist und wich ein paar Schritte zurück. »Ich finde deine Reaktion etwas überzogen. Das Flugzeug ist in Sicherheit, ehrlich. Ich habe sogar eine Zwischenlandung gemacht, um es vollzutanken. Keine Angst, ich habe alles mit Kreditkarte bezahlt.«

Hotduyrtdx rückte knurrend einen Schritt vor. »Ich rede hier nicht von dem Flugzeug, du Depp. Was glaubst du eigentlich, wie es angehen konnte, daß das Flugzeug dort abflugbereit auf dich gewartet hat, hä? Und warum es so einfach war, das Kommando zu überwältigen und das Ding zu entführen?« Er grinste höhnisch und entblößte dabei Zähne wie im ›Vorher-Stadium‹ eines aggressiven Werbespots für Zahnersatz. »Ich glaube in deinen Kreisen sagt man dazu ›von langer Hand geplant‹, nicht wahr?« fügte er hinzu.

»Mensch! Was hab ich denn getan?«

Ein Wutanfall verzerrte kurz Hotduyrtdx' Gesicht (das, um es gleich zu sagen, generell keinen sehr verschmusten Eindruck machte; stellen Sie sich lieber ein Aquarellgemälde von Hieronymus Bosch vor, das über Nacht im Regen gestanden hat, und Sie können sich ein ungefähres Bild davon machen). »Erstens bin ich kein Mensch«, knurrte er zornig. »Und zweitens bin ich dank dir auch kein Gott mehr. Ich denke, du hast bereits genug Schaden angerichtet, und da kannst du dir deine Beleidigungen ruhig sparen …«

Lundqvist versuchte, weiter zurückzuweichen, doch ein aufdringlicher Baum hinderte ihn am Rückzug. »Was hab ich denn getan?« wiederholte er. »Und wann?«

»Siebzehnter Juli vierzehnhundertneunundsechzig. Und jetzt tu bloß nicht so, als würdest du dich nicht mehr daran erinnern.«

»Ich muß gar nicht so tun, als würde ich mich …«

»Na gut.« Hotduyrtdx zuckte die Achseln. »Wie es heißt, sollen Todesqualen dem Gedächtnis gehörig auf die Sprünge helfen können, also solltest du die Hoffnung noch nicht aufgeben.«

Er holte mit seiner gewaltigen Pranke aus, die ein Geräusch wie zerreißender Kattun machte und Lundqvist nur knapp verfehlte.

»Hey …« Lundqvist wollte schon protestieren, als die Bibliothekare seines Gedächtnisses aus den hintersten Archiven seines Verstandes hervorkrochen und sich mit verrenkten Hälsen den Staub abklopften. *Osterinsel. Genau!*

Es war schon sehr lange hergewesen; damals, als die Killerbranche eine Flaute durchlebte und er mit ein paar Jobs für die theologische Untersuchungskommission sein Einkommen ergänzen mußte. Eigentlich hatte ihm diese fünfjährige Mission ziemlich viel Spaß gemacht – der Auftrag hatte gelautet, neue Welten zu erkunden, neue Lebensformen zu finden und dergleichen mehr – , und auf dem Heimweg waren sie, na ja, eben genau *hier* vorbeigekommen, um ein Leck zu reparieren und für den letzten Abschnitt der Reise frisches Wasser und Knoblauchbutter an Bord zu nehmen. Er erschauderte.

»Erinnerst du dich jetzt?« fragte Hotduyrtdx.

Lundqvist nickte.

Eine der Aufgaben der Mission war auch, Götter oder angebliche Götter, auf die sie stießen, routinemäßig zu überprüfen. Auf diese Weise sollte sichergestellt werden, daß sie sich an die von der Kommission festgelegten Verhaltensregeln hielten, von denen sich die meisten um die strikte Einhaltung eben dieser Vorschriften drehten und ob sie über eine angemessene Berufshaftpflichtversicherung verfügten. Während dieser Inspektionsreise geschah es nun, daß Lundqvist Unregelmäßigkeiten und Verstöße gegen diese Regeln entdeckte, was er auch in seinem Bericht erwähnte und womit die Angelegenheit für ihn erledigt war – und ganz bestimmt hatte er seither nie wieder etwas davon gehört.

»Man hat dich von der Liste gestrichen?« erkundigte er sich ängstlich.

Hotduyrtdx nickte. »Und weißt du auch, weshalb? Weißt du, welches schreckliche Verbrechen ich begangen habe, das es mir nicht mehr gestattete, Gott zu sein? Nun mach schon! Rat mal.«

»Ich kann nicht!«

»Ich hatte die grünen Formulare nicht mit dreifachem Durchschlag ausgefüllt, wie es Vorschrift war. Statt dessen hatte ich nur das oberste Blatt abgerissen und für die Akten Fotokopien erstellt. Das war mein Verbrechen. Verabscheuungswürdig, nicht wahr?«

Lundqvist erinnerte sich zurück. *Grüne Formulare? Du meine Güte, ja, diese alten Scheißdinger ...!* Jetzt fiel es ihm wieder ein. Damals mußten alle Götter jedesmal, nachdem sie ein Wunder verbracht hatten, diese bekloppten Formulare ausfüllen. Es hatte irgendwas mit der Einkommensteuer zu tun, und dieses bürokratische Verfahren war kurze Zeit später abgeschafft worden.

»Und deswegen hat man dich von der Liste gestrichen?«

»Wegen ungebührlichen Verhaltens, hieß es.« Hotduyrtdx lächelte grimmig. »So, wie es die Kommission sah, handelte es sich nur um ein geringfügiges Vergehen, um einen kleinen Verfahrensfehler meinerseits, und Fehler mache jeder mal. Wenn es um etwas wirklich Schlimmes gegangen wäre, um eine Wiedererweckung zum Beispiel oder das Zunichtemachen der Geschichte eines ganzen Jahrhunderts, wäre ich natürlich mit einer einfachen Ermahnung davongekommen, weil Vergeben göttlich ist. Tolles System, was?«

Lundqvist nickte nur ungläubig, denn sehr viel mehr fiel ihm dazu nicht ein.

»Die Haarteile-Boutique mußte ich selbstverständlich schließen«, fuhr Hotduyrtdx unbarmherzig fort. »Logischerweise waren meine ganzen Kunden Götter, und mir wurde nicht einmal die Aufrechterhaltung der Geschäftsbeziehungen mit ihnen gestattet. Folglich verlor die Bevölkerung ihre Arbeitsplätze und war gezwungen, wieder Landwirtschaft zu betreiben und am Hungertuch zu nagen, und starb im Laufe der Jahre aus. Seither bin ich hier. Dank dir!«

»Das ist nie meine Absicht gewesen. Ich hätte nie gedacht, daß ...«

Hotduyrtdx machte ein mürrisches Gesicht, und aus seinen Nasenlöchern stob merkwürdiger brauner Dampf. »Daß du noch nie gedacht hast, kann ich mir gut vorstellen. Leute wie du denken nun mal nicht. Seither stecke ich in diesem Loch fest und zaubere aus allem, was mir in die Hände fällt, irgendwelchen Unsinn, um mich auf den Tag vorzubereiten, an dem ich mich an dir rächen kann, du Dreckskerl!«

Er trat zwei Schritte vor, so daß Lundqvist von Hotduyrtdx' Schatten endgültig verschlungen wurde. Die furchterregenden Klauen am Ende der Füße waren nur schwer zu übersehen.

»Hilft es dir vielleicht, wenn ich dir sage, daß ich aufgrund meiner Position jederzeit in der Lage wäre, bei ranghohen Göttern für dich ein gutes Wort einzulegen? Ich rede hier von wirklichen Spitzengöttern und ...«

»Nein!«

»Okay.« Lundqvist seufzte. »Demnach läßt du mir keine andere Wahl.«

Hotduyrtdx zwinkerte verdutzt mit den badewannengroßen Augen. »Ich lasse dir keine was ...?«

Lundqvist bereitete sich innerlich auf den zu erwartenden extremen Energieaufwand vor. *Gute alte Zirbeldrüse, du bist immer für mich dagewesen, wenn ich dich am meisten brauchte. Komm schon, nur noch dieses eine einzige Mal – wir wissen, daß du das kannst.* »Du sollst nur wissen«, begann er mit feierlicher Stimme und suchte die richtige Stelle, »daß ich es wirklich verabscheue, was ich jetzt tun muß. Wenn es irgendeine andere Möglichkeit gäbe, dann ...«

»Daß du *was* tun mußt?«

Mit einer gewaltigen Explosion seiner gesamten verfügbaren Muskelkraft, wie man sie nur nach unzähligen Jahren Spezialtraining erreichen kann, katapultierte er sich wie eine Sprungfeder hoch, schlug Hotduyrtdx zwischen die Beine, fiel auf den Boden zurück, rollte sich geschickt ab, kam wieder auf die Beine und rannte, was das Zeug hielt.

»Abhauen!« rief er über die Schulter zurück. »Das wirst du mir noch büßen, du Idiot!«

»He, nun warte doch ...!«

Doch Lundqvist war längst außer Sichtweite. Er war schon immer ein ausgezeichneter Läufer gewesen, wenngleich unter anderen Voraussetzungen (er war Spezialist im Verfolgen und nicht im Fliehen), doch allein der Gedanke an die Klauen und die atemberaubende Größe dieser furchterregenden Horrorgestalt schien ihm Flügel zu verleihen, so daß Carl Lewis selbst zu seinen Glanzzeiten gegen ihn wie eine lahme Ente gewirkt hätte.

Bei aller Professionalität dieses taktischen Rückzugs gibt es auf einer Insel jedoch nur eine geringe Anzahl von Fluchtmöglichkeiten; Laufen ist nur das eine, Verstecken schon etwas ganz anderes. Während er rannte, rechnete Lundqvist in Gedanken immer wieder durch, wie viele Schritte Hotduyrtdx bräuchte, um die Insel von einer Seite zur anderen zu durchqueren, und kam zu dem ernüchternden Ergebnis, daß es sich nur um sehr wenige handeln konnte.

»Bist du jetzt bereit?«

»Ich hab dir doch gesagt, du sollst dich verpissen!«

schnaufte Lundqvist. »Ich habe auch ohne dich schon genug Probleme am Hals.«

Der Drachenkönig des Südostens zuckte mit den Achseln. *»Mann, bist du ein sturer Bock! Aber nichts für ungut, sag einfach was, und ich hol dich da in null Komma nichts raus, okay?«*

»Hau endlich ab! Verpiß dich! Mach 'ne Fliege!« brüllte Lundqvist. »Das ist meine letzte Warnung, okay?«

»Ganz, wie du willst«, antwortete der Drachenkönig grantig und verschwand.

Als Lundqvist nach fünf Minuten Dauerlauf total erschöpft und mit den Nerven derart am Ende war, daß er sich bereits fragte, ob das Angebot des Drachenkönigs womöglich nicht doch eine ganz gute Idee gewesen wäre, kam er unplanmäßig und völlig unfreiwillig zum Stehen. Anscheinend hatte irgendein Blödmann quer über die Straße eine große Wand gebaut und, um alles noch schlimmer zu machen, sie unsichtbar angestrichen.

»Haben Sie sich verletzt?« erkundigte sich eine körperlose Stimme.

Kurt versuchte verzweifelt, sich zu bewegen; doch die für die Motorik verantwortlichen Teile seines Gehirns forderten ihn auf, dies lieber bleibenzulassen, und er stöhnte nur laut auf.

»In dem Fall stehen wir Ihnen gern zu Diensten«, fuhr die Stimme fort. »Wir sind nämlich Ärzte.«

Im selben Augenblick traten die beiden Ärzte hinter der unsichtbaren Wand hervor. Sie hatten die unvermeidlichen Arztkoffer dabei sowie verschiedene Schußwaffen, Handgranaten, Raketenwerfer und einige Waffen aus dem Bereich der Spitzentechnologie; mit anderen Worten: Sie sahen genau so aus, wie sich Kurt Lundqvist als Kind den Weihnachtsmann vorgestellt hatte, mit Ausnahme dessen, daß sie keine langen weißen Bärte hatten und weder rote Mäntel noch kugelsichere Westen trugen.

»Teilweise sind Sie aber auch selbst schuld«, sagte einer der Ärzte. »Sie hätten auf die Hinweisschilder achten müssen.«

Lundqvist spuckte einen Zahn aus. »Welche Hinweisschilder?« krächzte er.

Ein Arzt nickte und antwortete: »Ja, da vorne stehen große Hinweisschilder mit der Aufschrift *Vorsicht! Unsichtbare Wand!* Natürlich sind die Schilder auch unsichtbar, aber wenn man die Augen offenhält ...«

Lundqvist lag noch immer halb bewußtlos da, während die beiden Ärzte ihn untersuchten und ihm schließlich zwei Aspirin und Bettruhe verordneten. »Was, zum Teufel, soll das eigentlich alles?« murmelte er.

Einer der Ärzte musterte ihn kritisch: »Sie sind doch Kurt Lundqvist, oder?«

Lundqvist nickte. »Ja, warum?«

»Gut.« Der Arzt nahm das Stethoskop zu Hilfe und hörte damit Lundqvists Brustkasten ab. »Ihre Freunde sind schon unterwegs, um Ihnen zu helfen«, sagte er. »Deshalb haben wir überall diese unsichtbaren Straßensperren aufgestellt. Ganz schön clever, was?«

»Woher wissen die denn, daß ich hier bin?«

»Ich hab's denen natürlich erzählt«, antwortete der Drachenkönig des Südostens, der, in einem Liegestuhl sitzend, etwa anderthalb Meter über Lundqvists Kopf materialisierte. *»Wenn du so ein Dummkopf bist und mich nicht darum bittest, dir zu helfen, dann muß ich eben selbst die Initiative ergreifen.«*

Lundqvist stöhnte und legte sich wieder langgestreckt auf den Boden. »Ich zähle bis zehn, wenn du bis dahin nicht verschwunden bist, dann ...«

»Tschüs erst mal. Und vergiß nicht, daß du noch einen Wunsch offen hast.«

»Ich wünsche mir, daß du sofort in deinem eigenen Arschloch verschwindest, du bescheuerter Goldfisch!«

»Ich tue mal so, als hätte ich das nicht gehört«, antwortete der König vergnügt und verschwand.

Kurt stützte sich unter Schmerzen auf dem rechten Ellbogen ab und beobachtete die beiden Ärzte beim Legen unsichtbarer Landminen. »Sie sind Zeugen!« rief er ihnen zu. »Sie haben ja gehört, was ich gesagt habe. Das war ein gültiger Wunsch. Ich habe ihn gebeten zu verschwinden, und er ist verschwunden. Stimmt's?«

Einer der Ärzte blickte ihn verdutzt an. »Wer ist verschwunden?«

»Gehirnerschütterung«, murmelte ihm sein Kollege zu.

»Ach ja, natürlich, ich Dussel… Hier, Mister Lundqvist, nehmen Sie lieber noch drei Aspirin.«

»Ach, was soll's?« seufzte Lundqvist und krabbelte mit schmerzverzerrtem Gesicht auf allen vieren hinter die unsichtbare Wand.

Zu seinem Glück, wie sich herausstellte; denn kaum war er aus dem Blickfeld verschwunden, tauchte plötzlich Hotduyrtdx stampfenden Schrittes auf, so daß die ganze Erde zu beben schien.

»He, du da!« schrie einer der Ärzte. »Nicht da entlang! Da ist ein Minenfeld, und du könntest jederzeit auf eine …«

PENG!

Es gab eine kurze Pause, während große Stücke der entwurzelten Rasenstücke wie in Zeitlupe durch die Luft flogen und auf die Erde zurückfielen.

»Entschuldige mal, aber hast du dich überhaupt verletzt?« erkundigte sich einer der Ärzte.

Hotduyrtdx knurrte wütend; was gar nicht so einfach war, denn sein Körper bestand jetzt aus mehr Einzelteilen als eines jener unglaublich umfangreichen Puzzles, die man in seinen entscheidenden Lebensjahren von irgendwelchen Tanten zu Weihnachten geschenkt bekommt, um sie gleich am nächsten Tag auf dem Dachboden verschwinden zu lassen.

»Ich könnte vor Wut in die Luft gehen!« fauchte er die beiden Ärzte an. »Und an eurer Stelle ließe ich mich lieber allein.«

Die Ärzte blickten sich zufrieden an.

»Wenigstens wissen wir jetzt, daß die Dinger funktionieren«, meinte einer.

Den Göttern ist kein Ding unmöglich. Oder: Praktisch ist ihnen alles möglich, wenn auch nur rein theoretisch.

»Fabelhaft«, knurrte Thor. »Einfach fabelhaft. Und was machen wir jetzt?«

»Seht mal, da auf der Windschutzscheibe ist ein kleiner Aufkleber«, sagte Freyr. »Darauf steht wahrscheinlich, was man machen muß.« Er beugte sich ein Stück vor und las laut vor: »Dieses Fahrzeug wurde gegen unerlaubtes Entfernen gesichert; versuchen Sie nicht, es zu bewegen ...«

»Danke, ich kann selbst lesen«, unterbrach ihn Odin. »Die Frage ist, wie wir dieses Scheißding da unten wieder loswerden.«

Eins der Dinge – eins der sehr, sehr wenigen Dinge –, die Göttern nicht möglich sind, ist das Entfernen von Parkkrallen an illegal geparkten Fahrzeugen, wenn ihnen nur das normale Bordwerkzeug zur Verfügung steht.

»Wir können ja das Bußgeld bezahlen«, schlug Freyr vor. »Ich glaube, normalerweise reicht das schon.«

Thor knurrte wütend. Nicht umsonst war er über unzählige Jahrhunderte der Donnergott gewesen; und es begann zu nieseln. »Nur über meine Leiche«, widersprach er entschieden. »Niemand verpaßt einem Gott eine Parkkralle und kommt ungeschoren davon.«

»Schön. Also weißt du auch, wie wir das Ding da abkriegen, ja?«

»Klar. Momentchen noch, gleich fällt's mir bestimmt wieder ein.«

Das war mal wieder typisch. Ein kurzer Zwischenstopp in einem Vorort von Mexiko City, um Dichtungsmittel und Getriebeöl zu kaufen; Odins leichtfertige Versicherung, ungestraft im Halteverbot parken zu können, da sie nur drei Minuten bräuchten und er mit seinen allsehenden Augen weit und breit keinen Ordnungswächter ausfindig machen könne. Und nun standen sie wie begossene Pudel da. Angekettet.

Thor zog sich mit ölverschmiertem, aber zufrieden grinsendem Gesicht unter dem Fahrgestell hervor. »Ich glaube, ich weiß jetzt, was wir machen müssen«, verkündete er stolz. »Odin, ich brauche die Dose mit dem Fett und den Kaltmeißel. Freyr, den Hammer!«

Am Ende einer Viertelstunde entsetzlichen Radaus hatte Thor alles mit Hammer und Meißel bearbeitet, was sich in seiner Reichweite befand (wozu in regelmäßigen Abständen auch seine Finger gehört hatten), nur die Parkkralle war völlig unversehrt geblieben.

»Wir bräuchten denen nur das Geld geben, und dann kommen die und erledigen das für uns«, schlug Freyr vor. »Kommt schon, das ist ganz einfach. Das können sogar Sterbliche.«

»Halt's Maul, ich denke nach«, fauchte Thor ihn an. »Odin, geh mal los und kauf eine Metallsäge.«

Zwanzig Minuten später – das Metallsägeblatt war mittlerweile gerissen und hatte dabei Thors rechten Daumen übel zugerichtet – war die Situation völlig unverändert.

»Andererseits können wir hier natürlich auch bis in alle Ewigkeit bleiben«, meinte Freyr. »Na, ihr wißt schon, einen anständigen Job finden, eine Wohnung suchen, heiraten und so weiter.«

»Ich hab gesagt, halt's Maul!«

»Laß Freyr in Ruhe, Thor«, mischte sich Odin ein. »Schließlich kann er nichts dafür.«

»Ja, aber er bringt mich mit seinem dummen Gelaber auf die Palme, und wenn er nicht sofort damit aufhört, schlage ich ihm mit diesem Hammer den Schädel ein.«

»Sein dummes Geschwätz bringt einen immer auf die Palme. Ich achte schon gar nicht mehr darauf.«

»... ich denke, als Schrotthändler hätten wir die meisten Chancen.«

»Siehst du? Wie soll ich mich denn konzentrieren können, solange dieser Komiker die ganze Zeit dazwischenlabert?«

»Du hast übrigens gerade den Achtzehner-Schlüssel in den Gully fallen lassen.«

Thor seufzte schwer. »Wenn ich mich richtig erinnre, dann hatten wir bei der Erschaffung der Erde weit weniger Probleme«, jammerte er mit säuerlicher Miene.

Odin nickte zustimmend. »Ich fürchte, du hast recht. Andererseits ist die Erschaffung eines Gegenstands etwas völlig anderes als dessen Reparatur, wenn er erst einmal kaputtgegangen ist – man braucht sich doch die Erde heute nur anzusehen. Außerdem hatten wir damals das geeignete Werkzeug zur Hand«, fügte er nicht ganz zu Unrecht hinzu.

»O ja!« seufzte Thor mit nostalgisch verklärtem Blick. »Erinnerst du dich noch an diese Bergfräsmaschine mit dem justierbaren Dreiwegekopf? Die ging durch vulkanisches Gestein wie ein Messer durch weiche Butter.«

»Und dann dieser alte Magmahobel mit Rundvorschub ...« Odin lächelte unwillkürlich. »Was ist übrigens daraus geworden? Irgendwo müßte das Ding doch noch sein, oder?«

Thor schüttelte den Kopf. »Nee, den hat dieses keltische Gesocks gekriegt, ich hab ihn gegen einen Satz Flußbettstreben und eine Strandschleifmaschine eingetauscht. Das war der schlechteste Handel meines Lebens; die haben mir nichts als alten Ramsch gegeben.«

»Ich möchte wetten, die haben das gute Stück längst verrosten lassen.«

»Klar, die halten doch nichts in Schuß.«

»Entschuldigt mal«, mischte sich Freyr ein, »aber sollen wir jetzt mit diesem Dingsbums am Rad noch was machen, oder wollen wir hier nur weiter dumm rumstehen und Maulaffen feilhalten, bis die ganze Stadt abgerissen und eine neue gebaut wird?«

Seine beiden Kollegen blickten ihn entnervt an und antworteten im Chor: »Ach, halt's Maul!«

Osiris kratzte sich nervös am Ohr und wand sich unbehaglich im Rollstuhl. »Wessen bekloppte Idee war das eigentlich?« wollte er wissen. »Meine ganz bestimmt nicht.«

Es war ein heißer Tag, und da der Hügel sehr steil war, mußte Pan mit seinem Atem so knauserig wie ein Kind mit einem Sparschwein umgehen, um antworten zu können.

»Mich brauchst du gar nicht erst so anzugucken«, verteidigte er sich.

Von den anwesenden Sterblichen sagte niemand ein Wort, vor allem deshalb, weil niemand von ihnen eine genaue Vorstellung davon hatte, wo sie waren und was sie dort zu suchen hatten. Kaum waren sie einem anthropomorphischen Zahnhygienezubehör entflohen, da hatten sie sich schon in einem nach Südosten fliegenden Learjet befunden.

»Schließlich ist er doch dein Freund«, gab Osiris zurück. »Deshalb habe ich natürlich angenommen, daß ...«

Pan schüttelte den Kopf, während er die letzten Reserven vom Sparkonto der Lunge abhob. »Vor vielen Jahren habe ich den Mann mal kennengelernt, aber ich würde deswegen nicht gerade behaupten, daß wir Freunde sind. Gewöhnlich pflege ich mit Leuten, die mit Vorliebe bis zu den Knien in Blut waten, keinen allzu engen Kontakt.«

Osiris seufzte. »Na gut. Da wir schon einmal hier sind, können wir das Ganze auch hinter uns bringen. Danach, schlage ich vor, sollten wir so schnell wie möglich von hier verschwinden. Wenn du mich fragst, ist die ganze Geschichte dadurch sowieso nur unnötig verkompliziert worden.«

»Ich stehe stets hinter dir«, antwortete Pan und fügte

in Gedanken hinzu: *Und schiebe dich. Wie üblich. Warum bekomme ausgerechnet ich immer diese miesen Jobs?*

»Entschuldigung mal.«

Osiris blickte über die Schulter. »Ja, was ist denn, Sandra?«

»Na ja, mich interessiert, was Sie eigentlich mit den Goldzähnen gemacht haben.«

Anstelle einer Antwort grinste Osiris und klopfte auf die Hosentasche. Dann wurde das Grinsen zu einem Stirnrunzeln, das Abklopfen der Hosentasche zu einem rasenden Trommeln, das sich schließlich – wie die Pest in einer Hafenstadt des sechzehnten Jahrhunderts – über sämtliche andere Taschen ausbreitete.

»Das ist doch nicht zu glauben«, murmelte er verlegen.

Doch Pan glaubte es sofort. Im Grunde hatte er schon die ganze Zeit darauf gewartet und war in gewisser Weise sogar erleichtert, daß es endlich vorbei war. »Wo hast du sie denn das letzte Mal gehabt?« erkundigte er sich, ohne eine Gemütsregung zu zeigen.

Alles, was da kreucht und fleucht, ist zu irgend etwas gut; und Osiris besaß die angeborene Begabung, alles, was nicht niet- und nagelfest war, aus den Taschen zu verlieren. Genau diese unglückliche Angewohnheit stand schon zu seinen aktiven Zeiten als aktiver Gott zwischen ihm und der Erlangung höchster Würden innerhalb der göttlichen Föderation. (Um nur ein Beispiel zu nennen: Das versunkene Königreich Atlantis war einst Zentrum des Mittelmeerhandels und auf sämtlichen Landkarten verzeichnet, und zwar bis zu jenem Tag, als Osiris an der Reihe war, abzuschließen und das Licht auszuschalten, nachdem die anderen Götter nach Hause gegangen waren. Über viertausend Jahre lang galt Atlantis als verschollen, bis die ›versunkene Stadt‹ endlich eines Tages, völlig verfilzt und von Staubfusseln durchsetzt, unter Osiris' Sofa ›wiederauftauchte‹.)

»Die müssen hier irgendwo sein«, stellte Osiris in einem Ton fest, der vermitteln sollte, daß sich alles zum Guten wendet, solange man nur daran glaubt. Pan war davon allerdings nur wenig überzeugt, denn aus langer Erfahrung wußte er, daß der Glaube zwar wirklich Berge versetzen kann, sie aber leider immer wieder an der falschen Stelle absetzt und während dieses Vorgangs unweigerlich etliche Felsvorsprünge abbricht oder gar ganze Gebirgsausläufer verliert.

»Nur etwas Geduld, dann hab ich sie ...«

»Also hast du die Zähne verloren«, stellte Pan lapidar fest.

»Natürlich habe ich sie nicht verloren!« widersprach Osiris heftig. »Wie soll man denn ein Gebiß in der Größe vom Mount Rushmore verlieren können, hä?«

»Bei Göttern ist kein Ding unmöglich.«

»Aha, da sind sie ja«, stellte Osiris triumphierend fest und holte aus der Innentasche einen glänzenden gelben Gegenstand hervor, bei dem es sich, wie eine nähere Untersuchung ergab, allerdings nur um den oberen Teil des Gebisses handelte.

»Wirklich entzückend«, seufzte Pan. »Also bleibt uns nichts anderes übrig, als den ganzen Weg Schritt für Schritt zurückzugehen. Das sollte uns jedoch nicht allzuschwer fallen«, fügte er grimmig hinzu. »Dazu müssen wir lediglich ein Land durchsuchen, das wir durchquert oder überflogen haben und dessen nationaler Reichtum sich über Nacht vervierfacht hat. Am besten halten wir nach neuen Kriegsflugzeugen, Panzern oder ähnlich lebenswichtigen Fortbewegungsmitteln Ausschau, deren Sitze noch immer mit Zellophan überzogen sind, um zunächst einmal das Land zu bestimmen.«

»Entschuldigung bitte mal«, meldete sich Carl zu Wort.

»Wir könnten es natürlich auch in Fundbüros versuchen«, fuhr Pan unnachgiebig fort, »und uns dort erkundigen, ob irgend jemand in letzter Zeit goldene Eisberge abgegeben hat. Schließlich gibt es noch ehrliche Menschen auf dieser Welt und ...«

»Entschuldigung bitte mal ...«

Die beiden Götter drehten sich um und sahen, wie Carl die fehlende Zahnprothese auf der rechten Handfläche balancierte. Pan schluckte schwer und grapschte danach. »Ich schlage vor, ich nehme die Dinger vorläufig lieber in Verwahrung«, sagte er und befreite Osiris sanft, aber entschlossen von dem anderen Gebißteil. »Für zukünftige Ausbrüche totaler Niedergeschlagenheit und Verzweiflung möchte ich nämlich gern allein die Verantwortung übernehmen. Schließlich bin ich darin unübertroffen.«

Osiris nickte widerstrebend. »Am besten tauschen wir diese Dinger so schnell wie möglich ein.«

»Eintauschen?«

»Du hast es. In Geld verwandeln.« Osiris hielt inne und fügte nach kurzer Denkpause hinzu: »Das ist allerdings leichter gesagt als getan. Ich glaube nicht, daß wir einfach in ein Juweliergeschäft gehen und erwarten können, alles in Bargeld ausgezahlt zu bekommen.«

»Du meinst, wir brauchen einen Spezialisten?«

Osiris nickte. »Und da wir gerade davon sprechen, ich glaube, ich kenne genau den richtigen Typen dafür. Mehr oder weniger stammt der aus meiner alten Gegend. Mittlerweile hat er sich natürlich längst aufs Altenteil zurückgezogen, aber er wohnt dort bestimmt immer noch, zumal er kaum eine andere Wahl hat.«

»Entschuldigung bitte mal.«

»Ja, vielen Dank, Carl, wir haben die Zähne gefunden«, sagte Pan gereizt. »Machen Sie einfach weiter damit, sich zu einer empfindungsfähigen und intelligenten Lebensform oder zu sonstwas zu entwickeln, aber seien Sie gefälligst ruhig, wenn sich erwachsene Götter miteinander unterhalten, okay?«

»Da sind diese Ärzte«, ließ Carl nicht locker. »Ich dachte, das würde Sie interessieren.«

»Wo?«

»Da vorne.«

»Wo?«

»Na, da vorne.« Carl zeigte die Richtung genauer an. »Direkt hinter diesem großen grauen Ding.«

»Oh.«

»Weißt du was?« fragte einer der beiden Ärzte seinen Kollegen, während sie die Einstiegsluke des Panzers herabließen und von außen den Sicherheitsriegel vorschoben. »Sobald wir diesen Auftrag erledigt haben, schmeiße ich alles hin.«

Der Kollege wischte sich mit dem Ärmel seines weißen Kittels den Schweiß von der Stirn. »Im Ernst?«

Der erste Arzt nickte. »Ich glaube schon. Ich werde einfach irgendwo eine kleine Klinik aufmachen und Leute heilen – so richtig kranke Menschen, meine ich.«

Sein Kollege runzelte die Stirn. »Rechnest du denn wirklich damit, daß so was Zukunft hat?«

»Könnte sein, und einen Versuch ist es doch allemal wert, oder?«

»Ich fürchte, du hast recht. Also los!« fügte er hinzu und entzündete die Lötlampe. »Wir müssen nur noch die Zwischenräume mit Blei verlöten, und dann haben wir's endlich geschafft.«

Die Operation war bemerkenswert glatt verlaufen; im Grunde war es dasselbe, als hätte man mit Hilfe eines Frettchens Kaninchen gefangen, nur hatte alles in einem sehr viel größeren Rahmen stattgefunden und als Netz eine quer über die Straße gezogene und gut einen Meter dicke unsichtbare Glaswand gedient. Als Frettchen hatten die beiden Ärzte fungiert sowie eine ganze Horde eigens für diesen einen Tag angeheuerter Hilfskräfte, allesamt ausgerüstet mit Uniformen, Sammelbüchsen, Flugblättern und Feldbibeln.

»Woher sollte ich das denn wissen?« jammerte Pan

im Panzer. »Für mich sahen die wie echte Zeugen Jehovas aus.«

»Wir hätten auf keinen Fall nachgeben dürfen«, antwortete Osiris. »Man ergreift nicht einfach die Flucht und verkriecht sich in einem Versteck, nur weil einem ein paar Götterlästerer über den Weg laufen.«

»Und ob ich das tue. Und soweit ich mich erinnern kann, geht's dir da auch nicht anders.«

»Jaja, ich weiß«, räumte Osiris kleinlaut ein. »Unbedingter Reflex auf äußere Reize nennt man das.« Er kratzte sich betrübt am Kopf. »Und noch etwas: Die nennen sich selbst die Zeugen Jehovas, dabei können die das gar nicht sein, denn dazu sind sie doch viel zu jung.«

Der Panzer war ein Meisterwerk angewandter Theologie. Eine Spezialanfertigung aus Deutschland, wo man immer noch über großes handwerkliches Können verfügt, wenn es um vorzügliche Sonderausstattungen geht. So konnte der Panzer einem Innendruck standhalten, der den Urknall zu einer Fehlzündung im Auspuff machte, während die Innenauskleidung – bestehend aus den zu Brei zerstampften Werken der philosophischen Standardtexte der Nihilisten des neunzehnten Jahrhunderts – dazu in der Lage war, übernatürliche Gleichnisse und Bezeugungen auszudämpfen, die den Wundergeschichten des Markusevangeliums gleichkamen. Jemand, der aller Logik zum Trotz aus dem Panzer entkommen wäre, hätte nicht nur das Rote Meer zu teilen vermocht, sondern es auch noch wie ein frisch gebügeltes Geschirrtuch zusammenfalten können.

»So, Ossi, jetzt lassen Sie sich mal was einfallen, damit wir hier endlich rauskommen«, drängte Sandra. »Allmählich verhungere ich nämlich.«

»Ich tue doch, was ich kann«, antwortete Osiris. »Was glauben Sie eigentlich, wer ich bin?«

»Na ja, deshalb ja.«

»Schon gut, schon gut, ich habe verstanden. Irgendwelche Vorschläge?«

Sandra dachte nach. Ihr mythologisches Wissen beschränkte sich auf wenige bruchstückhafte Erinnerungen an Märchen und Sagen, deren streunende Fetzen am Fliegenfänger ihrer Phantasie haftengeblieben waren. »Wie wäre es, wenn Sie sich in einen Goldregen verwandeln würden?« schlug sie schließlich vor.

Pan and Osiris blickten sich gelangweilt an und seufzten gleichzeitig.

»Hören Sie mal, meine Liebe«, rang sich Pan zu einer Antwort durch. »Vor zweitausend Jahren wäre das vielleicht kein Problem gewesen, doch heutzutage würden wir eingedenk unseres Alters und selbst beim besten Willen allenfalls einen kurzen Schauer italienischer Lira hinbekommen. Dies ist ein typischer Fall, wo der Geist zwar willig, doch die Währung schwach ist«, fügte er hinzu.

Sandra rümpfte die Nase. »Ich verstehe. Und was wäre mit einem brennenden Dornbusch? Damit könnte man sich den Weg frei schweißen wie mit einem dieser Acetylensauerstoff-Brennschneider oder wie die Dinger heißen.«

»Nee, das ist nicht unser Stil«, widersprach Osiris. »Das ist eher was für Christen und basiert auf einem ganz anderen kulturellen Erbe.«

»Vor allem basiert das alles nicht auf Solarenergie«, stimmte ihm Pan zu. »Völlig andere Technologie. Außerdem bräuchten wir dazu Schutzbrillen. Wir müssen einfach der Tatsache ins Auge sehen, daß wir in diesem Mistding festgehalten werden, bis uns jemand rausläßt.«

»Ach ja? Und wer zum Beispiel?« wollte Sandra wissen.

»Das wissen nur die Götter.«

XIV

Lundqvist erwachte. Er fand sich in einer düsteren Höhle wieder, in der es streng nach abgestandener Luft und verwesender Vegetation roch. Seine Arme und Beine waren mit dicken Elektrokabeln gefesselt, und im Mund hatte er einen Knebel stecken, der nach einer sehr alten und unter Vereinsamung leidenden Socke schmeckte. In etwa fünf Meter Entfernung saß ein Wächter mit einem Armalite-Gewehr und blätterte gelangweilt in einem Pornomagazin.

Aha, endlich ist alles wieder normal, sagte er sich. *Ich hatte mir schon Sorgen gemacht.*

Nach seinen Maßstäben war bisher alles recht mies verlaufen; bislang hatte er bei diesem Projekt ungefähr eine solch entscheidende Rolle wie eine Ketchupflasche auf einem Staatsbankett gespielt und allen nur im Weg gestanden (was schlimm genug war); man hatte ihn gejagt, ihm Todesangst eingejagt, ihn entführt und zur Flucht gezwungen (was geradezu *furchtbar* war). Er war verwirrt, unbewaffnet und entsetzlich deprimiert, denn so lange wie noch nie zuvor in seinem Berufsleben hatte er außer der Zeit niemanden mehr totgeschlagen. Allmählich schien er an einem Punkt angelangt zu sein, wo er eine Spinne, die ihm am Bein hinaufgelaufen wäre, mit einer Streichholzschachtel eingefangen hätte, um sie in der freien Natur wieder auszusetzen.

Jetzt jedoch schien es wieder bergauf zu gehen.

So dürfte es eine Leichtigkeit sein, das Elektrokabel

an dem hinter ihm befindlichen Felsen durchzuscheuern; eine bloße Bagatelle, die Socke in zwei Hälften zu zerkauen; eine unbedeutende Unannehmlichkeit, sich hochzurollen, sich mit einem kräftigen Ruck von den Fußfesseln zu befreien und den Wächter mit einem wohlgezielten Handkantenschlag außer Gefecht zu setzen. Wenn er nicht ausgerechnet über eine Bananenschale ausrutschen und sich dann mit dem Hinterkopf an einem hervorstehenden Felsen selbst k.o. schlagen würde, müßte er in weniger als sechs Minuten draußen sein und somit gleichzeitig den von Clignancourt und O'Reilly auf der Grande Convention Mondiale des Assassins et Espions Professionels aufgestellten Rekord aus dem Jahre 1967 bei weitem übertreffen. Doch leider sollte es ihm nur vergönnt bleiben, diesen Jahrhundertrekord einzustellen.

Als er erst einmal draußen war, fühlte er sich mit einem Gewehr in den Händen schon sehr viel besser, darüber hinaus gab es hier bestimmt noch andere Leute, die er – gegen den erbitterten Widerstand ihrer Bewacher – vor dem sicheren Tod würde retten müssen. Während er sich mit fester Entschlossenheit und gebotener Sachlichkeit seinen Weg durch die verschiedenen schwerbewaffneten Männer bahnte, die draußen überall anzutreffen waren, schlug sein Stimmungsbarometer endgültig in den Bereich der guten Laune um. So lächelte er, während er dem Kugelhagel des Browning Maschinengewehrs auswich, das hinten auf dem großen grauen Kasten des Halbkettenfahrzeugs montiert war, und grinste übers ganze Gesicht, als er gegen die hintere Ladetür trat und die Insassen mit dem Gewehrkolben bewußtlos schlug. Irgendwo ganz in der Nähe, und dessen war er sich sicher, hörte er Nachtigallen singen.

Dann erblickte er die beiden Ärzte.

Na prima!

Bitte, bitte, laß die beiden mit zwei Uzis auf mich losge-

hen, damit ich in Deckung gehen und das Feuer erwidern kann. Laß mich ein paar von diesen wunderbaren Betäubungsgranaten werfen, die ich eben im Jeep gefunden habe, um dann mit blankem Stahl zu kämpfen. Und bitte laß sie mit Kohlenstoffasern verstärkte Kampfanzüge tragen. Ach, und bitte laß von irgendwoher Verstärkung nachrücken, damit ich es nicht so leicht habe, wenn ich die Einstiegsluke von diesem großen Panzer absprenge.

Ein paar Hubschrauber könnten übrigens auch nicht schaden.

Und so entwickelte sich ein wunderschöner Tag. Die Sonne schien, Kugeln flogen, Plastiksprengstoff explodierte, und zum ersten Mal war jemand irgendwo auf der Erde zumindest für eine Weile mit sich und seinem Schicksal völlig zufrieden. Zugegebenermaßen gab es nur drei Hubschrauber; doch einer davon war immerhin mit einer Oerlikon-20-mm-Bordkanone ausgerüstet, was einiges wiedergutmachte, insbesondere das phantastische Schauspiel, als der Hubschrauber abstürzte.

Und schließlich, um einen wunderbar milden Nachmittag zu vervollkommnen, fand Lundqvist einen Behälter mit Plastiksprengstoff, jagte die Einstiegsluke des Panzers in die Luft und ließ in geradezu überschwenglicher Laune ein Seil hinab.

»*Und scheint die Sonne mal nicht so froh* ... Kommt schon, ihr da unten, es wird Zeit abzuhauen«, schrie er aus Leibeskräften. »Packt das Seil, und laßt uns hier endlich verschwinden ... *dann hoffe ich, sie scheint nur so* ... Los, bewegt euren Hintern!«

Im dunklen Innenraum des Panzers rührte sich etwas. Osiris blickte nach oben; jemand hatte gerade ein Seil auf seinen Kopf fallen gelassen.

»Ach, du grüne Neune!« seufzte er. »Da oben ist dieser wahnsinnige Freund von dir, Pan. Der Typ, dem wir diesen ganzen Mist in erster Linie zu verdanken haben.«

Lundqvist erstarrte und spürte, wie sein wiedererlangtes Selbstvertrauen und die eben erst zurückgewonnene Lebensfreude bereits wieder dahinschwanden. Er haßte nichts mehr als die Gegenwart von Göttern; andauernd wurde er von ihnen mies angemacht.

»Du hast dir aber ganz schön Zeit gelassen«, meinte Pan mit einem herzhaften Gähnen und massierte sich die eingeschlafenen Beine. »Das nächste Mal halt dich gefälligst nicht so lange mit dem Abknallen von irgendwelchen Leuten auf, und konzentrier dich lieber auf deine eigentliche Aufgabe, klar?«

»Jaja, schon gut«, grummelte Lundqvist. »Hört mal, würdet ihr euch freundlicherweise etwas beeilen? Die sind uns nämlich zahlenmäßig bei weitem überlegen. Auf einen von uns kommen fünfzehn von denen und ...«

»Wie? Mehr nicht? Kann man denn von so wenigen Leuten leben? Ich dachte immer, du bestreitest deinen Lebensunterhalt damit.«

»Das tue ich auch.« Lundqvist duckte sich, als ihm ein Querschläger nur wenige Zentimeter am Kopf vorbeistreifte. »Und ich komme sehr gut zurecht, wenn du's unbedingt wissen willst. Können wir jetzt endlich ...?«

»Das Geballer geht unserem zartbesaitetem Profikiller offenbar auf die Nerven«, spöttelte Osiris. »Na, dann wollen wir doch mal sehen, was sich da machen läßt. Momentchen noch ... So, das war's.«

Das Schießen hörte plötzlich auf.

»Hey, was ist denn nun passiert?« staunte Lundqvist.

Osiris lächelte. »Ich habe alle in Frösche verwandelt, Mister Lundqvist«, antwortete er. »So, könnte mir jetzt vielleicht jemand dabei helfen, dieses Seil hier raufzuklettern?«

»Sie haben alle in Frösche verwandelt?«

»Richtig.«

»Einfach so?«

»Kinderspiel.«

Lundqvist biß sich auf die Lippe. »Ich verstehe. Alles klar.«

»Ich meine, wenn wir darauf hätten warten müssen, bis unser großer Profikiller, Mister Kurt Lundqvist, endlich fertig wird, wären wir alle noch morgen hier.«

»Jaja. Klar. Vielen Dank auch.«

»Und noch etwas, Mister Lundqvist«, fügte Osiris hinzu, während er das Seil einfach beiseite drückte und elegant aus dem Tank hinausschwebte. »Wenn Sie das nächste Mal Hilfe brauchen, suchen Sie sich jemand anderen. Schließen Sie eine Rückholversicherung oder so was ab. Wir haben nämlich schon genug zu tun.«

Lundqvist musterte das Gewehr mit kritischem Blick, seufzte schwer und warf es weg. Solange er lebte, wollte er nie wieder eine solch alberne alte Knarre in die Hand nehmen.

»Tut mir leid«, murmelte er verlegen.

In dem Begleitheft zu seinem meistverkauften Video *Kurt Lundqvists Trainingsprogramm für paranormale Tötungstechniken,* sollte er später schreiben: ›In neunundneunzig von hundert Fällen ist die eigentliche Aufgabe kinderleicht, den betreffenden Vampir, Dämon oder sonstigen Unhold kaltzumachen; das eigentliche Problem besteht darin, zum Aufenthaltsort des betreffenden Opfers zu gelangen.‹ Offenbar schrieb er diese Zeilen aus bitterer Erfahrung heraus; und einige seiner Biographen halten Lundqvists Reise von der Osterinsel zur Halbinsel Sinai für den entscheidenden Katalysator, der ihn zur Formulierung dieses zu Recht berühmten Aphorismus veranlaßt hatte.

Die Entführung eines vorbeikommenden Zerstörers und die erzwungene Weiterfahrt bis zu den Salomonen waren gegenüber dem Bevorstehenden vergleichsweise ein Spaziergang gewesen; erst der planmäßige Flug nach Tel Aviv, die darauffolgende Zugreise und die anschließende Taxifahrt hätten Lundqvist fast in die Knie gezwungen. Die Kombination aus Pans extremer Flugangst (»Wenn wir vorgehabt hätten zu fliegen, hätten wir uns damals selbst Flügel verliehen.«) und Osiris' unverhohlene Verachtung allen Formen der Technologie gegenüber, die nicht direkt auf Zauberei und Aberglauben basieren, sowie solch geringfügige Details wie das völlige Fehlen von Geld und Reisepässen hatten diese unvergeßliche Reise zu einem Erlebnis gemacht, wie es einem in seiner Einzigartigkeit ähnlich wie der Tod nur einmal im Leben widerfährt.

»So, da wären wir«, stellte Pan fest, während sie das Taxi bezahlten und das Gepäck ausluden. »Hat sich ein wenig verändert, seit ich das letzte Mal hiergewesen ...«

»Und seit *ich* das letzte Mal hiergewesen bin, hat es sich total verändert«, unterbrach ihn Osiris. »Zum Beispiel ist alles umgefallen. Wer hat die Posaunen dabei? Diese komischen Widderhörner, meine ich. Holt die Dinger schon mal raus.«

Nur wenige Ortsnamen in der Welt sind so geschichtsträchtig wie Jericho, und dennoch weiß kaum jemand, was ihn dort erwartet. Das moderne Jericho, zu Füßen der Berge gelegen, ist lediglich eine ganz normale Stadt – oder wie es Sandra ausdrückte: »Bestimmt so ein Ort, wo man ein Bad nehmen kann und was zu essen kriegt.« Einige Kilometer dahinter gelangt man zu den Überresten der sechs Meter hohen Festungsmauer der altertümlichen Stadt, die, wie uns einige Archäologen weismachen wollen, um 1200 vor Christus durch ein Erdbeben zerstört wurde.

»Hier irgendwo muß es sein«, beharrte Osiris und schirmte die Augen gegen das grelle Licht des Sandes ab. »Wo genau, das ist mir leider entfallen. Ich habe mich immer an Ameneshkes Kebabstand orientiert, aber leider ist der Kerl vor ein paar tausend Jahren pleite gegangen.«

»Ich möchte nur mal wissen, warum Ameneshke

pleite gegangen ist, bei ihm gab es weit und breit das beste Kamelkebab«, merkte Pan an. »Außerdem scheint hier alles ziemlich heruntergekommen zu sein, was der Orientierung nicht gerade dienlich ist.« Er stieß mit den Zehen gegen einen herabgefallenen Mauerstein. »Daher stammt wahrscheinlich auch der Ausdruck ›schlampige Bauweise‹. Nun gut, während ihr hier herumbuddelt, mache ich da vorne unter dem Schatten ein kleines Nickerchen.«

Er suchte sich einen Haufen jahrtausendealtes Geröll aus, wischte etwas Sand und Staub weg und legte sich, mit dem Kopf gegen einen abgebrochenen Säulenstumpf gelehnt, auf den Rücken. Der Säulenstumpf bewegte sich ...

... und im selben Augenblick veränderte sich die ganze Szenerie. Zum Beispiel schwebte Pan jetzt fünfzehn Meter hoch auf einer wackligen Säule in der Luft.

»Na also, du hast es gefunden!« freute sich Osiris. »Braver Junge.«

Die Stadt Jericho wurde, wie oben bemerkt, angeblich durch ein Erdbeben zerstört.

Diese kleine Fehlinformation entstammt derselben Quelle, die behauptet, UFO-Erscheinungen seien nichts als Schwindel; Geistererscheinungen würden von skrupellosen Geschäftemachern durch das Aufstellen von Spiegeln hervorgerufen; Kornkreise entständen durch moderne Düngemittel, unplanmäßige Hubschrauberlandungen oder gelangweilte Rentner; und die Mannschaft der *Marie Céleste* habe ihr Schiff nur wegen eines Überraschungsbesuchs der Steuerfahndung aufgegeben.

Die Stadt Jericho ist natürlich immer noch da, und die überall herumliegenden Geröllhalden, die den Touristen gezeigt werden, dienen lediglich als geschickte Tarnung, die kurz nach dem Ersten Weltkrieg von einem Sonderkommando des Völkerbundes unter dem

Vorwand von Ausgrabungen dort angebracht worden war.

Trotz des Verschweigens dieser weltweiten Verschwörung (die in ihrer ganzen machiavellistischen Verschlagenheit vom verstorbenen BBC-Starreporter Danny Bennett in seinem hervorragenden, doch bis heute leider unveröffentlichten Meisterwerk *Der Heilige Gral und das heilige Grausen* aufgedeckt wurde) ist es ein Kinderspiel, nach Jericho hineinzugelangen. Dazu muß man lediglich ...

»Sobald du da oben fertig bist, kannst du ja runterkommen und dich hier unten nützlich machen!« rief Osiris.

Pan, der auf dem schmalen Sockel quasi vorübergehend unter unheilbarer Höhenangst litt und eher wie ein Säulenheiliger auf einem altersschwachen Hochsitz aussah, zermarterte sich das Gehirn nach einer passenden und vor Schlagfertigkeit sprühenden Antwort und rief schließlich: »Hilfe!«

Kurz darauf holte ihn Lundqvist mit Hilfe eines langen Seils und einigen aufeinandergetürmten Felssteinen herunter, und der eigentliche Spaß konnte beginnen.

Man gelangt nach Jericho hinein, indem man ... Nein, diese Phrase ist irreführend, denn eigentlich geht es eher darum, wie man Jericho zurückerlangt.

»Das alte Jericho ist nämlich gar nicht richtig zerstört worden, sondern vielmehr sicher verwahrt worden, damit die Stadt nicht verlorengehen konnte«, erklärte Osiris Sandra, während er zwischendurch versuchsweise in ein Widderhorn stieß. »Wie kriegt man aus diesem dämlichen Ding eigentlich einen Ton raus?«

Sandra runzelte skeptisch die Stirn. »Wie kann man denn eine ganze Stadt verlieren?«

Osiris grinste. »Na ja, am einfachsten wäre es, sie an einem sicheren Ort zu verstecken und dann die genaue

Stelle zu vergessen. Im Grunde ist das sogar die einzige Möglichkeit, eine Stadt zu verlieren.«

»Aha.«

Beim nächsten Versuch gab das Widderhorn sogar einen Laut von sich; ein sehr schwaches und äußerst vulgäres Geräusch. Osiris mußte feststellen, daß mehr dazu gehörte, als auf den ersten Blick zu vermuten war, und er fragte sich, ob es zur Not auch ein Saxophon täte.

»Jetzt fragen Sie sich bestimmt, weshalb jemandem daran gelegen sein kann, mutwillig eine Stadt zu verlieren, stimmt's?« fuhr er fort und stocherte mit einem Stück Draht im Widderhorn herum, um zu prüfen, ob es irgendwo verstopft war.

»Ähm ... ja ...«

»Ganz einfach. Es ist eine Art Gefängnis.«

»Ach so ...«

»Na ja, kein richtiger Knast im herkömmlichen Sinne, sondern eher eine Art Untersuchungsgefängnis, und zwar für Götter.«

Sandra blickte ihn verdutzt an. »Für Götter?«

Osiris nickte. »Ja, und im Grunde ist das alles ziemlich traurig. Vor langer Zeit wimmelte es hier nur so von Göttern. Elamische Götter, hittimische Götter, phönizische Götter, perisitische Götter, edomitische Götter, moabitische Götter ...«

»Ich wußte gar nicht, daß es in Berlin Götter gab«, warf Sandra erstaunt ein.

»... jebusitische Götter, hiwitische Götter, amoritische Götter, kanaanäische Götter ...« Osiris hielt inne, da er keine Finger mehr zum Zählen übrig hatte. »Hunderte von diesen kleinen Stromern, die nichts Besseres zu tun hatten, als sich darum zu streiten, wem was gehörte, wessen Kanalisationsrohre unter wessen Auffahrt verlaufen durften, wessen Hecke einen halben Meter zu weit nach links versetzt war und so weiter. Mit dieser Erbsenzählerei mußte natürlich Schluß gemacht werden.«

Sandra, die während ihrer Zeit im *Sonnenblick* das ein oder andere über Götter erfahren hatte, zog eine Augenbraue hoch. »Und weshalb mußte damit Schluß gemacht werden? Soweit ich das Verhalten von Göttern kennengelernt habe, hört sich das alles ganz normal für mich an.«

»Aber dadurch ging in dieser Gegend alles den Bach runter«, antwortete Osiris steif. »Sterbliche wurden darin verwickelt. Jedenfalls kamen alle anderen Götter zusammen und stellten diesen Chaoten ein Ultimatum: Entweder hört das sofort auf, oder ihr ...«

»Ja, was denn?«

»Na ja, sie haben sich fürs Oder entschieden«, antwortete Osiris grimmig. »Sie weigerten sich, auch nur im geringsten auf das Ultimatum einzugehen, so daß wir etwas unternehmen mußten. Also haben wir sie eingesperrt.«

Sandra blickte ihn ungläubig an. »Wollen Sie damit sagen, Sie haben die anderen ins Gefängnis geworfen?«

Osiris nickte. »Wir hatten wirklich keine andere Wahl. Sie haben uns Götter zum Gespött der Leute gemacht, und wie man weiß: Mit der Dummheit kämpfen Götter selbst vergebens ...«

»Sie haben Angehörige Ihrer eigenen Sippe einfach eingesperrt, nur weil sie Ihnen zu kleinlich waren?«

»Wenn es eine andere Möglichkeit gegeben hätte, dann ...«

»Mann, o Mann ...!«

Osiris runzelte die Stirn und schüttelte das Widderhorn aus, in dem er gerade ein Mausnest entdeckt hatte. »Auf alle Fälle haben wir sie alle nach Jericho verfrachtet und dann die Stadt verschwinden lassen.«

»Sie haben die Stadt einfach verschwinden lassen?«

»Richtig.« Osiris rieb sich die Augen; vielleicht schien sich das heute etwas extrem anzuhören, doch damals ... »Sie müssen wissen, daß Jericho auf einer riesigen geologischen Verwerfung liegt«, fuhr er fort. »Wir haben die Spalte einfach geöffnet, die Stadt hineinfallen lassen und sie wieder geschlossen. Natürlich sollte es sich dabei nur um eine vorübergehende Maßnahme handeln«, fügte er rasch hinzu, um Sandra zu beruhigen. »Wir wollten den Rädelsführern – also Ashtoreth, Melkart, Mammon und den ganzen anderen – Gelegenheit geben, ihre Differenzen beizulegen und zu lernen, endlich wie zivilisierte Götter miteinander umzugehen.«

»Interessant.«

»Danach sollte ihnen die Strafe gewissermaßen bedingt erlassen werden.«

»Also sollten sie auf Bewährung freigelassen werden«, mischte sich Pan ein, der sich nach seinem Seilakt hinzugesellt hatte und sich die aufgeschürften Hände mit kühlender Brandsalbe einrieb. »Bislang bist du aber noch nicht dazu gekommen, stimmt's?«

»Na ja, irgendwie schien nie der richtige Zeitpunkt gekommen zu sein«, antwortete Osiris leicht verlegen.

Pan nickte. »Das glaube ich dir sofort. Die Tatsache, daß ihr euch damals deren Herrschaftsgebiete unter den Nagel reißen und untereinander aufteilen wolltet, spielte dabei natürlich überhaupt keine Rolle. Und denen war das sicher auch völlig schnuppe.«

»Und jetzt wollen Sie diese Götter wieder rauslassen, Ossi?«

»Aber nur probehalber.«

Pan grinste. »Er braucht nämlich Leute, die ihm einen Gefallen tun.«

»So?« Sandra kam aus dem Staunen nicht mehr heraus. »Einen Gefallen von Göttern, die Tausende von Jahren in einer Erdspalte eingesperrt worden sind? Wie kommen Sie bloß darauf, daß die bereit sind, Ihnen zu …?«

»Indem er denen Geld anbietet«, wurde Sandra von Pan unterbrochen. »Was denn sonst?«

»Wie? Die kriegen Geld dafür?«

Pan schüttelte den Kopf und antwortete grinsend: »Die kriegen kein Geld, sondern waschen es.«

Erneut wirkte Sandra überrascht, entsetzt sogar. »Die waschen Geld? Aber machen so was nicht nur Kriminelle? Diebe, Wirtschaftsbetrüger und solche Leute?«

»Und auch Götter«, klärte Pan sie auf. »Unter Göttern gilt das als eine völlig normale, angesehene und göttliche Vorgehensweise. Daher auch solch bekannte Ausdrücke wie ›Götterehre‹, ›Gelegenheit macht Götter‹, ›Wie ein Gott in der Nacht‹ oder auch ›Die kleinen Götter hängt man, die großen läßt man laufen‹. Was in diesem Fall …«

»Pan will damit sagen«, unterbrach ihn Osiris, »daß diese bisher lästigen und unnützen Mitglieder der göttlichen Gesellschaft eine Chance erhalten sollen, ihr vorheriges unsoziales Verhalten wiedergutzumachen, indem sie …«

Wie die meisten abergläubischen Bräuche beruht auch die in der Zauberei häufig angewandte Sitte, etwas entgegen dem Uhrzeigersinn zu tun, durchaus auf begründeten Tatsachen.

Was es zu beweisen gilt …

Zwei Götter, ein Berufskiller, ein Lkw-Fahrer und eine staatlich examinierte Krankenschwester, allesamt mit Widderhörnern in den Händen, stapften inmitten der Wüste unentwegt um eine verwitterte Basaltsäule herum (natürlich entgegen dem Uhrzeigersinn).

»Wenn ich sage ›Blasen‹, blast ihr in diese komischen Posaunen.«

Pan machte ein mürrisches Gesicht. »Für wen hält der sich eigentlich?« murmelte er. »Für Count Basie oder was?«

»Was passiert denn gleich?« wollte Carl wissen.

»Warten Sie's ab, mein alter Freund«, antwortete Pan. Er setzte das Horn an die Lippen und machte ein Geräusch wie pfffffffffffff…

Und so ging es munter im Kreis herum, insgesamt siebenmal; wobei jede Umrundung mit einer Posaunenfanfare abgeschlossen wurde. Sicherlich hatte es schon lautere und vor allem auch sehr viel melodischere und beeindruckendere Fanfaren gegeben, doch selbst eine miese Fanfare ist und bleibt eine Fanfare.

»Wir müssen alle völlig bekloppt sein, daß wir uns dazu haben überreden lassen.«

»Halt's Maul, Pan!« Osiris überprüfte rasch seine ausgestreckten Finger, die ihm als Zählhilfe gedient hatten. »So, das war die siebte Runde. Jetzt müssen wir nur noch alle laut schreien.«

Pan runzelte die Stirn. »Was denn? Ein Gebet oder so was?«

»Woher soll ich das denn wissen, hä? Irgendwas eben. Hauptsache, es ist laut.«

»›Entschuldigung‹ zum Beispiel?«

»Wenn du unbedingt willst, auch das.«

»Danke«, seufzte Pan. »Damit schlagen wir dann gleich zwei Fliegen mit einer Klappe.«

Und so blieb die ganze Gruppe stehen und schrie nach Leibeskräften »Entschuldigung«, wenngleich sich jeder einzelne dabei wie ein Vollidiot vorkam. Nichts geschah. Das Echo verhallte in der Wüste.

Doch dann erzitterte der Boden, und im Sand bildeten sich Risse und Spalten, was den Eindruck vermittelte, daß die Erschaffung dieses Abschnitts der Erdkruste von Gott an ein paar Kumpels weitergegeben worden sein mußte, die er einst irgendwo in einer Kneipe kennengelernt hatte. Überall Staub und Lärm und ... Bewegung.

Und die Mauern von Jericho polterten mit lautem Getöse aus dem Erdinnern empor.

Im Universum gibt es in jedweder vorstellbaren Form und Größe Götter, die die Menschheit allesamt auf die ein oder andere Weise nach ihrem Bilde schuf. Die meisten Nationen schaffen sich unbewußt Spezialanfertigungen ihres Pantheons, damit es sich nahtlos in ihr Weltbild und ihre Grundbedürfnisse einfügt, und deshalb ist es auch im weitesten Sinne wahr, daß jedes Volk die Götter hat, die es verdient.

So schufen sich die Griechen Götter, um ihren größenwahnsinnigen Vorstellungen – die sie sich partout nicht austreiben lassen wollten – Namen, Gesichter und Adressen zuordnen zu können. Die Hindus schufen sich Götter, um sicherzustellen, in schweren Zeiten jemanden zu haben, der seine schützende Hand über sie hielt (oder mehrere Hände und in extremen Fällen sogar eine ganze Menge Arme). Die verschiedenen ethnischen Gruppen des Mittleren Ostens, die für die in Jericho eingesperrte Götterschar verantwortlich waren (falls diese Theorie richtig ist), arbeiteten ihre göttlichen Überzeugungen hingegen so aus, daß sie sich in die dringendsten Bedürfnisse des jeweiligen Stamms nahtlos einfügten; so lag ihnen viel daran, trotz ihres furchterregenden Äußeren und grausamen Verhaltens, verglichen mit den unsterblichen Göttern, wie Chorknaben auszusehen.

Nützlicher kann ein Gott für sein Volk wahrscheinlich nicht sein; wenngleich – ungeachtet der beruflichen Erfüllung, die man als Gott dabei empfindet – es nicht sehr empfehlenswert zu sein scheint, da man bis in alle Ewigkeit mit denen sich daraus ergebenden Konsequenzen leben muß.

»Und das ist Jericho«, stellte Osiris mit Genugtuung fest.

»Aha«, antwortete Sandra; sie war sich nicht sicher, ob ihr der Anblick der Stadt gefiel, zumal nichts davon an das Bild in der illustrierten Kinderbibel erinnerte, das sie während des Kindergottesdienstes von oben bis unten vollgekritzelt hatte. Zum Beispiel waren in der Version des Bibelzeichners nicht so viele Suchscheinwerfer, Stacheldrahtzäune und Maschinengewehrstellungen abgebildet gewesen. Genausowenig hatte es direkt vor dem Haupttor ein Schild mit einem Schädel und darunter gekreuzten Knochen gegeben, auf dem MINENFELD – BETRETEN VERBOTEN! stand.

»Ich nehme an, die haben während der letzten dreitausend Jahre einen Fluchttunnel gegraben«, merkte Pan beiläufig an. »Weit gekommen sind sie damit aber bestimmt nicht.«

»Und wieso nicht?« fragte Sandra.

»Die Dimensionen in einer geologischen Verwerfung verlaufen ein wenig durcheinander«, fuhr Pan fort. »Dadurch passiert es, daß man trotz angestrengten Buddelns immer wieder in demselben Tunnel landet, den man erst eine Woche zuvor zu graben begonnen hat. So sind die Tunnelbauer aus der Zukunft in der Lage, den Tunnelbauern aus der Vergangenheit zu sagen, daß sich die ganze Plackerei überhaupt nicht lohnt ... na ja, und umgekehrt natürlich auch. Wie man sich vorstellen kann, führt das zu einigen Problemen, wenn man sich dreitausend Jahre lang sozusagen im Kreis dreht«, fügte er grinsend hinzu.

Sandra stellte es sich lieber nicht vor. »Entschuldigung, falls ich etwas verpaßt haben sollte, aber haben die nach dieser langen Zeit nicht irgendwann die Nase voll? Ich meine, wenn wir gleich die Tore öffnen und da hineingehen, dann können wir sie doch freilassen ...«

Pan schüttelte den Kopf. »Ziemlich unwahrscheinlich«, erwiderte er. »Wir können nur dann welche von denen rauslassen, wenn sie ... Um Himmels willen! Was hat der alte Knacker denn jetzt schon wieder vor?«

Carl eilte mit Osiris im Rollstuhl auf das Haupttor zu, wobei sich letzterer offenbar an einen Kurs erinnerte, mit dem man sich unbehelligt durch das Minenfeld schlängeln konnte. In der Hand hielt er einen großen Bronzeschlüssel.

»Können Sie ihn denn nicht einfach aufhalten?«

Pan lächelte. »Nein. Wirklich schade drum.«

Klopf. Klopf. Klopf. Klopf.

»Wer ist denn da?«

»Osiris.«

»Osiris und weiter?«

»Hör auf mit dem Scheiß, du Erbsenhirn, und laß mich gefälligst rein!«

In dem Tor wurde eine Luke aufgeklappt, und für etwa eine halbe Sekunde war ein scheußliches Gesicht zu sehen; wobei etwa eine halbe Sekunde um vierhundertsechsundneunzig Millisekunden zu lang war.

»Nein, das ist nicht richtig«, sagte eine Stimme irgendwo aus dem Gesicht heraus. »Das hört sich falsch an.«

»Ich hab gesagt, du sollst das Tor aufmachen, du ...«

»Ich nehme an, du meinst ›Osiris, der im Monat Mai die Straße entlanggeht‹, richtig?«

»Hör mal, du kariöser Säbelzahntiger, entweder machst du sofort das Tor auf, oder du wünschst dir, nie ...«

»Oder vielleicht ›Osiris, der mit den Augen lächelt‹?« fuhr die Stimme fort. »Irgendwas in dieser Richtung war es, das weiß ich genau. Keine sehr gute Parole, aber dennoch ...«

Osiris schloß die Augen und zählte bis zehn, was ihm allerdings auch nicht half, sich zu beruhigen und seine Wut im Zaum zu halten. Vielmehr war das Gegenteil der Fall.

»Moment, ich hab's gleich«, sagte die Stimme. »Heißt es nicht: ›Ein Kuß ist nur ein Kuß, Osiris nur ein Seufzer‹?« *»Na gut!«*

Es gab einen Blitz, einen Donnerschlag und ein sehr lautes Krachen; das Tor wurde aus den Angeln gehoben und fiel um. Kurz darauf drang irgendwo unter dem umgestürzten Tor Osiris' leicht mitgenommen klingende Stimme hervor. »Okay, das war kein Fehler, sondern Absicht.«

»Ach so.« Der Türdämon, der jetzt im freigesprengten Eingang in seiner ganzen biologischen Unwahrscheinlichkeit zu sehen war, kratzte sich am Kopf. »Das war wirklich Absicht? Als die Scharniere schmolzen und das Tor nach *außen fiel,* dachte ich nämlich, da muß irgendwas schiefgegangen sein.«

»Halt's Maul und hol mich hier raus.«

Der Türdämon eilte ihm zu Hilfe. Nachdem er das Tor beiseite geschoben hatte, zog er Osiris aus einem Loch mit wahrhaft göttlichen Dimensionen heraus, in das letzterer durch das unerwartete Umstürzen des mehrere hundert Tonnen schweren und aus reiner Bronze gehämmerten Tors hineingerammt worden war.

»Wie war noch mal der Name?« erkundigte sich der Dämon freundlich.

»Osiris«, seufzte Osiris.

»Oh!« Der Dämon grinste. »An deiner Stelle täte ich das hier drinnen aber niemandem verraten. Das ist nämlich derselbe Name wie von dem Arschloch, das für all das hier verantwortlich ist, und man könnte dich versehentlich für diesen Mistkerl halten.«

»So?«

Der Dämon nickte. »Und das wäre nicht gerade empfehlenswert«, fuhr er fort. »Denn das einzige, was denen hilft, hier die Zeit einigermaßen zu überstehen, ist der Gedanke daran, was sie mit ihm – also dem echten Osiris, meine ich – alles anstellen täten, sobald sie hier raus sind.«

»Laß mich raten. Ihn zum Abendessen einladen?«

»Nein.«

»Blumen schenken?«

»Auch nicht, es sei denn, man täte angespitzte Bambusstämme als Blumen betrachten.«

Osiris zuckte die Achseln. »Ist auch egal. Und jetzt

sag mir, wie ich zum Büro des Gefängnisdirektors komme.«

Klopf. Klopf. Klopf.

»Wer ist da?«

»Ich bin's, Baal!«

»Nein, ich bin Baal, und wer bist du?«

Nachdem Osiris einige Bemerkungen in der Richtung von ›Ich glaube, ich bin im Irrenhaus gelandet‹ abgelassen hatte, sprengte er die Stahltür auf (dieses Mal wiederholte er den absichtlichen Fehler allerdings nicht; mit dem Ergebnis, daß die Tür mit voller Wucht nach innen fiel und den dahinter stehenden Türdämon wie einen Zaunpfahl zirka einen halben Meter in den Boden rammte).

»Himmel, Arsch und Zwirn! Du?«

Osiris lächelte freundlich. »Baal, alter Kumpel«, begrüßte er den westsemitischen Gott und streckte ihm die Hand entgegen. »Lange nicht mehr gesehen. Wie ich sehe, hat man dich zum Kalfaktor gemacht.«

»Du?«

»Schönes Büro hast du hier. Hervorragende Aussicht auf« – Osiris reckte den Hals – »den Exerzierplatz. Wirklich toll. Soweit ich mich erinnern kann, hast du Sport schon immer gemocht.«

»Du?«

»Das ist schon komisch«, fuhr Osiris fort, während er sich mit dem Rollstuhl aus eigener Kraft auf ihn zu bewegte und sich aus der Zigarrenkiste auf dem Schreibtisch eine Havanna nahm. »Erst neulich habe ich mich gefragt, was mein alter Freund Baal heutzutage wohl so treibt. Und dabei habe ich natürlich an die gute alte Zeit gedacht. Erinnerst du dich noch daran, was wir beide damals alles zusammen getrieben haben? Ach, natürlich tust du das.«

»Du ...«

Osiris zündete die Zigarre an, tat einen Lungenzug,

hustete kräftig und fuhr fort: »Also habe ich mir gedacht, es kann einfach nicht angehen, daß mein lieber alter Kumpel Baal mit einem Haufen mieser Verbrecher und unerwünschter Personen da eingesperrt ist, und es muß doch etwas geben, was ich für ihn tun kann, um ihn zum Beispiel auf Bewährung freizubekommen. Ich meine, wozu hat man schließlich die ganze Macht und alle diese Beziehungen, wenn man nicht mal einem seiner besten ...?«

»... Arschloch!«

»Und deshalb bin ich jetzt hier. Ich möchte dir ein kleines Geschäft vorschlagen, das dich bestimmt ...«

»Wache!«

»... interessiert.«

»Alles klar«, sagte Baal und rieb sich genüßlich die Hände. »Irgendwelche Vorschläge?«

Im völlig überfüllten Speisesaal hallten aus sämtlichen Richtungen laute Stimmen wider. Neunhundertundsechs höhere Wesen waren in einem Raum zusammengepfercht, der einst dreihundert von ihnen hatte Platz bieten sollen; während ihrer langen Gefangenschaft waren die Göttinnen und Götter des alten Palästina nicht untätig gewesen.

»Bitte nicht alle durcheinander!« rief Baal und hob besänftigend die Arme. »Am besten der Reihe nach! Verehrte Anwesende, bitte Ruhe! Ich glaube, du dahinten bist der erste gewesen. Ja, du, Mammon.«

Osiris, gefesselt an Händen und Füßen, hockte inmitten der Götterschar und lächelte gelassen; alles lief besser, als er zu hoffen gewagt hätte.

»Na ja, ich schlage Öl vor«, rief Mammon von hinten durch den Saal. »Dreißig Jahre bis zum Hals in kochendem Öl. Jedenfalls haben wir das im Komitee für internationale Götterrechte so besprochen ...«

»Nein! Teer!«

»Was ist los?«

»Der Vorsitzende erteilt Tanith, Königin der Dunkelheit, das Wort«, griff Baal rasch ein.

»Das war Teer, du Weichei!« rief Tanith gereizt. »Wir haben darüber abgestimmt. Fünfhundertunddreizehn waren für Teer, dreihundertdreiundvierzig für Öl, fünfzig haben sich enthalten.«

»Das stimmt doch überhaupt nicht, du dusselige Kuh! Das war Öl. Ich kann mich nämlich noch ganz genau daran erinnern, daß ich gefragt habe, woher wir soviel Öl bekommen wollen.«

»Pech gehabt, Tanith«, meinte Baal. »Als wir abgestimmt haben, war Teer nämlich noch gar nicht erfunden.«

»Gar nicht zu reden von den Energiekosten«, fuhr Mammon fort. »Um Teer auf einer konstanten Temperatur von dreihundert Grad zu halten, braucht man ...«

»Teer! Pech! Ist das überhaupt wichtig? Der Punkt ist doch wohl der, daß ...«

»Der Punkt ist«, schrie Melkart, ein dicker kleiner Gott mit behaarten Ohren, »daß der Scheißkerl innerhalb von zwölf Minuten durchgebraten ist, wenn wir ihn in heißem Öl sieden lassen, und das war's dann! Wohingegen Teer ...«

»Ich danke euch allen!« brüllte Baal. »Aber ich glaube, daß wir diese Debatte schon mal geführt haben. Kann mal jemand die Protokolle durchsehen?«

»Welche Protokolle?«

»Die Protokolle der letzten Sitzungen ...«

»Ich glaube, es sind nie welche geführt worden. Trotzdem kann ich mich genau daran erinnern, daß ich gesagt habe ...«

»Willst du damit sagen, es gibt keine Protokolle?«

»Der Vorsitzende erteilt ...«

»Und du hältst lieber die Klappe, du alte ...«

Baal machte ein mürrisches Gesicht. »Ruhe!« knurrte er. »Das hier ist ein demokratisches ...«

»Seit wann denn das, hä? Schließlich sind wir doch Götter, oder?«

»Entschuldigung bitte mal …«

Sofort herrschte Totenstille. Wie Baal später dazu einfiel, mußte es an der Art gelegen haben, wie Osiris das gesagt hatte.

»Danke.« Osiris räusperte sich. »Ich wollte euch nur sagen, wenn ihr hier jemals wieder rauskommen wollt, dann ist dies wahrscheinlich eure letzte Chance.« Er hielt inne, und rings um ihn herrschte noch immer ehrfürchtiges Schweigen. »Und an eurer Stelle würde ich mir das mit dem Öl noch einmal durch den Kopf gehen lassen.«

»Kein Öl. Pech!«

»Was auch immer.« Osiris blickte mit gerümpfter Nase ganz allgemein in die Richtung der Zwischenruferin und fuhr dann fort: »Erstens habe ich außerhalb dieses Gebäudes ein hervorragendes Sonderkommando stationiert, das von jemandem angeführt wird, dessen Name sicherlich vielen von euch noch ein Begriff ist …«

»Lundqvist«, flüsterte jemand hinten im Saal ehrfürchtig. *»Er meint bestimmt diesen Kurt Lundqvist.«*

Osiris nickte anerkennend. »Zweitens ist der Grund meines heutigen Besuchs schlicht und einfach der, daß ich euch Dummköpfen …« Er hielt inne, um das Wort eine Weile im Raum stehen zu lassen. *Sehr schön, jetzt habe ich sie!* freute er sich, als das Schweigen anhielt. »… um euch Dummköpfen die Chance einer Begnadigung zu gewähren. Natürlich nur dann, wenn ihr genau das tut, was ich euch sage. Falls nicht …«

Die Stille dauerte an, reifte heran und entfaltete sich zu voller Blüte, bis sie von jemandem empfindlich gestört wurde.

»Ich sage immer noch, daß es Öl war. Ich meine, stellt euch doch nur mal den Gestank von kochendem Teer vor …«

»Psssst!«

Auch für einen Gott ist es ein furchtbares Erlebnis, von neunhundertundfünf Mitgöttern gleichzeitig zum Schweigen ermahnt zu werden, und läßt sich wahrscheinlich allenfalls noch mit dem stückweisen Zerreißen von Orpheus durch die thrakischen Mänaden vergleichen; wobei das stückweise Zerreißen verhältnismäßig schnell und schmerzlos vonstatten geht. Wenn man in Stücke gerissen worden ist, wacht man vor allem nicht morgens um drei Uhr schweißgebadet auf, weil man selbst noch nach etlichen Jahren vor Scham am liebsten in den Erdboden versinken würde.

»Ist ja gut, Leute!« Baal ermahnte die Anwesenden mit dem Hammer zur Ruhe und grinste Osiris verlegen an, der freundlich zurücknickte. »Es tut mir wirklich leid, Osiris«, entschuldigte er sich für den Zwischenrufer. »Bitte erzähl weiter.«

»Genauso werden wir es machen«, stellte Baal fest.

Osiris nickte höflich. »Aha, ich verstehe.« Bei Göttern ist zwar kein Ding unmöglich, doch das ein oder andere fällt selbst ihnen furchtbar schwer; zum Beispiel die Augenlider davon abzuhalten, vorzeitig schlappzumachen, wenn man von jemandem erklärt bekommt, wie eine umfangreiche Umwandlung von zu versteuernden Dividendengewinnen in steuerfreie Kapitalerträge an einer fünfdimensionalen Börse durchgeführt werden muß.

»Du hast doch bestimmt schon von Termingeschäften bei Währungs- oder Rohstofftransaktionen gehört, nicht wahr?« hörte er Baals Stimme sagen. »Nun, im Grunde ist es genau das, was wir hier tun, nur umgekehrt. Es ist wirklich ziemlich einfach ...«

Quietsch, quietsch, quietsch! machten die Zugbrücken von Osiris' Augen, und die Belastung, derart viel Gewicht ohne Stützpfeiler tragen zu müssen, ist ziemlich extrem, besonders wenn man versucht, zur selben Zeit wach zu bleiben. »Du meine Güte, das klingt ja wirklich unglaublich clever«, hörte sich Osiris sagen, wobei er inständig hoffte, daß der Kontext richtig war.

»Die Börsenmakler, die der Zeit *hinterher* sind, verkaufen ihre Goldaktien natürlich entgegen früheren Entscheidungen in einer *Hausse*stimmung und kaufen sie *rückwirkend,* um so den Vorteil der Differenz des rückläufigen Umrechnungskurses zu nutzen, wodurch der Zinsschein bei festverzinslichen Papieren hinfällig wird, was zu einem für steuerliche Belange sehr nützlichen Kapitalverlust führt. Und genau deshalb plazieren wir Termingeschäfte nur während einer *Baisse*stimmung, wodurch ...«

»Das hört sich wirklich unglaublich clever an.« *Falls Macbeth wirklich im Schlaf gemordet hat,* murmelte Osiris verträumt in sich hinein, *dann muß er mit der Geduld einfach am Ende gewesen war.* »Jetzt, da du mir erklärt hast, wie das funktioniert, kommt mir das alles furchtbar einfach vor«, traute er sich mit einem müden Lächeln zu sagen.

»Du sagst es«, stimmte Baal ihm zu. »Und natürlich erreicht man die doppelte Wirkung, wenn man dann über ein paralleles Universum zurückkauft, wodurch man auf den Erzeugermärkten dieses Universums eine Art Dopplereffekt erzielt, während man immer noch seine Dividende aus dem anderen Universum bezieht.« Er hielt inne; ein auf sinnbildliche Darstellungen spezialisierter Künstler, der dringend ein Modell für Selbstgefälligkeit gebrauchte hätte, wäre beim Anblick Baals wunschlos glücklich gewesen. »Das Ganze ist natürlich meine Idee, völlig legal und jeder Kritik erhaben«, fuhr er schließlich fort und fügte im Flüsterton hinzu: »Allerdings kann es auch geringfügige Nebenwirkungen geben, wie zum Beispiel das Erdbeben von San Francisco neunzehnhundertsechs. Doch wo gehobelt wird, da fallen nun mal Späne, sage ich immer. Stimmt's, oder hab ich recht?«

»Hä?« Osiris wachte plötzlich aus einem kurzen,

aber heftigen Traum auf, in dem vollgefressene Krokodile eine große Rolle gespielt hatten. »Schwierig zu sagen«, antwortete er. »Es gibt jetzt diese modernen Elektrohobel mit so einem kleinen Staubfänger dran.«

»Nun ja. Gut, am besten fange ich gleich damit an, oder was meinst du?«

»Klar doch.«

Baal lächelte. »Genaugenommen habe ich das schon. Das größte Vergnügen daran ist nämlich, daß man dabei kaum Papierkram zu erledigen hat.« Dann lachte er laut und gab Osiris auf diese Weise zu verstehen, daß es sich um einen ungeheuer lustigen, wenn auch rein branchenspezifischen Scherz gehandelt haben mußte.

»Hahaha!« pflichtete ihm Osiris deshalb bei. »Hör mal, wie lange wird das ungefähr dauern? Da draußen warten nämlich ein paar Leute auf mich.«

»Zehn Minuten.«

»Das hört sich gut an.«

»Oder auch dreiundsiebzig Jahre, das kommt ganz auf den zeitlichen Brechungswinkel an. Wir schlagen wahrscheinlich etwas mehr raus, wenn wir den Aufschwung der börsenspezifischen Sinuswelle abpassen.«

»Ach, laß uns das lieber so schnell wie möglich erledigen«, drängte Osiris. »Hauptsache, wir bringen das irgendwie hinter uns.«

»Na gut, du bist der Boß.«

»So? Bin ich das?«

»Ja.«

»Na gut.«

Baal zog die Computertastatur zu sich heran und drückte auf genau vier Tasten. »Willst du eine Tasse Tee, während wir warten?«

»Das wäre nett, danke.«

»Milch und Zucker?«

»Nur Milch.«

Genau zehn Minuten später öffnete sich die Tür, und

ein anscheinend etwas zu kurz geratener Dämon trat mit einem silbernen Tablett ein, auf dem ein rechteckiger kleiner Zettel lag. Baal nahm den Zettel in die Hand, warf einen kurzen Blick darauf und reichte ihn Osiris.

»Inhaberaktie«, sagte er. »Wir halten das noch immer für die beste Lösung.«

Osiris blickte auf den Papierfetzen. Es handelte sich um dickes Papier, das zu fünf Prozent aus Holzanteilen und zu fünfundneunzig Prozent aus Wasserzeichen zu bestehen schien, und beim Anblick des Aufdrucks schmerzten ihm die Augen. Zwischen all den Schnörkeln stand dort in gotischer Schrift geschrieben:

BANK DER HÖLLE

FÜNFUNDSIEBZIG·DOLLAR

»Fünfundsiebzig Dollar?«

Baal nickte. »Wir sind auf dem absoluten Höhepunkt eingestiegen«, stellte er zufrieden fest. »Ich meine, in finanzieller Hinsicht hältst du praktisch den Schlüssel zum Jüngsten Tag in den Händen, weil im ganzen Kosmos nicht genug richtiges Geld vorhanden ist, um diese Inhaberaktie einzulösen. Halt sie mal einem Bankkassierer unter die Nase, und die Wirtschaft des gesamten Sonnensystems geht holterdiepolter den Bach runter.«

»Ich verstehe«, log Osiris und kratzte sich am Kopf, was sich wie über eine Schiefertafel schabende Fingernägel anhörte. »Demnach steht der Höllendollar im Moment ziemlich hoch, wie?«

Es ertönte ein äußerst merkwürdiges Geräusch; Baal kicherte. »Der ist wirklich gut! Den darf ich auf keinen Fall vergessen. Wie ich jedenfalls schon sagte, spielt es praktisch keine Rolle, solange das Geld das System nie verläßt. Ich meine, es kann kapitalisiert und über all die Jahre abgeschrieben werden. Das alles sollte kein Problem sein. Es ist wirklich das reinste Vergnügen, mit dir Geschäfte zu machen.«

Osiris umfaßte die Handläufe des Rollstuhls. »Ganz meinerseits. Und ... ähm, bist du mir auch wirklich nicht mehr böse?«

Baal blickte ihn verdutzt an. »Wieso sollte ich dir böse sein?«

»Na ja, weil du und deine Freunde hier die ganzen Jahre eingesperrt waren.«

»Ach so ...« Baal zuckte die Achseln. »Ich denke, damit sind wir quitt, findest du nicht? Ich meine, immerhin beträgt unsere Kommission an diesem Geschäft ein fünfzigstel Prozent, so daß wir uns wahrlich nicht beklagen können. Meiner Meinung nach sollte damit das Kriegsbeil zwischen uns endgültig begraben sein.«

»Das finde ich auch«, stimmte ihm Osiris erleichtert zu. »Und jetzt steht es euch natürlich frei, Jericho zu verlassen.«

»Ja, ich weiß.« Baal zögerte und blickte verlegen zur Seite. »Jedenfalls bin ich davon ausgegangen, und wir haben auch schon darüber nachgedacht.«

»Na, das nehme ich doch an.«

»Nein, nicht so, wie du dir das vorstellst.« Baal biß sich auf die Unterlippe. »Sondern darüber, ob wir hier wirklich weggehen oder nicht doch lieber bleiben sollten.«

»Ihr wollt hier bleiben?«

»Na ja, auf alle Fälle ist uns dieser Gedanke gekommen, weil wir hier praktisch eine Steueroase haben«, antwortete er verlegen.

»Eine Steueroase?«

»Ja, gewissermaßen. Da wir uns hier in einer anderen Dimension befinden, bedeutet das, daß wir unseren Kunden merkliche Steuervorteile anbieten können..«

»Seid ihr euch sicher?«

»Wir glauben schon. Bedenkt man, daß wir *de facto*

nicht existieren, wie sollen wir dann Steuern zahlen können?«

Osiris kratzte sich am Kinn. »Na ja, irgendwie hört sich das für mich nur scheinbar logisch an. Aber bestimmt wißt ihr, was ihr tut.«

»Das war Mammons Idee«, fuhr Baal fort. »Seit er von Menschenopferungen auf finanzielle Dienstleistungen umgestiegen ist, ist er kaum noch zu halten. Nein, ich denke, wir bleiben lieber da, wo wir sind. Trotzdem vielen Dank.«

»Keine Ursache.« Osiris faltete den Zettel sorgfältig zusammen und steckte ihn in die Brusttasche. »So, ich werde mich jetzt verabschieden und bedanke mich noch mal bei euch allen.«

»Gern geschehen«, antwortete Baal. »Und ich stehe dir jederzeit zu Diensten. Ach, und könntest du bitte die Mauern wieder absenken, wenn du gehst?«

»Klar, das wird mir ein Vergnügen sein«, verabschiedete sich Osiris.

In seinem Büro lehnte sich Julian im Sessel zurück und machte ein mürrisches Gesicht.

Er konnte sich nicht des Gefühls erwehren, daß die Dinge allmählich außer Kontrolle gerieten; und so etwas ärgerte ihn immer maßlos. Seiner Ansicht nach war das Universum nur dann perfekt, solange er alles fest im Griff hatte – am liebsten im Würgegriff. Gegenwärtig war er jedoch weit von diesem Idealzustand entfernt.

Die letzte Aktualisierung im Teletext zeigte ein kolossales Ansteigen der Aktienkurse an, genährt durch Gerüchte über zwar nicht näher bezeichnete, aber gewaltige Investitionsvorhaben eines ebenso unbekannt gebliebenen Geldgebers. Darüber hinaus hatte er den letzten Bericht seiner medizinischen Berater erhalten, der nur wenig Anlaß zur Freude gab. Osiris war diesen beiden Clowns von Ärzten tatsächlich entkommen!

Wieder einmal. Darüber hinaus hatten sie seine Spur verloren. Dieses Mal anscheinend auf der Osterinsel, was an sich schon äußerst seltsam war, denn bis zum heutigen Zeitpunkt war Julian entgangen, daß man auf der Osterinsel überhaupt etwas verlieren konnte, selbst wenn man sich noch sosehr bemühte.

Aber was genau hatte der alte Narr überhaupt vor? Das war die Frage, die er sich immer wieder stellte, ohne sie sich beantworten zu können. Lief er nur ziellos davon? In dem Fall tat er dies allerdings auf recht merkwürdige Weise. Sicher, bislang hatte er damit sogar erstaunlich viel Erfolg gehabt, doch dafür gab es eine plausible Erklärung; nämlich seine völlig hirnlosen Verfolger. Osiris führte etwas im Schilde. Aber was?

Was täte ich an seiner Stelle?

Na ja, grübelte Julian nach, während er geistesabwesend einen Vertrag über Lizenzvereinbarungen auf dem Schreibtisch durchblätterte und hier und da ein paar Nullen hinzufügte oder einen Absatz strich, *in seiner Situation würde ich mir einen guten Rechtsanwalt besorgen, hahaha.*

Einen verdammt guten Superanwalt sogar ...

Aber, das ...!

Nein, ganz bestimmt nicht.

Als wenn er gerade beim Überqueren der Straße mit dem Absatz in einem Gully steckengeblieben wäre und sich ihm mit deprimierender Gewißheit ein Auto mit hundert Stundenkilometern näherte, spürte Julian, wie sich plötzlich alles nahtlos bis zum bitteren Ende zusammenfügte: dieses ganze Herumirren durch die Weltgeschichte, dieses ewige Auf- und Abtauchen, dieser plötzliche Bedarf an sagenhaft hohen Geldsummen – all das wies eindeutig darauf hin, daß Osiris tatsächlich einen Rechtsanwalt konsultieren wollte.

Aber welchen?

Dabei kann es Osiris nicht nur um einen guten Rechtsan-

walt gehen, grübelte er nach, *sondern um den besten überhaupt.*

Und logischerweise gibt es immer nur einen besten Anwalt gleichzeitig; zumal der Posten nicht sehr häufig vergeben wird. Seit es den Beruf des Rechtsanwalts gibt, hat es sich sogar meines Wissen immer nur um ein und dieselbe Person gehandelt.

Soweit er wußte – und wenn sich die Situation nicht grundlegend verändert hatte, wovon er ausgehen mußte, es sei denn, die Informationen, die vom Ende der Welt bis zu ihm durchdrangen, wären irgendwie gefiltert worden –, war der beste Anwalt auch wirklich immer noch der beste. Zwar lebte er mittlerweile völlig zurückgezogen, doch verließ er hin und wieder seinen Ruhesitz, um jungen Thronanwärtern und aufsässigen Patenkindern gehörig den Marsch zu blasen. Wenn es um die Durchsetzung einstweiliger Verfügungen oder Erbschaftsangelegenheiten ging, dann gab es darin nur einen wirklichen Meister.

Und falls Osiris wirklich vorhaben sollte, sich mit diesem Meister aller Klassen zu treffen, dann war es nach Julians Überzeugung allerhöchste Zeit, sein eigenes Vorgehen grundlegend zu ändern. Und zwar sofort.

Er nahm den Telefonhörer in die Hand und sagte: »Schaffen Sie mir sofort diese beiden Idioten hierher!«

XV

»Und was, zum Teufel, soll das sein?« empörte sich Teutates, der Kriegsgott der alten Kelten.

»Milchreis.«

Eingedenk der Tatsache, daß sie über nahezu unbegrenzte Machtbefugnisse verfügen und praktisch niemandem gegenüber Rechenschaft ablegen müssen, verfügen Götter im allgemeinen über erstaunlich viel Toleranz. Man kann ihre Tempel niederbrennen, ihre Priesterinnen vergewaltigen oder selbst zufluchtsuchende Bittsteller auf ihren Altären massakrieren, ohne schlimmere Folgen als ein leichtes Hochziehen der allsehenden Augenbrauen befürchten zu müssen. Trotzdem hat alles seine Grenzen, denn letztendlich sind Götter auch nur Menschen.

»Jetzt essen Sie schon!« forderte ihn die Serviererin auf. »Kommen Sie, Milchreis schmeckt Ihnen bestimmt.«

Stille Wasser sind tief; die einzige sichtbare Reaktion von Teutates war ein leichtes Stirnrunzeln. »Meinen Sie, ja?«

»Hören Sie, das Essen wird kalt, und ich muß noch den ganzen Rest des Abendessens austeilen. Sie wollen doch bestimmt nicht, daß ich Missis Henderson hole, oder?«

Wie Soldaten sind auch Kriegsgötter in Konfliktsituationen dazu verpflichtet, sich an gewisse Regeln zu halten, bevor sie ihrer Berufung nachgehen dürfen. Regel eins: Versuche stets, die erhitzten Gemüter zu beruhigen und alles friedlich zu regeln.

»Nein«, knurrte Teutates. »Und jetzt hör mir mal zu, du alte Schreckschraube! Entweder nimmst du diesen Schweinefraß sofort wieder mit und bringst mir ein großes Stück Blauschimmelkäse mit einer Packung Crackern, oder du gehst heute abend in einer Streichholzschachtel nach Hause. Capito?«

Dies war nach göttlichen Maßstäben der Versuch einer friedlichen Regelung, der fast an Feigheit vor dem Feinde grenzte.

Die Kellnerin schnalzte mißbilligend mit der Zunge und antwortete von oben herab: »Reden Sie bitte nicht in diesem unflätigen Ton mit mir, sonst muß ich Missis ...«

Regel zwei: faire Warnung. »Versuch's doch, du blöde Kuh. In einen Frosch kann ich dich zwar nicht mehr verwandeln, denn so, wie du aussiehst, muß mir da offenbar schon jemand zuvorgekommen sein, aber ich bin mir sicher, daß mir noch etwas Passendes für dich einfällt.«

»Das reicht. Missis Henderson!«

Regel drei: Es gibt keine Regel drei.

»Missis Henderson!« rief die Kellnerin. »Mister Teutates ist zu mir sehr unhöflich, und er ißt auch nicht den leckeren Milchkriekkriekkriekkriekkriek.«

Fairerweise muß gesagt werden, daß Teutates sehr professionell gehandelt hatte, und selbst Missis Henderson, die über all die Jahre häufig Zeugin solcher Phänomene gewesen war, konnte sich einen gewissen Unterton widerwilliger Bewunderung in ihrer Stimme kaum verkneifen.

»Vielen Dank auch, Mister Teutates! Das haben Sie ja mal wieder ganz toll hingekriegt, aber nun reicht's auch. Würden Sie bitte Missis Hill sofort in ihre ursprüngliche Gestalt zurückverwandeln, damit die anderen Heimbewohner auch noch was zu essen bekommen?«

Teutates grinste. »Das ist ganz eindeutig ihre ursprüngliche Gestalt. Ich habe immer wieder darauf hingewiesen, daß Missis Hill in Wirklichkeit ein zu einem Menschen mutiertes Stinktier ist und es höchste Zeit ist, daß sie von jemandem zurückverwandelt wird. Sie brauchen bloß die anderen zu fragen.«

»Mister Teutates …!«

»Ich mache Sie ja gar nicht verantwortlich dafür. Bei den Löhnen, die Sie zahlen, muß es wirklich schwierig sein, vernünftiges Personal zu bekommen. Ich meine, wer bezahlt seine Mitarbeiterinnen schon mit Peanuts? Doch nur Affen, nicht wahr? Was sich übrigens leicht bewerkstelligen läßt«, fügte er mit finsterer Miene hinzu.

»Das reicht!« Missis Henderson zog die Augenbrauen zusammen und wirkte auf diese Weise ähnlich einschüchternd wie die Vorhut der kaiserlichen Leibwache. »Ich habe Sie wegen solcher und ähnlicher Vorfälle wiederholt gewarnt, und ich werde es nicht …«

Sie hielt inne und mühte sich redlich, die Fassung zu bewahren. Von der unglaublichen Wucht und puren Boshaftigkeit dieses persönlichen Angriffs war sie schlichtweg überrumpelt worden.

»Mister Teutates!«

Es war schon sehr lange – über vierzig Jahre – hergewesen, daß einer der Heimbewohner versucht hatte, sie in etwas zu verwandeln, und während ihrer gesamten Laufbahn in der Altenpflegebranche hatte es noch nie jemand gewagt, sie in einen verlausten Affen zu verzaubern. Ganz offensichtlich ging hier etwas vor.

Etwas, das möglichst schnell geklärt werden mußte. Doch vorläufig konnte ihre Devise nur lauten, gute Miene zum bösen Spiel zu machen und sich nichts anmerken zu lassen. Deshalb fuhr sie in ruhigem Ton fort: »Ach, Mister Teutates, Sie wissen ganz genau, daß das nicht stimmt.« Sie verschränkte die Arme und musterte Teutates mit ihrem gewohnt gouvernantenhaften Blick.

»Ehrlich gesagt hätte ich von Ihnen nicht erwartet, sich so unvernünftig zu verhalten – und das in Ihrem Alter ...!«

Teutates nickte kleinlaut und räumte ein, daß sie nicht ganz unrecht habe. Verständlicherweise war Missis Henderson aufgrund ihrer Position hinlänglich mit abwehrenden Zauberkräften, Amuletten, Machtbefugnissen und schriftlichen Zusicherungen ausgestattet, so daß ihr selbst eine Atombombe nichts hätte anhaben können – gar noch zu reden von mit Niederspannung übertragenen Zaubersprüchen, die von ihr wie Tennisbälle von einem Schlachtschiff abprallten.

»Ich mag aber nun mal keinen Milchreis«, beharrte Teutates. »Verstanden?«

»Ach, natürlich mögen Sie Milchreis«, redete Missis Henderson mit leicht zitternder und dennoch fester Stimme auf ihn ein. »Glauben Sie mir, Milchreis tut Ihnen bestimmt gut.«

Teutates sah sie finster an. »Hören Sie, Missis, am Anfang habe ich Himmel und Erde aus dem Quark geformt, der sich ganz unten auf dem Boden des Butterfasses der Ewigkeit befand. Im Alleingang habe ich die Wölfe der Hungersnot, den dreiköpfigen Drachen der Pest und die Bluthunde des Todes besiegt. Ich kann die Sterne am Himmel zählen, den Sand an den Küsten und die Tage, die seit dem Anfang der Welt verstrichen sind. Folglich bin ich durchaus dazu in der Lage, selbst festzustellen, ob ich Milchreis mag oder nicht. Und ich mag ihn nicht! Haben Sie das verstanden, oder soll ich Ihnen das lieber schriftlich geben?«

»Mhm ...« Missis Henderson zögerte. Eindeutig ging hier etwas vor, das sie nicht verstand; sie fühlte regelrecht, daß etwas in der Luft lag, und das machte sie nervös. Unter Aufbietung all ihrer Kräfte gelang es ihr dennoch, einigermaßen gefaßt zu erscheinen. »Warum haben Sie das denn nicht gleich gesagt, Sie Dummerchen?«

»Das habe ich doch«, protestierte Teutates.

»Na, wie dem auch sei, deshalb ist das noch lange kein Grund, die arme Missis Hill in ein Stinktier zu verzaubern. Ich muß darauf bestehen, daß Sie die Frau sofort wieder zurückverwandeln.«

Teutates dachte über die ihm offenstehenden Möglichkeiten nach: Einerseits war er ein Kriegsgott, und seit neunzehn Jahrhunderten hatte er sich nicht mehr so pudelwohl gefühlt. Andererseits mußte er weiterhin im *Sonnenblick* wohnen, weil er nirgendwo anders hingehen konnte; und eine der ersten Regeln die man als Kriegsgott lernt, lautet: Niemals Arbeit mit nach Hause zu nehmen.

»Ich schlage ein Geschäft vor«, sagte er deshalb. »Es gibt nie wieder Milchreis, und das Stinktier kriegt wieder zwei lange Beine und zwei Arme.«

Es entstand eine längere Pause.

»In Ordnung«, willigte Missis Henderson schließlich ein, wobei sie mit derselben Leichtigkeit lächelte, mit der unsereins steinharte Butter auf frischgebackenes Brot streicht. »Dabei hätten Sie uns doch nur darum bitten müssen, dann wäre das nie passiert, Mister Teutates. Wir zerreißen uns doch förmlich dafür, unseren Gästen das Leben so angenehm wie möglich zu gestalten.«

Während sie die wiederhergestellte Mrs. Hill in den Personalraum begleitete, damit diese sich dort hinlegen und ein, zwei Scheiben rohe Leber essen konnte (nach einer Metamorphose benötigt man immer eine kurze Regenerationsphase und etwas Zeit zur Neuorientierung), faßte Mrs. Henderson einen Entschluß.

Etwas ging völlig schief, und sie wußte nicht, was.

Dagegen mußte etwas unternommen werden.

Die erste wirklich beunruhigende Geschichte, auf die Osiris und seine Begleiter während des – wie sie inbrünstig hofften – letzten Abschnitts ihrer langen Reise stießen, war ein an einen Baum genageltes Hinweisschild. Darauf stand in Großbuchstaben:

MAN MUSS NICHT TOT SEIN,
UM HIER EINZUTRETEN,
ABER ES IST VON NUTZEN

und darunter war in Kursivschrift zu lesen:

PS
Vor dem Eintritt bitte jede Hoffnung fahrenlassen. Helfen Sie bitte, die Ewigkeit sauberzuhalten, indem Sie Ihre Hoffnung in einen der überall aufgestellten Behälter hineinwerfen.

»Das geht in Ordnung«, meinte Pan. »Ich habe sowieso keine dabei. Was ist mit euch?«

Niemand sagte einen Ton, doch genausowenig machte jemand Anstalten, etwas wegwerfen zu wollen, und so zockelten die fünf ins Tal des Todes.

»Ist es schwer an den Ort zu gelangen, wo wir hinwollen?« erkundigte sich Sandra.

»Dort hinzukommen, ist kein Problem«, antwortete Pan. »Dort wegzukommen, ist allerdings etwas ganz anderes. Rein theoretisch haben Ossi und ich sozusagen eine im Preis inbegriffene Rückfahrkarte – na ja, eine Dauerkarte eben –, aber ich sage immer, Theorie ist und bleibt nun mal nichts als graue Theorie. Was Sie angeht, möchte ich lieber nicht in Ihrer Haut stecken und würde alles daran setzen, hier so schnell wie möglich zu verschwinden. Das hier jagt mir nämlich immer noch eine Gänsehaut über den Rücken.«

»Wirklich?«

»Ja, das war schon immer so.«

Sandra blickte ihn skeptisch an. »Demnach sind Sie hier schon mal gewesen, ja?«

»Ja, etliche Male sogar. Als Mitglied von Handelsdelegationen oder aus Anlaß diplomatischer Vergnügungsreisen und so weiter.«

»Und Sie sind dort immer unversehrt wieder herausgekommen?«

»Ja, aber das war auch etwas anderes«, antwortete Pan achselzuckend. »Damals habe ich zu den jeweiligen Anlässen jedesmal einen dieser kleinen Plastikanhänger erhalten, auf denen steht, wer und was man ist. Sie haben ja keine Ahnung, wie beruhigend es ist, solch eine Plakette am Revers zu tragen, wenn man sich da unten zwischen den vielen Toten bewegen muß.«

Bisher war die Umgebung ziemlich normal, wenn auch nicht gerade einladend gewesen. Von Reykjavik aus waren sie mit dem Linienbus in Richtung Norden bis nach Thingvellir gefahren und von dort aus mit einer ganzen Reihe zunehmend unter Altersschwäche leidender Kleinbusse bis Vididal. Das letzte Vehikel, das allein durch Unmengen Isolierband und die pure Macht der Gewohnheit zusammengehalten worden war, hatte sich vor etwa fünfzehn Kilometern in seine eigenen Bestandteile zerlegt, und von da an waren sie, abwechselnd den Rollstuhl schiebend, über Stock und Stein, über Felsen und Vulkan, zu Fuß weitermarschiert, bis sie …

… na ja, bis sie hier angekommen waren; wo, zur Hölle (sozusagen), das auch immer sein mochte. Sie standen vor einer in eine Felswand hineingeschlagene Höhle, die zwar jemand als eine natürliche Folge seismischer Aktivitäten zu tarnen versucht hatte, was aber nur leidlich gelungen war. Überall roch es streng nach Schwefel und abgestandenem Essig.

Lundqvist verlagerte das Gewicht des Rucksacks auf dem Rücken und unterdrückte einen fast unwiderstehlichen Drang, laut loszuheulen. Aufgrund seiner beruflichen Tätigkeit hatte er sich schon an vielen unangenehmen Orten aufhalten müssen – das Bergversteck von Mazdrhahn, dem König der Fledermäuse, war nur ein Beispiel, das ihm in Gedächtnis haften geblieben war, ein weiteres die Kanalisation von Los Angeles –, doch während jene Örtlichkeiten furcht-, grusel-, ekel- und was sonst noch erregend gewesen waren, keine davon hatte auch nur ansatzweise eine solch absolute Trostlosigkeit ausgestrahlt. Darüber hinaus kam er sich praktisch nackt vor, da er lediglich mit einem Macmillan-Gewehr, einem Casull-Revolver, einer Ingrams-Maschinenpistole, einer Panzerfaust und einem großen Sack voller Handgranaten bewaffnet war, was nach seinem Dafürhalten der absoluten Minimalausrüstung entsprach; eben jene Grundausstattung, die er sich in die Bademanteltaschen stopfte, wenn er nachts mal auf die Toilette mußte (zumal sein Motto schon immer gelautet hatte: Lieber Gewehr bei Fuß stehen als im Sitzen pinkeln). Was er in dieser unwirtlichen Umgebung nach seiner festen Überzeugung wirklich gebraucht hätte, wären zwei Spezialeinheiten in Divisionsstärke, ein komplettes Kampfpanzerbataillon, taktische Luftunterstützung und – je nach Bedarf – seine Mama gewesen.

»Hier sind wir richtig, wie?« erkundigte er sich, wobei er verzweifelt versuchte, seiner Stimme nicht anmerken zu lassen, was kläglich scheiterte.

»In gewisser Weise, ja«, antwortete Osiris in provozierend vergnügtem Ton. »Allerdings ist das hier ein Lieferanteneingang, und zwar für die Wäsche.«

Lundqvist reagierte nur mit Spätzündung. »Für die Wäsche?«

»Klar«, antwortete Osiris leichthin. »Und zwar für Wächteruniformen, Bettwäsche, Tischdecken, Leichentücher und solche Sachen. Früher wurde das Zeug noch selbst gewaschen, aber mittlerweile geben die fast alles außer Haus in die Reinigung. Deshalb brauchen wir auch das hier«, fügte er hinzu und zeigte mit dem Daumen auf diesen mysteriösen Korb, den sie abwechselnd durch das ganze unwegsame Gelände bis hierher geschleppt hatten.

»Ich habe mich schon die ganze Zeit gefragt, wann du uns endlich erklären willst, wozu das Ding gut sein soll«, sagte Pan.

»Das ist ein Wäschekorb.«

»Und was ist da drin?«

»Wäsche.«

»Ich verstehe.«

»Das ist zur Tarnung.«

»Ich dachte, da ist Wäsche drin.«

»Ach, halten Sie den Mund, Carl.«

»Das ist frisch gewaschenes Tarnzeug«, erklärte Osiris. »Ich mußte es chemisch reinigen lassen, um die Blutflecke herauszubekommen.«

»Welche Blutflecke?«

»Beachtet ihn einfach nicht«, fuhr Osiris fort. »Wenn ihr den Deckel öffnet, seht ihr ein paar Uniformen. Weiße Mäntel und solche Sachen. Außerdem eine Menge Kopfkissenbezüge, Tischtücher, Socken und so weiter. Sobald ihr die Uniformen anhabt, steckt ihr mich samt Rollstuhl in den Korb und tragt mich darin durch den Eingang. Und versucht bitte, völlig natürlich zu wirken und euch nichts anmerken zu lassen. Alles klar?«

Wenige Minuten später fand sich die kleine Prozession in totaler Dunkelheit wieder, was in jeder Hinsicht ein Segen war; denn alles, was man in diesem Tunnelgang hätte sehen können, hätte einem wahrscheinlich für mehrere Jahre den Schlaf geraubt. Besonders phantasieanregend war die Art, in der der Boden unter den Füßen knirschte.

»Es geht ja in Ordnung, wenn er meint, daß wir uns möglichst natürlich verhalten sollen«, knurrte Pan, »aber das ist leichter gesagt als getan. Ich versuche das schon zeit meines Lebens, doch irgendwie habe ich nie den richtigen Dreh rausgefunden ...«

Der Boden zitterte. Für diejenigen in der Gruppe, die so etwas noch nie erlebt hatte, war das eine ziemlich unangenehme und unheimliche Begleiterscheinung. Dabei bebte der Boden unter den Füßen nicht stark genug, als daß er einen von den Beinen gerissen hätte, doch reichte es, um einen völlig zu verwirren; etwa so, als wenn man von der Mutter erzählt bekommt, daß sie einen sowieso nie geliebt habe. Und dann ging das Licht an.

Zwar war nicht viel zu sehen, doch das wenige, was zu sehen war, machte keinen sehr vertrauenerweckenden Eindruck; ein gewaltiger hölzerner Torbogen ohne Tür und ansonsten nichts als Schatten und ein äußerst penetranter, durchaus vertrauter Geruch.

»O Mist!« fluchte Pan. »Das hier hatte ich schon völlig vergessen. Ich behaupte immer noch, wir sollten lieber zur Küste zurückkehren, selbst Weymouth wäre noch besser als das hier ...«

»He, was wird hier eigentlich gespielt?«, unterbrach ihn Lundqvist.

Osiris kicherte im Wäschekorb. »Das wissen Sie nicht, Kurt? Dann lesen Sie mal, was über dem Eingang steht.«

Lundqvist blickte nach oben und las die Wörter:

VORSICHT, BISSIGER HUND!

Die Tatsache, daß in diesem Stadium keiner der drei Sterblichen einfach kehrtmachte, um stehenden Fußes das Weite zu suchen, beweist nur, welche Nachteile einem im Leben widerfahren, wenn man nie in den Genuß humanistischer Bildung gekommen ist.

»Wie? Das ist alles?« seufzte Lundqvist, wobei seine Stimme zwischen Erleichterung und Enttäuschung hin- und herschwankte. »Ein Hund? Mann, und ich hatte schon befürchtet, wir ...«

Es folgt der Auftritt des Hundes.

»Dichtungen?«

»Ja.«

»Splinte?«

»Ja.«

»Antriebsketten?«
»Ja.«
»Ventilstößelrückholfedern?«
»Ja.«
»Schmiervorrichtungssystem für Kolbenkompressor?«
»Ja.«
»Zündkabel?«
»Ja.«
»Zigarettenanzünder?«
»Ja!«

Thor zuckte die Achseln. »Alles klar, dann schmeiß das Ding an.«

Der Motor stotterte, tuckerte, heulte auf, lief auf Hochtouren und ging wieder aus.

»Wenn ich das richtig deute, dann hast du mal wieder vergessen, Kohlen nachzulegen«, mutmaßte Thor.

Odin schnalzte mißbilligend mit der Zunge. »Also irgendwas geht aber auch immer schief.«

»Nicht immer, Ossi. Nur dann, wenn *du* etwas damit zu tun hast.«

Odin tat so, als hätte er nichts gehört, und schaufelte eine paar Kohlen in die Feuerbüchse. Wenige Minuten später ratterte die Maschine, tuckerte, heulte auf, lief auf Hochtouren und stampfte schließlich gleichmäßig vor sich hin.

»Und ab geht's!« rief Thor.

Langsam, aber mit zunehmender Geschwindigkeit rollte die gewaltige Maschine voran und donnerte über die improvisierte Dschungelstartbahn. Es dauerte länger als erwartet; den Umweltschützern sei an dieser Stelle versichert, daß kein gefährdeter Hartholzbestand gefällt wurde, da Midgards ganzer Stolz lediglich eine Schneise durch das nachwachsende Weichholz schlug.

»Tut mir leid, wenn sich das etwas albern anhört, aber wissen wir diesmal, wo es hingeht?« rief Freyr über den Lärm hinweg und entfernte ein paar abgebrochene Zweige aus seinem Bart.

»Ja!«

»Und warum?«

»Weil ich diesmal die Navigation übernehme!« rief Thor zurück. »Alles klar?«

»Ja, jetzt geht's mir schon besser.«

»Dachte ich's mir doch.« Thor warf einen Blick auf die Landkarte auf seinen Knien, berücksichtigte den genauen Stand der Sonne und nickte zustimmend. »Na, dann wollen wir mal. Die Hügel dahinten sind eindeutig die Penninen, demnach muß das da unten Leeds sein, und in etwa fünf Minuten dürften wir uns direkt über der M6 befinden.«

Langsam und schwerfällig flog die Riesenzugmaschine in ihrer ganzen Pracht und der ihr eigenen Eleganz über das Amazonasgebiet.

»So schlimm wie er aussieht, ist er gar nicht«, zischte Pan und wich ängstlich zurück.

»Wirklich?«

»Ja. Zwar ist er immer noch ziemlich gefährlich, aber so gefährlich nun auch wieder nicht.«

»Aha.«

Der Hund, bekannt auch als Zerberus oder Höllenhund, rollte mit seinen sechs Augen, bleckte die Zähne, was bei drei Köpfen eine durchaus einschüchternde Wirkung haben kann, blieb aber, wo er war. Die wuchtige Eisenkette, die direkt um die Stelle gewickelt war, aus der die drei Hälse sprossen, hatte auf das Verhalten des Höllenhundes höchstwahrscheinlich einen gewissen, wenngleich nicht entscheidenden Einfluß; denn bestimmt war sie nicht dazu geschmiedet worden, um einem entschlossenen Ruck von Zerberus standhalten zu können.

»Im Grunde ist er nichts anderes als ein ganz normales Mitglied des Empfangskomitees«, fuhr Pan fort, während er sich hinter dem Wäschekorb in Sicherheit zu bringen versuchte, was ihm allerdings nur leidlich gelang, da dort kaum noch Platz war. »Ein Beamter, wenn man so will, der nur seinen Job erledigt.«

»Im Ernst?«

»Sicher. Das erklärt auch, warum er alles in dreifacher Ausfertigung sagt.« Als Pan versuchte, sich ein paar Millimeter weiter in die relative Sicherheit des Wäschekorbs zu begeben, stolperte er über die eigenen Füßen. »Braver Junge«, murmelte er.

»Okay, Leute, überlaßt das mir«, grummelte Lundqvist.

Mit der Gewandtheit eines Profis lud er in die Kammer des Macmillan-Gewehrs eine Patrone. Riesige Bestien waren seine Spezialität, und die Kombination aus Können, Erfahrung und einem sechshundertundfünfzig Gran schweren Vollmantelgeschoß, das in weniger als einer Sekunde einen Kilometer zurücklegte, sollten ihm seiner Meinung nach genau jenen leichten Vorteil verschaffen, der letzten Endes ausschlaggebend sein dürfte.

Er stand auf, zielte und drückte ab. Die Patrone schwirrte für Sekundenbruchteile durch Luft – was nur mit modernsten Meßgeräten hätte nachgewiesen werden können – und traf den Hund mehr oder weniger an der Stelle, wo das Herz sein sollte.

Und prallte ab.

Die zweite, dritte und vierte Patrone schlugen innerhalb weniger Sekunden im selben Winkel wie die erste ein, wurden zu dünnen Scheiben aus Blei und Kupfer zerquetscht und plumpsten auf den Boden. Die fünfte prallte etwas höher vom Halsband des Hundes ab, sirrte unkontrolliert durch den schmalen Tunnelgang und schlug schließlich in einen in der Wand eingelagerten großen Hochquarzklumpen ein. Gegen die dabei herausgesprengten scharfen Splitter hätte selbst ein Kohinur-Diamant wie ein billiger, industriell gefertigter Glasschneider gewirkt.

Die Handgranaten waren auch nicht viel erfolgreicher, und die panzerbrechende Granate, die sich Lundqvist für schlechte Zeiten aufgehoben hatte, konnte lediglich die Kette entzweien. Der von der Kette befreite Hund rückte etwa einen Schritt vor und knurrte.

»Jetzt stellt euch doch nicht so kindisch an«, grummelte eine Stimme, die anscheinend aus dem Wäschekorb kam. »Der fürchtet sich vor uns viel mehr als wir uns vor ihm.«

»In dem Fall muß das arme Vieh aber eine Heidenangst haben«, merkte Pan an. »Obwohl es überhaupt nicht den Eindruck macht.«

»Dann sprecht mit ihm!« drängte die Stimme. »Schnauzt ihn an. Er muß wissen, wer hier das Sagen hat!«

Mittlerweile lief dem Hund der Sabber an den Lefzen hinunter; und zwar genau dieselbe Menge an exakt den gleichen Stellen der drei Köpfe. Sein Blick war auf Lundqvists Hals gerichtet; oder zumindest vier der sechs Augen.

»Braver Junge ... Platz!«

Der Hund hockte sich aufs Hinterteil, wedelte hechelnd mit dem Schwanz und hielt eine Pfote hoch.

»Ich glaube, er will Pfötchen geben«, meinte Carl. »Stimmt's, mein Junge?«

»Entschuldigung mal.«

»Ja?«

Pan schluckte schwer und zeigte auf Zerberus. »Glauben Sie wirklich, daß das funktioniert?«

Carl nickte. »Keine Sorge, ich kenne mich mit Hunden aus«, antwortete er. »Meine Schwester in Neath hat auch 'n Köter. Der ist noch größer als der hier.«

Zwei Götter und zwei Sterbliche starrten ihn an, als hätte er sich gerade eine Schwarzwälder Kirschtorte aus dem Ohr herausgezogen. Der Hund hatte unterdessen drei identische Gummiknochen aus dem Nichts produziert und bot sie Carl mit einer Unterwürfigkeit an, als wolle er dem Mongolenkhan Timur absoluten Gehorsam bezeugen.

Carl bückte sich und hob einen Stein auf. »Komm, fang!« forderte er den Hund auf und warf den Stein in die Richtung, aus der sie gekommen waren. Aus der Dunkelheit drang ein entrüsteter Schrei herüber. Der Hund sprang auf die Beine und rannte davon, wobei sein Schwanz wie ein unter Amphetaminen stehendes Metronom hin- und herwedelte.

»So, das war's«, stellte Carl zufrieden fest. »Wir können jetzt weitergehen.«

Osiris klappte den Deckel vom Wäschekorb auf und blickte Pan verdutzt an.

»Schließlich haben wir Carl deshalb mitgenommen«, meinte Pan mit hocherfreuter Stimme. »Ich wußte doch, daß es einen Grund geben mußte, schließlich sind wir Götter und überlassen nichts dem Zufall, nicht wahr?«

»Jaja, schon gut.«

»Wir müssen das mit dem Hund wohl irgendwie vorhergesehen haben, stimmt's?«

»Muß wohl, ja.«

»Ganz schön clever.«

»Ja, sehr sogar.«

Pan nickte zufrieden. »Einfach genial. So, und jetzt laßt uns hier verschwinden, bevor die Bestie zurückkommt.«

Wie sich schnell herausstellte, handelte es sich um einen jener Tunnel oder unterirdischen Gänge, an denen man immer weniger Gefallen findet, je weiter man vordringt. Es war immer noch so dunkel wie in einem Abflußrohr, wenngleich sich ihre Augen allmählich daran gewöhnt hatten – und das mit einem Eifer, der unter diesen Umständen ziemlich fehl am Platz war; denn auf die verschwommenen Gestalten, die sich in der Dunkelheit abzeichneten, hätten sie in diesem

Zusammenhang gern verzichten können, gar nicht zu reden von dem immer enger werdenden Gang und dem glitschigen Untergrund.

»Könnt ihr schon was riechen?« fragte Osiris.

»Räucherfisch.«

»Wer hat das gesagt?«

»Ich.«

»Ja, vielen Dank auch, Carl, aber an Ihrer Stelle würde ich mich lieber eine Weile auf meinen Lorbeeren ausruhen. Riecht außer mir noch jemand so was Ähnliches wie Wüstenstallgeruch?«

»Ja, ich.«

»Und wer hat das jetzt gesagt?«

»Ich.«

»Danke. Und wer ist ›ich‹?«

Das Licht ging an ...

»Na, ich«, antwortete das Kamel.

»Unsere Forderungen lauten wie folgt«, sagte Teutates, wobei der Klang seiner Stimme im starken Widerspruch zu seinem Selbstvertrauen stand. »Erstens wollen wir ...«

Der Wind heulte und brachte schwere kleine Regentropfen mit sich, die auf Teutates' Nacken prasselten. Darüber hinaus kam er nicht umhin festzustellen, daß es selbst für einen Gott noch ein ziemlich weiter Weg bis zur Erdoberfläche war. Um das ganze Elend nicht so plastisch vor Augen zu haben, versuchte er deshalb, sich noch ein Stückchen weiter in den Bademantel zu verkriechen.

»Ich will, daß Sie alle sofort mit diesem Unsinn aufhören und endlich von da oben runterkommen!« antwortete Mrs. Henderson, deren Stimme sehr metallisch klang, da sie durch ein Megaphon verstärkt wurde. »Bei diesem Wetter holen Sie sich noch alle den Tod!«

Teutates nahm allen Mut zusammen. Etwa dreiundneunzig Prozent seines Körpervolumens (und fünfundneunzig Prozent seines Gewichts) wollten kapitulieren, die Leiter hinunterklettern und es sich hinter einem großen Schinkensandwich und einem dampfenden Becher heißer Schokolade gemütlich machen. Die anderen sieben Prozent (respektive fünf) jedoch, jene Teile seines Gehirns nämlich, die fast sämtliche Handlungsvollmachten innehatten, behielten wie so häufig im Leben die Oberhand.

»Wir bleiben!« stellte er deshalb unmißverständlich klar. »Wenn Sie was von uns wollen, dann kommen Sie doch, und holen Sie uns hier oben runter!«

»Ganz, wie Sie wollen«, schepperte Mrs. Hendersons Stimme zurück. »Wie ich immer den Gästen bei der Ankunft sage: Solange man immer pünktlich seine Rechnungen zahlt und andere Bewohner nicht in ihrer Ruhe stört, kann man hier tun und lassen, was man will. Zum Abendessen sind Sie, hoffe ich, alle wieder zurück.«

»Wie ich schon gesagt hab, sind unsere Forderungen ganz einfach!« schrie Teutates. »Ersten wollen wir einen schnellen Wagen, einen Arzt, zwei Millionen Goldzlotys und ...«

(»Hat er eben gesagt, er ist Arzt?«

»Ich glaube, nicht.«

»Ich brauche einen Arzt für mein Bein. Jedesmal, wenn ich das Knie beuge, kriege ich nämlich einen Krampf. Sind Sie zufällig auch Arzt?«)

Das große Sit-in auf dem Dach des Altenheims *Sonnenblick* hatte mit einem Riesenknall begonnen, namentlich mit einer reichhaltigen Auswahl allerneuester Donnerschläge und maßgeschneiderter Soundeffekte, auf die man wirklich hatte stolz sein können. Doch keine vierundzwanzig Stunden später waren nur noch Teutates, Nkulunkulu, der große Himmelsgott der Zulus, und ein unbekannter, stark behaarter Gott von kleinem Wuchs übriggeblieben, der zu nichts anderem nütze zu sein schien als hin und wieder ›Urks!‹ zu sagen. Vom Äußeren her war der ›Urks!‹-Gott wahrscheinlich ein Vegetationsgeist von den Malediven, doch genausogut hätte er ein als Bettvorleger verkleideter Reporter sein können, zumal er die meiste Zeit ausgestreckt dalag und schlief.

»Unsere Forderungen sind …!« schrie Teutates ohne Aussicht auf Erfolg, da die Wörter vom Wind verschluckt wurden. Während ihm der Regen mittlerweile in den Kragen hineinlief, gewann er immer mehr die Überzeugung, daß Milchreis – in geringen Mengen und bei rechtzeitiger Ankündigung – gar nicht mal so ungenießbar sein müßte und eine durchaus angenehme Abwechslung zum Status quo darstellen könnte. »Unsere Forderungen sind durchaus verhandlungsfähig!« heulte er verzweifelt, falls ihn jemand hörte.

In der behaglichen Wärme ihres Wohnzimmers schnappte Mrs. Henderson das schwache Echo der letzten Wörter auf und lächelte. Drei Stunden noch, dann könnte der Hausmeister mit einer Leiter nach draußen gehen.

Dennoch sorgte sie sich; sehr sogar. Glücklicherweise war die Demonstrationsform, für die sich dieses Dissidentenpack entschieden hatte, gründlich ins Wasser gefallen, da sie, Mrs. Henderson, damals Thors Donnerschlüssel gleich nach dessen Einzug beschlagnahmt hatte, so daß sie Wind und Regen nach Belieben beeinflussen konnte. Das nächste Mal sollten diese Trottel lieber vorher ihren Verstand gebrauchen, bevor sie sich für ein solche Vorgehensweise entscheiden.

Ihrer Meinung nach war der ganze Aufstand einzig und allein diesem *ungezogenen* Mr. Osiris zuzuschreiben. Diese Jammerlappen da draußen hatten sich nur deshalb getraut, so aufmüpfig zu sein, weil er immer noch auf freiem Fuß war und für sie eine Art Präzedenzfall darstellte, der ihnen neue Hoffnung gab. Je schneller man mit Mr. Osiris fertig werden würde, desto besser.

Es gab ein ratterndes Geräusch auf dem Schreibtisch, und Mrs. Henderson sah, wie sich ein Blatt Papier durch die Transportrollen des Faxgeräts quälte. Nachdem sie die Nachricht gelesen hatte, atmete sie erleichtert auf, kritzelte eine kurze Antwort darunter und schickte das Fax zurück. Die Nummer, die sie wählte, war in keinem Telefonbuch der Welt verzeichnet und nur sehr wenigen Leuten bekannt, wahrscheinlich weil die Richter des Todes die Faxen dicke hatten, Altpapier zu sammeln.

»Sehr schön«, seufzte Mrs. Henderson erleichtert.

Das Kamel sah in der Tat äußerst merkwürdig aus. Es war sehr groß, hatte spindeldürre Beine, und man mußte nicht zweimal hinsehen, um zu erkennen, daß es mit sämtlichen Rippen ausgestattet war, die seiner Spezies zustanden. Es war sogar derart hager, daß es sich bei ihm wahrscheinlich um die einzige bekannte Lebensform handelte, die ein Originalmodell von Calvin Klein hätte tragen können, ohne daß der Reißverschluß geplatzt wäre.

»Guten Tag«, begrüßte es die Besucher.

Osiris, der mittlerweile samt Rollstuhl aus dem Wäschekorb gepackt worden war, trommelte ungeduldig mit den Fingern auf die Armlehne. »Was soll das alles überhaupt?« wollte er wissen.

»Eine Brückenwaage«, antwortete das Kamel mit vollem Maul. »Sozusagen jedenfalls. Zu Ihren Diensten, verehrte Besucher.«

Pan, der sich überall umgesehen hatte, entdeckte das, wonach er gesucht hatte, und grinste. »Nicht schlecht«, stellte er anerkennend fest. »Genau wie es sich gehört, wie? Nach dem Motto ›Gewogen und zu leicht befunden‹, wie? So hält man sich das Gesindel vom Leib; ja, das gefällt mir. Deine Idee?«

Das Kamel zuckte die Achseln, was beinahe so aussah, als würden Kleiderbügel Bongo spielen. »Leider nein«, antwortete es. »Ich bin nur ein treuergebener, fleißiger Angestellter, der sich dem althergebrachten Ideal des persönlichen Service verpflichtet fühlt. Das macht dreihunderttausend Zlotys, um dort hindurchzugehen.«

Osiris wurde allmählich ungeduldig. »Kann mir mal jemand erklären, wo wir durchgehen sollen?«

Pan zeigte nach vorn.

Auf den ersten Blick sah es wie ein ganz gewöhnlicher Torbogen aus, bis man sich bewußt wurde, daß Torbogen normalerweise nicht aus verchromtem Stahl gefertigt werden. Sobald sich die Augen erst einmal an die verwirrenden Perspektiven gewöhnt hatten, konnte man es erkennen: Es war …

»Das Nadelöhr«, stellte Pan fest. »Man bezahlt seinen Obolus, das Kamel erledigt seinen Teil der Aufgabe, und man ist drin und aller Sorgen entledigt. Ich nehme an, daß man eine Bescheinigung oder so was erhält, die einem bestätigt, daß man auf die andere Seite gekommen ist, stimmt's?«

Das Kamel nickte. »Notariell beglaubigt sogar. Zufällig bin ich nämlich auch Notar.« Mit gesenkter Stimme fügte es hinzu: »Ich habe sämtliche dazu notwendigen Examen abgelegt.«

»Das glaube ich sofort«, antwortete Pan. »Hör mal, danke, daß du dir die Zeit für uns genommen hast, aber wir sind alle arm wie Kirchenmäuse, und deshalb wollen wir lieber den Weg weitergehen, den wir eingeschlagen haben, okay?«

»Aha, du meinst also die Mautstraße entlang, richtig?«

»Nicht unbedingt«, antwortete Pan zurückhaltend, »aber erzähl ruhig weiter. Übrigens, ist dir eigentlich schon aufgefallen, daß mein Freund dort ein sehr großes Gewehr bei sich hat? Wenngleich es meinem Freund eher zur seelischen Stabilsierung dient, ist es dennoch geladen.«

Das Kamel erschauderte leicht und erinnerte Pan an ein gähnendes Xylophon. »Es gibt keinen Grund, ausfallend zu werden«, sagte es und zeigte mit einem Huf in Richtung des Seitentunnels. »Fußgänger werden gebeten, den Gehsteig zu benutzen, denn der Weg zur Hölle ist mit guten Vorsätzen gepflastert«, fügte es hinzu, um sämtlichen Metaphern Genüge zu tun. »Ich wünsche allen einen schönen Tag.«

Nach etwa zwanzig Metern wurde es im Seitentunnel sehr eng und niedrig, so daß mit Ausnahme von Osiris alle die Köpfe einziehen mußten. Der Boden unter den Füßen war weich und schwammig, wenngleich nicht feucht, und die Wände schienen ähnlich beschaffen zu sein. Die Umgebung zerrte an den Nerven, und es war, als befände man sich in den Gedärmen eines Riesen.

»Eine unglaublich phantasielose Verwendung von Metaphern«, meinte Pan und wischte sich etwas Klebriges und Ekliges aus den Augen. »Wenn dieser Köter dahinten praktisch den Schlund des Todes darstellen sollte, muß das hier die Speiseröhre oder so was sein.«

»Ach, da wir gerade vom Essen sprechen ...«, warf Sandra ein.

»Ich höre Wasser plätschern«, grummelte Osiris.

Pan blieb stehen. Sicher, Osiris war ein Gott, und Götter können das Drehen der Erde und sogar das Knirschen der Sterne auf ihren schlecht geschmierten Achsen hören; doch selbst bei Göttern kommt es hin und wieder vor, daß sie sich gelegentlich etwas nur einbilden. Auch Pan war ein Gott, und er hörte nichts als Sandras knurrenden Magen.

»Tut mir leid, aber ich könnte Ihnen höchstens noch mit ein paar Hustenbonbons und einer Aspirintablette aushelfen«, bot er Sandra an. »Wenn Sie wollen, können Sie die gern haben. Ein paar Kalorien stecken da bestimmt drin.«

»Danke, aber ich warte lieber noch ein Weilchen«,

antwortete Sandra. »Irgendwo muß es hier unten ja auch ein Restaurant oder einen Imbiß geben.«

»Vielleicht dahinten am Fluß«, schlug Osiris vor.

Zum Erstaunen aller gab es dort wirklich einen Fluß.

In den letzten Jahren sind ungeheure Anstrengungen unternommen worden, um die großen Wasserstraßen der zivilisierten Welt zu säubern. Mittlerweile laichen Lachse in der Themse, und die Loire sprudelt wie ein endloser Strom Perrier mitten durch Paris. Der Tiber und der Ganges sind heute so sauber, daß die Einheimischen es zum Auffüllen der Autobatterien verwenden, und der Hudson wird in Flaschen abgefüllt und in Naturkostläden als Heilwasser verkauft.

Aber denken Sie einmal an die schlechte alte Zeit zurück, als die ätzenden Ausdünstungen durchschnittlicher Flüsse reichten, um im Lack vorbeifahrender Autos Blasen zu bilden, und ein von der Waterloo Bridge geworfener Ziegelstein wie ein Flummiball von der Wasseroberfläche absprang.

»Wo genau sind wir eigentlich?« fragte Pan.

Osiris schnaufte verächtlich. »Das müßtest du doch wissen, schließlich sind wir nicht zum ersten Mal hier. Wir sind in der Unterwelt, und das da ist der Styx.«

»Daß wir gerade nicht über die Alpen kraxeln, habe ich auch schon begriffen.«

»Jetzt müssen wir nur noch über den Fluß setzen, und wir sind im Schneider. Irgendwo müßte hier ganz in der Nähe eine Fähre sein ...«

Und es gab tatsächlich eine Fähre. Erst jetzt erinnerte sich Pan mit Entsetzen an seinen letzten Besuch in der Unterwelt, als es noch nicht diesen ganzen wissenschaftlichen Unsinn gab und man noch richtig schlemmen konnte, wo einem als Gott noch eine richtig Show geboten wurde und verbrannte Eingeweide als Kleingeld angenommen wurden. Die Selbstzerstörungsfunktion seines Gedächtnisses hatte über die ganze Geschichte ein schützendes Narbengewebe gelegt; doch bedurfte es nur eines Blicks auf das plumpe, untersetzte Boot, das sich langsam dem Ufer näherte, um den Wundschorf an dieser Stelle abplatzen zu lassen, wodurch immerhin ein großer Flecken vager Erinnerungen freigelegt wurde.

»Moment mal, wir brauchen noch Fahrkarten«, sagte er.

Osiris zog eine Augenbraue an. »Ich dachte, du hast schon bezahlt.«

»Das beweist mal wieder, wie allwissend du bist.« Pan holte seine Brieftasche hervor und zog eine ganze Sammlung verschiedenster Kreditkarten heraus, die er von führenden Bankinstituten erhalten hatte, deren Manager sich bis heute nicht erklären können, aus welchem Grund man ihm seinerzeit einen solch hohen Kreditrahmen gewährt hatte. Dann zog er das Sykes-Fairbairn-Kampfmesser aus der Scheide an Lundqvists Gürtel.

»Entschuldige, Kurt, aber ich brauche das Ding mal eben«, murmelte er geschäftig.

»Kein Problem«, antwortete Lundqvist automatisch und fügte dann hinzu: »Ey, das ist *mein* Messer, du ...«

Pan beachtete ihn nicht. Mit äußerster Vorsicht, um sich nicht den linken Handballen zu verletzen, schnitt er aus jeder Karte zwei etwa drei Zentimeter große Kreise heraus.

»Ist das so was wie Origami?« erkundigte sich Sandra neugierig.

Pan schüttelte den Kopf. »Der Trick dabei ist«, antwortete er, ohne von den immer noch emsig beschäftigten Händen aufzublicken, »wenn ich den Styx schon auf dieser fürchterlichen Nußschale da überqueren muß, dann will ich wenigstens nicht auf halbem Weg ohne Karte erwischt werden, weil man sonst über Bord geworfen wird. Und zwar in diese Suppe da«, fügte er hinzu und zeigte zur Verdeutlichung mit dem Messer auf die krustenartig geschwollene Wasseroberfläche des Flusses. »Kein Scherz, deshalb wäre es auch ratsam, wenn dort in nächster Zeit niemand von euch reinpinkelt.«

Osiris, der inzwischen seinen Kollegen für geistig unzurechnungsfähig erklärt hatte, befahl Carl, ihn die vom Fährmann ausgelegte Laufplanke hinaufzurollen.

»Karten her!« forderte der Fährmann Osiris auf.

»Zwei Götter und drei Erwachsene. Und zwar möchten wir Rückfahrkarten.«

»Ihr wollt was?«

»Rückfahrkarten. Was ist daran so komisch ...?«

Der Fährmann, der lediglich aus einer großen schwarzen Mönchskutte und zwei schrecklich knochigen Händen zu bestehen schien, hörte schlagartig zu kichern auf, als hätte gerade jemand bei ihm die Hauptsicherung herausgedreht. »Karten her!« wiederholte er.

»Wir haben keine dabei. Ich dachte, wir zahlen, sobald wir an Bord gehen«, antwortete Osiris verwirrt. »Gewiß, das mag vielleicht nicht ganz üblich sein, aber ...«

»Soviel Geld gibt es auf der ganzen Welt nicht«, unterbrach ihn der Fährmann. »Und weißt du auch, weshalb?«

»Nein.«

»Weil die Fahrkarten unbezahlbar sind. Rückt also entweder die Karten raus oder seht zu, daß ihr Land gewinnt.«

Bevor Osiris weiter protestieren konnte, war Pan gerade mit dem Zerschneiden der letzte Kreditkarte fertig geworden. Er gab Lundqvist das Messer zurück und eilte zum Ufer. »Hier sind unsere Karten«, sagte er und zeigte dem Fährmann die kleinen Plastikscheiben.

»Das sind doch nur ein paar aus Kreditkarten herausgeschnittene Kreise, Pan!« empörte sich Osiris. »Was soll der Sch ...?«

Er verstummte. Pan lag jetzt auf dem Rücken und setzte sich zwei runde Plastikscheiben wie übergroße

Kontaktlinsen in die Augen ein. Der Fährmann lehnte sich über ihn, als wäre er der Optiker des Teufels.

»Das geht in Ordnung, Sir«, grunzte er. »Bleiben Sie bitte nur noch ein Momentchen liegen, damit ich die Nummer aufschreiben kann.«

»Angefangen hat das alles mit der ersten großen Inflation, die es mal vor langer Zeit direkt nach der ersten Plünderung Roms gegeben hat«, erzählte Pan kurz darauf, während sie in dem gefährlich schlingernden Boot den Fluß überquerten. »Anscheinend hatte unser … unser Kumpel hier« – er zeigte mit dem Daumen auf den Fährmann – »irgendwann die Schnauze derart voll gehabt, mit wertlosen römischen Münzen bezahlt zu werden, daß er … nun ja, ein wenig eigen wurde. Angefangen hat's mit Schweizer Franken, obwohl die nicht richtig passen und die scharfen Kanten einem die Augenlider aufreißen. Dann war es die Deutsche Mark, danach eine Weile der US-Dollar und schließlich für sehr kurze Zeit der Yen. Jetzt gilt nur noch Plastikgeld oder gar nichts. Und wenn du nicht kreditwürdig bist, hast du eben Pech gehabt.«

Osiris schüttelte betrübt den Kopf und verstärkte dadurch das ohnehin schon beängstigende Schlingern des Boots. Die ganze Zeit über – genauer gesagt, seit er mit Sandra aus dem Altenheim geflohen war – hatte er dieses Gefühl gehabt, daß etwas nicht in Ordnung war. Nicht, daß zuvor jemals etwas in Ordnung gewesen wäre, niemals (jedenfalls soweit er sich erinnern konnte; und er konnte sich an das Universum erinnern, als sich sein interstellarer Zustand praktisch im Stadium eines Babys befand, das zum ersten Mal mit Milupa-Brei gefüttert wurde), doch so schlimm wie jetzt war es bestimmt noch nie gewesen. Sicher, das System war von Anbeginn gegenüber den bedauernswerten Sterblichen ungerecht und unfair gewesen, doch wenigstens hatte es funktioniert. Heute war natürlich alles anders. Vorbei waren die Tage willkürlicher Herrschaft und göttlicher Launenhaftigkeit, und deshalb sah es ganz so aus, als müsse man erst einmal eine private Krankenversicherung abschließen, bevor einem erlaubt wurde zu sterben.

Kaum läßt man die mal fünf Minuten allein, schon geht alles den Bach runter.

Seufzend wandte er sich dem Fährmann zu und klopfte ihm auf die Schulter, was sich fast so anhörte, als würde man ein kurzes Stück von Strawinski auf dem Xylophon spielen.

»Entschuldige mal, aber gehört dir das Boot?«

»Wem? Mir?«

»Ja, dir.«

Die Kutte wurde von Lachkrämpfen geschüttelt. »Bleib mal auf dem Boden, Sportsfreund«, gluckste der Fährmann. »Ich arbeite hier nur, klar? Falls dir irgendwas nicht paßt, beschwer dich bei der Geschäftsleitung.«

Osiris nickte. »Das werde ich auch tun, darauf kannst du Gift nehmen. Übrigens, an wen muß ich mich da eigentlich wenden? Ich meine, wie heißt der Geschäftsführer überhaupt?«

»Das ist ein Typ namens Julian«, entgegnete der Fährmann. »Offiziell gehört das Boot mehreren Gesellschaftern oder wie sich diese Leute auch immer schimpfen, aber in Wirklichkeit hält er alle Fäden allein in der Hand.«

»Ist dieser Julian das Patenkind von einem Gott?«

Der Fährmann zuckte die Achseln, was sich wie der Klang von Kastagnetten anhörte. »Keine Ahnung. Wie ich schon gesagt habe, arbeite ich hier nur.«

»Danke, das war wirklich sehr hilfreich.«

»Verpiß dich.«

Es war zwangsläufig Sandra, die es zuerst bemerkte.

»Hey, seht nur! Dahinten!« rief sie hocherfreut.

Osiris' Blick folgte ihrem Zeigefinger. Aufgrund seines fortgeschrittenen Alters und der Tatsache, daß seine Gemahlin Isis in der allerletzten Montagenacht den rechten Augapfel falsch herum eingesetzt hatte, war sein Augenlicht nicht mehr so gut, wie es hätte sein können; aber man hätte schon ein Blinder mit dem Krückstock sein müssen, um das große Neonschild nicht zu sehen, das einen aus der tintenschwarzen Dunkelheit heraus anstarrte.

DAS LETZTE ABENDMAHL
Das beste Restaurant in der Hölle

Probieren Sie unsere phantastische Auswahl
an frischgeräucherten Fleischspezialitäten

»Na gut, aber nicht länger als zehn Minuten«, seufzte er. »Eine Tasse Kaffee und ein Doughnut werden uns schon nicht schaden. Außerdem können wir uns dort nach dem Weg erkundigen.«

Außer einer Kellnerin, zwei lebendigen Skeletten, die leise klappernd in einer Ecke dänisches Gebäck aßen, und einem hageren großen Mann, der allein vor einer leeren Tasse Kaffee saß und anscheinend Selbstgespräche führte, war das Restaurant leer. Bei genauerem Hinsehen stellte sich allerdings heraus, daß der Mann in ein Diktiergerät sprach, und als Osiris und sein Gefolge an ihm vorbeigingen, steckte er das Gerät verlegen ein.

»Ich muß nur noch an meinem Bericht feilen«, sagte er. »Ich will versuchen, daß er möglichst noch in der Abendausgabe erscheint.«

Pan blickte ihn fragend an. »Die Abendausgabe wovon? Sind Sie Journalist oder so was?«

Der Mann nickte. »Danny Bennett, Sonderkorrespondent«, antwortete er mit stolzer Stimme. »Ich beschäftigte mich gerade damit ...« Er blickte sich verstohlen um und flüsterte: »... die Wahrheit herauszufinden. Also das, was hier unten wirklich gespielt wird. Zumindest nehme ich an, daß ich das tue«, fügte er verunsichert hinzu. »Warum, zum Teufel, sollte ich sonst wohl hier sein?«

Pan strich sich nachdenklich über das Kinn, als ob er sich daran zu erinnern versuchte, wie man sich möglichst taktvoll verhält. »Vielleicht deshalb, weil Sie tot sind«, schlug er vorsichtig vor.

Ein Weile herrschte tiefe Stille; jene Stille, wie man sie allenfalls ganz unten auf dem Boden tiefer Brunnen antrifft oder in seit langem ungeöffneten Trockenschränken. »Nee, ich doch nicht«, antwortete der Mann endlich. »Es gibt noch so viele Dinge, für die es sich für mich zu leben lohnt – na, Sie wissen schon, für meine Karriere, meine Leser und natürlich auch für diesen unglaublichen Knüller, an dem ich gerade arbeite.«

Pan nickte verständig. »Sind Sie schon lange hier unten?«

Der Mann rieb sich die Augen. »Komisch, daß Sie mich danach fragen«, antwortete er nachdenklich. »Ich glaube nicht. Allerdings verliert man hier schnell das Zeitgefühl. Soweit ich weiß, bin ich erst seit ein paar Wochen hier.«

So ungezwungen wie möglich blickte Pan beiseite. »Sie sollten Ihre wichtige Arbeit auf jeden Fall weiterführen«, ermunterte er Bennett, trat einen Schritt näher heran und fügte verschwörerisch hinzu: »Wenn Sie einen heißen Tip wollen: An Ihrer Stelle nähme ich mal den Fährmann dahinten genauer unter die Lupe. Natürlich sind das nur unbestätigte Gerüchte, und berufen Sie sich dabei bitte nicht auf mich, aber …«

Bennett nickte. »Klar, nach dem Prinzip ›Verrate niemals deine wichtigsten Informanten‹«, flüsterte er. »Sie haben mein Ehrenwort als Journalist.«

»Wie ich gehört habe, schleust er illegale Einwanderer ein. Er soll sogar direkt unter unseren Augen den größten Schleuserring im ganzen Universum betreiben.«

Bennett riß die Augen auf. »Boat people?«

»Tausende davon«, zischte Pan. »Ich meine, mir kann doch niemand erzählen, daß alle die Leute da draußen *hier* geboren worden sind, oder?«

Der Mann nickte aufgeregt, griff nach einer Serviette und nahm einen Dreifarbstift zur Hand. »Das paßt alles nahtlos zusammen«, tuschelte er. »Wenn ich doch bloß herausbekommen könnte, wer dahintersteckt.«

Pan blickte sich verstohlen nach allen Seiten um. »Na, wer denn wohl? Die Bande natürlich.«

»Meinen Sie etwa die Mafia?«

»Nee ...« Pan schüttelte entschieden den Kopf. »Doch nicht diese Chorknaben. *Die* Bande. Die Organisation. Na, *die* eben!«

Bennett zog Pan aufgeregt am Ärmel näher zu sich heran. »Die Mason-Bande?« wollte er wissen. »Der Ku-Klux-Klan? Die schlagenden Verbindungen? Der MI5? Der CIA? Die internationale Kommission für chemische Nahrungszusätze? Die Milchvermarktungsbehörde? Um Himmels willen, nun rücken Sie schon raus mit der Sprache. Die Öffentlichkeit hat ein Recht zu erfahren, wer dahintersteckt ...«

Pan blickte ihm direkt in die Augen und zischte: »Wollen sie damit allen Ernstes behaupten, daß Sie nicht wissen, wer *die* sind?«

»Keine Ahnung«, antwortete Bennett halb zischend, halb schreiend. »Mein ganzes Leben lang versuche ich, das herauszufinden, und habe bis heute keine Ahnung, ehrlich.«

»Und Sie bezeichnen sich als Journalisten?«

»Ja, und ob ich Journalist bin!« wehrte sich Bennett heftig. »Hören Sie, es ist Ihre gottverdammte Pflicht, mir alles zu erzählen, was Sie wissen. Ich bin von der Presse!«

Pan blickte sich noch einmal um, nahm den Zuckertopf in die Hand und schüttelte ihn. »Ich rate Ihnen, schlagen Sie mal im Telefonbuch nach, und zwar unter T.«

»Aller klar.« Der Mann sprang auf, sammelte Notizblöcke, Stifte und Zettel zusammen und lief zur Tür hinaus.

Pan schüttelte betrübt den Kopf. »Es stört mich weniger, daß jede Minute einer von diesen Versagern geboren wird«, sagte er. »Wodurch das Niveau hier unten so sinkt, ist die Tatsache, daß jede Minute einer von denen stirbt. Hier, Sandra, für mich bitte einen Cappuccino mit drei Stücken Zucker.«

»So, da wären wir also endlich«, stellte Pan nur wenig erleichtert fest.

Da war eine Tür. Nichts als eine ganz normale, weißgestrichene Tür mit rundem Knauf und einem Messingschild in einem ganz konventionellen Türrahmen in einer völlig unscheinbaren Hauswand. Die beiden Götter blickten sich an.

»Ich halte es für am besten, wenn wir hier draußen auf dich warten«, schlug Pan vor. »Schließlich wollen wir nicht stören.«

»Soso.«

»Ich meine, wenn du private Familienangelegenheiten zu erörtern hast, dann willst du doch bestimmt nicht, daß wir alle gaffend danebenstehen.«

»Das ist wirklich sehr ...« Osiris hielt inne, um nach den passenden Worten zu suchen, versagte aber kläglich und fuhr fort: »... rücksichtsvoll von euch. Allzulange wird es wohl nicht dauern.«

»Laß dich bloß nicht drängen«, antwortete Pan und schlug im selben Augenblick den Mantelkragen hoch, um sich dahinter zu verstecken. »Du hast alle Zeit der Welt. Wir vertreten uns hier währenddessen ein wenig die Beine und genießen die Landschaft.«

Noch nie hat ein Gott die Kunst des Lügens richtig beherrscht – nicht, weil er es nicht gern täte, sondern weil es schlichtweg wider seine Natur ist; ähnlich wie es Wasser nur schwer gelingt, durstig zu sein. Es gab nämlich keine Landschaft, keine Umgebung oder etwas Ähnliches. Mit Ausnahme des Gebäudes, vor dem sie standen, war im wahrsten Sinne des Wortes nirgendwo etwas zu sehen.

»Bis nachher«, verabschiedete sich Osiris.

»Tschüs.«

Mit der freien Hand drehte Osiris am Türknauf, öffnete die Tür und rollte hinein. Er fand sich in einem weitläufigen Flur mit Marmorfußboden wieder und blickte auf die Türen eines imposant aussehenden Aufzugs. Darüber stand in Neonschrift:

FÜR EILIGE

während über dem daneben befindlichen, prunkvoll aus massiver Eiche geschnitzten Treppengeländer zu lesen war:

FÜR TOTE

Kaum hatte Osiris auf den Knopf gedrückt, öffneten sich fast im selben Augenblick die Aufzugstüren. Er rollte hinein, und als sich hinter ihm die Türen schlossen, bemerkte er, daß sie aus abgelagertem, erlesen geschliffenem Kiefernholz gefertigt und mit eleganten Messinggriffen ausgestattet waren. Innen war der Aufzug mit rotem Satin ausgeschlagen.

Kurz darauf öffneten sich die Türen wieder, und Osiris blickte auf einen beeindruckend großen Schreibtisch, auf dem vier Telefone standen. Dahinter saß eine angenehm lächelnde Dame mittleren Alters.

Er rollte auf den Schreibtisch zu und sagte: »Guten Tag.«

Die Dame blickte auf. »Mister Osiris? Wir haben Sie schon erwartet«, antwortete sie freundlich.

Osiris nickte. »Schön. Hat er Zeit für mich?«

Die Frau blickte auf eine Anzeigetafel mit farbiger LED-Anzeige. »Einen kleinen Moment noch, er ist gerade am Telefonieren. Wenn Sie so freundlich wären, sich noch ein wenig zu gedulden.«

»Kein Problem.«

»Ach, und noch etwas ...« Die Frau lächelte und sah dabei genau wie eine jener feineren Tanten aus, die von einem keine Dankesbriefe erwarten und nicht gleich beleidigt sind, nur weil man ihren Geburtstag vergessen hat. »Das Honorar bitte.«

Osiris zuckte leicht zusammen. »Ich muß im voraus bezahlen, richtig?«

Die Frau nickte, und Osiris übergab ihr die Inhaberaktie aus Jericho, die gleich darauf in einer Schreibtischschublade verschwand.

Zwanzig Minuten später ging der Summer auf dem Schreibtisch der zuvorkommenden Dame. Sie blickte auf, lächelte Osiris betörend an und säuselte mit sanfter Stimme: »Sie können jetzt hineingehen, Mister Osiris.«

Der Gott seufzte, legte das *Jahrbuch der praktischen Fischaufzucht 1974* hin und umfaßte die Handläufe des Rollstuhls. »Alles klar und vielen Dank auch.«

»Kein Ursache.«

Als sich die Tür hinter ihm schloß, machte die nette Dame einen Eintrag ins Besucherbuch und kratzte sich mit dem Bleistift am Ohr; dann verschwand sie und wurde durch eine zehn Meter lange Schlange mit fünf Köpfen und Giftzähnen wie Eispickel ersetzt. Sie sah immer noch wie jemandes Tante aus – selbst Schlangen haben Familien –, wenngleich längst nicht mehr so beruhigend und freundlich.

»Mister Osiris, bitte nehmen Sie Platz«, sagte der Anwalt. »Darf ich Ihnen vielleicht eine Tasse Tee anbieten?«

Während Osiris vom Rollstuhl auf den Besucherstuhl umstieg, drehte sich der Rechtsanwalt auf dem Sessel herum, hob etwas Weißes und Weiches vom Boden auf und ließ es in einen großen verchromten Reißwolf fallen, der neben dem Schreibtisch stand. Es gab ein kauendes Geräusch, und aus der Ferne war ein sehr schwaches Schreien zu hören.

»Nein, danke«, antwortete Osiris. »Können wir gleich zum Geschäft kommen?«

»Selbstverständlich.« Der Rechtsanwalt war selbst nach den Maßstäben seiner Zunft sehr dick, hatte eine Glatze und trug einen glänzenden blauen Anzug mit einem schwachen Nadelstreifenmuster. Plötzlich fiel Osiris wieder ein, daß diese weichen weißen Fetzen Seelen gewesen sein mußten.

»So, das wäre auch erledigt«, stellte der Anwalt mit Genugtuung fest. »Wenn die Leute behaupten, ich sei in einer Branche tätig, von der das Seelenheil vieler Menschen abhänge, wissen die gar nicht, wie recht sie damit haben. So, kommen wir zum Thema. Wo liegt das Problem?«

»Nun, es ist wie folgt«, begann Osiris, und während er den Sachverhalt erläuterte, kam er nicht umhin festzustellen, daß die Augen des Anwalts sehr rund und grün waren und nichts Menschliches an sich hatten. Nichts Unübliches für einen Juristen, beruhigte er sich, und nichts, worüber man sich Sorgen machen müßte; dennoch, so mutmaßte er, ging es in einem Nest von Soldatenameisen wahrscheinlich menschlicher zu als dort hinter dem Schreibtisch.

»Ich verstehe.« Der Rechtsanwalt legte die Hände an den Fingerspitzen zusammen und rümpfte die Nase. »Offenbar befinden Sie sich da in einer Sackgasse. Und nun wollen Sie meinen Rat bezüglich dessen hören, was Sie als nächstes tun sollen, nicht wahr?«

»Richtig.« Osiris hatte das Gefühl, jeden Augenblick könne die Zunge des Anwalts herausschnellen, sich um den Hals von jemanden herumwickeln und wieder zurückschnellen. »Und was schlagen Sie vor ...?«

Der Rechtsanwalt beugte sich vor und bot Osiris auf

diese Weise eine hervorragende Gelegenheit, seine frühere Beobachtung zu bestätigen, daß die hellgrünen Augen seines Gegenübers ohne Lider waren.

»An Ihrer Stelle würde ich versuchen, mich friedlich zu einigen.«

Kurz herrschte Schweigen.

Das ist allerdings eine sehr schlichte Beschreibung für das, was dort wirklich vor sich ging; also versuchen wir es noch einmal: Es entstand eine kurze Pause, vergleichbar nur mit jener andächtigen Stille, die für Sekundenbruchteile entsteht, wenn der Kampfrichter das Taschentuch fallen läßt und der schnellere der beiden Duellanten auf den Abzug der Pistole drückt. Oder: Es entstand eine Pause, begleitet von jenen Geräuschen, die an diesen kurzen Zeitraum erinnerten, der zwischen dem kräftigen Aufwärtsschlag eines Baseballschlägers und dem Zerbrechen von Glas liegt, während dem alle beteiligten Personen wie angewurzelt dastehen und beobachten, wie der Ball seine unvermeidliche, zum Gewächshaus gerichtete Flugbahn am Himmel zieht.

»Aha. Täten Sie das wirklich?«

Der Anwalt nickte. »Ich möchte mich wirklich nicht allzu pessimistisch anhörten, aber ich habe das Gefühl, daß der Ausdruck ›Eine undankbare Rolle spielen‹ in dem Rahmen, in dem wir uns gegenwärtig bewegen, von großer Relevanz ist.« Er lehnte sich zurück und tätschelte sich mit den Händen den Bauch. »Offensichtlich haben Sie sich in diese Geschichte zu sehr hineingesteigert, so daß es Ihnen an der notwendigen Objektivität mangelt, wohingegen ich als Außenstehender über einen ganz anderen Einblick verfüge als Sie, der sozusagen blind vor Wut ist, und ich meine, Sie sollten in jedem Fall die potentiell negativen Auswirkungen eines möglichen Gerichtsverfahrens in Ihre Überlegungen mit einbeziehen, die sowohl in finanzieller als auch ganz allgemein auf Sie zukommen können, und lieber alles als Ganzes, also von einem holistischen Gesichtspunkt aus betrachten.«

»Also wollen Sie mir damit sagen, ich würde verlieren, stimmt's?« fragte Osiris.

Der Rechtsanwalt spreizte seine Wurstfinger, als würde er darauf warten, daß Senf vom Himmel fiele. »Wenn es um Rechtsstreitigkeiten geht, haben wir eine Redensart, die in etwa lautet: Vor Gericht zu gehen, ist ungefähr dasselbe, als ließe man sich auf eine handgreifliche Auseinandersetzung mit einem hundert Kilo schweren und zwei Meter großen Polizisten ein, der zu hundert Prozent aus Pferdescheiße besteht; selbst wenn man gewinnt, wünscht man sich im nachhinein, man wäre nie in den Streit verwickelt worden. Am besten versuchen Sie, unter möglichst günstigen Bedingungen einen würdevollen Abgang zu machen, und das rate ich Ihnen aufgrund fünftausendjähriger Gerichtserfahrung. Ich bin mir sicher, daß ich für Sie zu gegebener Zeit eine finanziell zufriedenstellende Lösung herausschlagen kann, sehr zufriedenstellend sogar.«

Osiris machte ein mürrisches Gesicht. »Geld interessiert mich nicht.«

Die Augen des Anwalts wurden immer runder, wodurch er noch mehr als zuvor wie eine Heuschrecke aussah. »Wie bitte?«

»Ich habe gesagt, daß ich nicht an Geld interessiert bin«, antwortete Osiris. »Vergessen Sie nicht, daß ich ein Gott bin. Geld bedeutet mir gar nichts.«

»Im Ernst?« Der Rechtsanwalt kratzte sich verdutzt am Ohr. »Wir unterhalten uns doch über dieselbe Sache, oder? So zerknittertes Papier, auf der einen Seite ist meistens irgend so ein Kopf von jemandem drauf und auf der anderen ...«

»Jaja, ich weiß, wie Geld aussieht, und es interessiert mich einen Scheißdreck, wenn Sie mich fragen.«

»Also wirklich!« empörte sich er Anwalt. »Ich glaube, Sie bringen da was durcheinander. Ich rede von

Geld, dem Zeug, das es in Banken gibt und das die Welt regiert ...« Er verstummte, saß noch eine Weile schweigend da und schüttelte schließlich den Kopf, bis sein Doppelkinn eine Art Veitstanz aufführte. »Mal im Ernst, vielleicht ist es an der Zeit, daß Sie endlich abdanken und ... Tut mir leid, ich komme vom Thema ab.« Er produzierte ein Lächeln, das sich nur um wenige Nuancen vom Grinsen einer hungrigen Hyäne unterschied. »Nun gut, jetzt wollen Sie mir bestimmt sagen, das Ganze sei eine Prinzipienfrage und daß Sie keine Lust haben, sich von der Gegenpartei herumschubsen zu lassen, und den ganzen anderen Kram. Das geht auch wirklich völlig in Ordnung und ist leicht nachzuvollziehen, und Sie sollen wissen, daß ich Prinzipien in jeder Hinsicht sehr respektiere. Von einem ausgewogeneren, durch gesunden Pragmatismus geprägten Standpunkt aus betrachtet, würde ich dennoch sagen: Vergessen Sie es. Ich meine, was wollen Sie eigentlich damit erreichen? Sie haben sich doch sowieso schon weitestgehend aufs Altenteil zurückgezogen. Warum lassen Sie sich also nicht von Julian wenigstens einen Teil Ihrer Last von den Schultern nehmen? Ich meine, Sie können ihm blind vertrauen, schließlich ist er Rechtsanwalt. Nein, ich muß Sie wirklich dringend bitten, die ganze Angelegenheit sorgfältig zu durchdenken und alle besonderen Umstände dieses Falls genau zu berücksichtigen und es nicht zuzulassen, sich ein Urteil aufgrund irgendwelcher äußerer Faktoren zu bilden.«

Osiris biß sich nachdenklich auf die Unterlippe. »Demnach kennen Sie meinen Patensohn Julian?« fragte er.

Der Rechtsanwalt zuckte die Achseln und antwortete mit einem Hauch von Stolz in der Stimme: »Ich bin der Geist des Rechtsstreits, ich verkörpere das Gesetz. Im gewissen Sinn sind alle Anwälte meine Kinder. Ich kenne ihn und Leute seiner Sorte, seit der erste

Höhlenmensch gegen seinen Nachbarn wegen Verletzung des Patents auf das Rad einen Prozeß anstrengte. Ein Streit«, fügte er selbstgefällig schmunzelnd hinzu, »der meines Wissens immer noch an irgendeinem höheren Gericht verhandelt wird.«

»Ich verstehe.« Osiris nickte nachdenklich. »Das kann gut möglich sein. Übrigens erinnern Sie mich merkwürdigerweise an Julian.«

»Sie müssen sehr stolz auf ihn sein.«

Osiris verlagerte ein wenig das Gewicht auf dem Stuhl, der ein typischer Hier-sitzt-ein-Klient-im-Büro-eines-Anwalts-Stuhl war. Laut Legende soll der Prototyp vor fünftausend Jahren für einen knapp einen Meter großen Zwerg mit Granitgesäß entwickelt worden sein, der beide Beine bei einem Bergbauunfall verloren hatte.

»Lassen Sie uns noch einmal alles kurz durchgehen, ja?« schlug Osiris vor. »Sie raten mir also, ich solle meinem Patensohn, der zweifellos ein Anwalt ist, die Herrschaft über das Universum übergeben, weil der Versuch, sich seinen Anstrengungen zu widersetzen, mich offiziell für unzurechnungsfähig erklären zu lassen, nichts als Ärger und unnötige Kosten mit sich bringen würde. Ist das soweit richtig?«

»Im großen und ganzen, ja«, antwortete der Rechtsanwalt, während er die Gläser seiner Brille putzte. »Ich muß Sie allerdings in diesem Zusammenhang darum bitten, die genaue Definition von Ärger in Ihre Überlegungen mit einzubeziehen, und eingedenk der Kompliziertheit juristischer Grauzonen, mit denen man es gerade auf diesem bestimmten Gebiet zu tun hat, gar nicht zu reden von dem Umstand, daß das Gericht höchstwahrscheinlich nicht sonderlich viel davon halten wird, daß Sie ihm mehr oder weniger die Zeit stehlen, ist es nach meinem Dafürhalten auf den ersten Blick – und für einen Moment spiele ich hier den Advocatus Diaboli – im praktischen Sinne und aus Gründen der Machbarkeit und auch unter administrativen Gesichtspunkten wahrscheinlich für beide Parteien das beste, den Eifer ein wenig zu zügeln, wenn es hart auf hart geht. Ich nehme an, daß wir diesbezüglich einer Meinung sind.«

Osiris erhob sich. »Das ist also Ihr Ratschlag, ja?« fragte er mit ruhiger Stimme.

»In weitesten Sinne und vom vereinfachten Standpunkt her und bis zu einem gewissen Ausmaß, ja.«

»Alles klar.« Osiris lächelte. »Dann fick dich ins Knie!«

»Wie bitte?«

Mit einem gewissen Maß an Überraschung bemerkte Osiris erst jetzt, daß er allein aufgestanden war, eine nette Leistung für jemanden, der seit der Zeit, da Karl der Große noch in den Windeln lag, an den Rollstuhl gefesselt war. »Ich habe gesagt: ›Fick dich ins Knie!‹ Soll ich es dir buchstabieren?« Der Anwalt riß die Augen auf. »Wollen Sie meinen Rat nicht lieber vorläufig nur auf Eis legen und zu einem späteren Datum noch einmal reiflich überdenken?« traute er sich zu fragen.

»Ich sage dir gleich, wo du dir deinen Rat hinstecken kannst!« fauchte Osiris und wippte mit den Zehen. »Und falls deine Anatomiekenntnisse etwas eingerostet sein sollten: Das ist der Teil deines Körpers, aus dem du zu sprechen scheinst. Du gibst nämlich nur gequirlte Scheiße von dir, du Arschgesicht. Auf Wiedersehen.«

»Aber ich bin Ihr *Anwalt!*« protestierte der Anwalt, und Osiris bemerkte, daß sein Kopf knallrot angelaufen war und wie eine Riesenerdbeere aussah. »Sie sollten wirklich ernsthaft erwägen, ob ...«

Die Tür schlug zu.

Für etwa fünfzehn Sekunden (oder, anders ausgedrückt, für genau sechsundachtzigtausend Dollar ohne Mehrwertsteuer) saß er Anwalt völlig regungslos da, starrte die geschlossene Tür an und fragte sich, was, zum Teufel, da eben passiert war. Dann beugte er sich schwerfällig ein Stück vor und drückte auf die Gegensprechanlage.

»Hat Mister Osiris das Gebäude bereits verlassen, Miss Fortescue?«

»Ja, Sir.«

»Hat er im voraus bezahlt?«

»Ja, Sir. Mit einer Inhaberaktie.«

»Aha.« Der Anwalt entspannte sich und lächelte. »Dann ist ja alles klar.«

Draußen im Flur blieb Osiris erst einmal stehen und ordnete mit der Penibilität eines Briefmarkensammlers seine Gedanken; und wie er feststellte, verfügte er zum ersten Mal seit etlichen Jahrhunderten über eine fast komplette Sammlung, einschließlich der meisten Ersttagsstempel.

Hervorragend, das Geld war wirklich gut angelegt, sagte er sich. *Jetzt weiß ich auch, was ich zu tun habe.*

Auf keinen Fall werde ich vor Gericht gehen, das bringt sowieso nichts.

Das Gesetz ist mein Hirte, deshalb mangelt es mir an allem. Es weidet mich auf einer grünen Aue, die völlig abgegrast ist.

Wenn Julian die Erde erbt, dann wird es bis in alle Ewigkeit so bleiben.

Aber ich weiß mich zu wehren.

Wir erschufen die Welt, sie haben alles versaut. Wir erschufen das Atom, sie haben es gespalten. Wir gaben ihnen einen Garten, und alles, was davon übrig ist, sind ein paar abgehackte Baumstümpfe, ein paar Ölteppiche und die silbrigen Schleimspuren von Rechtsanwälten. Wir gaben ihnen alles, und sie haben nichts daraus gemacht. Wir gaben ihnen Gerechtigkeit, und sie erfanden das Gesetz. Und am neunten Tag versuchten sie, uns einzusperren.

Vorsichtig, als wolle er sich selbst nicht dabei ertappen – zumal sich sein Gehirn plötzlich daran erinnern könnte, daß er gelähmt war –, schaute er auf seine Füße, dann auf die Schienbeine und schließlich auf die Knie. *Menschenskinder, das ist schon lange her!* dachte er. *Trotzdem ist das noch wie beim Fahrradfahren. Na ja, hoffentlich nicht ganz so schlimm wie beim Radfahren, wo man spätestens nach zwei, drei Metern gefährlich ins Schlingern gerät und schließlich notgedrungen umfällt.* Er hob einen Fuß an, setzte ihn wieder auf und wiederholte das Experiment mit dem anderen Fuß. Und noch einmal. Und noch einmal.

Menschenskinder, meine Füße funktionieren ja wieder! Das kann doch nicht wahr sein?

Ich kann darauf stehen.

Ich kann damit gehen.

Ich kann damit laufen.

Ich kann mich damit auf die Zehenspitzen stellen, um ganz oben ans Regal zu kommen.

Ich kann damit tanzen.

Und (sagte sich der Gott und somit nebenbei dem gesamten Kosmos) *vor allem kann ich damit Julian einen kräftigen Tritt in den Arsch verpassen.*

Die Kunst der Chirurgie hat seit der Zeit, als ein Arzt noch ein Medizinmann war und der Inhalt eines Arztkoffers erschreckende Ähnlichkeit mit dem Werkzeug eines Zimmermanns und der Ausrüstungskiste eines Folterers hatte, große Fortschritte gemacht. Der moderne Chirurg benutzt heutzutage Präzisionsinstrumente wie Skalpelle, Zangen, Nadel und Faden, Lasergeräte ...

... und das rückstoßfreie 105-mm-Geschütz.

»Da ist er«, zischte der erste Arzt. Er legte die hochexplosive Granate ein und klappte den Verschluß zu. »Denk dran, nur ganz leicht am Abzug ziehen, nicht drücken!«

Trotz seines fast tranceartigen Meditationszustandes

hörte Osiris das Klicken des Verschlußhebels. Er drehte sich um und spähte hinaus …

»Na, wie geht's uns denn?« fragte der erste Arzt und grinste im Schutz der Dunkelheit. »Halten Sie bitte still, es tut auch ganz bestimmt nicht weh.«

Bevor sich Osiris bewegen oder sprechen konnte, erbebte beim Abfeuern des Artilleriegeschosses der ganze Boden. Der Windstoß vom Mündungsfeuer haute den ersten Arzt glattweg von den Beinen.

»Eujeujeu!« staunte sein Kollege. »Hab ich ihn erwischt?«

Der zweite Arzt nickte. »Das kann man wohl sagen«, antwortete er. »Wie es aussieht, hast du ganze Arbeit geleistet.« Er entfernte einen Finger – nicht seinen eigenen – aus dem rechten Ohr, warf ihn weg und fuhr fort: »Anders ausgedrückt: Er hat sein Inneres komplett nach außen gekehrt. Laß uns hier schnell verschwinden. Ich konnte den Anblick von Blut noch nie ertragen.«

»Hä? Du bist wohl genau wie er, was?« spottete der zweite Arzt.

»Findest du?«

»Absolut sogar«, bekräftigte der zweite Arzt. »Beim geringsten Anzeichen von Ärger löst du dich sofort in sämtliche Bestandteile auf.«

XVI

»Für eine Parole fehlt ihr noch das gewisse Etwas, findest du nicht?« fragte Ahura Masda, der Sonnengott der alten Perser.

Baldur, der altnordische Gott der Fruchtbarkeit, hielt die Spraydose in der Hand und blickte gereizt auf. »Ach, meinst du wirklich?«

»Na ja ...« Ahura Masda trat einen Schritt zurück und unterzog die Mauer einer eingehenderen Betrachtung. »Ich soll doch ganz offen und ehrlich sein, nicht wahr?«

»Ach, nicht unbedingt ...«

Aus einem Funken kann ein Steppenbrand entstehen; ganz wohlweislich hatte sich das Aktionskomitee der *Sonnenblick*-Bewohner dafür entschieden, die Graffiti-Blitzaktion zuerst an der Rückwand des Kohlenbunkers am anderen Ende des Gartens auszuprobieren, noch ein ganzes Stück hinter dem Komposthaufen. Sollte sich diese Idee nicht als jene wirkungsvolle Protestform erweisen, die sie sich erhofften, erführe auf diese Weise wenigstens niemand etwas davon.

»Ich meine, in ihrer Schlichtheit ist die Parole ganz in Ordnung«, fuhr Ahura Masda in der für ihn typisch gedehnt sprechenden Art fort. »Trotzdem könnten wir es mit richtig abgedroschenen Sprüchen vielleicht noch besser hinkriegen.«

»Zum Beispiel?«

»Zum Beispiel, mal sehen, ähm: ›Vereint sind wir

Götter unschlagbar‹. Oder: ›Milchreis? Nein danke!‹ Oder: ›Gemeinsam können wir die Zucchini stoppen.‹ Na ja, so was in der Richtung jedenfalls.«

»›Götter aller Welten, vereinigt euch!‹« schlug Nkulunkulu vor, der große Himmelsgott vom Zululand. »›Ihr habt nichts zu verlieren als eure … eure …‹ Verdammt!« fluchte er, wobei er die Augenbrauen zu einem schwarzen Dickicht zusammenzog. »Nichts zu verlieren als was, um Himmels willen?«

»Also mir gefällt die Parole«, grummelte Baldur. »Ich finde sogar, sie hat einen gewissen Tiefgang.«

Auf die Mauer hatte er in krakeligen grünen Buchstaben

MISSIS HÄNDERSN
ISS NE ALTE SCHRÄGSCHRAUBE

gesprüht; immerhin gehörte ihm die Sprühdose.

»Ich finde immer noch, du hättest was zu dieser Tapioka vom letzten Donnerstag schreiben sollen«, meinte Vulcanus, römischer Gott des Erdfeuers. »Die war wirklich grausig, finde ich, und außerdem furchtbar klumpig. Klumpige Tapioka ist nun wirklich der Gipfel der Unverschämtheit!«

»Ich weiß gar nicht, was du hast. Verglichen mit der ekelhaften Pampe, die wir gestern hatten – was immer das auch sein sollte –, schmeckte die Tapioka doch ausgezeichnet«, widersprach Viracocha, der schon vor der Zeit der Inkas verehrte Schöpfergott von Argentinien.

»Erbsenpüree war das«, klärte ihn Vulcanus auf.

Viracocha schnaufte verächtlich. »Was auch immer. Auf alle Fälle sah das nicht nur aus wie Kotze, sondern schmeckte auch so, oder findet ihr etwa nicht?«

»Absolut«, pflichtete ihm Ahura Masda bei. »Die machen Rhabarberdessert und nennen es dann Erbsenpüree. Trotzdem glaube ich immer noch nicht, daß wir die Möglichkeiten dieser Protestform bis an die äußersten Grenzen ausgereizt haben, oder was meint ihr?«

Ogun, der nigerianische Kriegsgott, schüttelte den Kopf. »Ich gehe lieber wieder rein, bevor ich mir hier vor Kälte noch den Tod hole. Falls mich irgendwer sucht, ich bin im Fernsehraum.«

»Drückeberger«, zischte Baldur und schüttelte angriffslustig die Sprühdose. »Schwarzseher.«

Ogun durchbohrte ihn mit bösen Blicken. »Das fasse ich lieber mal als Feststellung eines tatsächlichen Sachverhalts auf«, entgegnete er in frostigem Ton. »Bis dann, ihr Verlierer.«

Baldur seufzte. In seinem Gesicht spiegelte sich jener alles übersteigende Kummer und Schmerz wider, wie ihn sämtliche Organisatoren allerorten erfahren, die auf vollkommene, nicht nachlassende Teilnahmslosigkeit stoßen. »Ganz, wie ihr wollt«, knurrte er beleidigt. »Von jetzt an könnt ihr eure eigenen verdammten Sprühdosen benutzen. Ich für meinen Teil gehe nämlich jetzt auf mein Zimmer.«

Die übrigen Mitglieder des Komitees blieben noch eine Weile im Garten zurück und dachten über das verschmähte Graffiti nach. Knapp vorbei sei auch daneben, meinten sie, und schnell kamen sie darin überein, dringend einen Anführer zu brauchen.

»Ich glaube, da ist ein Rechtschreibfehler drin«, merkte Viracocha an. »Wird ›Schrägschraube‹ nicht mit ›e‹ geschrieben?«

»Ich frage mich, wohin Osiris wirklich verschwunden ist«, sagte jemand.

Ahura Masda nickte. »Gute Frage«, stellte er fest. »Das ist mal wieder typisch für ihn, sich zu verdünnisieren, sobald er gebraucht wird.«

»Er wüßte genau, was wir jetzt tun müßten.«

»Ach, nun macht mal halblang.« Ahura Masda gähnte und putzte sich die Brille. »Wir wissen selbst, was zu tun ist. Das Wie macht uns im Moment ein bißchen ratlos.« Er blickte in die Runde. »Hat jemand irgendwelche Vorschläge?«

»Sind Sie Arzt?«

»Wir könnten ja mal in einem Wörterbuch nachschlagen«, regte Viracocha an.

»Was nachschlagen?«

»Na, Schrägschraube natürlich.«

Ahura Masda seufzte. Dann holte er aus der Tasche seines Regenmantels eine eigene Sprühdose hervor (mit kobaltblauem Hochglanzlack zum Ausbessern von Kratzern an Cortinas, Baujahr 1974), schüttelte kräftig die Dose und spielte dabei mit der kleinen Mischkugel eine fröhliche, wenn auch etwas avantgardistisch klingende Melodie.

»Versuchen wir's mal damit«, sagte er und begann zu sprühen. Was er auf die Wand sprühte, war:

HILFE

Einst, in der großen Dunkelheit, die dem ersten Tag vorausging, beugte sich eine Frau über den zerstückelten Körper ihres Ehemanns. Bis zu den Ellbogen rot vom Blut, sammelte sie die auseinandergerissenen Stücke seines Körpers in einen Korb ein und schlich sich damit davon. Unter dem trüben Licht der gerade erst aufleuchtenden Sterne setzte sie die Stücke wieder zusammen, wobei sie sich beharrlich weigerte, die Existenz des Todes zur Kenntnis zu nehmen, als wäre dieser nichts weiter als irgendein unbeständiges totalitäres Regime in einem weit entfernten kleinen Land.

Mit der linken Hand, die sie zum Schutz vor der leichten Brise der ersten Morgendämmerung hohl gemacht hatte, schützte sie das flackernde Lebenslicht ihres Gatten. Da sie den Tod nicht anerkannte – weil sie sich nicht mit der Möglichkeit abfinden wollte, daß etwas zu Ende gehen könnte –, war ihre Arbeit erfolgreich, und zu guter Letzt zuckte und bewegte sich der Körper, den sie mit Papyrusfaden und Leinenbinden zusammengenäht hatte; und dann öffnete sich der

Mund und sagte: »... du blöde Kuh! Du bist derart ungeschickt, daß du mir den Trapezmuskel genau in der Mitte vom großen Brustmuskel befestigt hast. Ist dir eigentlich klar, daß ich von jetzt an immer mit den Zehen wackeln muß, wenn ich mich am Ohr kratzen will?«

Doch das ist schon lange her, und seit damals hat der Tod Botschaften und Konsulate in jedem Winkel des Weltalls eröffnet. Heutzutage macht man das Werk des Todes nicht mehr einfach rückgängig, indem man irgendwelche Einzelteile wieder zusammensetzt und auf den Startknopf drückt; zumindest wird das so behauptet.

»Was weiß ich, wie das geht?« Pan kratzte sich nachdenklich am Kinn. »Versuchen Sie doch mal, das ganze Zeug umzudrehen und ein paar Minuten mit dem Absatz Ihres Schuhs durchzurühren.«

Sandra sah zu ihm auf. Ihre Kleidung war blutdurchtränkt, im Gesicht hatte sie Blut, in den Haaren, überall. In der Hand hielt sie einen achtzehn Zentimeter langen warmen grauen Schlauch und einen Knochen.

»Sie sind mir wirklich keine große Hilfe, das können Sie mir glauben«, beklagte sie sich.

Pan zuckte die Achseln und antwortete mürrisch: »Allmählich glaube ich Ihnen das sogar. Am besten kümmere ich mich mal darum, ob ich irgendwo heißes Wasser und ein paar saubere Handtücher auftreiben kann.«

Nur mühsam gelang es Sandra, wieder einen klaren Kopf zu bekommen. Auf der einen Seite lag es auf der Hand: Da er damals ständig auseinandergenommen und wieder zusammengesetzt worden war, mußte es auch heute noch eine relativ einfache Möglichkeit geben, dies bewerkstelligen zu können – erst recht für eine ausgebildete Schwester, und sei es Stück für Stück. Auf der anderen Seite ...

»Oberschenkelknochen«, murmelte sie im Flüsterton

vor sich hin. »Den Oberschenkelknochen an das Hüftbein, das Hüftbein an den …«

Suchen Sie meinen Kopf.

Sie blickte auf. Die Stimme hatte genau wie die von Osiris geklungen, nur daß weder ein Laut noch eine Stimme zu hören gewesen war. Sie riß sich zusammen und zupfte ein paar Fetzen aus dem, was sie für die linke Niere hielt.

Suchen Sie meinen Kopf, dann kann ich Ihnen sagen, was zu tun ist. Bitte!

»Osiris?« fragte sie leise. »Osiris, sind Sie das?«

Nein, hier spricht Maurice Chevalier. Natürlich bin ich das. Es ist meine Seele, die mit Ihnen spricht.

»Wo sind Sie? Ich meine, wo ist Ihre Seele?«

Sie knien drauf.

Sandra sprang wie von der Tarantel gestochen auf. »Entschuldigen Sie«, murmelte sie verlegen. »Mann, so sehen also Seelen aus …?«

Suchen Sie meinen Kopf, dann sage ich Ihnen, was zu tun ist. Aber beeilen Sie sich! Das hier ist wirklich nicht die bequemste Art, ein Gespräch zu führen, das können Sie mir glauben.

Ein Kopf, an dem sich kein Körper befindet, hat unter allen erdenklichen Umständen etwas entsetzlich Komisches an sich. Wie rasend der Schmerz, wie erschütternd der Schock auch sein mag, im dunkelsten Winkel des Gehirns lauert immer die Versuchung, ihm den Finger in den Hals zu stecken und ihn *Barbiepuppe* sagen zu lassen, ohne daß er dabei die Lippen bewegen darf.

Wenn Sie dann endlich soweit wären, Sandra?

Und als der erste Tag dämmerte, blickte der böse Fürst Spiel von seinem Thron auf und sah die Sonne. Und er wandte sich seinen beiden Brüdern zu und fragte sie, was das sein könne.

Und seine Brüder blickten sich einander verwundert

an (sie trugen eigentlich ganz schöne Namen, wurden aber aus einem unerfindlichen Grund letztendlich immer nur Satz und Sieg genannt) und gestanden ihm, daß sie keine Ahnung hätten. Irgendwo, argwöhnten sie, müsse etwas schiefgegangen sein …

Und Osiris, von der Liebe und der Treue seiner Frau wieder zusammengefügt, hatte sich von den Toten erhoben und Spiel und seine heimtückischen Brüder in den Schlund geworfen. Seit der Zeit hatte es immer nur Tag und Sommer und keinen Tod mehr gegeben, außer für diejenigen, die nicht wirklich begriffen, was da gespielt wurde …

So heißt es jedenfalls. An die Existenz eines Videorecorders zu glauben, ist eine Sache; ihn komplett aus einem Karton voller Knöpfe und alter Kabelstücke zusammenbauen zu müssen, eine ganz andere.

Abgesehen davon, daß bei Göttern kein Ding unmöglich ist.

»Ja, aber wohin gehört denn dieses Stück hier?«

Osiris' Kopf errötete; eine echte Meisterleistung, wenn man bedenkt, daß sich die Blutversorgung gut fünf Meter entfernt befand. »Sie sind wohl abends lieber allein zu Hause, was?« fragte er.

»Ja, das bin ich tatsächlich«, bestätigte Sandra stirnrunzelnd. »Warum fragen Sie?«

Der Kopf seufzte. »Darüber zerbräche ich mir nicht den Kopf«, antwortete er. »Das Stück habe ich im Grunde schon so lange nicht mehr benutzt, daß ich mir selbst nicht mehr ganz sicher bin, wozu es gut ist. Fragen Sie Pan, der wird es wohl wissen.«

Unterdessen hatte sich Kurt Lundqvist relativ unbemerkt von seinen Begleitern entfernt; und zwar unter dem Vorwand, die beiden Ärzte zu suchen und ihnen die Eingeweide herauszureißen, in Wirklichkeit jedoch, um sich in ein Gebüsch – falls er eins finden sollte – zurückzuziehen und zu schmollen. Je länger er darüber nachdachte, desto klarer wurde ihm, daß er die ganze Zeit bestenfalls die Rolle eines akkreditierten Beobachters gespielt hatte und schon dankbar und zufrieden sein konnte, wenn er hin und wieder von jemandem gebeten wurde, ihm einen Schraubenschlüssel zu reichen oder einen Rollstuhl mit anzuheben. Klar, jedesmal wenn er die Bühne allein betreten hatte, war es ihm nicht gerade vergönnt gewesen, die heldenhafteste Figur abzugeben, doch das war nicht allein seine Schuld, dessen war er sich ganz sicher. Vielleicht sollte er den anderen lieber eine Nachricht hinterlassen und sich einfach still und heimlich verdrücken.

»Hey, Sie da!«

Er schnellte herum.

»Wie war doch gleich Ihr Name?«

Wie Lundqvist erkannte, wurde er von einem körperlosen Kopf angesprochen; und obwohl das eigentlich kein neues Erlebnis für ihn war (man vergleiche zum Beispiel sein blutiges Zusammentreffen mit dem Meerungeheuer Grendel, das 792 nach Christus stattgefunden hatte; oder als er – und nicht etwa Perseus – zu Beginn seiner Karriere Medusa den Kopf abgeschlagen hatte), war der Vorfall dennoch selten genug, daß er mit offenem Mund dastand und einen Laut wie »Urks!« von sich gab.

»Ich habe einen Auftrag für Sie«, sagte der Kopf. In seinem bereits verwirrten Zustand brauchte Lundqvist mehrere Sekunden, bis er bemerkte, daß der Kopf von einer Kolonne Ameisen getragen wurde, von der offenbar keine genau zu wissen schien, wie sie zu dieser ehrenhaften Tätigkeit gekommen war.

»Entschuldigung«, gelang es ihm schließlich zu sagen, »aber sollten Sie nicht eigentlich dort drüben bei den anderen sein?«

Nach einem tiefen Seufzer antwortete der Kopf: »Die beraten sich gerade und versuchen herauszufinden, in welcher Reihenfolge die Zehen eingedreht werden müssen. Es ist wirklich unglaublich, wie dämlich die sich anstellen! Pans Bastelstunde, Teil eins, unter der Leitung von Schwester Sandra. Wenn die so weitermachen, wird es noch Jahrhunderte dauern, ehe die am Hals angelangt sind und mich brauchen. Deshalb dachte ich, ich nutze diese Gelegenheit, um Ihnen Ihre Anweisungen zu geben.«

Lundqvist holte tief Luft. »Danke, aber ich hab mir noch mal alles genau durch den Kopf gehen lassen und bin zu der Überzeugung gekommen, hier nicht viel ausrichten zu können. Außerdem wartet auf mich zu Hause noch eine Menge Arbeit, die ich dringend erledigen muß. Deshalb halte ich es für ratsam, wenn wir das Ganze einfach vergessen, einverstanden? Ich werde Ihnen natürlich keine Rechnung schicken, weil ich …«

Und so weiter. Das war zumindest das, was er sagen wollte, doch in Wirklichkeit kam er nur bis »Dan …« Jedenfalls theoretisch, denn die Götter wissen alles, und kein Geheimnis ist ihnen verborgen.

»Eine einfache kleine Aufgabe«, fuhr der Kopf fort. »Das heißt natürlich, nur für jemanden mit Ihren Fähigkeiten und Erfahrungen. Ein wenig kämpfen, sich ein bißchen durch Fenster abseilen, Granaten werfen, lautlos Wachposten ausschalten … na, das ganze Programm eben. Genau Ihr Fall, würde ich meinen.«

Lundqvist nickte eifrig. »Hört sich gut an; von jedem etwas«, freute er sich. »Kein Problem, ich freue mich, Ihnen behilflich sein zu dürfen. An was genau haben Sie denn …?«

»Also.« Der Kopf grinste. »Worauf das Ganze hinausläuft: Ich möchte, daß Sie das Altenheim *Sonnenblick* befreien.«

»Wie bitte …?«

Der Kopf beachtete ihn gar nicht, und ein selten benutzter Teil seines Unterbewußtseins dachte nur beiläufig über die Demütigung nach, die einem zwei Meter großer Mann widerfahren muß, wenn er von einem abgetrennten Körperorgan angesprochen wird, das sich in der Schulterhöhe einer Ameise über dem Erdboden befindet.

»Begeben Sie sich ins Altenheim«, fuhr der Kopf fort, »und schalten Sie sämtliche Wärter aus. Bringen Sie die Heimbewohner dazu, sich zu organisieren, und führen Sie sie zu Ruhm oder in den Tod. Na ja, auf jeden Fall zu Ruhm. Glauben Sie, Sie kriegen das hin?«

»Ich denke, schon.«

»Sind Sie sich sicher, daß Sie keine Unterstützung brauchen? Hubschrauber, gepanzerte Mannschaftswagen, hundsköpfige Dämonen aus dem Totenreich oder so was in der Richtung?«

»Nein, das geht schon in Ordnung«, antwortete Lundqvist, der bereits im Kopf die verschiedenen Checklisten durchging. »Wann soll ich anfangen?«

»Jetzt.«

»Keine Zeit zu verlieren, was?«

Der Kopf nickte und zerquetschte dabei etwa vierzig emsige Mitglieder seiner Ameiseneskorte. Doch so etwas ist durchaus üblich, wenn man als winziges Individuum in den Gezeitenstrom des Schicksals eingebunden wird; kaum steht man kurz davor, die Mächte der Finsternis zu besiegen und den alten König oder wen auch immer zurückzubringen, kommt irgend so ein Armleuchter daher und tritt auf einen drauf. So war es immer schon, und so wird es auch bleiben.

»An Ihrer Stelle würde ich mich sofort auf den Weg machen«, riet ihm der Kopf. »Sagen Sie denen, ich hätte Sie geschickt, okay?«

»Und weshalb? Erleichtert das die Sache?«

Der Kopf überlegte. »Das nehme ich doch an. Sind Sie immer noch da?«

Lundqvist nickte; doch dann schoß ihm ein Gedanke durch den Kopf, und er geriet kurz ins Zögern. »Momentchen noch. In welcher Richtung von hier liegt das *Sonnenblick* überhaupt?«

Der Kopf grinste und rollte die Augen direkt nach oben. »Wenn Sie auf dem Rücken liegen, einfach immer der Nase nach. Alles klar?«

Misha Potemkin, stellvertretender Vertriebsdirektor der Traktorgenossenschaft Nowosibirsk, wachte auf und fand sich auf dem WC eines Waggons der zweiten Klasse der Transsibirischen Eisenbahn wieder. Das mag auf den ersten Blick überraschend klingen, war aber ziemlich genau das, was er erwartet hatte.

Unbeholfen stand er auf und zog sich die Hose hoch. Die Kombination aus zuviel Wodka auf leeren Magen auf der Traktorenindustriemesse in Jaroslawsk und zuwenig Schlaf während der letzten vier Tage hatte sich offensichtlich an ihm gerächt. *Falls ich den richtigen Bahnhof verpennt habe, wäre das mal wieder typisch für mich,* knurrte er wütend in sich hinein und massierte sich mit den Handflächen die schmerzenden Schläfen. Sollten sich seine Befürchtungen bewahrheiten, dürfte es ihn noch einmal wenigstens zwölf Stunden kosten, um endlich nach zu Hause kommen.

Vorsichtig schob er die Tür auf, torkelte auf den Gang und blickte aus dem Fenster. Dabei nahm er drei Dinge wahr, die ihm Anlaß zu ernsthafter Besorgnis gaben.

Er sah keinen Zug.

Er sah kein Gleis.

Er sah keinen Boden.

Mit einem gurgelnden Laut stolperte er rückwärts ins WC zurück, schlug die Tür zu und verriegelte sie hinter sich. Seine Sinne sagten ihm, daß sich hinter dem Fenster rein gar nichts befunden hatte. Nicht einmal ein entfernter Anblick des Erdbodens – wie man ihn hätte erwarten können, wenn der Zug in einer Haarnadelkurve im Gebirge entgleist wäre und die Hälfte der Waggons über einer Schlucht gehangen hätte – oder der Wolken oder des Himmels.

Ein Mann, der siebenundzwanzig Jahre in verstaatlichten Betrieben der Traktorindustrie zugebracht hatte, wußte es besser. Offensichtlich litt er an Halluzinationen, das Ergebnis von billigem georgischen Wodka (der wahrscheinlich aus gefriergetrockneten Holzspänen hergestellt worden war), und bis zum nächsten Halt des Zuges fühlte er sich hier besser aufgehoben. Schon beim letzten Mal, als er im Delirium tremens gelegen hatte – direkt nach den Preisverleihungsfeierlichkeiten zur Wahl der sibirischen Miß Mäherin und Garbenbinderin im vorletzten Mai –, waren ihm etliche Halluzinationen gekommen, und er hatte sich Horrorgestalten eingebildet, die allesamt viel zu groß gewesen waren, um in solch einem beengten kleinen Raum wie diesem hier Platz zu finden, geschweige denn, überhaupt die Köpfe hereinzustecken, ohne sich die Nasen am Waschbecken zu stoßen.

Eine halbe Stunde später fühlte er sich zwar immer noch wie der Inhalt eines Zementmischers mit Turboantrieb, dafür hatte er aber auch nicht mit einem einzigen Wolfshund mit Säbelzähnen kämpfen müssen, wie sie damals nach der Mißwahl mit Blumensträußen in den Pfoten rudelweise auf ihn eingedrungen waren. Als er das Gefühl hatte, daß sich die Lage draußen allmählich gebessert haben mußte, verließ er die Toilette. Um sicherzugehen, begab er sich dieses Mal auf die andere Seite des Gangs und warf einen Blick hinaus.

Immer noch kein Zug.

Immer noch kein Gleis.

Aber zumindest war jetzt der Boden wieder da; genaugenommen handelte es sich dabei um die gleichförmige sibirische Landschaft (Schnee, Schnee und nochmals Schnee unter einem eisengrauen Himmel, was wie ein mit einem qualitativ minderwertigen ASA-400-Film aufgenommenes Foto aussah). Diese erfreuliche Entwicklung hielt er für einen erheblichen Fortschritt. Er schloß das Fenster, ging zur anderen Tür hinüber und blickte hinaus.

Kein Zug.

Kein Gleis.

Kein Boden!

Friedenskonferenzen auf höchster Ebene in Eisenbahnwaggons abzuhalten, die die Grenzen der sich bekriegenden Nationen überspannen, ist eine harmlose, ja geradezu pittoreske Tradition, der durch den völligen Mangel an Originalität ein gewisses Maß an natürlicher Ehrbarkeit anhaftet – was äußerst nützlich ist, wenn man den verzweifelten Versuch unternimmt, zwischen zwei unversöhnlich verfeindeten Parteien eine vertragliche Übereinkunft zu erreichen.

Natürlich war es Pans Idee gewesen, und sie war auch sehr gut. Da sich Osiris geweigert hatte, zur Erde zurückzukehren, und Julian es kategorisch abgelehnt hatte, die ausgedehnte Paralleldimension aufzusuchen, die sich im rechten Winkel zur Realität befindet und in der Osiris sein Basislager errichtet hatte, stellte dieses Vorgehen sowieso die einzig praktikable Lösung dar. Natürlich hatte diese Zusammenkunft einiger Vorbereitungen bedurft. Allein die Ausnahmebewilligung von der ›Kontrollkommission zur Einhaltung physikalischer Gesetze‹ zu bekommen, war schon schwierig genug gewesen. Doch nun war der Waggon richtig positioniert, zur Hälfte innerhalb und zur Hälfte außerhalb des Universums von Raum und Zeit, und an Bord befanden sich die beiden Delegationen: am einen Ende des Wagens die handverlesene Elite des juristischen Berufsstands und des Rechnungswesens, allesamt mit Aktenkoffern, Laptops und mobilen Faxgeräten ausgestattet, und am anderen Pan, Carl, Sandra und eine alte Reiseschreibmaschine von Olivetti. Ob nun aus Glück oder aus Urteilsvermögen, die göttliche Delegation hatte jedenfalls schon einen der wirkungsvollsten Siege der Verhandlung zu verzeichnen gehabt, bevor überhaupt ein einziges Wort gefallen war; sie hatte das Ende des Waggons mit den Toiletten in Beschlag genommen.

»Also schön«, sagte einer aus Julians Team, ein intellektuell wirkender, vor allem aber auf Besitzrecht spezialisierter Anwalt des New Yorker Jet-sets, der immerhin von drei ergebenen Lakaien und sieben erstklassigen Jasagern begleitet wurde. »Wir sind bereit, im Fall der Kresse nachzugeben, *wenn* – und das ist ein sehr großes Wenn – Sie eine Möglichkeit sehen, uns beim Roastbeef entgegenzukommen. Na, wie ist es damit?«

Fünf Stunden Verhandlungen, und noch immer wurde diskutiert, womit die Sandwiches belegt werden sollten.

Dazu hatte es nur kommen können, weil Kurt Lundqvist das *Sonnenblick* gestürmt hatte. Halt, alles zurück; vielleicht weniger ›gestürmt‹, denn vielmehr hatte er sich Zutritt verschafft, indem er einfach an der Vordertür geklingelt und gebeten hatte, hineingelassen zu werden; und zwar unter dem Vorwand, er sei gekommen, um das Schwimmerventil des Öltanks zu reparieren. Nachdem er sich erst einmal im Gebäude befunden hatte, hielt er jedoch aufrührerische Reden, verteilte subversive Flugblätter und tat alles, was man von einem an vorderster Front kämpfenden und professionell arbeitenden Agent provocateur erwarten konnte, und diagnostizierte sogar ganz nebenher bei Minerva eine Mandelentzündung. Anfangs hatte sein Auftreten auf die Heimbewohner die Wirkung eines schwarzbunten Kalbs in einer Glaskeramikfabrik gehabt, doch schließlich ... Nun, schließlich wurde Mrs. Henderson im Wäscheschrank belagert, fünfzigtausend Dosen Tapiokapudding waren in den Swimmingpool geworfen worden, und die Götter hatten eine eiligst entworfene Erklärung unterzeichnet, die sich in hochtrabenden Worten mit solch entscheidenden Dingen wie dem

Leben als solchem, der Freiheit an sich und dem Streben nach Schwarzwälder Kirschtorte beschäftigte.

Die Erstürmung der Bastille ist eine Sache; die eigene Stellung so weit zu festigen, daß man damit beginnen kann, eigene Briefmarken herauszugeben, jedoch eine ganz andere. Die Patenkinder hatten sofort zurückgeschlagen, indem sie sämtliche Vermögenswerte konfiszierten, die von den Göttern in die Welt unter dem Himmel investiert worden waren; und da diese Vermögenswerte etwa fünfundneunzig Prozent der Welt unter dem Himmel ausmachten, stellte diese Aktion einen der wenigen bekannten Fälle wirklich wirksamer Wirtschaftssanktionen dar. Als nächster Schritt konnte nur noch der Krieg folgen; und wie allgemein bekannt ist, kann man keinen ordentlichen Krieg ohne eine vorher gescheiterte Friedenskonferenz führen. Das ist dasselbe, als äße man in einem richtig teuren Restaurant und ließe die Vorspeise aus.

Pan blickte sich um und beriet sich kurz mit seinen Kollegen. »In Ordnung«, sagte er, »ich glaube, in diesem Punkt gehen unsere Meinungen nicht einmal so weit auseinander, wie Sie denken.« Er holte tief Luft. »Wir werden dem Roastbeef zustimmen, wenn Sie sich mit einem multilateralen Durchführungsabkommen bezüglich des Mineralwassers einverstanden erklären.«

»Überwacht von UN-Beobachtern?«

»Falls nötig, ja.«

Der Anwalt runzelte die Stirn. »Darauf müssen wir bestehen.«

»Sicher.« Pan nickte ernst. »Mittlerweile dürfte klar sein, daß wir vor Ihnen nichts zu verbergen haben. Können wir jetzt bitte fortfahren?«

Es gab ein allgemeines Papierrascheln. »Wir kommen jetzt zu Punkt zwei auf der Tagesordnung«, sagte der Anwalt. »In diesem Zusammenhang möchte ich die Gelegenheit ergreifen, um darauf hinzuweisen, daß Ihre Seite die bereits im Vorfeld dieser Konferenz erzielte

Übereinkunft in diesem Punkt in krasser Weise verletzt hat.« Er schüttelte den Kopf wie ein nasser Hund, der versucht, die Sünden dieser Welt abzuschütteln. »Ich meine, was soll das Ganze? Mal im Ernst, Leute, das ist doch kein Stil. Wir sind uns ausdrücklich darin einig gewesen, daß die fünf Kleiderhaken, die den Türen am nächsten sind, uns gehören.«

Pan zögerte. Sicher, die erste Regel bei Verhandlungen lautet: Mach den Scheißkerlen der Gegenseite bei jedem Punkt das Leben so schwer wie möglich. Auf der anderen Seite juckte ihm das Knie, und der eingeschlafene linke Fuß kribbelte allmählich. »In Ordnung«, willigte er deshalb zur Überraschung aller Anwesenden ein. »Kein Problem. Sie können die Haken haben.«

Am anderen Tischende herrschte eine Weile verblüfftes Schweigen. »Wirklich?«

»Klar, nur zu.«

Fieberhaftes Beraten auf der anderen Seite. »Aber Ihre Jacken hängen schon«, gab der Anwalt zu bedenken.

»Dann nehmen Sie die doch einfach ab.«

»Sprechen wir hier über ein stufenweises Abnehmen unter der Aufsicht einer UN-Schutztruppe oder …?«

»Schmeißen Sie die Dinger auf den Boden«, unterbrach ihn Pan lächelnd. »Das sind nur ein paar alte Anoraks und ein Parka.«

Wie ein Mitglied der Delegation der Patenkinder später einräumte, war es zutiefst entnervend, wie Pan die nächsten siebenunddreißig Minuten einfach dasaß und jeder einzelnen Bagatelle auswich, die man ihm an den Kopf zu werfen verstand. *Man mußte den Eindruck gewinnen,* führte der Mann aus, *daß dieser Bursche entweder ein absoluter Profi oder ein völliger Anfänger war.* Wenn man auf solch hoher Ebene verhandelt, ist es schwierig zu sagen, was gefährlicher ist.

»Wir kommen nun zu Punkt sechsundsiebzig«, sagte

der Anwalt schwitzend. »Wer wird in Zukunft das Universum beherrschen? Also, ich glaube, diesen Punkt können wir einfach überspringen ...«

»Nein, das können wir nicht!« widersprach Pan. Der Anwalt blickte dem Gott direkt in die Augen, wandte sich aber rasch wieder ab. Pan hatte nicht nur ein Pokerface; es war auch dieser Gesichtsausdruck, der einen immer wieder überzeugte, daß er bereits wenigstens vier Asse in der Hand hielt, bevor die eingeschweißten Karten überhaupt ausgepackt wurden.

»Also gut«, sagte der Anwalt, wobei er ein Gähnen unterdrückte. »Wir finden, daß wir das Universum übernehmen sollten. Haben Sie damit etwa Probleme?«

»In gewisser Weise schon.«

»Bestimmt keine, mit denen wir nicht fertig werden könnten, dessen bin ich mir sicher. Was ist denn der Hauptgrund?«

»Ganz einfach. Der Grund ist, daß ihr nutzlos seid«, antwortete Pan grinsend. »Völlig und absolut unfähig. Erhielte der allerbeste von euch den Auftrag, die jährliche Weihnachtsfeier für die Belegschaft der Budweiser-Brauerei zu organisieren, müßte früher oder später jemand Getränkenachschub aus dem Kiosk an der Ecke besorgen. Damit ist der Fall für mich erledigt.«

»So was nennen Sie schon einen Fall?« spottete der Anwalt. »Mann, vergessen Sie nicht, daß Hochmut vor dem Fall kommt. Haben Sie auch nur einen einzigen offensichtlichen Beweis?«

Pan lachte wenigstens siebzig Sekunden lang mit rauher Stimme vor sich hin (das ist eine sehr lange Zeit), bevor er sich mit dem Ärmel die Tränen aus den Augen wischte. »Wenn Sie offensichtliche Beweise wollen, dann sehen Sie sich doch nur um!« antwortete er schließlich. »Im Universum gibt es nichts, das nicht offensichtlich wäre.«

»Außer Bohrasseln.«

Schlagartig verstummte Pan und starrte den pummeligen kleinen Anwalt an, der gerade gesprochen hatte. »Wie bitte?« hakte er nach.

»Bohrasseln«, wiederholte der kleine Anwalt. »Falls wir wirklich irgendwas verbockt haben sollten, womit ich nichts zugeben möchte, dann ganz sicher nicht die Bohrasseln. Unter dieser Verwaltung gedeihen sie prächtig. Eine unglaubliche Produktivitätssteigerung und alles, was das Herz begehrt. Fragen Sie einfach mal eine Assel, wenn Sie mir nicht glauben.«

»Und Stalagmiten«, fügte ein leitender Buchhalter hinzu. »Unter dieser Verwaltung sind die Stalagmiten durchschnittlich um sechzehn Komma vier sieben zwei Prozent angewachsen. So etwas nenne ich ein wirklich überzeugendes Argument unserer Leistungsfähigkeit, Sie etwa nicht?«

»Jetzt hören Sie …« Doch weiter kam Pan nicht.

»Und Wäschespinnen«, unterbrach ihn ein glatzköpfiger, beinahe kreisrunder Anwalt, der bisher geschlafen hatte. »Was haben Sie und Ihresgleichen jemals zur Erleichterung des Wäschetrocknens unter freiem Himmel beigetragen, hä?«

»Jetzt hören Sie mir …«

»Oder die Zeit«, warf ein weiterer leitender Buchhalter ein, wobei er mit einem bratwurstähnlichen Zeigefinger auf Pan deutete. »Gut fünf Jahrhunderte sind vorzeitig abgeschlossen worden. Das sind Ergebnisse, die Sie einfach nicht von der Hand weisen können.«

»Jetzt Hören Sie mir mal …«

»Und Berge«, zwitscherte ein dünner, zerbrechlich aussehender Schriftführer in der hinteren Reihe. »Diese Verwaltung kann wahrheitsgemäß von sich behaupten, daß sie seit ihrer Amtsübernahme keinen größeren Gipfel eingebüßt hat. Im Grunde würde ich mir sogar zu sagen erlauben, daß es heutzutage mehr Qualitätsberge gibt als zu irgendeinem anderen Zeitpunkt während der letzten …«

»JETZT HÖREN SIE MIR MAL ZU!«

Danke (sagte Pan).

Seid stille und erkennet, daß wir eure Götter sind! Am Anfang schufen wir Himmel und Erde, und wir waren wüst und leer.

Versteht mich nicht falsch. Das war echt geil. Als könnte man am Sonntagmorgen ums Haus latschen, ohne sich rasieren oder sich die Zähne einsetzen zu müssen. So und nicht anders sollte ein Gott sein, doch dann seid ihr dahergekommen.

Ich kann mich noch gut daran erinnern, wie ich Osiris mal gesagt habe: Hör mal, Alter, schaff den Menschen einfach nach deinem Bilde, langfristig ersparst du dir dadurch eine Menge Ärger. Aber er sagte: Nein, das reicht nicht. Ich will, daß sie alle Vorzüge haben, die wir nie hatten. Ich will, daß sie Seelen haben und Recht von Unrecht unterscheiden können. Ich will, daß sie das Gute und das Böse kennen, welchen Zweck sollte ihr kurzes jämmerliches Dasein sonst haben? Ich will, daß sie besser sind als wir.

Also gaben wir euch Moral. Wir gaben euch Sensibilität. Wir gaben euch Ethik – und das war nicht einfach, das könnt ihr mir glauben. Bittet man einen durchschnittlichen Gott, den Unterschied zwischen Recht und Unrecht zu erklären, wird er nur ratlos dreinschauen und fragen, ob Unrecht ein Slangausdruck für ›links‹ ist. Aber wir wollten, daß ihr von allem das Beste bekommt, und irgendwie ist uns das sogar gelungen.

Und das bedeutete (sagte Pan), daß wir uns um euch kümmern mußten, anstatt es uns im Nichts gut ergehen zu lassen. Wir formten euer Schicksal, richteten eure Toten, erledigten eure Meineidigen, ließen euer Getreide wachsen und so weiter und so fort. Es war nicht das, was wir tun wollten, aber wir taten es trotzdem.

Und welchen Dank erhielten wir dafür? Gebete? Opfer? Tempel mit gemütlichen Sesseln, wo ein Gott die Beine hochlegen kann, um die Zeitung zu lesen oder mal für ein paar Jahrzehnte ein Nickerchen zu machen? Nichts davon. Andauernd mußten wir uns mit euren Leiden, euren Klagen, eurem ewigen Warum-geht-es-uns-so-dreckig?-Gehabe und eurer entsetzlichen Selbstherrlichkeit abfinden. Ich habt uns dazu gezwungen, daß wir alles, was wir taten, in Zweifel ziehen mußten. Jedesmal wenn wir es regnen ließen, mußten wir uns fragen: Braucht das Getreide dieses Jahr überhaupt Regen? Gibt es da unten Dürren oder Überschwemmungen? Wir konnten nicht einmal mehr niesen, ohne das Risiko einzugehen, eine eurer heruntergekommenen Städte dem Erdboden gleichzumachen. Ja, ich glaube, wir haben unser Bestes gegeben und unsere Sache wirklich prima erledigt; doch sobald wir auch nur einen kleinen Fehler gemacht haben, habt ihr uns nur noch zusammengestaucht und seid uns mit eurer ätzenden selbstgefälligen Art und eurem Pessimismus auf die Nerven gegangen, und erst recht mit eurem Warum-nur-warum?-Gejammer und eurer Unsitte, ausgerechnet uns von oben herab zu behandeln, weil ihr ja so herzensgütig seid. Und wißt ihr was? Wir haben euch dafür respektiert, ja sogar bewundert. Ihr habt uns dazu gebracht, uns wirklich erbärmlich vorzukommen.

Und (sagte Pan) am Ende dachten wir: Weshalb sich eigentlich den Kopf zerbrechen? Die Menschen sind einfach besser als wir. Sie wissen, was Gerechtigkeit, Moral und alle diese Dinge bedeuten, und wir haben außer Butterfahrten und Geschlechtskrankheiten nichts zustande gebracht. Also übergeben wir denen den ganzen Laden und machen endlich Schluß. Und genau das haben wir getan. Verdammt noch mal! Wir haben an euch *geglaubt!*

Und jetzt schaut euch an, was ihr daraus gemacht habt. Das Haus meines Vaters habt ihr zu einem Bürogebäude umgebaut. Ihr habt die Verantwortung für die Welt an Rechtsanwälte, Buchhalter und Politiker übertragen – Menschen, deren einzige Funktion im Leben darin besteht, die Wahrheit als Lüge und die Lüge als Wahrheit hinzustellen. Nie mehr kostenlose Gewalt, habt ihr gefordert, nie mehr unerklärliche Katastrophen, nie mehr sinnloses Leid, nie mehr Krieg, nie mehr Hunger, nie mehr Haß, nie mehr Unterdrückung.

Nun gut.

Deshalb (sagte Pan, und seine Stimme erschütterte den Waggon und die umliegenden Hügel) verlangen wir einen sofortigen Stopp dieser Unsitten. Wir haben nie behauptet, besser als ihr zu sein, aber wenn wir eine Stadt zerstören oder eine Ernte vernichten, denken wir uns wenigstens nichts dabei. Noch nie hat ein Gott nur aus Prinzip getötet oder für zehn Prozent Anteil an der Bruttosumme das Leben von Millionen Menschen ruiniert. Wir mögen etwas unbeholfen sein, aber das Böse habt ihr euch selbst ausgedacht, genauso wie Martyrium, Gerichtsprozesse und Geldinstitute.

Und das ist alles, was ich zu dieser Angelegenheit zu sagen habe.

»Danke«, sagte der Rechtsanwalt. »Also heißt das Krieg. Es sei denn«, fügte er mehr beiläufig hinzu, »Sie ziehen es vor, daß wir den Konflikt auf zivilisierte Weise lösen und vor Gericht klären. Das soll nur ein Vorschlag zur Güte sein.«

Pan dachte einen Moment lang nach und grinste schließlich. »Vor Gericht? Sie meinen, so ein richtiges Gerichtsverfahren? Nach dem Motto ›Möge der Bessere von uns beiden gewinnen‹?«

»Sicher.« Zwar gelang es dem Anwalt, sich äußerlich nichts anmerken zu lassen, weil man so etwas in seinem Beruf über die Jahre lernt, doch seine schwarze Seele rieb sich bereits die Hände und jubelte: *Jetzt haben wir dich, du dämlicher alter Sack!*

»In Ordnung«, sagte Pan. »In dem Fall schlagen wir allerdings vor, den Rechtsstreit nach altbewährter Methode auf Zweikampfebene auszufechten. Wir halten dieses Verfahren für schneller, gerechter, billiger und weniger grausam für alle Beteiligten. Einverstanden?«

Der Anwalt zögerte. »Na gut«, willigte er schließlich ein und fügte einschränkend hinzu: »Allerdings muß der Zweikampf nach sterblichen Regeln durchgeführt werden, und selbstverständlich müssen beide Teilnehmer Sterbliche sein. Sie müssen zugeben, daß es zwecklos für uns wäre, gegen jemanden aus Ihrer Sippe anzutreten, da es sich um einen Kampf auf Leben und Tod handeln wird.«

»Dagegen ist nichts einzuwenden.«

»Und wir dürfen unseren Vertreter als erste benennen, okay?«

Pan zuckte die Achseln. »Von mir aus.«

»In dem Fall«, sagte der Anwalt grinsend, »nominieren wir Kurt Lundqvist.«

XVII

Sind Sie sich wirklich sicher?« fragte Pan zum dreiundvierzigsten Mal. »Ich meine, Sie müssen nicht, wenn Sie nicht wollen.«

»Keine Sorge, er weiß schon, was er tut«, versicherte ihm Sandra.

Die Hitze der Scheinwerfer hätte gereicht, Eier in Schweiß zu braten, und die Konsistenz der Luft erinnerte an abgestandenes Schweineschmalz. Jeder, der jemand war, und jeder, der mal jemand gewesen war, sowie fünfundsiebzig Prozent von jedem, der zu einem unbestimmten Zeitpunkt in der Zukunft mal jemand sein würde, schlurfte ungeduldig mit den Füßen, unterhielt sich aufgeregt mit seinem Sitznachbarn und knabberte Popcorn. In seiner Privatloge im Epizentrum des ersten Rangs spähte Mr. Lin Kortright, übernatürlicher Manager einer Künstleragentur, durch den Feldstecher. Seine ganze Konzentration galt jenem neuen, noch ungeschliffenen theologischen Talent, dessen Stern erst im siebenundzwanzigsten Jahrhundert aufgehen sollte. In der Westkurve der Arena befand sich, ganz allgemein ausgedrückt, das sterbliche Kontingent; also die Patenkinder, deren Helfer und Helfershelfer und Assistenten, allesamt sittsam in Grau gekleidet und mit einer Körperhaltung wie Falken, um bei einem etwaigen Regelverstoß über den Gegner herzufallen. In der Ostkurve hatten es sich die Götter wie bei einer pandimensionalen Ausflugsfahrt nach Weymouth bequem gemacht, wickelten mitgebrachte Eßpakete aus, schenkten heiße Getränke aus Thermoskannen ein, drapierten Wolldecken über die Knie, schlugen die Beine über, klagten über Blasen an den Füßen und sangen (zumindest in den ersten drei Reihen) ›We are the Champions‹.

Pan schüttelte den Kopf. »Trotzdem sollen Sie wissen, daß mir dieses ganze Theater überhaupt nicht behagt.«

Carl spähte ihn durch das Visier hindurch mißtrauisch an. »Theater?«

»Richtig.«

»Ach, deshalb mußte ich mir dieses Kostüm anziehen? Ich dachte, wir machen hier einen richtigen Zweikampf. Also, von Schauspielerei versteh ich nix und ...«

»Das geht schon in Ordnung«, unterbrach ihn Sandra mit fester Stimme und blickte von ihrer Tätigkeit des Festbindens eines Schienbeinschoners auf. »Machen Sie ihn nicht so nervös, sonst kriegt er nur unnötiges Lampenfieber.«

»Ich verstehe. Sie meinen also wirklich, es wird alles gutgehen?«

»Ja.«

»Ganz bestimmt?«

Sandra nickte. »Osiris hat es mir persönlich versichert.«

Über Pans Gesicht huschte ein Lächeln von der säuerlichen Konsistenz einer Tasse Kaffee aus der Bürokantine. »Na gut, wenn Osiris das gesagt hat, ist ja alles klar. Sandra, ich will wirklich kein Miesepeter sein, aber ich kenne Osiris schon länger als Sie und ...«

»Na und? Schließlich ist er ein Gott, oder?«

Pan zuckte nervös mit den Augen. In diesem Augenblick wurde ihm klar, daß Sandras Glaube an Osiris stark genug war, um damit den Montblanc wie eine Murmel mit einem Katapult in die Erdumlaufbahn zu schleudern. »Sicher, aber ich bin auch ein Gott«, gab er zu bedenken. »Genauso wie diese ganzen anderen an

Inkontinenz leidenden alten Trottel dahinten. Menschenskinder, Sandra! Sie selbst haben diese senilen Tattergreise jahrelang gepflegt, ins Bett gebracht und jeden Morgen daran erinnert, welcher Wochentag es ist. Ich fürchte, Sie wissen gar nicht, was Sie da …«

Sandra schüttelte den Kopf. »Das sind keine richtigen Götter, sondern nichts anderes als sehr alte Leute«, wehrte sie sich. »Mister Osiris hingegen ist ein *echter* Gott, so was merkt man einfach.«

»Ach so?« Pan blickte Sandra mürrisch an. »Und woran?«

»Weil er die einzige Person ist«, fuhr Sandra mit fester Überzeugung fort (und an dieser Stelle ist es vielleicht erwähnenswert, daß ihre Großmutter die Urururururururururururururururururenkelin von Johanna von Orléans' zweitem Cousin gewesen ist), »von der ich weiß, daß sie eine Tasse Tee auf einem blankpolierten Glastisch abstellen kann, ohne einen weißen Ring zu hinterlassen. So etwas kann nur ein echter Gott.«

»Aha …«

»Nur ein echter Gott verhält sich so rücksichtsvoll … ich meine, so als wäre es sein eigener Tisch.«

Kopfschüttelnd zog Pan davon. Nach seiner festen Überzeugung waren sie im allerletzten Augenblick nach allen Regeln der Kunst überlistet worden, und es war allerhöchste Zeit, aufzugeben und es endlich damit bewenden zu lassen. Es war einen Versuch wert gewesen, sie hatten ihren Spaß gehabt (wenngleich es ihm schwerfiel, sich diesbezüglich ein treffendes Beispiel spontan einfallen zu lassen), doch man mußte knallharter Realist sein. Die andere Seite hatte Kurt Lundqvist verpflichtet – trotz seiner derzeit nur mittelmäßigen Form unstrittig die tödlichste zweibeinige Kampfmaschine in der Geschichte des Zweikampfs –, wohingegen es sich bei dem einzigen Sterblichen, den die Götter dazu hatten bewegen können, in ihrer Ecke zu kämpfen, um Sandras Freund Carl handelte; jenes Ungetüm mit den großen Ohren und einem derart leeren Gesichtsausdruck, daß man Möbel darin hätte abstellen können.

Carl. Seit Osiris' Ausbruch aus dem *Sonnenblick* hatte er an diesem albernen Vorhaben teilgenommen, sinnierte Pan, während er sich verzweifelt nach einem Buchmacher umsah, der dumm genug gewesen wäre, eine Wette in beliebiger Höhe auf Lundqvists Sieg anzunehmen. Sosehr er sich auch bemühte, fiel ihm nichts ein, was Sandras Freund, außer dumm rumzustehen und beim Koffertragen zu helfen, zum Gelingen dieser Mission beigetragen hatte. Sicherlich gab es auch einiges Positives über ihn zu berichten. Er konnte schon allein auf die Toilette gehen, aß alles, was man ihm vorsetzte, und seine Schuhe waren stets blitzsauber. Darüber hinaus war er groß und hatte Schultern wie ein Footballspieler. Sein Hirn jedoch schien ein ganz anderes Thema zu sein; ähnlich wie beim goldhaltigen Quarzgestein unter Bloomingdales oder bei der Touristikbranche auf Ascension Island handelte es sich dabei um eine verständlicherweise nur wenig genutzte Ressource. Blickte man den Tatsachen ins Auge, dann war dieser Bursche nur etwas empfindsamer – wenngleich nichts ganz so helle – als eine Verkehrsampel.

Wir werden garantiert verlieren, murmelte Pan in sich hinein. *Schade drum. Und wo, zum Teufel, ist eigentlich Osiris?*

Fertig?

»Ja, Boß.«

Sie wissen, was Sie zu tun haben?

»Ja, Boß.«

Und vergessen Sie nicht, Carl, als ich gesagt habe, überlassen Sie das Denken mir, meinte ich wirklich das ganze Denken, verstanden?

»Ja, Boß.«

Haben Sie alles parat? Den Baseballschläger? Die Plastiktüte mit dem Sand?

»Ja, Boß.«

Saubere Unterwäsche?

»Ja, Boß.«

Hervorragend.

Lundqvist blickte auf und seufzte schwer.

Draußen in der Arena würde er gewinnen; das wußte er mit jener deprimierenden Gewißheit, mit der nach dem Wochenende unausweichlich ein Montag folgt. An seiner Seite hatte er die 40er Glock stecken, sein Markenzeichen, mit der er auf hundert Meter Entfernung die Asche von einer Zigarette abschießen konnte. Um die rechte Wade war das Sykes-Fairbairn-Kampfmesser geschnallt. In der linken Hand hielt er das Remington-Gewehr mit den zwei Hähnen. Und dies war, wie er sich immer wieder verbittert klarmachen mußte, das absolute Maximum, das er sich bei der Ausgabe der Waffen hatte auswählen können, wenn er sich nicht den Vorwurf machen lassen wollte, mit unlauteren Methoden zu kämpfen.

Die andere Seite hatte nämlich nur einen Baseballschläger und eine mit Sand gefüllte Plastiktüte gewählt; wahrscheinlich fanden die das witzig.

Doch all das hatte wohl seinen Sinn, genauso wie er sich zwar aus Gewissensgründen hätte weigern können, gegen Götter zu kämpfen, doch auf keinen Fall die Möglichkeit hatte, einen Vertrag zu brechen, in dem es darum ging, einen Mitmenschen ins Jenseits zu befördern. Dies war der Preis, den er dafür zu zahlen hatte, der beste Profikiller im Universum zu sein. Wäre er nicht der beste gewesen, hätte er sich vor diesem Job aus Feigheit drücken können; was für jeden anderen Angehörigen dieses Berufsstandes völlig legitim gewesen wäre, doch er, Kurt Lundqvist, galt als der ungekrönte Branchenkönig, und das schon länger, als er denken konnte (dank der Befreiung von der Einhaltung der Chronologiegesetze, die ihm gemeinsam mit der Bundeslizenz zum Töten gewährt worden war). Wäre er als Profi nicht hundertprozentig unparteiisch und hätte er seinen Job nicht aus reiner Geldgier gemacht, dann hätten jetzt da draußen verdammt viele tote Leute gelegen, die allen Grund gehabt hätten, ihn in Bausch und Bogen zu verurteilen; und das erst recht, wenn es bei ihm zu einer einmaligen Befehlsverweigerung gekommen wäre, die sich durch nichts rechtfertigen ließ.

LAYDEES AN' GENNULMENN YOUR ATTENSHUN PLEEEZ ...

Es handelte sich um eine sehr ausgefallene Arena, die erste und letzte ihrer Art. Die Suche nach einem geeigneten Standort, der über eine vorübergehende Anomalie, ein moralisches Vakuum sowie über einen Parkplatz für siebzig Millionen Autos verfügte, hatte sich sehr zeitaufwendig und mühselig gestaltet. Allein für die Schankerlaubis im Bierzelt hatte man sich nicht weniger als vierundsechzig Genehmigungen verschiedener Behörden besorgen müssen, häufig von ein- und derselben Behörde ausgestellt, jedoch in gänzlich verschiedenen Jahrhunderten. Bei den Scheinwerfern handelte es sich ausschließlich um sterbende Sterne. Die Lautsprecheranlage war gleich am Anfang besorgt worden, und am Anfang war Gott, und wie einige später behaupteten, war sie Gott. Ganz gewiß war sie nicht billig gewesen.

FOR THE HEAVYWEIGHT CHAMPIONSHIP OF THE UNIVERSE ...

Und ganz bestimmt werde ich schuld an allem sein, sagte sich Lundqvist. *Diese Arschlöcher haben aus mir einen Anwalt gemacht – einen Rechtsanwalt! Um Götter willen! Ich mag in meinem Leben etliche Gemeinheiten begangen haben, aber ich hätte nie gedacht, daß ich jemals so tief gesunken wäre. Wäre ich bloß nie geboren worden!*

IN DER *BLAUEN* ECKE, ALS VERTRETER DES HIMMELS ...

Nun war es zu spät, den angerichteten Schaden wiedergutzumachen. Irgendwann kommt der Zeitpunkt, da nur noch der Job selbst wichtig ist – oder da man zumindest an nichts anderes mehr denkt, als ihn möglichst gut zu erledigen –, und dann ist es einem völlig egal, ob es sich um einen miesen Job handelt oder nicht, denn irgendwer muß ihn ja erledigen. Am Schluß zählen nur drei Dinge: Loyalität gegenüber dem Auftraggeber, Waffenfertigkeit und Geld – vor allem das Geld. Alles andere wäre nur Eitelkeit, nichts als pure Eitelkeit.

UND IN DER *ROTEN* ECKE, ALS VERTRETER DER KRÄFTE DES FREIEN MARKTES ...

Selbstverständlich ging es um sehr viel Geld.

»Na, was ist? Haben die schon angefangen?« wollte Bragi wissen, der blinde altnordische Gott der Dichtkunst.

Es gibt Leute, die einem weismachen wollen, daß es sich beim Amt des altnordischen Gottes der Dichtkunst allenfalls um einen Ruheposten oder, noch wahrscheinlicher, um einen Jux handeln muß (ähnlich den Ämtern des Oberkommandanten der Schweizer Admiralität oder des australischen Kulturattachés). Doch sehr wenige dieser Skeptiker haben jemals etwas über Bragis Gesicht gesagt, und diejenigen, die töricht genug waren, dies zu tun, kann man leicht an ihrem künstlichen Gebiß und dem schiefen Lächeln erkennen. Es ist erstaunlich, wieviel Schaden ein bleibeschwerter Blindenstock, aus der Nähe betrachtet, anrichten kann.

»Ich weiß es nicht«, antwortete Ahriman, der persische Fürst der Finsternis. »Diese blöde Kuh vor mir hat einen Hut auf, so daß ich nichts sehen kann.«

»Ich habe das gehört«, zischte ihn die blöde Kuh an. »Und das ist nicht mein Hut, sondern mein Kopf.«

»Oh, entschuldige, Medusa, mir war gar nicht klar,

daß du das bist. Hör mal, haben die schon angefangen?«

Die schlangenbehaarte Königin des Schreckens schüttelte den Kopf. »Unser Carlchen ist schon draußen, aber der Typ von den anderen hat sich noch nicht blicken lassen. Mit Glück ist seine Zeit schon abgelaufen, und wir können auf Sieg durch verspätetes Erscheinen plädie … Nein, Mist, da kommt der Mistkerl. Buuuh!«

Medusa machte ein mürrisches Gesicht. Wenn Blicke töten könnten – wenn Blicke immer noch töten könnten, trotz grauen und grünen Stars …

»Was hat er dabei?« wollte Bragi wissen.

»Mhm, mal gucken.« Medusa spähte in die Arena. »Schußwaffen und solche Sachen, glaube ich. Ehrlich gesagt kenne ich mich mit diesen modernen Geräten nicht so gut aus.«

»Wenn der Kerl wirklich Kurt Lundqvist ist, dann hat er bestimmt die Glock und die Remington dabei«, meinte Ahriman sachkundig. »Mit den Dingern hat er fast sämtliche seiner größten Heldentaten vollbracht.«

Bragi hob eine überflüssige Augenbraue an. »Was ist eine Glock?« fragte er.

»Das ist eine Art Gewehr. Na ja, in Wirklichkeit ist das eine zweiläufige, halbautomatische und sehr kompakte Faustfeuerwaffe auf dem neuesten Stand der Technik, mit Polymerrahmen und …«

»Glock?«

»Richtig, Glock.«

»Ach, nun mach mal halblang«, entrüstete sich der Gott der Dichtkunst. »Bist du dir wirklich sicher, daß es kein Colt oder so was ist? Auf Colt gibt es nämlich zig Reime.«

Ahriman schob eine Vipernlocke beiseite und spähte durch ein Fernglas. »Nein, das ist eindeutig eine Glock«, stellte er klar. »Diese revolutionäre Technik wurde weltweit von fast sämtlichen Organisationen übernommen, die sich um die Durchsetzung der Gesetze kümmern und …«

»Bock«, murmelte Bragi, »Block, Rock, Schock, Stock, Pflock. Was machen die übrigens gerade?«

»Die geben sich gerade die Hand, glaube ich. Entweder das, oder sie ringen miteinander.«

»Barock, Dock, Lok, Grog, ad hoc …«

»Jetzt spricht der Schiedsrichter mit ihnen«, fuhr Ahriman fort. »Ich nehme an, er sagt denen gerade, er wünsche sich einen fairen und sauberen Kampf, obwohl ich in meinem ganzen Leben noch keinen sauberen Kampf gesehen habe. Zumindest wurde immer gehörig Staub aufgewirbelt.«

»Gibt es eigentlich ein Wort wie Schmock?«

»Ich hab das Gefühl, daß dies ein sehr kurzer Kampf wird«, stellte Medusa betrübt fest. »Möchte jemand gebrannte Mandeln?«

»Nein danke, ich nicht. Ist dir eigentlich schon mal aufgefallen, daß einige von deinen grünen Mambas gespaltene Spitzen haben?«

»Das sind doch die Zungen, du Trottel.«

»Es gibt fast nichts Vernünftiges, das sich auf Remington reimt«, klagte Bragi. »Außer möglicherweise Leamington, und korrekt müßte es Leamington *Spa* heißen, schließlich sagt man ja auch nicht Oeynhausen, sondern *Bad* Oeynhausen, also müßte die nächste Zeile mit Spa beginnen. Warum kann der Mistkerl nicht einfach einen Speer benutzen?«

»Hey, gleich geht's los«, unterbrach Ahriman. »Die gehen gerade in ihren Ecken. Ich fürchte, ich kann das nicht mit ansehen.«

»Sündenbock, Rehbock, Ziegenbock, ähm … Dingsbumsbock. Ich hab keinen Bock mehr …«

Die Pfeife schrillte.

»Ich mein's wirklich nichts persönlich, Kumpel«, murmelte Lundqvist vor sich hin, legte eine Patrone in die Kammer der Remington ein und schoß. Es folgte der übliche Knall, von dem das ganze Universum erfüllt wurde …

Er blinzelte nervös. Mit einer kurzläufigen Schrotflinte auf fünfzehn Metern sein Ziel zu verfehlen, ist praktisch unmöglich, es sei denn, man steht versehentlich mit dem Rücken zum Gegner. Für einen Moment befand sich Lundqvists Gehirn im freien Fall; und dann empfing er auf dem Kurzwellensender seines Unterbewußtsein eine Stimme – das heißt, weniger eine Stimme als vielmehr ein fettes Lachen.

Osiris, du Arschloch! Du hilfst ihm.

Ganz bestimmt nicht. Die ganze Schrotladung ist zufällig danebengegangen. Das war kein Verstoß gegen die physikalischen Gesetze mit im Spiel, das verspreche ich dir. Schließlich ist deine Schrotflinte ein Präzisionsinstrument.

Du bescheißt!

Nein, ganz bestimmt nicht. Das war nur eins von diesen unvorhersehbaren Ereignissen, ein glücklicher Zufall, als wenn ein ganzer Sack Münzen, der auf den Boden fällt, von allein wieder nach oben kommt. Wir bezeichnen so was als höhere Gewalt, von mir aus kannst du das auch einen Gottesbeweis nennen.

»Wir werden ja sehen«, knurrte Lundqvist. Er klappte den Verschluß auf, legte eine Patrone nach und drückte erneut ab.

Liegt es nun an der Brownschen Molekularbewegung oder mehr am Dingsbums-Prinzip plagender Zweifel? Mit meinen Physikkenntnissen bin ich nicht gerade auf dem neuesten Stand, weil zu meiner Zeit der Himmel vom Rücken der Göttin Nut hochgehalten wurde. Nun sollte man meinen, dann müßte ich wenigstens was von Hexenschuß verstehen, aber …

Bevor Lundqvist wieder zu bewußten Handlungen fähig war, wurde er von Carl angegriffen. Eine Ladung Sand flog ihm ins Gesicht, während die Flinte durch einen wuchtigen Schlag des Baseballschlägers durch die Arena geschleudert wurde und in die Menge trudelte …

»Holzbock, Hurenbock, Prellbock, *wer* hat das geworfen? Na, wartet, wenn ich den erwische! Dann gnade ihm …«

Alles klar, tödliche Gefahr, sagte Lundqvists Verstand. *Jetzt weiß ich wenigstens, woran ich bin.* Bevor Carl mit dem Baseballschläger erneut zuschlagen konnte, ließ Lundqvist die Schulter sacken, wich nach rechts aus, ließ sich auf den Boden fallen und rollte sich geschickt ab. Ehe Carl überhaupt begriff, wo sein Widersacher war, stand Lundqvist schon wieder auf den Beinen, das Messer in der rechten Hand. Erst jetzt schlug Carl mit voller Wucht zu, und hätte er getroffen, wäre Lundqvists Kopf zweifellos auf der Pressetribüne gelandet. Tatsächlich aber pfiff der Baseballschläger durch die leere Luft, und Sekundenbruchteile später lag Carl im Sand und fragte sich in jenen Teilen seines Gehirns, die verlängerte Öffnungszeiten hatten, warum seine Beine plötzlich wie ein taiwanesischer Klappstuhl zusammengeknickt waren und ob die Luft, mit der er sich noch kurz zuvor die Lunge vollgepumpt hatte, umsonst investiert gewesen sein sollte.

Lundqvist streckte den Rücken gerade und zog die Glock. Höchstwahrscheinlich hatte er sich einen Knochen im linken Fuß gebrochen, und im Ohr steckten ihm ein paar Glassplitter von seiner Armbanduhr, doch abgesehen davon, war er wieder ganz auf der Höhe …

Alles klar. Du gewinnst.

Wenn man sich in der Gegenwart von Göttern befindet, neigt die Zeit dazu, den Wert und die Relevanz eines Fünfzig-Lire-Scheins anzunehmen. In dem kurzen Zeitraum zwischen dem Drücken von Lundqvists Zeigefinger auf den Abzug der Glock und dem Auslösen des Schlaghebels, fand der folgende unterschwellige Dialog statt:

Im Ernst?

Scheint so. Komm schon, drück endlich auf diesen dämlichen Abzug, und bring's hinter dich.

Ich will aber gar nicht.

Du willst nicht?

Scheint so.

Mann, o Mann! Das hättest du dir wohl lieber überlegen sollen, bevor du zum größten Berufsmörder geworden bist, den die Welt je gesehen hat, findest du nicht?

Ey, hör mal! Ich bin auf deiner Seite, du Spinner! Oder willst du wirklich, daß ich schieße?

Ich will nur, daß du das tust, was richtig ist. Schließlich habt ihr Menschen mich dazu geschaffen, verdammt noch mal! Wenn es dir noch nicht einmal gelingt, so etwas Einfaches wie einen Ausweg aus einem unlösbaren moralischen Dilemma zu finden, dann …

Der Schlaghebel zitterte, während sich der Abzugsstollen gefährlich aus der Vertiefung hob. In der VIP-Lounge grinste Julian bereits übers ganze Gesicht, doch tief im Innern von Lundqvists Kopf ergriff jemand das Mikrophon und schrie wie am Spieß:

»Drachenkönig des Südostens! Schieb sofort deinen fetten Arsch hierher!«

Schon da.

»Ich hab noch einen dritten Wunsch offen, stimmt's?«

Klar, Sportsfreund. Was soll's denn sein?

»Ich brauche so was wie einen Akt der höheren Gewalt. Kriegst du so was hin?«

Kein Problem. Ich wüßte allerdings nicht, warum du einen brauchst. Es sieht doch gerade ganz gut für dich aus, oder? Aber wenn du unbedingt …

»Nun tu schon endlich was!«

Was denn, Kumpel? Im Gedankenlesen bin ich noch nie besonders gut gewesen.

»Blockier den Abzug. Nimm das ganze Pulver aus der Patrone raus. Ich weiß zwar auch nicht, was, aber tu was, okay?«

Keine Sorge, so schnell schießen die Preußen nicht.

Der Schlaghebel fiel.
Nichts geschah.

»Was ist passiert?«
»Ich kann nichts sehen«, fauchte Ahriman wütend. »Hör mal, Medusa, entweder paßt du mal mehr auf deine kleinen Lieblinge hier auf, oder du gehst zum Friseur, klar?«
»Tut mir leid. Ich hab mir erst gestern die Haare gewaschen, deshalb stehen die so furchtbar ab.«
»Er steht dort nur wie ein begossener Pudel rum«, erstattete Ahriman schließlich dem Gott der Dichtkunst Bericht. »Die Glock hat wohl blockiert, und Lundqvist steht da, als warte er darauf, daß er von Efeu überwuchert wird. Er versucht noch nicht einmal, die Glock gängig zu machen, obwohl wegen des einzigartigen Knebelknopfmechanismus der Glock die Waffe im Nu wieder einsatzbereit wäre …«
»Weshalb denn?« krächzte Bragi. »Das ist doch lächerlich! Ey, Schiedsrichter! Pfeif mal endlich, du alte Pfeife!«
»Jetzt blickt er nach oben«, fuhr Ahriman fort. »Da ist aber nichts. Ich möchte mal wissen, was er da oben gesehen hat. Moment mal! Da ist ja doch was … Sieht fast wie ein Vogel aus. Nein, viel zu groß dafür. Das könnte auch durchaus … Also, wenn ich es nicht besser wüßte, dann würde ich glatt sagen, das ist …«

»Für mich sieht das da unten überhaupt nicht nach Old Trafford aus«, widersprach Thor.
»Ich kann dir auch nicht helfen, wenn du keine Stadtpläne lesen kannst.«
»Und selbst wenn das da unten das Stadion ist«, fuhr Thor fort, »kann ich mir trotzdem nicht vorstellen, daß man sich darüber freuen wird, wenn wir mit diesem Riesending mitten auf dem Spielfeld landen.«
»Nun ja, offen gesagt, sieht es nicht danach aus, als

wenn wir uns diesbezüglich noch groß entscheiden könnten«, gab Odin zu bedenken.

»Ich verstehe.«

Odin schnallte sich an, hielt sich zusätzlich mit der linken Hand am Sitz fest und umfaßte den Steuerknüppel mit der rechten. »Haltet euch fest!« rief er nach hinten. »Eigentlich müßte ich die Maschine butterweich landen können, wenn ich bloß wüßte, was ...«

An deiner Stelle verschwände ich ganz schnell, Carl.

»Ja, Boß.«

Ich meine, wirklich schnell verschwinden.

»Ja, Boß. Ach, ähm ... Boß?«

Ja?

»Wohin denn, Boß?«

Ach, ich denke fünf Meter weiter nach links sollten schon reichen. Aber beeil dich!

»Heißt das, wir haben gewonnen?« wollte Bragi wissen.

Ahriman öffnete erst jetzt wieder die Augen. Er sah, wie Carl langsam wieder auf die Beine kam. Er sah *Midgards ganzen Stolz* oder zumindest den Teil von ihr, der sich nicht in die Erde gebohrt hatte. Er sah, wie Thor mit einer verbogenen Antriebswelle Odin auf den Kopf schlug, während sich Freyr mit zur Schau getragener Lässigkeit den Staub von den Ellbogen klopfte. Er sah, wie Julian aufstand und rasch durch den Notausgang der VIP-Longue verschwand. Lundqvist sah er nicht; da ihm beim Anblick von Blut allerdings immer speiübel wurde, war das wahrscheinlich auch besser so.

»Ich denke, schon«, antwortete er schließlich. »Nur weil das reiner Zufall war, heißt das noch lange nicht, daß das nicht zählt.«

»Reiner Zufall?«

»›Höhere Gewalt‹ trifft wohl noch am besten zu. Hör

mal, Medusa, wenn mich eine von deinen Locken auch nur noch ein einziges Mal anzischt, dann bringe ich dich höchstpersönlich zum Friseur und kümmere mich darum, daß man dir eine Dauerwelle verpaßt. Habe ich mich klar ausgedrückt?«

Die unsterbliche Seele von Kurt Lundqvist stand auf, klopfte ein paar Körperfetzen von den Hosenknien ab und sah sich das Gemetzel näher an. Als unsterbliche Seele hatte sie kein Mittagessen zu sich genommen, das ihr hätte hochkommen können, was in diesem Zusammenhang auch besser war. »Hey, das Zeug da hat mir mal gehört, ich brauche das noch!« brüllte sie in den Kosmos.

Keine Antwort.

Im hintersten Winkel ihres restlichen Bewußtseins konnte sie sich an etwas erinnern, das sie einmal in einer Hotelbibel gelesen hatte: ›Denn es wird die Posaune erschallen, und die Toten werden auferstehen unverweslich‹. Und sie dachte: *Verdammte Scheiße, kaum ist der Jüngste Tag gekommen, da irre ich – mit zertrümmertem Kopf, mit einem Fuß im rechten Winkel zum anderen stehend und dem linken Arm unter den rechten geklemmt – einsam und allein durch die Ewigkeit. Klasse, herzlichen Dank auch!*

Es sei denn, die reparieren einen vorher, schöpfte Lundqvists Seele Hoffnung.

Obwohl sie einer solchen Rekonstruktion mit äußerst gemischten Gefühlen entgegensah, wenn sie an das Niveau göttlicher Reparaturarbeiten dachte, wie sie es erst kürzlich hatte beobachten können. Falls man Osiris als Vorbild heranziehen wollte (und der war, wohlgemerkt, ein gottverdammter *Gott,* so daß ihm höchstwahrscheinlich eine Behandlung der Supersonderklasse zugekommen war), dann dürfte ihr Körper nach einer etwaigen göttlichen Rekonstruktion ungefähr so aussehen, wie das, was ein neunjähriger Schüler nach dem ersten Töpferkurs von der Schule mit nach Hause bringt.

Vielleicht konnte man sich ja auch gar nicht auf das verlassen, was in der Bibel stand, jedenfalls nicht unbedingt – zumindest hoffte das die Seele inständig. Sie meinte, sie habe ihre Schuldigkeit für diese Leute mehr oder weniger getan, und der Gedanke, im Hause des Herrn womöglich als menschliches Äquivalent eines gegen einen Baum gefahrenen Skoda wohnen zu müssen, war nicht gerade angenehm.

Die Götter sind Schöpfer; der ganze Kosmos war in einem Zustand, als wäre er an einem Montagmorgen geschaffen worden, falls es jemals einen Montag gegeben hatte. Der unvergängliche Teil von Kurt Lundqvist schüttelte den Kopf und verschwand in der Ewigkeit.

Als erstes werden wir alle Rechtsanwälte töten.

Nein, besann sich Osiris eines Besseren, *damit faßt man die Sache am falschen Ende an. Wenn wir die Geschichte hinter uns bringen wollen, dann können wir gleich Nägel mit Köpfen machen.*

Langsam und unmerklich verließ er Carls Körper und nahm wieder seine eigene Gestalt an; was ungefähr so war, als käme man vom Wasser wieder an die freie Luft.

»Alles klar, Leute, dringende Besprechung!« rief er.

Die Götter drängten sich zu einem dichten Haufen zusammen.

Niemand weiß, was mit Julian Magus und den anderen Patenkindern tatsächlich geschehen ist, wenngleich es eine Menge höchst einfallsreicher Legenden gibt, von denen die meisten aber nur wenig überzeugend klingen, weil sie von Leuten erfunden wurden, die nicht wirklich wissen, was Schwefel ist.

Die Wahrheit nämlich ist, daß Julian für diesen Fall –

wie für alle anderen Eventualitäten auch – längst einen Plan geschmiedet hatte; und wie neunundneunzig Komma sieben Prozent von Julians Plänen funktionierte auch dieser tadellos. Innerhalb von neunzig Sekunden nach Lundqvists Tod kletterte er mit zwei Koffern Rohdiamanten in einen wartenden Hubschrauber, während ein plastischer Chirurg an Bord bereits die Instrumente sterilisierte.

»Alpha Centauri«, befahl er dem Piloten außer Atem. »Beeilung!«

Es gibt Orte, wohin einem selbst Götter nicht folgen; und sobald man sich erst einmal mit der Tatsache abgefunden hat, daß die Strände blau und die Ozeane gelb sind und nicht einmal die gemeinsame Kraft aller dreier Sonnen reicht, um das erste Taramasalata-Rosa auf den Schultern in das echte kalifornische Goldbraun zurückzuverwandeln, läßt es sich dort ebensogut aushalten wie irgendwo anders. Hüten Sie sich allerdings vor einer Erfolgsquote von neunundneunzig Komma sieben Prozent, weil es immer noch ein Restrisiko von null Komma drei Prozent gibt. Nachdem sich nämlich Julian knapp drei Jahre in Alpha City aufgehalten hatte, war er von einem wortgewandten Finanzberater dazu überredet worden, sein ganzes Kapital in Vorzugsaktien der Vereinigten Helikon mit einer garantierten Dividende von 37,5% zu investieren, und verdient seither seinen Lebensunterhalt als Tellerwäscher im Z[i4kh98/98fß***sgwy's Bayside Diner am nicht eben schicken Ende der Neutronenbucht.

Der Ordnung halber sei erwähnt, daß er dort glücklich wie nie zuvor ist; was nur beweist, daß es, was die Götter anbelangt, zwar keine Gerechtigkeit gibt, aber gelegentlich Erbarmen.

Es begann zu regnen.

»Jetzt nimm doch mal Vernunft an!« schrie Pan, während ihm das Wasser durch die Nähte des Ölzeugs zu sickern begann. »Wozu brauchen wir überhaupt Taranteln, verdammt noch mal?«

»Ich will zwei«, antwortete Osiris aus dem Schutz des überdachten Steuerhauses heraus. »Mach schnell! Und denk dran, ein Männchen und ein Weibchen zu bekommen.«

Der Wasserspiegel stieg rasch. Pan knurrte mürrisch, schnappte sich den Einkaufswagen und quatschte durch den Morast wütend davon.

Wenn ein Gott in aller Eile eine Arche will, fackelt er nicht lange, reißt mitten in der Nacht alle möglichen Leute aus dem Schlaf und gibt bis in letzte Detail gehende, ellenlange Anweisungen. Kurz: Er trifft eine Entscheidung, und schon liegt die Arche vor Anker, um sich der standesgemäßen Taufe durch einen Schlag auf das Schandeck mittels einer 0,7-Liter-Flasche Moët zu unterziehen. Die Arche war groß und sehr komfortabel ausgestattet, was unter diesen Umständen auch notwendig war; denn dieses Mal sollte niemand zurückgelassen werden, man war ja kein Ungott.

Sandra schaute bei Osiris vorbei, um ihm über ihre Inventur der Lagerbestände des Schiffs Bericht zu erstatten. »Wir haben ungefähr fünfhundert Milliarden Packungen mit je sechs Eiern und ebenso viele Schachteln Brunnenkresse an Bord sowie siebzig Milliarden kleine Kartons Orangensaft, neunzig Milliarden Marsriegel, sechsundvierzig Milliarden Schachteln Erdnüsse und siebenundzwanzig Milliarden Kubiktonnen gefriergetrockneten Kaffee. Glauben Sie, das wird reichen?«

Ein weiterer Vorteil, Gott zu sein, besteht darin, daß alle Leute genau das tun, was man ihnen sagt. Kaum war der erste große Regentropfen wie eine Schmeißfliege an der Windschutzscheibe zerplatzt, stellten sich sämtliche Menschen, wirklich alle, an den gekennzeichneten Einschiffungspunkten, wohin sie zuvor mit geflügelten Kleinbussen gebracht worden waren, ordentlich in langen Reihen auf. Der einzige kleine Wermutstropfen an der ganzen Geschichte war das ausgeprägt unmoralische Verhalten von Merkur, dem Gott der Kaufleute und Diebe, dem es gelungen war, sich die Imbißbudenkonzession für sämtliche Einschiffungspunkte unter den Nagel zu reißen, indem er Osiris darum gebeten hatte, als dieser gerade mit etwas völlig anderem beschäftigt gewesen war. Deshalb sollte nicht verschwiegen werden, daß nicht ein Mensch auf die Arche gelangte, ohne nicht zuvor eine Bratwurst oder eine mit blutroter Sauce beschmierte Currywurst gegessen zu haben.

»Was ist mit Zucker?« erkundigte sich Osiris.

»Ach, ich wußte doch, daß ich was vergessen habe«, seufzte Sandra.

»Macht nichts.« Bei Göttern ist kein Ding unmöglich. »Es werde Zucker. Im Grunde ist das zwar nicht wichtig«, fuhr Osiris fort, »weil das hier alles sowieso nichts als Illusion ist, aber wozu die Leute unnötig aufregen? Was ist mit Keksen?«

»Das ganze Deck C ist mit Keksen vollgestopft«, antwortete Sandra. »Aber wenn das sowieso alles nur eine Illusion ist, wieso interessiert Sie das dann überhaupt noch, Mister Osiris?«

Osiris blickte von der vor ihm liegenden Landkarte auf. Sie war sehr übersichtlich und bis auf einen winzigen weißen Punkt, der den Berg Ararat markieren sollte, makellos blau. »Das ist so, als würde man ein Bürogebäude bauen«, weihte er Sandra ein. »Bis zur Fertigstellung des Gebäudes bringt man überall Bauzäune an, so daß es von den Leuten erst dann gesehen werden kann, wenn die Arbeiten abgeschlossen sind und nichts mehr fehlt. Das macht einfach einen besseren Eindruck.«

»Aha.«

Osiris zuckte mit den Schultern, wodurch ihm die Kapitänsmütze über das linke Auge rutschte. »Außerdem glauben auch die anderen Götter nicht daran, wenn wir es nicht auf diese Weise tun. Sie sollten nicht vergessen, daß ein durchschnittlicher Gott konservativ bis auf die Knochen ist. Oder wie läßt es sich wohl sonst erklären, daß die das Getreide jahrtausendelang von Hand haben wachsen lassen?«

Die anderen Götter verbrachten die ganze Reise auf Deck A, faulenzten neben dem Swimmingpool und warfen leere Dosen und Flaschen ins Meer. In der modernen Mythologie ist festgehalten, daß sich kurz vor dem Rückgang des Wasserstandpegels alle diese Flaschen und Dosen am dritten Tag wie von Geisterhand zusammenzogen, um den australischen Kontinent zu bilden. Die neue Mythologie hat unter anderem die gute Eigenschaft, daß sie im Grunde überzeugender als die Wahrheit klingt.

Auf Deck B nutzte die Menschheit den Großteil der Reise, um zu streiten, zur Arbeit zu gehen und ein paar Kleinkriege um den Besitz des Wurfringplatzes zu führen. Nach Osiris' Auffassung wäre es sinnlos gewesen, die Menschheit retten zu wollen, um sie innerhalb von sechsunddreißig Stunden auf einer Seereise an Kulturschock sterben zu lassen, und deshalb ließ er sie einschlafen.

Schweißüberströmt, ölverschmiert bis zu den Ellbogen und mit rußbedeckten Gesichtern diskutierten Odin, Thor und Freyr im Maschinenraum die ganze Zeit darüber, wessen Aufgabe es war, das Hauptantriebswellenlager abzuschmieren. Auf dem Lageplan des Schiffes hatte Osiris das Wort *Maschinenraum* längst gestrichen und darüber *Walhalla* geschrieben.

Am dritten Tag ging das Wasser zurück.

Eine Taube kreiste am Himmel.

Sie war verwirrt. Dabei hatte sie nur mal kurz das Nest verlassen wollen, um sich den Magen mit Rapssamen vollzuschlagen, auf ein paar parkende Autos zu scheißen und auf einer Telegrafenleitung zu hocken. Mit diesem plötzlich überall auftauchenden blauen und furchtbar nassen Zeug konnte sie überhaupt nichts anfangen.

Da Tauben über ein Blickfeld von annähernd dreihundertsechzig Grad verfügen, können sie genaugenommen auch nicht aus dem Augenwinkel heraus winzige dunkle Flecken an überwältigend blauen Horizonten erkennen.

Nach einigen argwöhnischen Annäherungsversuchen, um sich zu vergewissern, daß sich in ihrem Zielgebiet nicht zwei Menschen mit Tarnkleidung, Flinten und einer Thermoskanne Kaffee befanden, stellte die Taube die Flügel zurück, glitt hinunter, drehte mit dem Wind ab und setzte sich auf den Zweig des Olivenbaums, der, soweit sie es sagen konnte, weit und breit die einzige Sitzgelegenheit bot. Eine Weile hockte die Taube auf dem Olivenzweig und beglückwünschte sich mit aufgeplustertem Gefieder. Dann reckte sie den Hals und nagte an einem Blatt herum.

Igitt! Salzig, bäh!

Hier gefällt's mir nicht.

Sie spreizte die Flügel und flog, das Blatt noch immer im Schnabel, davon.

Als sich das Wasser ganz zurückgezogen hatte, wurde man sich auf Deck B nach dem allgemeinen Aufwachen rasch der Tatsache bewußt, daß sich die Erde – mit Ausnahme einer gewissen Restfeuchtigkeit – kaum verändert hatte; was sehr schön war.

Allerdings war sie sauberer als früher. Am Ende des ersten Tages hatte Osiris in letzter Minute eine Eingebung gehabt und sechzehn Milliarden Tonnen eines biologisch nicht abbaubaren Spülmittels und vierundzwanzig Stunden später die gleiche Menge Weichspülmittel über Bord gekippt. Bis zu dem Zeitpunkt, als sich die Ozeane in ihre korrekten Grenzen zurückgezogen hatten, hätte man das Abendessen auf dem Bürgersteig vom Trafalgar Square einnehmen können, ohne die sonst übliche unangenehme Voraussetzung erfüllen zu müssen, eine Taube zu sein.

Und der Gott sprach zu sich: *Sehet, ich habe euch keinen neuen Himmel und keine neue Erde gegeben, weil das nur verschwenderisch gewesen wäre und auf die Bewohner traumatische Auswirkungen gehabt hätte. Ich schuf den alten Himmel und die alte Erde, doch beides ist nun sehr viel weniger schmuddelig.*

Dieser Zustand wird zwar nicht lange anhalten; doch man tut, was man kann; so wie eine Mutter immer wieder wäscht und bügelt, obwohl sie in einer Welt voll Schlamm, Öl und Schokolade lebt. Doch dieses Mal, beschloß der Gott, *darf ein bißchen Schmutz und Ruß nicht mehr so wichtig wie früher sein.*

Dieses Mal werden wir den Laden ganz allein schmeißen. Und es gibt noch einen Unterschied: Sie werden nicht erfahren, daß wir es tun.

Dennoch gab es einige Götter, die keine Lust hatten, an ihren alten Arbeitsplatz zurückzukehren; was allerdings kein Problem war, weil es schon immer viel zu viele von ihnen gegeben hatte, selbst am Anfang der Welt.

Verständlich, daß viele keine Lust mehr hatten, denn es versteht sich von selbst, daß die Leitung der Welt der beschissenste Job aller Zeiten ist; und da Götter nichts anderes gelernt haben, müssen sie diese Drecksarbeit allein erledigen.

Und für die Götter, die aufgeben wollten, sehet, da schuf er hoch über den Wolken auf der gemäßigten Hochebene des Nebellands ein neues Altenheim namens *Sonnenblick*. Den Posten der Oberin übertrug er Sandra, die sich mit Göttern bestens auskannte (im Grunde ganz normale Leute, wenn sie nicht gegen den

Tod immun wären), bevor er es für und immer und ewig von der Welt darunter abschottete. Seither dringt keine göttliche Botschaft mehr bis auf die Erde hernieder, es sei denn in sehr wirrer Form; so berichteten kürzlich Beobachter von der Universität von Chicopee Falls, Fachbereich Integrierte Theologie, mit einer Wahrscheinlichkeit von neunundsiebzig Komma sechs Prozent sei anzunehmen, daß innerhalb von sechs Monaten nach Neueröffnung des *Sonnenblicks* auf Ersuchen der Heimbewohner Milchreis wieder eingeführt worden sei.

Wo bin ich?

Die Wolke unter Lundqvist wackelte leicht, und er griff danach. Doch da war nichts als eine Wolke, die sich leicht aufbäumte und dann weiter dahintrieb.

»Verdammter Mist! Was habt ihr Arschlöcher eigentlich mit meinen Füßen angestellt?« brüllte er in die unendliche Weite hinaus.

Von Wohlgeruch erfüllte Winde trieben die Wolke, und aus der Ferne schien Musik herüberzudringen, als hinge der Himmel voller Geigen. Unten lag die Erde still und friedlich wie ein schlafendes Neugeborenes da.

»Was ist das?« jammerte Lundqvist. »Lepra?«

»Das sind deine Schuppen, Sportsfreund«, antwortete der Drachenkönig des Südostens und steuerte seine Wolke längsseits. *»Willst du ein Bier?«*

Lundqvist runzelte die Stirn. »Was für Schuppen? Und warum habe ich an den Beinen so riesige Krallen? Und was sind das denn für Dinger ...?«

Er stieg zehn, zwanzig Zentimeter in die Luft, geriet in Panik und plumpste auf die Wolke zurück.

»Das sind Flügel«, antwortete der Drachenkönig. *»Man benutzt sie hauptsächlich zum Fliegen und Gleiten. Wenn du dich allerdings vorsichtig auf die Seite legst, lassen sie sich ganz hervorragend als Surfbrett verwenden.«*

»Flügel?«

»Was du brauchst, mein alter Freund, ist ein Spiegel«, meinte der Drachenkönig.

Es werde ein Spiegel. Lundqvist blickte hinein, blinzelte, schloß die Augen und stöhnte laut auf.

»Ach, ich weiß auch nicht, woran das liegt«, seufzte der Drachenkönig, *»aber ihr Neuankömmlinge seid immer unglaubliche Jammerlappen. Du wirst schon sehen, es hat wirklich seine Vorteile, Drache zu sein.«*

»Wie lange dauert diese Verkleidung denn?«

»Sie hört überhaupt nie mehr auf.«

»Scheiße.«

»Ich nehme an, das ist die Belohnung dafür, daß du das Universum gerettet hast und somit die Mächte der Finsternis besiegt werden konnten. Du solltest lieber dankbar sein, du Blödian.«

»Dankbar?«

»Ach, mach doch, was du willst.« Der Drachenkönig runzelte die Stirn und gab seiner Wolke die Sporen. Lundqvist geriet in Panik.

»Moment mal!« schrie er.

»Was gibt's denn?«

Erst jetzt öffnete Lundqvist wieder die Augen. »Was genau soll diese ganze Drachenverkleidung eigentlich bezwecken?« fragte er. »Ich meine, wozu sind Drachen überhaupt gut?«

Der Drachenkönig putzte sich und öffnete eine zweite Dose Bier. *»Drachen«*, begann er, als hielte er einen wissenschaftlichen Vortrag über langsames Sprechen, *»sind die Geister der Seligen, ausgestattet mit Flügeln und einer beschissenen Badehose, und werden hinausgesandt, um sich darum zu kümmern, daß es in dem ihnen jeweils zugeteilten Sektor zu keinen Beanstandungen kommt. Ich bin zum Beispiel für Australien zuständig«, fügte er hinzu.*

»Willst du mich verarschen?«

»Zu meinen Pflichten gehört unter anderem die Vertei-

lung des Regens, insbesondere für die Kricketfelder, auf denen die Australier häufig verlieren«, fuhr der Drachenkönig fort. *»Dann das Anpassen der Jahreszeiten und der Schutz der Rinderherden vor bakteriellen Befall. Im Grunde könnte ich in der Fernsehserie ›Die fliegenden Ärzte‹ mitwirken.«*

»Wie ist es mit dem Erledigen von Meineidigen?« erkundigte sich Lundqvist.

»Nee.«

»Oder dem Verbrennen von Sündern, die falsches Zeugnis ablegen? Oder dem Abfackeln von Gotteslästerern und dem langsamen Verkoken von Anbetern falscher Götter?«

»Das ist nicht unsere Aufgabe, Sportsfreund. Der Brennstoff in unseren Zinken dient nur rein zeremoniellen Zwecken.«

Lundqvist runzelte die Stirn, was gar nicht so einfach ist, wenn die Stirn von Tausenden ineinandergreifenden Schuppen aus vergoldetem Molybdänstahl bedeckt ist. »Ist das wirklich schon alles, was du tust? Den Garten sprengen und den Hund entwurmen, sonst nichts?«

»So kann man es natürlich auch ausdrücken ...«

»Zur Hölle damit! Ich bin ein ausgebildeter Profikiller und kein Gärtner. Ich habe nun mal keine grüne Hand. Rot ist meine Farbe, klar? Rot wie Blut! Falls die sich wirklich einbilden, ich vertrödle hier den Rest meiner Zeit mit der Aufzucht von Gänseblümchen, dann ...«

Der Drachenkönig blickte ihn über seine glänzende Schnauze hinweg an. *»Jetzt beruhige dich mal, Kumpel«*, besänftigte er ihn mit ruhiger Stimme. *»Mit deiner Vergangenheit ist ein für allemal Schluß; du bist jetzt erleuchtet.«*

»Ich bin *was*?«

»Erleuchtet. Keine Sorge, das tut nicht weh.«

»Ach, du dicke Scheiße!«

Die nächste Stunde schmollte Lundqvist.

Dann fiel ihm ein, daß er als Drache das Recht hatte, Feuer zu speien, und sei es zu rein friedlichen Zwecken. Er versuchte es, und es machte ihm Spaß.

Und wenn er ein Drache war, dann sollte er auch dazu in der Lage sein, aus einem klaren blauen Himmel im schwindelerregenden Sturzflug auf die Erde hinabzustoßen. Sobald er sich erst einmal an die entgegenwirkenden Gravitationskräfte gewöhnt hätte, die versuchen, einem das Gehirn aus den Ohren zu saugen, dürfte alles ganz einfach sein.

Fügte man den gut ausgewuchteten und zum Schlagen geeigneten Schwanz hinzu und berücksichtigte man die (wie er gerade feststellte) fast einen Meter langen Klauen und die messerscharfen Säbelzähne sowie die kleinen roten Augen, mit denen man noch aus zwei Kilometern eine Feldmaus erspähen konnte, dann handelte es sich, insgesamt gesehen, um eine recht ordentliche Grundausstattung. Etwas, das man mit der Zeit sogar liebenlernen könnte. Natürlich hätte er eine F-111 bevorzugt, doch einem geschenkten Gaul schaut man nicht ins Maul, und erst recht keinem geschenkten Drachen.

Und dort unten gab es zwischen all den Kohlköpfen, Hülsenfrüchten, Merino-Schafen und Charolais-Rindern immer noch genügend Nützlinge und Schädlinge. Es galt, Blattläuse auszurotten; Teufelsspinnen und Tollkirschen, tot oder lebendig, den Garaus zu machen; Kartoffelkäfer aufzuspüren und zu vernichten; Bandwürmer durch die labyrinthähnlichen Eingeweide von Kühen zu jagen. Von einem ordentlich geharkten und gründlich gemähten Standpunkt aus betrachtet, bietet erst die Unkrautvertilgung den notwendigen Nährboden für wahres Heldentum.

Unkrautvertilgung! Als erstes werden wir alle Anwälte vertilgen.

Nein? Schade. Macht nichts; denn solange Schimmel und Raupen und Blattläuse und Ameisen ihr

Unwesen treiben, gibt es keinen Grund, Trübsal zu blasen.

In den warmen Strahlen der blankpolierten Sonne spreizte der Drache ohne besonderen Geschäftsbereich die Flügel, spie schluckaufartig grünes Feuer und stieß auf die Erde hinab.